가시나무
성에서,
천일야화

가시나무 성에서, 천일야화

초판 1쇄 찍은 날 § 2009년 9월 22일
초판 1쇄 펴낸 날 § 2009년 9월 29일

지은이 § 조은애
펴낸이 § 서경석

편집장 § 문혜영
편집책임 § 유경화
편집 § 조수희

펴낸곳 § 도서출판 청어람
등록번호 § 제1081-1-89호
등록일자 § 1999. 5. 31
어람번호 § 제5-0242호

주소 § 경기도 부천시 원미구 심곡 2동 163-2 서경B/D 3F (우) 420-822
전화 § 032-656-4452 팩스 § 032-656-4453
http://www.chungeoram.com
E-mail § eoram99@chollian.net

ⓒ 조은애, 2009

ISBN 978-89-251-1940-3 03810

hungeoram romance novel

가시나무 성에서, 천일야화

조은애 지음

도서출판
처럼

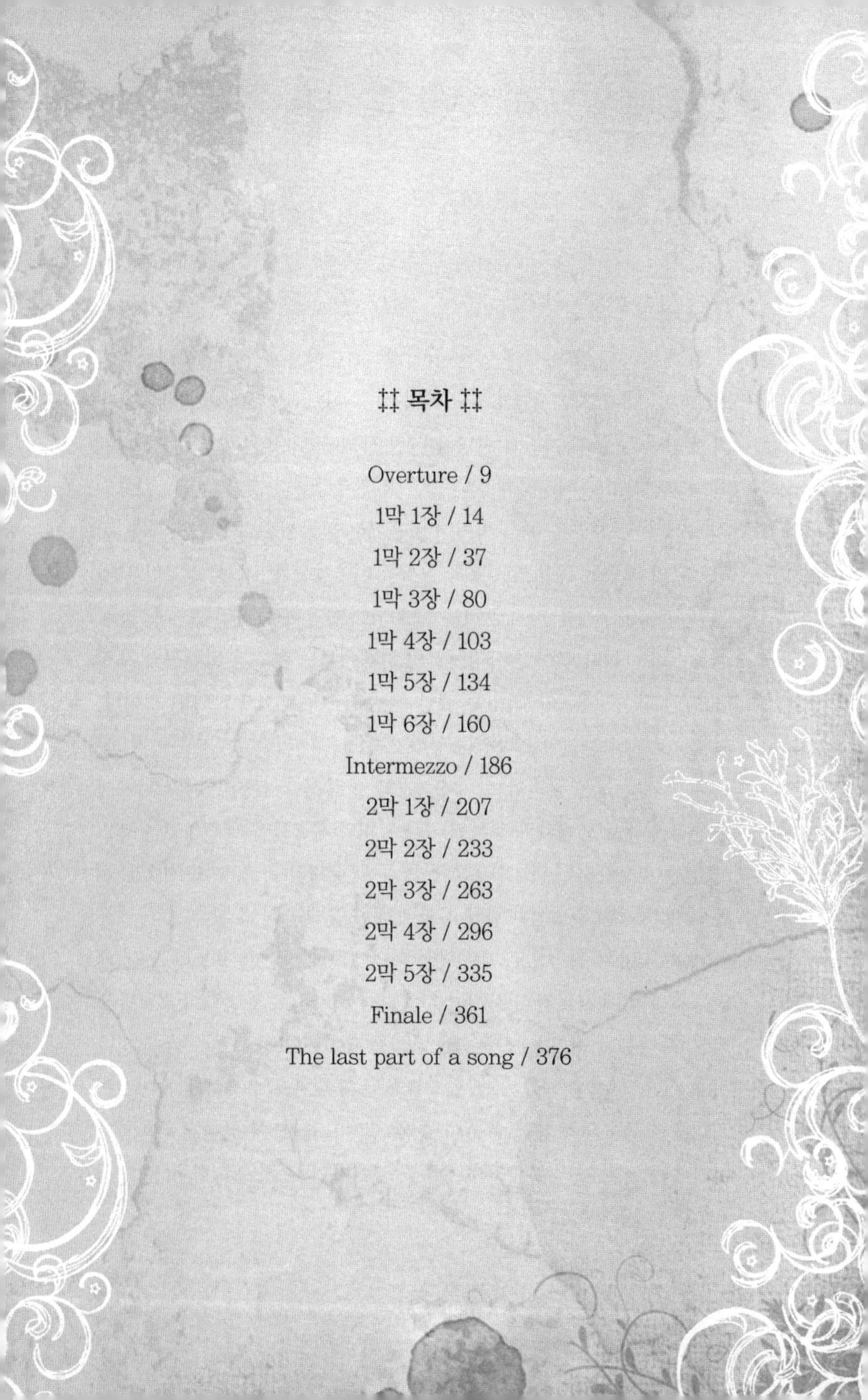

‡‡ 목차 ‡‡

천일야화(千一夜話):

천 하룻밤 동안 계속되는 이 이야기는 페르시아에서부터 인디아까지 지배했던 대왕 샤리야르로부터 시작한다. 어느 날 사마르칸트를 다스리고 있던 동생 샤 자만과 사냥을 나선 샤리야르는 어두워진 동생의 안색을 발견하고는 이상하게 여겨 그 이유를 추궁한다.

그러나 샤 자만은 몹시 꺼리며 처음에는 말하기를 두려워하다가, 샤리야르의 거듭된 종용으로 결국 진실을 털어놓는다. 사실 샤 자만은 자신의 왕비가 부정을 저지른 것을 알게 되어 마음이 어지러웠는데, 그 사실을 토로하려고 찾아간 샤리야르의 하렘에서도 형수가 노예들과 부정을 저지르는 것을 목격하고는 그만 안색이 어두워지고 말았던 것이다. 동생으로부터 자신의 사랑하는 왕비가 부정을 저지르고 있다는 믿지 못할 이야기를 들은 샤리야르는 처음엔 믿지 않지만, 급히 돌아간 궁에서 동생의 말대로 노예와 통정하고 있는 왕비와 후궁들을 발견하고는 분노에 휩싸여 사랑하던 왕비와 노예를 모두 참살해 버리고, 그 충격으로 여성에 대한 깊은 증오심과 함께 사랑에 대한 불신을 갖게 된다.

마음을 바쳐 진정으로 사랑했던 여인에게 배신당한 분노와 오갈 데 없는 복수심에 사로잡힌 샤리야르는 처녀를 왕비로 간택하여 첫날밤을 치른 후 다음날 해가 뜨면 참수해 버리는 광기에 가득 찬 살인극을 시작하게 된다. 아침에 해가 뜨는 횟수와 똑같은 숫자로 무고하게 죽어가는 처녀들의 목숨은 헤아릴 수 없이 늘어나고 바그다드의 청년들과 혼기가 다가오는 딸을 가진 부모들의 시름이 깊어가던 무렵, 현명한 늙은 대신의 딸인 세헤라자드가 자신이 다음 왕비가 되겠노라고 자청하여 앞으로 나선다. 슬기롭고 아름다운 딸이 형장의 이슬로 사라질 것이 두려운 아버지의 만류에도 결심을 굽히지 않은 세헤라자드는 결국 샤리야르의 왕비가 되어 침전으로 들어가는 데 성공하고, 여성에 대한 혐오와 배신당한 사랑에 대한 분노에 사로잡혀 자신마저 피폐해져 가는 샤리야르와 대면한 세헤라자드는 그를 다독여 세상에 그 어떤 이야기꾼도 알지 못하는 신비한 이야기를 들려준다.

샤리야르는 이제까지와 마찬가지로 해가 뜨면 세헤라자드를 참수하리라 마음먹었지만 세헤라자드가 시작한 이야기는 하룻밤이 지나도 끝나지 않고, 끝나지 않은 이야기의 결말이 궁금해진 샤리야르는 결말을 듣기 위해 참수의 기한을 하루 연기해 준다. 그러나 이야기는 다음날이 되어 더 신비롭게 흘러가고, 결말이 궁금해진 샤리야르는 이야기가 끝날 때까지는 세헤라자드를 참수하지 않겠다고 약속한다. 기회를 얻은 세헤라자드는 마침내 샤리야르를 향해 천 하룻밤 동안 이어질 위대한 이야기를 시작한다.

† 본 소설은 픽션입니다. 등장하는 인물, 사건, 단체와 아무런 연관이 없습니다.

1999년 5월.

"야!"

신촌 한복판 번화가에서 때아닌 고성이 울렸다. 눈이 부시도록 화창한 5월의 어느 날이었다.

고성에 놀란 사람들의 시선이 쏠린 곳에는 파스텔톤 원피스를 화사하게 차려입은 여자와 청바지 차림의 남자가 마주 보고 서 있었다. 둘 다 이제 갓 스무 살이나 되었음직한 앳된 모습이었다. 화사한 차림의 여자가 고개를 숙인 채 침울한 기색인 데 반해, 남자는 길길이 날뛰기 직전인 듯 얼굴이 붉게 상기되어 몹시 씩씩거리고 있었다.

“그래, 네 말이 맞다! 어쩔래?”

이판사판인 기세로 내뱉는 남자의 말에 여자는 순간 발끈해서 고개를 들었지만 삐죽거리는 입술과는 달리 아무런 말도 하지 못하고 다시 고개를 숙였다. 그 모습을 보며 남자는 하, 하고 코웃음을 쳤다.

“왜 아무 말도 못하냐? 왜, 개한테 했던 것처럼 나한테도 해 보지?”

더욱 감정이 뻗치는지 남자는 여자의 어깨를 툭 치기까지 했다. 주변에 서 있는 사람들은 술렁거리면서도 알 수 없는 상황에 섣불리 나서지도 못하고 있었다.

“너 같은 주제가 함부로 해도 될 만한 애 아니야, 알아?”

비웃음 띤 어조에 여자의 고개가 다시 남자를 향했다. 찌를 듯한 눈빛을 받으면서도 남자는 아무렇지도 않게 콧김을 내뿜었다.

“그래서…… 너 지금 네가 잘했다는 거야?”

여자가 처음으로 입을 열었다. 성난 기색으로 애기했지만, 목소리는 감정에 휩쓸려 힘이 없이 안타까웠다.

“양…… 양다리나 걸친 주제에!”

비틀비틀. 위태롭게 내질러진 한마디에 모여선 사람들은 그제야 남녀간의 사정을 짐작하며 속으로 고개를 끄덕였다. 청바지 차림에 목에 핏대 세우고 있는 저 남자가 원피스 입은 여자를 놔두고 다른 여자와 양다리를 걸쳤던 것이다. 사정을 몰랐을 때의 살벌했던 분위기가 가라앉고 주변은 이제 흥미로운 시선으로 두 사람을 지켜보기 시작했다.

"양다리? 그래, 걸쳤다. 나 개랑 양다리 걸쳤다고. 그게 뭐? 네가 뭔데 개한테 가서 입방정을 떠는 거야? 주제파악 좀 해라. 네가 뭐라도 되는 줄 알아? 넌 아무것도 아니야. 알아? 아무것도 아니라고!"

주변에 모여 있던 아가씨들 사이에서 어머머 하는 분탄성이 터져 나왔다. 화창한 봄날 오후. 김밥 속처럼 사람이 미어 터지는 신촌 한복판에서 자기가 양다리를 걸친 것도 모자라 오히려 여자한테 화를 내는 남자의 모습이 그만큼 뻔뻔했기 때문이다. 그러나 남자는 주변에 아랑곳없이 아예 끝장을 보려는지 오히려 당당하게 소리쳤다.

"눈치도 없냐? 알았으면 조용히 헤어지자고 하던가. 네가 내 마누라라도 돼? 내가 네 남편이라도 되냐고? 눈치없게 왜 뭉기적거리고 있어, 알았으면 눈치 까고 사라져야 될 거 아냐!"

남자의 힐난에 여자는 자기가 잘못한 것 없는 상황인데도 불구하고 아무 말도 하지 못하고 애꿎은 치맛단만 꼭 그러쥐고 있었다. 그 모습이 우스운지 남자는 피식 한쪽 입꼬리를 말아 올렸다.

"그래…… 넌 생겨먹은 거부터가 싹싹한 거랑은 거리가 멀었지. 생기다 만 콩나물 대가리 같은 게."

거침없는 공격에 기어코 여자의 눈에 물막이 피었다. 하필이면 이 커플이 패스트푸드점 문 바로 바깥에서 자리를 잡고 다투고 있던 터라 때마침 기분 좋게 식사를 마치고 영문도 모르고 밖으로 나서던 현승은 살벌한 분위기에 어쩌지도 못하고 그대로 문 앞에 서 있었다. 지나가려면 한창 다투고 있는 커플 사이를 뚫고 가야 하는 것이다.

엄청난 인파. 사람이 가득 들어 있는 패스트푸드점 앞. 심각한 분위기의 커플. 그 커플 사이 문 앞에서 오도가도 못하게 된 남자, 현승.

분위기는 장중했지만 상황은 왠지 우스웠다. 패스트푸드점 안에 있던 사람들도 벽이 통유리인 탓에 밖에 서 있는 커플을 주시하고 있었다. 잠시 후, 이 모든 것이 다 귀찮아졌는지 남자는 청바지 뒷주머니에서 지갑을 꺼내 지폐 몇 장을 꺼냈다.

"그동안 용돈 몇 번 준 거 가지고 생색내려고 하지 마라. 진짜 더럽고 치사해서…… 야, 그냥 먹고 떨어져."

여자의 발치 앞으로 만 원짜리 몇 장이 흩뿌려졌다. 그리고 남자는 어떻다는 말도 없이 뒤돌아서 성큼성큼 걸어가기 시작했다. 쉴 새 없이 거리를 오가는 사람들 속으로 스며든 남자는 순식간에 자취를 감추고, 남아 있는 것은 사람들의 시선을 한 몸에 받고 있는 여자와 나동그라진 지폐 몇 장뿐이었다.

때마침 불어온 바람에 땅바닥에 떨어졌던 지폐가 휘청휘청 날아가기 시작했다. 그러나 여자는 그걸 주울 생각도 하지 못하고 그 자리에 말뚝처럼 서 있었다. 주위 사람들도 여태까지 본

것이 있는지라 지폐가 날아가는데도 감히 나서는 사람이 없었
다. 타이밍 좋게 문을 나서다가 잠시 갇혀 있던 현승은 처량하
게 남겨진 여자를 힐끔거리다가 다시 제 갈 길을 가기 시작했
다.

"현승이 형?"

"아, 그래, 이관우 인마 왜 이렇게 늦었어!"

"헤헤, 미안해요."

현승이 지각한 관우에게 핀잔을 준 다음 서로 애기를 주고받
으며 멀어지는 소리가 여자의 배경으로 아스라이 깔렸다.

모여들었던 사람들도 하나둘씩 흩어지고, 발치의 지폐들도
어디론가 사라졌건만 여자는 정지된 화면처럼 미동도 없이 서
있었다. 그러다가 문득, 힘없이 늘어뜨려져 있던 여자의 손이
천천히 얼굴을 가렸다. 관우와 함께 저만치 걸어가고 있던 현승
이 괜히 맘에 걸려 고개를 돌렸다가 그 모습을 보고 잠시 우두
커니 섰다. 푹 수그려진 여자의 고개. 누가 봐도 울고 있는 모양
새였다.

2009년 5월.

"부탁할게요, 형. 우리 좀 살려줘요."

현승은 절박하게 하소연하는 관우를 외면하며 팔짱을 꼈다. 현승의 반응에 심장이 내려앉는지 관우의 얼굴은 더욱 애절하게 구겨졌다.

"예? 예? 제발요, 형."

팔짱을 끼고 있던 현승의 오른손이 겨드랑이를 빠져나와 턱을 괴었다. 그와 동시에 입술 사이로 길고 참담한 한숨이 삐져나왔다.

"왜 나냐?"

"형밖에 없어요."

내내 묵묵부답이다가 반문하는 기색에 일말의 희망이라도 보았는지 밝아지던 관우의 목소리가 꾹 감기는 현승의 눈꺼풀에 다시 울상이 되었다. 학교 다닐 때 둘이 뻔질나게 드나들었던 대학가 근처 갈빗집. 드럼통 불판 위에 올려진 고기가 젓가락이 닿지 못해 지글지글 타고 있었다.

숯불 옆에 놓여 있던 소주잔은 이미 한참 전에 미지근해져 있었다. 그 미지근해진 소주잔을 집어 들어 입으로 가져가는 현승의 동작에는 미련과 짜증이 절반씩 섞여 있었다. 목구멍으로 넘어가는 미지근한 소주는 그런 심사를 대변이라도 하듯 유달리 썼다.

"그런데 어쩌다 이렇게 된 거야?"

현승의 빈 소주잔에 약삭빠르게 소주를 부으며 관우가 고개를 들었다.

"그게요, 정말 환장하겠다니까요?"

현승이 들어줄 태도를 보이자 관우는 한시름 놓은 얼굴로 빠르게 입을 열어 그간 겪어왔던 마음고생과 피로와 짜증과 어처구니없었던 자신의 심사를 늘어놓기 시작했다. 현승은 딱히 대꾸하지 않고 그저 간간이 고개를 끄덕일 뿐이었다. 심사를 꺼내면 꺼낼수록 켜켜이 쌓아두었던 감정이 일어나는지 나중에는 침까지 튀겨가며 열변을 토하는 관우의 모습에 현승이 문득 손을 들었다.

"그래. 네 고초는 알겠으니까 이제 현실 얘기를 해봐."

관우는 푸욱 한숨을 쉬며 까맣게 타 들어가는 고기에 동병상련이 담긴 눈길을 보내며 중얼거렸다.

"작가가 그만뒀어요."

"그래."

"개막일 석 달을 앞두고요!"

"그리고?"

"연출자도 같이요!"

"그래서?"

"새 작가를 물색하긴 했는데…… 그 사람도 두렵긴 매한가지 예요."

"결론은?"

"이거 연출 맡아줄 사람은 이 세상에서 선배밖에 없어요."

관우가 관자놀이를 긁적거리는 현승의 손을 덥석 잡았다. 현 승은 개의치 않고 꿉꿉한 눈으로 관우가 가져온 뮤지컬 대본을 내려다보았다. 매일매일 뒤적이고 말아 쥐고 다니는 통에 대본 은 구겨지고 때가 묻어 너저분했다. 그러나 겉표지에 굵은 활자 체로 찍혀 있는 제목만은 선명하게 눈에 들어왔다.

〈천일야화 千一夜話〉

현승의 손이 미묘하게 대본 겉표지를 만지작거렸다. 관우는 속으로 마른침을 꿀꺽 삼켰다. 현승의 눈매에 숨길 수 없는 욕 심이 들여다보였기 때문이다.

눈매에 비친 대로, 지금 손에 잡힌 극본은 확실히 욕심이 나는 물건이긴 했다. 개막 석 달을 앞두고 극작가와 연출자가 동시에 그만두는 경천동지할 일이 벌어졌기는 하지만, 지금 눈앞에 놓여 있는 이 뮤지컬은 그런 골치 아픈 상황을 차치하고서라도 연출가라면 누구나 한 번쯤은 욕심을 내볼 만한 왕거니였다.

"사람 목숨 한번 살리는 셈 쳐줘요. 개관 30주년 기념 뮤지컬이 파토나 봐요! 나를 포함해서 극단원 전부 다 모가지일걸요?"

관우의 추임새에 현승은 짐짓 머리를 쑤석였다. 관우의 말대로, 지금 자신이 만지작거리고 있는 뮤지컬의 덩치는 범상한 것이 아니었다. 국립극장 개관 30주년 특별 기념공연. 크기와 설비 면에서 국내에서 한 손에 꼽히는 그 무대를 꽉 메우며 연출가라면 평소에 입맛만 다셔봤을 그 기계장치들을 모조리 사용해 볼 수 있는 기회였던 것이다. 국립극장이 자존심을 걸고 제작하는 공연이니 당연히 제작비도 아낌없이 투자되었을 것이다. 게다가 공연될 이야기는 전성기의 페르시아를 배경으로 한 천일야화였다. 다른 말로는 아라비안나이트. 화려한 궁성과 도성의 세트는 안 그래도 아낌없이 투자된 제작비를 더욱 위로 치솟게 만든 이유이기도 했지만, 그 얼마나 웅장할 것인가.

게다가 이건 시작부터 페르시아의 왕궁이었으니 무대장치도, 의상도, 소품도 보통의 뮤지컬들과는 모조리 달랐다. 색다른 것. 무대를 폼나게 하는 것이 본업인 연출가로서는 구미가 당기는 일이었다. 게다가 그 무엇보다 욕심을 자극하는 문구, 〈국립극장

30주년 기념 뮤지컬〉이라는 타이틀. 성공만 하면 경력에도 크게 획을 긋게 되는 것이다. 그러나 문제는 극의 이야기를 마무리 지어야 할 극작가가 결말도 짓지 않은 채 막무가내로 집필을 그만두고 연출가 역시 그 뒤를 따라 손을 놓는 엽기적인 일이 일어나는 바람에 모든 상황이 엉망진창이 되어버렸다는 것이다. 짧게 정리하자면 성공해야 본전, 못하면 쪽박 차게 되는 것이다.

머리를 쑤석이는 현승의 손이 급작스럽게 거칠어지자 관우는 그가 지금 심하게 갈등 중이라는 것을 깨달았다. 이글거렸다가 차게 식기를 반복하는 현승의 속내는 짐작이 갔지만 관우로서는 점점 희망이 보이는 상황이었다.

"그동안은 어쨌냐?"

머리가 잔뜩 흐트러진 채 몇 분 만에 벌건 눈이 된 현승이 머리를 들었다. 관우는 비참하게 고개를 떨어뜨렸다.

"그동안은 완성된 데까지만 연습하면서 버텼는데…… 더 이상은 그것도 무리예요. 배우들도 불안해하고."

현승은 혀를 끌끌 찼다. 저래 봬도 관우가 조연출이랍시고 제 역할을 잘하고 있었던 모양이다. 그것이 새삼 대견해서 복잡한 마음 한구석이 그나마 뿌듯해졌다. 예대 시절 임마점마 하면서 세트 만든답시고 밤새도록 망치에 못 들고 뚝딱거리던 때가 어제 같은데.

"그래…… 대본은 한번 읽어나 보마."

현승의 말은 긴 한숨과 함께 뱉어내느라 말미가 구겨져서 괴상했지만, 관우의 귀는 번쩍 뜨였다. 현승이 저런 말을 하는 것은 최소한 7할 정도는 마음이 기울었다는 소리였기 때문이다.

"정말요?!"

화창해지는 앞날에 관우의 목소리가 비명처럼 치솟았다. 현승은 피곤해진 눈매로 귓구멍을 한 번 후비적거렸다.

"그런데."

"예! 뭐든 물어만 봐요!"

"그 두 사람은 왜 그렇게 난장판을 만들고 관둔 거야?"

해맑게 웃음 짓던 관우의 얼굴이 냉수로 따귀라도 맞은 양 어두워지는 모습에 현승은 이 녀석이 그동안 시달리더니 조울증에라도 걸렸나 하는 생각이 들었다. 젓가락으로 까맣게 탄 고기를 다시금 동병상련 어린 눈길로 골라내며 관우는 우물쭈물하며 뱉었다.

"그 전통이 진짜 맞더라고요."

"뭐라고?"

현승이 이번에는 다른 쪽 귓구멍을 후비며 건성으로 대답하자 관우는 처연하게 고개를 들어 그 모습을 바라봤다.

"형도 알잖아요. 국립극장에서 기념공연 올라가면 정분난다고……."

후비적거리던 현승의 손이 천천히 무릎 위로 떨어졌다. 얼빠진 눈길이 느릿하게 관우를 향했다.

국립극장에는 전통이라면 전통이랄 수 있는 징크스가 하나 있었다. 보통 5년이나 10주년마다 기념공연을 올리는데, 다른 공연에서도 연출가와 극작가가 이성인 경우가 많았지만 유난스럽게도 기념공연에서 호흡을 맞춘 연출자와 극작가 중에 후에 부부의 연을 맺은 사람이 많이 나왔던 것이다. 그래서 어느샌가 국립극장 관계자들 사이에서는 기념공연이 올라가면 반드시 그해에는 커플이 난다는 전설 같은 말이 전해지고 있었다.

"진짜야?!"

묵묵히 끄덕여지는 고갯짓에 현승은 허 하고 바람 빠지는 소리를 내며 입술을 비틀었다. 관우는 생각하니 새삼 억울한지 격하게 자기 이마를 쓰다듬었다.

"그런데 그 작가라는 인간이 다른 여자랑 바람핀 게 걸렸다니까요? 내 참 나."

그 후로 몇 잔 더 걸쳤다가 관우와 헤어진 뒤 현승은 터벅터벅 걸어서 집으로 돌아왔다. 이미 자정을 훌쩍 넘긴 시간이었으니 차는 끊겨 있었다. 택시를 탈까 하다가 어차피 기본요금인데 돈이 아깝다는 생각에 택시 정류장으로 향하던 발걸음을 돌렸다. 걸으면서 정리해야 할 생각도 속에 켜켜이 쌓여 있었다.

이제 5월 초입인데 한낮은 벌써 여름 같고, 아까 어깨와 정수리를 그렇게 두들겨 대던 햇살은 시침 뚝 떼며 꼭꼭 숨어버렸다. 열기가 다 식은 아스팔트는 선선하게 가라앉아 간혹 팔을 스치는 바람에 한기마저 느껴질 정도였다. 빨간불인 횡단보도에 서서 어깨를 부르르 떨며 현승은 주머니를 뒤져 담뱃갑을 찾아 한 대 골라 물었다. 일회용 라이터의 치익 하는 소리가 간당간당했다. 불을 붙이고 라이터를 눈앞으로 가져와 이리저리 흔들어보던 현승은 쯧 하며 가스가 거의 다 떨어진 라이터를 다시 주머니에 넣었다.

'천일야화라.'

조금 전 미완성된 극본을 받아 들기는 했지만, 현승은 일찍부터 천일야화의 이름을 알고 있었다. 의미가 의미였던 만큼 제작되는 것 자체가 업계에서는 화제였기 때문이다. 그래서 정분나 그만뒀다는 연출가와 극작가도 업계에서는 이름만 대면 알 정도로 유명한 사람들이었다. 그런데 이제 갓 사회에 나온 말단 무용수도 아니고, 나이도 경력도 먹을 만큼 먹은 사람들이 공과 사도 구분 못하고 애정문제 때문에 그 난리를 쳐놨다는 것이 생각할수록 어이가 없어서 현승은 담배를 잡은 손으로 이마를 긁으며 히죽 웃었다.

문득 미처 관우에게 묻지 못했던 일이 생각나 현승은 안타깝게 뒤를 돌아보다가 허탈하게 다시 몸을 돌려세웠다. 극작가를 새로 구했다는 말만 들었지 그가 어떤 사람인지 묻는 것을 잊었던 것이다.

"그 사람도 두렵기는 매한가지예요."

대체 어떤 사람이기에 관우가 그렇게까지 표현을 했을까. 순간 머릿속으로 알고 있는 극작가들의 얼굴을 뒤져 보았으나 딱히 관우를 그렇게 질리게 할 만한 사람을 떠올리기는 힘들었다. 이쪽 계통, 그것도 작가라는 직업의 특성상 인상이 천차만별로 다르기는 했지만 대하기가 어려운 것도 아니고 두렵다니. 한동안 이리저리 고민을 해보던 현승은 또 하나 늘어나는 고민거리에 한숨을 푸욱 내쉬었다.

새벽 두 시가 가까워 오는 시각, 스탠드 하나만 켜진 방 안 책상에 앉은 현승의 눈동자가 대본을 훑으며 찬찬히 움직였다. 침대와 문짝 두 개짜리 장롱, 책상과 텔레비전, 넓지는 않았지만 갖출 것은 다 갖춘 주택가 근처 자취방이 현승의 거처였다. 결혼하기 전까지 정식 분가는 꿈도 꾸지 말라는 부모님의 엄포에 할 수 없이 구한 방이었다.

이제 5월이니 서른셋도 절반은 갔다. 그런데도 그때까지 애인이랍시고 변변한 아가씨 한번 데려온 적 없는 현승의 모습에 부모님은 초조했던 것이다. 현승이라고 그 마음을 모르는 것은 아니었으나, 몇 달만 있다가 몇 달만 있다가 하다가 어느새 해가 바뀌고, 그렇게 어찌어찌 하다가 정신을 차려보니 벌써 세월이 그렇게 흘러 있었다. 부모님의 재촉에는 걱정과 함께 삼십대도 중반이 다가오는데 도통 미래 생각을 안 하는 자신을 향한 역정도 섞여 있음을 모르지 않는 현승이었지만 당장 결혼보다 먼저 생각해야 할 일이 이렇게 찾아오는 것을 어떻게 할 수도 없는 노릇이었다.

스탠드 불빛에 하얗게 반사되는 안경이 콧등을 타고 흘러내리자 묵묵히 다가온 현승의 손가락이 그것을 다시 제자리로 밀어 올렸다. 간간이 안경을 추스르는 손동작과 팔랑 하고 넘어가는 종잇장의 소리만 제외하면, 읽는 것에 푸욱 빠진 현승의 모습은 마치 깎아놓은 석상 같았다.

천일야화. 사람들에게는 아라비안나이트라는 제목으로 더 친숙한 이 거대한 아랍설화의 꾸러미는 제목 그대로 페르시아의 궁전에서 천 하룻밤 동안 펼쳐지는 이야기를 책으로 엮은 고전이다. 6세기경 사산왕조에 처음 〈1000의 이야기〉라는 이름으로 탄생되어, 15세기에 이르러 지금의 모습으로 완성되었을 때는 인도, 이란, 이라크, 이집트와 아라비아의 설화까지 덧붙여져 길고 짧은 280편의 이야기가 한 덩어리가 되어 세상에서 가장 방대하고 복잡다단한 전설이 되어 있었다. 그러나 장장 10세기에 걸쳐 이야기가 완성되어 가면서도 맨 처음 천일야화의 첫날밤에 이야기를 시작하는 주인공이 대왕의 아내라는 설정은 바뀌지 않았다. 그 왕의 사연이란 것이 또 기가 막혔다.

왕의 사랑, 왕비의 배신, 왕의 분노와 광기, 그러나 결국엔 다시 다가온 사랑으로 마무리되는 해피엔딩. 줄거리만 놓고 보자면 평범했지만 그 알맹이는 어느 것과도 비슷하지 않았다. 현승의 입술을 타고 벌써 몇 번째인지 모를 욕심 섞인 한숨이 새어

나왔다.

"……."

중간까지 읽은 극본을 접히지 않도록 책상에 엎어놓으며, 현승은 안경을 벗고 눅진하게 아려오는 눈꺼풀을 비볐다. 안경테가 사라지자 내내 가려져 있던 부드러운 눈매가 숨김없이 드러나며 날카로워 보이는 인상이 조금 수그러들었다. 생각했던 것보다 완성도있는 극본 상태에 현승의 마음이 한결 가라앉았다.

지금 사람들이 알고 있는 알라딘과 요술램프나 신밧드, 알리바바와 40인의 도적 같은 아랍 지방의 유명한 이야기 모두가 알고 보면 천일야화 속에서 세헤라자드가 샤리야르에게 들려주는 이야기들 중에 하나였다. 모험과 마법이 가득한 이야기 때문에 여태까지 천일야화는 어린이용 동화라는 의식이 강했지만, 사실 천일야화는 후궁들의 거처였던 하렘의 설명이 아주 자세하고 성애(性愛)에 관한 묘사가 짙어 처음 유럽에 전해졌을 때는 금서(禁書) 취급을 받았을 정도로 파격적인 책이었다. 현승 역시 언젠가 읽었던 아라비안나이트에서 샤리야르가 처녀들을 죽여 나가는 부분의 묘사가 잔혹하면서도 에로틱하여 인상에 강하게 남았던 기억이 있었다.

대왕을 남편으로 두고서도 노예와 비밀스런 정을 나눈 왕비, 그로 인해 복수심에 반 미친 왕, 하룻밤 후에 죽어가는 처녀들, 그러던 왕 앞에 나타난 신비롭고 지혜로운…… 또한 아름다운 한 여인.

보면 볼수록 극적인 요소는 차고 넘치는 이야기였다. 현승은 냉장고로 다가가 가볍게 목을 축이고 다시 책상에 붙어버린 것처럼 앉아 나머지 분량을 읽어 내려가기 시작했다. 여태까지 천일야화에 대한 창작물은 전체보다는 그 안에 액자구성으로 들어 있는 이야기들 중 하나를 뽑아내어 제작된 경우가 대부분이었다. 알리바바와 40인의 도둑, 신밧드 같은 친숙한 이름들은 지금까지 숱하게 공연되었지만 그 역시 어린이들이나 저연령층을 대상으로 한 아동용이 대부분이었다.

하지만 관우에게 설명을 들은 이번 공연은 여태까지와 달랐다. 지금까지 더 주목을 받아왔던 액자구성 이야기를 과감히 잘라내고, 이야기의 주된 틀을 세헤라자드와 샤리야르 두 사람에게 초점을 맞추어 어른들도 진지하게 관람할 수 있는 관능적인 로맨스물로 재탄생시킬 계획이었던 것이다. 뇌쇄적이지만 천박하지 않은 아랍의 분위기를 한껏 살려 요염함을 강조하고, 그 가운데 점차 치유되는 샤리야르의 모습과 그를 감싸는 세헤라자드의 사랑을 메인으로 놓는 것이었다. 현승은 흥분 어린 손길로 머리를 쓸어 넘겼다. 머릿속으로 완벽하게 꾸며진 세트의 모습이 빠르게 스쳐 지나갔다. 입안이 바싹 말랐다.

"형!"

현승은 멀리서부터 활짝 웃으며 다가오는 관우를 향해 마지못해 손을 들어 보였다. 현승은 성큼성큼 다가와서 덥석 끌어안는 관우의 등을 눈을 감으며 토닥였다.

"그래, 그래."

"읽었어요? 어때요?"

현승이 갈빗집에서 천일야화의 대본을 받아가고 이틀 만이었
다. 현승은 무심하게 혀를 한번 찼다.

"좋더라."

그 말에 관우의 얼굴은 더욱 환해졌다. 현승이 이렇게 대답한
다면 거의 승낙한 것이나 진배없었다. 게다가 지금 현승은 제
발로 단원들이 연습을 하고 있는 국립극장까지 찾아온 터였다.
완전히 허락하기 전에 상태가 어떤지 점검하러 온 것이다.

"연습실이 어디냐?"

현승의 물음에 관우는 굽신굽신거리면서 현승을 극장 지하
연습실까지 에스코트했다. 클라이맥스가 비어 있는 극본이었지
만 초반 부분은 연습이 한창 진행되고 있었다.

"안녕하세요."

현승이 연습실로 들어서자 모여 있던 배우들이 앞으로 나서
며 아는 척을 했다. 예전 현승과 일한 적이 있는 배우들이 적지
않게 섞여 있어 현승은 반가운 미소를 지으며 손을 내밀었다.

"여기서 뵙네요."

오랜만에 보는 얼굴들에 반가워 막 이야기꽃이 필 무렵, 향긋
한 분 냄새와 함께 낭랑한 목소리가 현승의 고개를 돌리게 했다.
그곳에는 역시 낯익은 얼굴이 비할 데 없이 화사하게 웃으며 자

신을 바라보고 있었다. 눈매를 깊게 강조한 화장 덕분에 몹시 매혹적으로 다가오는 얼굴이었지만 현승은 분명 낯이 익은데도 선뜻 기억나지 않는 상대방의 이름 때문에 적잖이 당황했다.

"아……."

얼굴에 떠오른 당황이 당혹으로 바뀔 즈음, 현승은 다행히 오래된 이름 하나를 찾아내며 먼저 손을 내밀었다.

"현정아 씨."

정아는 옛날 현승이 공연계에 첫 발을 내딛었을 때 소극장에서 공연되었던 작은 연극에서 조연 여배우로 함께했던 적이 있었다. 현승은 그때 예대를 막 졸업한 스물다섯 살이었고, 정아는 스물둘이었다. 그 후로 인연이 없었기에 얼른 기억해 내지 못했던 것이다.

"한 박자 늦었습니다."

오히려 정아가 자신을 기억하고 있는 현승이 놀라운 눈치였다. 현승의 손을 잡으며 정아의 아름다운 눈매가 크게 휘었다.

"기억하고 계시네요?"

"당연하죠. 그동안 TV에서도 자주 봤는걸요."

현란한 화장에 원숙함이 흐르는 정아의 모습에 현승은 속으로 새삼 시간이 많이 흘렀음을 깨달았다. 햇수로 8년 전 소극장에서 처음 본 정아는 고등학생이라고 해도 믿을 만큼 앳된 모습이었는데, 다시 만난 지금은 어느새 한 명의 배우가 되어 있었던 것이다. 8년이라는 세월이 지나는 동안 소극장에서 첫 무대를 가졌던 그녀는 연극계 경력을 쌓기 시작한 지 얼마 지나지 않아 브라운관으로 진출해 이제는 제법 유명한 스타가 되었다. 오랜만에 돌아온 무대에서 정아는 석 달 후 막이 오를 천일야화에서 1막을 장악하는 중요 인물인 왕비 역을 맡았다고 했다.

"새로 오실 거예요?"

"두고 봐야죠."

정아의 물음에 현승은 어깨를 으쓱하며 가볍게 웃었다.

"오랜만에 무대 돌아온 기분이 어때요?"

"낯설면서도 편안해요. 너무 좋기도 하고요."

"티켓파워 기대해도 되겠습니까?"

현승은 하하 웃으며 덧붙였다. 앳된 연극배우로 출발했던 정아가 이름을 알린 유명인이 되었으니 그를 두고 한 농담이었다. 정아 역시 밝게 웃었다.

"글쎄요, 두고 보셔야죠."

그때 내내 함박웃음을 짓고 있던 관우가 재바르게 앞으로 나섰다.

"자자, 다들 앉아봅시다."

관우의 리드에 사람들은 자연스럽게 둘러앉아 문제에 봉착한 뮤지컬 이야기를 나누기 시작했다.

"날짜가 정확히 언제죠?"

현승의 물음에 남자 주인공인 샤리야르 역을 맡은 승태가 날짜를 세어보더니 대답했다.

"이제 오월 중순이니까…… 딱 세 달 남았죠."

현승의 눈길에 승태는 시원스럽게 웃었다. 하지만 그 한구석에 묻어 있는 불안과 초조가 여실히 들여다보여 현승은 마음이 착잡해지는 것을 느꼈다.

"그런데, 정말 새로 오실 거예요?"

갑작스런 현승의 등장에 싱숭생숭해진 단원들을 대표해서 승태가 물었다. 주인공 역할이었던 만큼 승태는 훤칠한 외양과 시원시원한 성격으로 배우들 사이에서 구심점 역할을 하고 있었다. 현승은 어차피 알게 될 것 뭐 어떠랴 싶어 특유의 무심한 미소를 지으며 고개를 끄덕였다.

"확실한 건 단장님께서 말씀을 해주시겠지만…… 아마도 그렇게 될 것 같습니다."

"형!"

우와앙 소리를 지르며 달려드는 관우를 밀쳐 내며 현승은 가지고 온 절반짜리 극본을 꺼냈다. 여기 오기 전 사실 현승은 관장님을 먼저 뵈었던 참이었다. 관장 역시 지금 사태에 대단히 근심하면서 신임 연출가를 물색하고 있던 차에 나타난 현승을 쌍수 들어 환영했다. 배우들도 새로운 연출자가 나타났다고 하니 모두들 적잖이 안심하는 기색이었다. 승태의 얼굴에서 조급함이 사라지며 안도감이 떠올랐다.

"읽어봤는데, 제대로 완성된 건 1막뿐인 것 같던데요."

시종일관 자신의 특징인듯 무심하고 한 발자국 떨어져 있는 것처럼 느긋하던 현승의 목소리가 단호해졌다. 승태가 고개를 끄덕였다.

"네. 저…… 그 사정 때문에."

"압니다. 조연출한테 얘기 들었어요. 거참."

멋쩍어하는 승태를 향해 현승은 쓰게 웃었다. 이제 개막일까지는 에누리 없이 꼭 석 달이 남은 상황이었다. 그나마 다행인 것은 극이 1막까지는 완성이 되어 있다는 것이었지만, 뮤지컬은 극 흐름과 더해서 노래와 음악, 안무까지 곁들여 있기 때문에 연습 기간이 훨씬 길었다. 남은 기간이 석 달이라면 언뜻 그렇게 서두를 필요가 없을 것 같아 보이지만, 미완성인 극본과 그로 인해 아예 연습이 불가능한 2막의 연기와 춤, 노래, 무대 세트 등을 생각해 보면 이렇게 얘기하고 있는 시간이 아까울 정도로 몹시 촉박한 것이었다.

"아, 그렇지. 관우야?"

생각할수록 뭉그적거릴 틈 없는 현실에 관자놀이를 긁적거리던 현승이 문득 관우를 향했다.

"작가 새로 섭외되었다고 했지? 누구야?"

"……장세영이요."

관우가 말한 이름에 현승은 자기도 모르게 대본을 구기고 말았다.

시나리오, 드라마, 소설, 극본.

작가의 손을 거쳐야만 탄생될 수 있는 저 창작물들엔 한 가지 공통점이 있었다. 바로 장세영이 쓰면 그게 넷 중에 무엇이든 성공한다는 것이다.

현승이 기억하기로 그가 처음 장세영이라는 이름 석 자를 들은 것은 공연계에 본격적으로 입문했던 8년 전, 이십대 중반을 막 넘겼을 무렵이었다. 돌이켜 보면 아득한 시간인데도 현승이 그 이름을 여태까지 잊지 않았던 것은, 그가 첫 번째로 연출을 맡았던 연극이 장세영이라는 신인 작가의 처녀작에 밀려 참패했기 때문이었다. 말하자면 잊지 않은 것이 아니라 잊을 수가 없었던 것이다. 그때 현승에게 처음 패배의 쓴잔을 선물했던 장세영은 그보다도 세 살이나 어린 스물둘이었다고 했다. 나중에 알게 된 그 어이없는 사실에 현승은 안 그래도 쓰린 속이 아주 뒤집어지는 것 같았다.

현승이 횃불처럼 이글거리는 눈동자로 휙 돌아보자 관우는 찔끔해서 시선을 회피했다. 그의 대학 한 학년 후배로 여태까지 친분이 두터웠던 관우는 현승의 이런 과거도 알고 있었다.

"……형."

"그래서였나?"

"예?"

"두렵다고 한 이유가 그래서였어?"

침묵은 곧 긍정이었다. 현승은 폐까지 뽑아낼 정도로 깊은 한숨과 함께 세면대 수도꼭지를 틀었다. 단원들과 대략적인 마무리를 짓고 잠시 화장실에 들른 참이었다.

차가운 물이 얼굴에 닿으니 그나마 시끄럽던 속이 좀 가라앉는 기분이었다. 현승은 한참 동안 어푸어푸 찬물세수를 했다. 뒤에서 근심스런 표정으로 지켜보던 관우가 얼른 종이 타월을 뽑아 건넸다.

축축한 얼굴을 가혹할 만큼 문질러 닦으며 현승은 생각을 정리했다. 이미 극장 측과는 애기가 끝났다. 배우들과 얼굴도 익혔다. 이제 와서 무른다면 정분나서 파토 내고 잠수 탄 전임자와 똑같은 사람이 되는 것이다. 그리고 덧붙여 말하자면, 현승은 신임 작가가 장세영이라는 것을 알았을 때 짜증은 났을지언정 그만두고 싶다는 생각은 들지 않았다. 장세영이면 장세영인 거지 그게 뭐 대수란 말인가 할 정도로, 그만큼 천일야화에 대한 욕심이 컸던 것이다.

"괜찮아요?"

"안 괜찮을 건 또 뭐야."

첫술에 배부르랴. 야심차게 도전했던 첫 연극이 천재라 불리기에 부족함없는 재능을 가지고 혜성처럼 등장한 신인 여류작가에게 밀려 초라하게 막을 내려야 했던 일이 중간중간 떠오를 때마다 스스로를 위로하듯 했던 말이었다. 자신은 그때가 처음이었고, 그러니 실패도 할 수 있는 거였다. 처음에 성공할 확률보단 실패할 확률이 훨씬 높지 않은가.

하지만 누구인들 그러지 않았을까. 나는 남들보다 조금 다를 거라고. 아니, 솔직히 말하자면 조금이 아니라 완전히 다를 거라고. 그때 현승은 스물다섯 살이었다. 알 만큼 알고 적당히 깨닫게 된 지금의 서른셋이 아니었다. 패기, 처음, 도전. 그런 것들이 섞여 그 무렵에 현승은 자신만만했었다. 내가 세상에 나가면 너희들 다 죽었다고, 지금 회상하면 낯뜨거운 다짐들도 숱하게 했었다. 그러나 그 첫 도전을 치르면서 현승은 세상은 자기가 상상했던 것만큼 그렇게 달콤하지도 않고 마냥 꽃밭 같지도 않다는 것을 알아야 했다. 씁쓸하고 한편으론 서글프기도 했지만 이제 와 생각해 보면 그건 세상이 비정해서가 아니라 그냥 원래 그런 것이었다. 자신이 뭘 몰랐었던 것이다.

그러나 장세영이라는 사람도 처음이었지 않은가.

그 사실이 현승을 괴롭게 했다. 모두 처음인데, 어째서 저 사람은 나와 시작부터 길이 다른 것일까. 그동안 게으름을 부린 적은 없다고 현승은 감히 스스로 자부했다. 할 수 있는, 해야 하는 모든 것들을 꾀부리지 않고 해내왔다. 물론 노력이 반드시 성공을 보장하는 것은 아니지만, 그렇다면 그 사람은 무슨 일을 어떻게 했기에 나와는 다른 것이란 말인가. 무엇이 달라서 같은 처음인데도 자신은 실패를, 그 사람은 성공을 거머쥐어야 했던 것일까. 내가 하지 못했던, 혹은 타고나지 못한 그 어떤 것을 그 사람은 이미 갖고 있었던 것일까. 그렇다면, 그건 대체 무엇이란 말인가.

"꼭 그래서 두려웠단 건 아니에요."

현승이 고개를 들자 관우는 마뜩찮은 얼굴로 중얼거렸다.

"형도 그 사람 소문 풍문으로도 알 거 아니에요. 엄청 괴팍하다고."

착잡한 관우의 표정에 기억을 뒤져 보던 현승도 고개를 주억거렸다. 세영의 칼 같은 성품에 대한 소문은 업계에서 그리 드문 이야기가 아니었다.

몇 년 전일까. 세영이 방송국과 드라마를 진행하던 때의 일화다. 제작되던 드라마는 그때 한창 주가를 올리던 신예(新銳)를 주인공으로 내세운 트렌디 드라마였는데, 데뷔하고 얼마 되지도 않아 덜컥 주연 자리에 앉게 된 신예 연기자의 오만방자가 하늘을 찔렀다. 들리는 말로는 같이 캐스팅된 부모뻘 중견 연기자에게도 인사를 하지 않는 것은 물론이고 스토리에 상관없이 자기 분량을 늘려달라고 멋대로 요구하는가 하면, 수십 명 촬영 스태프와 동료 연기자들이 모두 기다리고 있는 상황에서 두세 시간 늦게 나타나는 것은 애교라고 할 정도였다. 그것에 분개한 세영은 신인 연기자의 종횡무진에 진이 빠져 가는 감독을 설득하여 이미 상당 부분 촬영이 진행된 상황에서 배역을 바꾸었다. 신예 연기자를 원래 무명 배우가 캐스팅된 조연으로 끌어내리고, 그 무명 배우를 주연으로 배역을 바꿔 재촬영을 강행했던 것이다. 신인 연기자의 소속사에서 엄청난 반발이 있기는 했지만, 아직 드라마의 첫 방송이 이루어지지 않은 상태였기에 재촬영은 결국 이루어지게 되었다.

모두가 세영의 무모하리만치 단호한 행동에 우려하며 실패를
예상했지만, 그럼에도 불구하고 바뀐 배역으로 촬영되어 방영된
드라마는 젊은이들 사이에서 신드롬을 만들어낼 정도로 대성공
을 했다. 세영 덕에 얼떨결에 주연이 된 무명 배우는 지금 톱스
타가 된 것은 물론이고 뜬 후에도 품행방정하기로 평판이 높았
다. 그리고 자아도취에 정신 못 차리던 신예는 그 후로 세인들에
게도 잊혀져 자연스럽게 업계에서 퇴출이 되고 만 것이다.

만약 드라마가 실패했다면 세영 역시 자리보전을 할 수 없었
을 테지만, 대성공을 했으니 오히려 방송가에서 입지를 굳히게
된 계기가 된 사건이었다. 이 외에도 세영에 관한 일화는 셀 수도
없을 만큼 많았다. 일화가 늘어날수록 괴팍하고 성격 이상하다는
세영에 대한 평가도 늘어났지만, 손끝에서 만들어내는 것마다 성
공이라는 무대 위에 올려놓는 세영의 실력은 결과가 중요한 이
바닥에서 그런 것들을 모두 불식시키고도 남는 것이었다.

"그래, 알지."

어쩔 수 없지. 속으로 뇌까리며 현승은 다시금 관우를 향했다.

"연락은 다 된 거야, 그럼?"

"네. 수락은 했어요."

현승은 고개를 돌려 거울 속 자신의 얼굴을 응시하며 중얼거렸다.

"그럼 만나봐야겠네……."

#1막. 궁정

샤리야르 : 어째서인가, 나는 그대를 이미 손에 넣은 보석이나 잡을 수 없는 세월같이 아껴왔거늘, 어째서 내게 이런 배신을 선물하는 것인가? 알라여, 답해주십시오. 한 여인에게 바친 순정의 대가가 고작 이런 것이란 말입니까? 어째서 나의 정직한 애정이 순수한 보답으로 돌아오지 않는 것입니까? 세상에 있는 사랑이란 전부 이런 것이란 말인가? (왕비를 향해) 그대여, 그대의 저의가 무엇이었든 그 목적이 나를 상처 입히고 피폐하게 하려는 것이었다면 그것은 대성공이다. 만약 그대가 나의 대장군이었다면 나는 그대를 치하하지 않을 수 없었으리라. 나는 치명상을 입고 쓰러지는 중이다. 그대가 내게 선사한 배신과 분노가 너무나 크다.

—천일야화 극본 中에서

현승의 눈동자가 앞에 버티고 선 건물의 높이를 가늠하기 위해 위로 움직이기 시작했다. 천천히 턱이 들려지고, 마침내는 까마득한 건물의 높이를 따라잡기 위해 고개가 완전히 젖혀졌다. 기가 막히도록 화창한 하늘, 태양과 비슷한 높이까지 올라가 역광 때문에 검게 보이는 꼭지점을 바라보는 입술이 히야, 하고 낮은 탄성을 뱉었다.

'벼…… 별로 높지도 않고만!'

일순 끝이 보이지 않을 정도로 까마득한 건물의 위용에 주눅이 든 자신이 한심해서 현승은 속으로 욕지거리를 내뱉었다. 하지만 현승이 이렇게 긴장한 이유는 순전히 건물 때문이 아니라이 건물 안에 있을 사람을 상상했기 때문이었다.

세영이 살고 있다는 아파트는 현승이 살고 있는 단출한 자취 방에 비하면 고래 등에 기와집이라 표현해도 한없이 부족할 지 경이었다. 호화가 철철 넘치는 건물의 외관만 해도 벌써 질리는 데, 문을 열고 들어서면 특급호텔 로비처럼 정장을 빼입은 보안 요원이 앉아 있어 미리 약속이 되어 있지 않으면 안으로 들어가 는 것조차 불가능한 철옹성이었다.

보안요원에게 간단히 설명을 하고 현승은 엘리베이터에 올라 한숨을 내쉬었다. 고지식과 완벽의 화신이라고 일컬어지는 세 영을 잘 상대할 수 있을지 의문이 들었다.

'……꼭 성격이 그렇기 때문만은 아니다만.'

입맛이 썼다. 이미 합의가 된 사안이고 또 여기 오기 전에 전 화로 간단하게 요점은 이야기를 했으니, 대화를 진행하기에는 쉬울 것이다. 오래전 의식하지 못한 채 세영에게 입어버린 열등 감과 숱하게 주변을 맴돌았던 그녀의 기담들이 뇌리를 빙빙 울 렸다.

엘리베이터가 15층을 표시하며 문을 열자, 현승은 자못 당당 한 걸음걸이로 복도로 내려섰다. 새삼 예전의 기억에 얽매이는 자신이 싫었다. 세영은 그때 자신이 누군가에게 어떤 영향을 끼 쳤을지 기억도 못할 텐데, 혼자서 신경 쓰며 전전긍긍하는 자신 의 모습이 한심스러웠던 것이다. 이제 갓 입문한 초보도 아니고 자신 역시 이 바닥에서 나름 간판을 닦아온 사람이다. 괜히 겁먹을 필요 없는 것이다.

그러나 초인종으로 향하는 손끝은 의지와 상관없이 하얗게 질렸다. 현승은 마지막으로 매무새를 가다듬고 문 앞에 섰다. 뒤에서 잡아당기듯이 느리게 다가간 손가락이 마침내 초인종을 눌렀다.

딩동.

건물 껍데기만 보면 초인종을 누르면 모차르트의 미뉴에트라도 흘러나올 것 같더니, 평범한 화음은 여느 가정집과 똑같았다. 잠시 기다린 뒤에도 아무런 반응이 없자, 현승은 다시 한 번 초인종을 누르며 생각했다.

'어디 갔나? 바로 온다고 했는데.'

잠시 후 역시 응답이 없어 세 번째로 초인종을 누르려는 찰나, 덜컥 하고 현관이 열리는 바람에 현승은 질겁하며 한 걸음 물러섰다.

"장…… 작가님?"

나와보는 사람은 없고 문만 벌컥 열리다니. 이게 뭔가 싶으면서도 문이 열렸으니 들어오라는 소리겠거니 하며 현승은 조심스럽게 안으로 들어섰다. 거실은 널찍하고 세련된 인테리어였는데 거실에 뚫려 있는 통유리 창문에 커튼이 쳐져 있어 어둠침침했다. 손잡이를 놓자 문은 저절로 스르륵 닫히더니 철컥! 하고 잠겼다. 왠지 영화에서 곧 죽을 목숨인 엑스트라가 음산한 방에 들어서는데 쾅 하고 문이 닫히는 장면이 떠올라 현승은 속으로 찔끔했다.

"들어와요."

찔끔하고 있는데 안쪽에서 들려오는 목소리에 현승은 화들짝 놀라 소리가 들려온 방향을 쳐다보았다. 아무것도 아닌 일인데 고양이 앞의 쥐가 된 기분이었다. 주섬주섬 신발을 벗고 들어서는데 별안간 튀어나오는 허연 그림자에 현승은 체면도 잊고 가방을 끌어안았다.

"흭!"

등허리까지 긴 머리에 헐렁한 바지에 헐렁한 남방을 펄럭이며 나타난 그림자. 해골만큼은 아니지만 웬만한 날씬녀들은 명함도 못 내밀 정도로 마른 체격의 여자 하나가 이상한 눈으로 현승을 바라보고 서 있었다. 세영이었다.

"들어, 와요."

어정쩡하게 서 있는 현승이 말을 못 알아들어서 그러고 있는 것이라 여겼는지 세영은 또박또박 끊어가며 일렀다. 억양도, 감정도 제대로 읽혀지지 않는 음성이었다.

"아, 예."

말도 꺼내기 전에 완전히 기선을 제압당한 꼴이 된 현승이 부랴부랴 거실로 들어서서 소파에 앉았다.

"마실 거, 줄까요?"

세영은 여전히 딱딱 끊어가며 현승을 향해 일렀다. 현승은 그럴 필요 없다고 말하려다가 이상할 것 같아 그만두었다.

“아니요. 됐습니다.”

그러자 세영은 두 번 묻지도 않고 자기 몫의 주스만 달랑 들고 와서 현승의 맞은편에 앉았다.

“말하러 왔으면 말해봐요.”

세영의 말투는 아무런 억양도 없었지만 왠지 범접할 수 없는 까칠함이 느껴졌다. 둘러 말하는 법 없이 창처럼 찌르고 들어온다고 해야 할까. 현승 역시 본론을 꺼내기 전에 이런저런 쓸데없는 것들을 늘어놓는 화법을 좋아하지는 않았지만, 지나치게 거두절미하고 물어오는 이런 화법 역시 겪어보니 불편하긴 마찬가지였다.

“전화로 설명드렸었죠? 지금 상황이…….”

“알아요. 극본은 나도 읽었습니다.”

세영은 그대로 현승의 말을 자르며 중간에 치고 들어왔다. 들고 있던 주스 컵을 내려놓는 세영의 손은 몹시 여위고, 또 오랫동안 햇볕을 쬐지 못했는지 핏기 없이 창백했다.

“이건 어차피 결말은 정해진 이야기죠. 문제는 그 결말까지를 어떻게 풀어내느냐 하는 거고. 어떻게 생각해요? 어떻게 해줬으면 좋겠어요?”

딱따구리처럼 톡톡 쏘는 세영의 어투는 마치 네가 말해봐라 그럼 내가 해주겠다 하는 것처럼 무성의하게 들렸다. 어딘가 피곤해 보이는 세영의 안색처럼 현승의 미간에도 슬슬 주름이 잡혔다.

"읽으셨다니 다행입니다. 그럼 간단하게 말씀드리죠. 저는 전통적인 액자구성은 짧게 축소하면서도 화자(話者)라는 세헤라자드의 캐릭터에는 변화를 주지 않고 대신 그보다 짧은 설화를 세 개 정도 풀어놓을 생각입니다. 감미로운 분위기로요."

단호하게 끝맺었는데 아무 말도 없이 빤히 쳐다보는 세영에 현승은 작게 헛기침을 했다. 세영은 얕게 한숨을 쉬면서 주스를 한 모금 홀짝이고는 입을 열었다.

"이거 러닝타임이 몇 분이지, 윤 감독?"

여전히 종잡을 수 없는 세영의 화법에 현승은 약간 불퉁하게 일렀다.

"아무리 길게 잡아도 두 시간 삼십 분 정도가 될 겁니다."

순간 세영의 입가에 걸리는 웃음이 현승의 신경을 긁었다. 명백한 비웃음이었기 때문이다.

"그래? 그럼 내가 잘못 알았나 보군. 뮤지컬이 아니라 2박 3일짜리 다큐멘터리 원고 청탁이었나? 아니면 1막을 30분만 하고 끝내려는 것이었나 보군. 인터미션 빼고 순전히 1막만 해도 한 시간인데, 나머지 한 시간 반 동안 세헤라자드가 하는 얘기를 세 개나 집어넣고 사랑 얘기까지 할 수 있겠어?"

얼음 칼처럼 찔러대는 세영의 지적에 현승의 표정이 점점 일그러졌다. 구겨진 입술이 열리며 반발이 튀어나왔다.

"국립극장 기념공연으로 천일야화가 선택된 이유가 뭐라고 생각하세요? 천일야화라는 소재와 끝없는 이야기라는 설정이 그만큼 매력적이기 때문입니다! 그런데 그 설정을 대폭 축소하시겠다고요?”

현승이 지지 않고 맞받았으나 세영은 전혀 귀를 기울이고 있는 태도가 아니었다. 그 모습에 현승은 속에서 뜨거운 것이 울컥 치받아 이를 드러냈다.

“여기 설정 바꾸겠다고 한 사람 아무도 없어. 세 개를 하나로 줄이자는 얘기지.”

“제가 러닝타임 생각 안 한 줄 아십니까? 콘티도 생각해 놓고 있었단 말입니다.”

“콘티? 얼마나 대단한 것이었든 세 개는 무리야. 관객한테 공부시킬 셈인가? 하나로 줄여. 잔잔하고 감미로운 거? 좋지. 하지만 임팩트는 클수록 좋아. 뇌리에는 남겨줘야 할 거 아냐?”

“그렇다고 하나는 너무 짧습니다!”

“길어도 두 개야. 그 이상은 안 돼.”

거기까지 세영과 말을 주고받은 현승의 미간이 다음 순간 다른 의미로 구겨졌다. 대화를 시작한 후부터 세영이 자연스럽게 저지르고 있는 한 가지를 깨달았기 때문이다.

“그동안 작가님에 대한 얘기는 많이 들었는데, 실제로 만나보니 현실과는 다르군요.”

“뭐가?”

“초면부터 이렇게 반말 편하게 하는 분인 줄은 몰랐습니다.”

차분하게 가차없이 비꼬는 현승을 바라보는 세영의 눈동자가 마찬가지로 차갑게 가라앉았다. 현승의 어금니에 힘이 들어갔다.

자신이 세영보다 1년 후배만 되었어도 세영의 처사가 억울하지는 않았을 것이다. 아니, 자신이 연출가가 아니라 연기 조언을 들으러 온 초짜 배우만 되었더라도 저 괴팍함을 이해했을 것이다. 그러나 현승은 세영보다 한 수 아래가 아니라 동등한 위치에 서 있는 연출가였다. 이유없이 날아오는 무례와 하대를 견뎌야 할 까닭이 없는, 조금도 치우쳐 있지 않은 대등한 위치였던 것이다.

"윤 감독은 참 예의가 바르군. 뭐, 좋아."

세영의 눈썹이 알겠다는 듯 까딱거렸다. 현승은 받아들이는 것 같으면서도 폭풍 전야의 고요처럼 잠시 입을 다문 세영을 굳은 눈길로 바라보고 있었다. 몇 순간이 흐른 후에 세영은 천천히 입술을 떼었다.

"본인은 예의라는 걸 말이지요, 서로 이해할 마음이 있는 대등한 상대가 서로를 위해 갖추는 겸양이라고 생각합니다. 적선하듯 베풀어주는 호의가 아니라. 그런데 지금 보세요. 윤 감독님께선 상대 의견은 아랑곳없이 자기 생각만 강요하려 하고 있지 않습니까? 그러니 나도 그런 겸양 따윈 필요없는 상대구나, 하고 집어치우게 된 겁니다. 하지만 윤 감독님께서 간절히 원하신다니 작은 호의쯤이야 본인이 기꺼이 베풀어 드리겠습니다. 속으로 어떻게 생각을 하든 입으로는 얼마든지 내뱉을 수 있는 예의 바른 입발린 소리를 그렇게 듣고 싶다면 본인으로서야 어쩔 수 없는 일 아니겠습니까?"

한마디 한마디 세영의 말이 이어질 때마다 현승의 얼굴이 푸르죽죽하게 질렸다. 어느새 꽉 움켜쥔 손등에 굵은 힘줄이 도드라졌다.

"……언제나 그렇게 안하무인이십니까?"

상대가 막무가내로 나오는데 정도를 지킬 필요가 무언가. 현승은 가리지 않고 일렀다. 그러나 세영의 기세는 조금도 수그러들지 않았다.

"받는 대로 돌려준다는 말 모르나?"

"늘 그렇게 독선적이고요?"

"자기 생각만 말하려는 윤 감독이나 들어줄 생각 없는 나나 피차일반인데 한쪽만 그런 것처럼 말하는 건 너무하지 않은가?"

천연덕스럽게 마디마디 찌르는 세영을 그대로 받아내고 있는 현승의 턱이 부르르 떨었다. 필설로 형용했다간 악몽에 시달리고 말 정도로 끔찍한 말들이 목구멍을 간사하게 간지럽혔다.

'참을 인(忍) 세 번이면…… 살인도 면한다……'

가까스로 그렇게 되뇌며 현승은 부아를 가라앉혔다.

"이제 납득했겠지?"

"이, 잇……!"

비릿한 조소와 함께 카운터 펀치를 날리는 세영에게 뭐라 내

지르려던 현승은 가까스로 화기를 가라앉혔다. 세영은 생각했던 것보다 훨씬 괴팍했다. 게다가 앞에 앉은 사람 따위는 아랑곳없이 안하무인이었다. 사람을 이렇게 대할 것이라면 뭐 하러 여기까지 헛걸음을 하게 만들었는가. 그냥 완성된 극본이나 던져 주고 알아서 하라 그러면 될 것이지!

'똑같은 사람 되면 지는 거다…… 내가 지는 거야…… 내가!'

벽 보고 수련한다는 사람들의 심정이 뼈로 와 닿는 순간이었다. 현승은 앞으로 겪어야 할 일들이 면벽수련하는 수도승의 그것과 크게 다르지 않으리라는 것을 스스로 깨달았다.

"……1막 진행 상황은 안 보실 겁니까?"

이래 상하나 저래 상하나 어차피 상할 속, 무엇인들 어떠랴 하는 심정으로 일렀다. 보나마나 필요없다고 하겠지.

그러나 세영의 대답은 현승의 예상을 간단히 넘어섰다.

"아니, 봐야지. 1막 2막 어차피 이어지는 건데, 분위기가 완전 딴판이면 곤란하지 않겠어?"

"연습실에 가시겠다고요?"

"가야지. 가야 볼 거 아닌가? 동영상으로 생중계라도 해주려고?"

듣는 사람의 고막을 바늘처럼 찌르는 세영의 대답에 의아해하던 현승의 미간이 대번에 찡그려졌다. 그러나 세영은 현승이 미간을 얼마나 찡그리든 관심없다는 투로 주스 잔을 집어 들었다. 현승은 그런 세영을 향해 벽으로 던지는 계란처럼 일렀다.

“지금 일어서시죠, 그럼.”

한참 걸어가던 현승은 문득 멈춰 서서 뒤를 돌아보았다. 옆에서 함께 걷고 있다고 생각했던 세영이 어느새 저만치 뒤처져 있었기 때문이다.

“……”

현승은 답답함과 알 수 없는 느낌이 뒤섞인 눈으로 그 자리에 서서 세영을 기다렸다. 조금 전 집에서 얘기를 할 때는 대통령이 눈앞에 나타나도 눈 하나 깜빡하지 않을 것 같더니, 대낮에 길거리에 서 있는 세영은 마른 몸에 딱 보통인 키 때문에 건드리기만 해도 넘어질 것처럼 부실해 보였다. 마지막으로 밖에 나왔던 것이 언제였는지 창백한 피부에 닿는 햇살이 버거웠는지 세영의 얼굴은 몹시 찌푸려져 있었다. 한마디로 짜증과 피곤이 머리부터 발끝까지 흐르는 모습이었다.

“힘들어요?”

“걷는 것 정도로 어떻게 되진 않으니 빨리 가지.”

괜찮나 싶어 물어본 말에 까칠한 대답이 돌아오자 현승은 속으로 내가 두 번 다시 묻나 봐라 하며 다시 발걸음을 이었다. 세영은 보조를 맞추어 성큼성큼 나아가는 현승 곁에 용케 따라붙었지만, 힘에 부치는 기색이 역력했다. 앞서 가는 현승은 그런 세영의 기색을 알 수 있었지만 신경도 쓰지 않으며 오히려 화난 멧돼지처럼 성큼성큼 걸음을 옮겨 멀어져 갔다.

　순식간에 멀어지는 현승의 뒷모습으로 세영의 시선이 꽂혔다. 훤칠하게 긴 뒤태는 오가는 사람들 사이에서도 단연 돋보였다. 곧은 등과 오롯이 굳은 어깨는 온전히 제 몫을 해낼 수 있는 남자의 그것이었다. 성별이 남자인 수많은 사람 중에서 정말로 올곧게 남자다운 사람이 그중 절반뿐이라고 하면, 현승은 바로 그 절반 속에 들어 있는 남자의 모습이었다. 자존심이 뭉개졌다고 해서 스스로의 가치까지 포기하지는 않은.

　현승이 연습실에 들어서며 열려 있는 문을 노크하듯 두드리자 한창 연습 중이던 배우들이 일시에 동작을 멈췄다. 현승은 힐끗 고개를 돌려 세영이 어디까지 왔는지 확인해 본 후에 배우들을 향해 일렀다. 세영은 이제 막 지하로 내려오는 계단을 내려서려 하고 있었다.
　"잠깐만요, 여기 주목합시다. 장 작가님이 1막 상황 보실 겸 해서 오셨어요."
　배우들은 현승이 연습실 안으로 들어왔는데도 한참이나 아무도 나타나지 않는 문간을 멀거니 바라보고 있다가 잠시 후 타박타박 하는 발소리와 함께 세영이 겨우 모습을 드러내자 그때서야 우르르 앞으로 나섰다.
　"안녕하세요!"
　"작가님!"
　세영은 배우들의 인사를 하나하나 받아준 뒤 현승의 옆에 자리를 잡았다. 조금 전까지는 그렇게 까칠하더니 인사는 잘 받아주는 것이 신기하게 보였다. 마침 샤리야르가 왕비의 부정을 알고 왕비와 노예들을 모두 참살해 버리는 장면을 연습하고 있던 참이었다.

"어째서인가, 나는 그대를 이미 손에 넣은 보석이나 잡을 수 없는 세월같이 아껴왔거늘, 어째서 내게 이런 배신을 선물하는 것인가? 알라여, 답해주십시오. 한 여인에게 바친 순정의 대가가 고작 이런 것이란 말입니까? 어째서 나의 정직한 애정이 순수한 보답으로 돌아오지 않는 것입니까? 세상에 있는 사랑이란 전부 이런 것이란 말인가!"

승태가 비탄에 잠긴 채 정아를 향해 소리치자 정아의 표정은 그와 반대로 서늘하게 변했다. 연습 중이라 모두들 트레이닝복 같은 편한 차림이었지만, 뿜어내는 연기만큼은 실전과 다름이 없었다.

"당신은 언제나 당신이 보려고 하는 것 외엔 눈을 돌리지 않으시는군요. 슬퍼하지 마세요. 이기적인 군주여! 나는 자신이 원하는 것 외엔 아무것도 받아들이지 않는 당신의 이기심에 복수한 거예요. 당신의 이기심은 오래전에 내 마음을 이미 죽였으니까! 그에 비하면 나의 복수는 오히려 아름다운 일이에요!"

정아의 목소리는 연습실 전체를 카랑카랑하게 울리면서 듣는 이의 흥부를 찔렀다. 현승은 열정적으로 대사를 연기하는 정아를 감탄 어린 눈으로 바라보았다. 정말 잘 어울리는 캐스팅이었다. 정아의 도발적인 이미지에 팜므파탈 같은 왕비의 역할은 맞춤옷처럼 들어맞았다. 1막의 후반부부터 등장하는 세헤라자드의 청순한 성녀 같은 이미지와 균형 잡힌 대비를 이뤄줄 것이다.

"아버지, 제가 가겠어요. 부디 만류하지 마세요. 그분은 그저 괴로워하고 있을 뿐이에요."

내내 아무 반응 없이 연습 상황을 지켜보던 세영의 눈빛이 세헤라자드의 등장과 함께 슬며시 어두워졌다. 왕비의 강력한 도발에 비해 세헤라자드의 등장은 다소 밋밋했던 것이다.

여주인공인 세헤라자드 역할인 유희는 데뷔한 지 채 3년이 되지 않은 신인이었다. 역할에 걸맞는 가녀리고 안정적인 목소리를 갖고 있어서 캐스팅이 된 것인데 문제는 정아의 인상이 너무 강렬하다는 것이었다. 관능과 뇌쇄의 화신이며 원색적인 왕비에 비해 현명하고 부드러운 구원자가 되는 세헤라자드는 그 자체로 이미 색이 엷은 감이 있었지만, 그래도 지금 유희는 한참 선배인 정아의 기에 눌려 지나치게 소극적인 모습이었다.

1막 연습이 끝나고 난 뒤 두 사람의 반응을 기다리는 배우들의 얼굴에는 일순 긴장이 흐르고 있었다. 그동안 1막이나마 연습을 이끌어온 관우 역시 마찬가지였다. 현승이 뭐라 운을 뗄까 고민하는데 세영이 한발 먼저 입을 열었다.

"그런대로 괜찮군."

저만하면 칭찬이다 싶어 현승을 비롯한 좌중이 안도하는데,

세영은 아랑곳없이 덧붙였다.

"거기, 송유희 씨라고 했나?"

세영의 부름에 유희가 퍼뜩 고개를 들었다.

"네, 네."

"집에 무슨 일 있어?"

"아, 아뇨."

갑자기 웬 집안일 하문인가. 그러나 이것저것 두르는 법 없이 대차게 찌르고 들어오는 세영의 화법을 한발 먼저 겪어보았던 현승은 세영의 목소리가 메말라지는 순간 아차 싶었다. 유희 역시 칭찬 뒤에 이어진 질문에 어리둥절하고 있는데, 세영의 입술이 틈을 주지 않고 열렸다.

"어두워, 칙칙해. 극본 못 봤어요? 인물 설정이라고 앞에 달려 있는데 안 읽었어? 얌전하지만 약하진 않은 여자. 그렇게 써 있잖아. 유희 씨는 로봇이야? 대사 있고 지문 있다고 그대로만 움직이게. 이건 설명서가 아니라 극본이라고. 반 토막짜리긴 해도 극본이라는 본 성질이 변하는 건 아니지."

현승의 찌푸린 눈이 세영을 향했다. 유희는 신경이 곤두설 정도로 끼얹어진 세영의 지적에 파랗게 질린 얼굴을 아래로 숙였다.

"글쎄요. 나는 괜찮던데."

현승이 한마디 거들었지만 세영의 무표정한 지적은 멈추지 않았다.

"아니, 안 괜찮아. 세헤라자드도 유희 씨도. 그래서 좀 바꾸고 싶은데."

난데없는 폭탄선언에 배우들과 관우를 비롯하여 현승까지 완연히 질린 눈으로 세영을 바라보았다. 그러나 세영은 길거리에서 위태롭던 모습이 거짓말처럼 처음 현승을 맞이했을 때의 얼음 칼을 휘두르던 모습으로 돌아가 있었다.

"말도 안 돼요!"

정아의 일갈에 모두 동조하는 분위기였다. 이제 현승이 새로 연출로 오고 작가도 구해졌으니, 2막이 완성되기만 하면 그것만 열심히 연습하면 무사히 막이 오를 수 있다고 생각하고 있던 배우들이었다. 그런데 갑자기 세영이 1막의 극본에 손을 댄다고 하니 당연히 놀랄 수밖에 없는 것이다.

"무리예요. 2막 써서 그거만 연습하기에도 짧은 시간이라고요. 형도 알잖아요?"

관우가 퍼런 안색이 되어서 중얼거렸다. 현승의 얼굴 역시 참담하기는 마찬가지였다. 그러나 현승이 정아처럼 격렬하게 세영의 의견에 반론을 펴지 않는 것은 그 역시 1막에서 뜯어볼수록 드러나는 빈 구석들을 보았기 때문이다. 마치 보기 좋게 마감된 근사한 건물의 외벽을 자세히 들여다보자 실금이 가 있는 것처럼 1막의 여기저기는 어딘가 허술했다.

"알아. 하지만 1막에 보강이 필요한 것도 사실이야."

묵묵하던 현승의 한마디에 관우의 한숨이 터지며 정아의 눈동자에 안광이 더해졌다.

"감독님! 왜 그렇게 말씀하세요? 천일야화 연출은 감독님이시라고요! 장 작가가 아니에요!"

가시 돋친 일갈에 현승의 얼굴이 순간 굳었다. 현승은 똑바로 고개를 들어 정아를 향해 일렀다.

"나도 알고 있어요. 그리고 장 작가도 그건 알고 있고! 나도 느끼고 있던 것을 장 작가가 대신 말했을 뿐입니다. 또, 작가가 바뀌었을 때 어느 정도 수정이 있을 거라는 건 다들 짐작하고 있던 일 아니었습니까!"

처음 보는 현승의 냉정한 얼굴에 정아는 움찔해서 입을 다물었다. 분위기가 살벌해지자 승태가 일부러 웃으며 진정에 나섰다.

"자자, 일단은 좀 쉽시다. 우리! 내가 먹을 거하고 음료수 돌릴게! 유희야, 오빠랑 편의점 가자!"

승태는 어두운 얼굴로 한쪽 구석에 서 있는 유희를 이끌고 밖으로 나섰다. 직접적인 잘못은 없었지만 세헤라자드의 배역 문제로 일이 불거졌으니 그 역을 맡은 유희는 제 탓인 것 같아 덩달아 풀이 죽어 있었던 것이다.

"자자, 하나씩 골라봐요."

승태가 급한 대로 간단한 먹을 것을 사와서 돌리자 분위기는 대충 수습되며 소강상태로 접어들었다. 그러나 배우들과 현승의 고민거리가 완전히 사라진 것은 아니었다.

"내가 의논해 보죠. 하지만 연습 중간중간에 보강은 없던 일도 아니니 새삼스럽게 생각하지 맙시다. 최소한으로 조정은 하겠지만 완전히 없을 순 없습니다."

현승의 말대로 연습 기간에 극본이 수정되는 일은 그렇게 드문 일이 아니었다. 오히려 빈번하다고 해야 옳았다. 그러나 지금 같은 경우는 배역 자체에 손을 대 처음부터 고치려는 경우니 바꾸려는 사람이나 바뀐 대로 연기해야 하는 사람이나 마음이 편하지는 않았다. 가라앉은 분위기 때문에 아무도 나서는 이가 없자 현승은 입술을 한일자로 꾹 다물었다가 열었다.

"얼마 남지도 않았는데 혼선을 주게 된 것, 미안하게 생각해요. 하지만 없을 수 없는 일이니 이해해 주십시오."

현승이 단호하게 이르자 배우들은 마지못해 수긍하는 분위기가 되었다. 그러나 정아는 마음에 들지 않는지 곱지 않은 얼굴이었고, 다른 사람들의 얼굴도 완전히 편하지는 않았다. 극본을 수정한다고 선언한 이후 현승과 관우가 무던히도 설득했으나, 세영은 안 된다는 입장을 굽히지 않으며 집으로 돌아간 상태였다.

'첫 대면이 이 정돈데…… 어휴.'

연습실을 나서며 현승은 앞으로 닥쳐올 암담함에 한숨을 내쉬었다. 봄바람처럼 일사천리로 진행되리라 믿은 것은 아니었지만, 상견한 지 하루 만에 벌써 몇 개씩 난관에 부딪치게 되니

앞일이 진심으로 두려워졌다. 그만큼 오기 역시 솟아났지만, 그렇다 해도 앞날이 몹시도 피곤하리라는 예상에는 그렇게 큰 영향을 끼치지 못할 것 같았다.

"음료수 더 마실 사람? 음료수 더 마실 사람 있어요?"

현승이 세영과 맞서기 위해 나서고 난 후 승태는 그나마 형 된 입장으로 후배들을 독려하며 분위기를 띄웠다. 여태껏 연습해 오던 극본이 이제 와 수정된다는 건 환영할 일은 아니었지만, 사실 연극이나 뮤지컬 극본은 연출을 고치며 고칠 부분은 고쳐지는 것이 사실이었다. 드라마 대본도 촬영 현장에서 수정되는 일이 있다지 않는가. 또한 그런 일이 꼭 이번이 처음인 것은 아니었다. 그저 달갑지 않을 뿐이었다.

'그나저나 장세영……'

마지막 남은 음료수 꼭지를 비틀어 열며 승태는 현승이 빠져나간 연습실 문간을 흘깃거리며 속으로 중얼거렸다.

'하여간, 고집은 여전하네.'

세영의 고집은 꺾일 줄을 몰랐다. 현승이 달라붙어 사정했지만, 세영은 그저 어쨌든 고치긴 고쳐야 하니 어쩔 수 없다는 말을 되풀이할 뿐이었다.

"1막은 노래에 안무까지 거의 다 완성이 됐다구요! 막무가내로 이러시면 어떡합니까?"

―윤 감독, 덩치도 좋던데 왜 이렇게 엄살이야.

"장 작가님!"

현승은 벌써 10분째 휴대폰을 붙들고 악을 쓰고 있는 참이었다. 그러나 현승이 갈수록 치솟으려는 목소리를 가라앉히려 목에 힘이 들어가는 반면 수화기 건너편의 세영은 시종일관 억양 없는 무미건조함을 유지하고 있었다.

—다른 건 손 안 대. 세헤라자드만 손대야겠어.

"유희 씨는 안 그래도 지금 위축되어 있어요. 그런데 꼭 그렇게 흔들어야 됩니까?"

유희가 선배인 정아의 카리스마에 눌려 안 그래도 기가 죽어 있는 것을 알고 있었기에 현승은 안타까웠다. 그러나 돌아오는 세영의 대답은 가차없었다.

—그래서 어쩌라고? 우리가 알아서 해줄 테니 오냐오냐 대사나 잘 외워다오 어영부영, 그렇게 무대에 올릴 거야? 윤 감독은 배우 사정 봐주면서 캐릭터 설정해 주나?

"……."

욱해서 잠깐 참는데 세영의 한마디가 송곳처럼 폐부를 찔러 들어왔다.

—잊은 모양인데, 세헤라자드는 여주인공이야.

낮게 가라앉은 세영의 대꾸에 현승은 잠시 할 말을 잃었다. 세영은 현승이 대답을 하던지 말던지 하는 투로 계속 말을 이었다.

—관객들은 유희 씨가 지금 어떤 상태인지 몰라. 알 필요도

없고. 솔직히 관객이 그런 것까지 알아야 되나? 그러니 할 수 없
어. 고쳐야지.

세영이 말을 끊고 나서 잠시 후, 현승은 갑갑한 한숨을 내쉬
었다. 자기라고 모르지 않는 일이었다. 세영의 말대로, 관객들
은 무대 밖에서의 배우들이 어떤 상황인지 알지 못한다. 그리고
더 중요한 것은, 관객들은 그것을 알 필요도 없다는 것이다. 무
대 밖의 상황이 이러이러하니 이해해 달라고 말하는 것은 있을
수 없는 일이었다. 돈을 내고 사먹은 음식이 맛이 없는데, 손님
에게 주방장이 감기 때문에 코가 막혀 간을 못 봤다고 하면 이
해해 줄까. 돌아오는 핑계가 저런 것이라면 손님들은 결국 떠날
것이다. 그리고 다시는 돌아오지 않게 되겠지. 무대에서도 마찬
가지였다. 관객들은 배우들의 속사정까지 신경 써줄 만큼 너그
럽지 못하다. 그리고, 신경 써줘야 하는 것도 아니다.

―그런데, 혹시 내가 오기 전에 1막에 누가 손을 댔었나?

절묘하게 짚어내는 세영의 말에 순간 현승은 덜컹 하는 가슴
을 애써 태연한 척 가장했다. 사실 현승은 천일야화의 연출을
맡았던 시점에 전임 작가가 써놓은 1막을 자신의 욕심대로 약간
손을 봤었던 것이다.

"왜요?"

―이상해서. 덜 신랄하거든. 송 선생님 스타일이 아니라서 그
래.

송 선생이란 전임 연출가와 정분이 난 것으로 모자라 그녀와

동시에 그만둬서 지금의 사단을 만든 송설우 작가를 말하는 것
이었다.

—그분이 왜 그랬을까…… 인정사정없는 사람인데.

세영의 읊조림에 현승은 설우와 세영이 사제지간이었다는 사
실을 어렵지 않게 기억해 낼 수 있었다. 하긴, 현승도 처음 관우
에게 사정을 전해 들었을 때는 설우만 한 사람이 어째서 그랬는
지 선뜻 이해가 가지 않았었다. 업계에 회자되는 설우의 성품은
세영을 능가할 정도로 괴팍하면서도 실력이나 일 처리 역시 그
에 못지않을 정도로 완벽했던 탓이었다. 연출과 극본, 두 가지
모두를 괴물급으로 해치울 수 있는 능력을 가진 설우 밑에서 세
영만 한 작가가 나왔다는 것은 어떻게 보면 당연한 일이었다.
다이아몬드는 오직 다이아몬드로만 세공할 수 있다고 하지 않
던가.

그러나 뇌리를 스친 모든 것과 별개로 대본의 달라진 부분을
꼭 짚어낸 세영의 말에 현승은 속으로 혀를 걷어찼다.

'무슨 매의 눈이라도 가졌나.'

꾸밈없이 느낀 그대로를 들려주는 세영에 현승은 무엇 때문
인지 죄지은 것 없이 아슬아슬한 기분이 되었다.

—어쩌면…… 고칠 건 세헤라자드만이 아니겠어.

"안 됩니다."

단호한 거절에 세영은 이쪽까지 들리도록 한숨을 쉬었다.

"시간이 조금만 더 넉넉했다면 문제없이 괜찮다고 했을 겁니

다. 그런데 지금은 아니에요! 개막까지 이제 석 달이 채 안 남았
단 말입니다!"

─누덕누덕 기운 채로 내보이고 싶어? 생전 처음 있는 일도
아니잖아. 그런데 뭐가 그렇게 기를 쓰고 안 된다는 거지?

세영은 오히려 이렇게 질색을 하는 현승 및 연기자들이 이해
가 안 된다는 투였다. 갑자기 잦아든 수화기 저편에 현승이 대
꾸할 말을 찾으며 머리를 굴리는데, 한발 먼저 세영의 목소리가
현승을 툭 쳤다.

─1막 손댄 게 윤 감독이었구나?

숨이 턱 막혔다. 박장대소를 한 건 아니지만 분명 웃음기가
묻어 있는 목소리였다. 그 웃음기에 아무런 감정도 담겨 있지
않다는 것이 더 신경 쓰였다.

─열정이 넘치네.

"뭐라고요?!"

들려오는 목소리에 야릇한 웃음기가 더욱 짙어 현승의 목소
리가 발작적으로 치솟았다. 그러나 세영은 나름 진중해진 목소
리로 마저 일렀다.

─그럼 윤 감독이 한번 고쳐 보지?

"예?"

─벌써 손을 댔으니, 내가 고치는 게 정 못 미더우면 윤 감독
이 손을 대보라고. 개막까지 석 달 남짓. 극본은 아직도 반 토
막. 그러니 윤 감독이 도와줘 봐. 그럼 2막 극본은 내가 한 달 안

에 쏟아놓지. 나머지 두 달 동안 연습하면 기적 같은 일도 아닐 거야. 그렇지 않나?

마음은 급한데 지푸라기라도 잡고 싶은 심정 때문이었을까. 하나하나 따져 보면 대단할 것 없는 요구였는데도 현승은 귀가 솔깃하는 것을 느꼈다. 하지만 이내 현승의 얼굴이 단호해졌다.

"작가님이 계시잖습니까."

—뭐라고?

"제가 할 일이 아니라고 봅니다."

수화기 너머로 얕은 한숨 소리가 전해졌다. 현승은 입술 끝에 힘을 주었다. 이제 작가 자리가 채워졌으니 작가가 할 일을 굳이 감독이 할 필요는 없다는 현승의 뜻을 세영은 단번에 알아들었다. 떨어져 있어 현승은 볼 수 없었지만, 수화기 너머에 있는 세영은 이 순간 가볍게 입술을 틀며 무미건조하게 미소를 지었다.

—완고해서 좋군.

세영은 스스럼없이 한발 물러섰다. 이렇게 평화적인 반응이 돌아올 줄 몰랐던 현승이 오히려 놀랐을 정도였다.

현승은 묵묵하게 숨을 내쉬었다. 자신이 1막 극본에 약간이나마 손을 댔던 것은 부족한 부분이 눈에 보이는데 그것을 당장 고칠 작가가 없었기 때문이다. 연출과 극본이 한 사람에 의해 이루어지는 경우도 많은 공연계였기에 감독이 극본에 손을 대는 것은 특별한 일도 아니었고 이전에 연출을 하며 극본 작업까지 참여해 본 경험이 있었기에 낯선 일도 아니었지만, 공석이었던 작가 자리가 채워진 지금은 달랐다. 이제 대본이 수정된다면 그건 세영이 관장해야 할 일이었다.

─없나?

"예?"

─아이디어 말이야. 없냐고?

수화기 건너편에서 세영은 현승이 고친 대본을 넘겨보며 물었다. 비록 반쪽짜리였지만 전임 작가가 완성해 놓은 대본을 고쳤다면 뭔가가 미흡하게 보였다는 뜻이고, 그건 곧 현승 나름대로의 욕심이 있었다는 뜻이었다. 자신이 새 작가가 되었으니 더 이상 대본에 손댈 구실이 없어 한발 물러선 모양이지만, 세영은 알 수 있었다.

"없었다면 애초에 대본에 손을 안 댔겠죠."

그렇게 이르자 아주 미약하게 웃는 세영의 웃음소리가 신호를 타고 현승의 귀로 들려왔다.

─생각을 들어보는 것도 도움이 될지 모르지. 집으로 와.

"어서 오라고."

세영의 환대는 여전히 딱딱했지만 처음처럼 신랄하진 않았다. 딱딱하고 곤두선 모습은 타고난 것인 듯했다. 현승은 꾸벅 인사하면서 안으로 들어섰다. 똑같이 딱딱한 세영의 모습처럼 여전히 썰렁한 집안이었다.

"앉지."

현승은 스스럼없이 소파에 자리를 잡았다. 세영은 불필요한 모든 것을 배제하고 단도직입적으로 물었다.

"들려줘."

천일야화에 대한 현승의 욕심을 듣고 싶은 것이리라. 현승은 잠시 손을 매만지며 생각을 정리했다. 욕심이 왜 없었을까. 욕심이 없었다면 애초에 이 애매모호한 신임 연출가 자리를 탐내지도 않았을 것이다.

"처음엔 송 작가님 스타일도 마음에 들었습니다. 진중한 분위기로 가고 싶었거든요. 그분 특유의 신랄함도 좋았고요."

세영은 끼어들지 않고 현승이 계속 얘기할 수 있도록 기다렸다.

"그렇잖습니까? 천일야화라는 뮤지컬 컨셉 자체가 고급스런 관능이 흐르는 아라비아를 배경으로 하고 있었으니까요. 그래서 풍자면 몰라도 불필요한 유머나 가벼운 분위기를 내는 위트는 최대한 자제하고 싶었죠. 이야기도 코미디가 아니었으니까요."

드러내 놓고 말은 하지 않았지만, 세영은 이해할 수 있었다. 작가의 글이 쓴 사람의 의도를 담고 있는 것처럼 연출 역시 꾸미는 사람의 의도를 담아내는 것이었으므로. 연출가로서 자신의 상상력을 무대에 풀어놓고 싶은 욕망은 당연한 것이다. 현승의 눈동자에 문득 조소가 피어올랐다.

"그런데 중간에 생각을 조금 고쳤습니다."

세영은 가볍게 물었다.

"왜?"

"송 작가님의 대본은 재미있었고 제 취향에도 맞았지만, 지나치게 신랄하더군요. 블랙코미디는 필요없었습니다. 재밌지만, 보는 사람을 불편하게 하니까요. 그리고……."

현승은 잠시 끊었다가 덧붙였다.

"고급스러우면서도, 좀 더 즐거운 재미가 있었으면 했어요."

가벼운 투였지만 씁쓸한 뇌까림이 분명한 한마디에 세영은 잠시 할 말을 잃었다. 현승은 여전히 한구석 씁쓸하게 웃으며 짧게 끝맺었다. 이러니 저러니 해도 자신이 천일야화를 고친 것은 대중의 취향을 고려했기 때문이다. 작품성도 좋았지만 상업적인 면을 배제할 수 없는 공연계에서 대중성은 극이 갖춰야 할 필수 요소였기 때문이다. 현승이 씁쓸한 이유는 작품성을 〈포기〉해야 했기 때문이 아니었다. 창작자의 자기만족과 대중성은 하나를 포기한다고 다른 하나가 자동적으로 얻어지는 것도 아니었다. 상업성과 작품성 사이에서 균형을 잘 잡아 둘 다 얻느냐 아니면 둘 다 잃느냐만 있을 뿐이었다.

현승의 마음이 무거운 것은 지나치게 신랄한 1막 극본을 고치면서 자신이 그 균형을 얼마나 잘 가늠할 수 있는지 본인의 능력에 적게나마 회의가 들었기 때문이었다. 몇 번이고 대본을 살펴보면서 현승은 두 마리 토끼를 전부 잡기에는 자신이 역부족인 것만 같아 참담했었다.

"그래서 그렇게 고쳤단 말인가?"

"편하게 말하자면, 그렇습니다."

현승은 여운 짙게 웃었다. 마음 같아서야 이렇게도 하고 싶고 저렇게도 하고 싶었다. 하지만 방금 털어놓았던 것처럼 천일야화는 남의 돈, 즉 투자자들의 자금으로 제작된 대형 공연이었다. 자기가 제작도 하고 연출도 하는 작품이었다면 어떻게 되든 상관없이 창작욕을 불태웠을 것이다. 하지만 현승은 국립극장이 갖고 있는 이름의 위치와 그 이름의 위치를 담보 삼아 돈을 투자한 사람들이 원하고 있을 대가를 생각하지 않을 수 없었다. 창작도 좋았지만, 수익도 나야 했다. 문제는 그 두 가지를 만족스럽게 버무릴 수 있을 만한 실력이 자신에게 없다는 것이었다.

"미안하군."

나직하게 끼어드는 세영의 목소리에 현승은 고개를 들어 맞은편에 앉은 세영을 바라보았다.

"왜요?"

"1막을 더 고칠 생각이거든."

현승의 눈이 조금 커졌다.

"어디를요?"

"여기저기. 윤 감독이 덜 뾰족하게 고쳤다면, 나는 거기서 조금 더 가볍게 고쳐 볼 생각이야."

세영은 담담하게 말했기에 듣는 현승도 크게 놀라진 않았다. 화가 난다거나 딱히 기분이 나빠지지도 않았다. 자신의 시선이 다르듯 세영의 시선도 다를 수 있는 것이었다. 작가인 세영이 그렇게 얘기하는데 크게 막을 이유는 없었다. 하지만 생각은 나눠볼 수 있는 것이다.

"그렇게 이상합니까?"

"손이 가면서 조금씩 뒤틀렸어. 훌륭한 오리털 방석을 깔고 앉았는데 그 밑에 있던 걸 치우지 않아서 뭔가가 배기는 것 같아."

말로 따귀를 때릴 수 있는 무술이 있다면 세영은 그 무술의 최고 유단자일 것이다. 하지만 현승은 그저 쓰게 웃고 말았다. 다른 건 몰라도 세영은 상업적인 감각은 타고난 사람이었으니까. 예전에 자신은 그것을 몰랐었다. 현승은 가볍게 고개를 끄덕이며 다시 입을 열었다.

"어떻게 가실 요량입니까?"

"고민해 봐야지. 하지만 지금보단 경쾌할 거야."

세영은 지체없이 대답했다. 대단히 확신에 찬 투였다. 현승은 조용히 못을 박듯이 일렀다.

"필요 이상으로 시니컬한 것도 싫지만, 저는 천일야화에 어울리지 않게 농담 날리는 장면 같은 건 없었으면 좋겠습니다."

세영의 눈이 순간 똑바로 현승을 쏘아봤다. 얼굴에 살이 없어서 그런가, 등잔처럼 커다란 눈이었다.

"브로드웨이 풍을 싫어하나 보지? 왜? 가볍고 경박스러워서?"

뒷말은 현승의 속내를 짚어내듯 뱉은 말이었다. 긍정을 의미하는 침묵에 세영은 짐작했다는 듯 살짝 고개를 끄덕였다. 현승은 소위 브로드웨이 풍이라 일컬어지는 극적인 요소를 그다지 좋아하지 않는 편이었다. 아니, 엄밀히 말하자면 싫어한다고 해야 옳았다.

현승은 상업성과 흥행성, 크고 화려한 볼거리에만 지나치게 치중되어 있는 브로드웨이식 뮤지컬은 뮤지컬이 아니라 그저 대자본을 투입한 보기 좋은 쇼(Show)일 뿐이라고 여기고 있었다. 뮤지컬 역시 쇼의 한 가지라고는 하지만, 단순히 볼거리 많은 무대라면 그 안에 굳이 이야기를 담아낼 필요도 없을 것이다. 최소한 현승이 정의 내린 뮤지컬은 쇼를 보여주기 위한 이야기가 아니라 이야기를 보여주기 위한 쇼였기 때문이다. 결국 세상에 존재하는 모든 서사물은 관객에게 전하고 싶은 이야기를 표현한 만든 이의 의도가 들어 있는 것이다.

현승은 이렇다 할 재해석 없이 한국 배우들이 한국 무대에서 헐리우드산 코믹 영화의 한 장면 같은 서양식 위트나 재치를 연기하는 것이 달갑지 않았다. 무릎을 다닥다닥 붙여 앉아야 하는 소극장에서 상영되는 블록버스터를 보는 기분이라 하면 맞을까. 무대에서 그런 장면을 볼 때마다 현승은 장미 흉내를 내는 라일락 향기를 맡는 기분이었다. 서사를 바탕에 깐 창작물로서 그 안에 담겨 있어야 하는 모든 것은 사라지고, 그저 관객몰이에만 열중하여 예쁘지만 비슷비슷한 것을 찍어내는 공장기계를 보고 있는 것 같아 괴롭기도 했다. 창작자의 욕심만이 공연의 전부가 아니었지만 그게 빠진다면 그것 역시 제대로 된 서사물이 아니다. 그래서 브로드웨이에서도 브로드웨이의 상업성을 경계한 오프브로드웨이나, 오프브로드웨이가 브로드웨이 진출의 발판으로 변질되어 가는 것을 경계한 오프오프브로드웨이가 탄생하지 않았던가.

"좋아하진 않습니다."

잠시 조용히 이르기만 하던 현승을 바라보던 세영이 느릿하게 고개를 끄덕였다.

"참고하지."

세영의 눈동자에 잠시 이상한 기운이 감돌았다. 세영은 현승이 이렇게 담담하게 자신의 수정 의견을 받아들이는 것에 내심 놀라고 있었다. 현승에게는 그동안 쌓인 경력만큼의 노련함과 쉽게 침범당하지 않는 정직한 품성이 함께 있다고 여겼기 때문이다. 그래서 세영은 자신이 천일야화를 경쾌하게 수정하겠다고 하면 현승이 틀림없이 반대할 것이라고 생각했다. 대형 공연인만큼 진지하고 장중하게 나가자고 말할 줄 알았던 것이다. 그러나 현승은 되려 자신의 의견에 동조하며 간단한 당부만 남기고 한발 물러섰다. 왜일까.

"순순히 넘어가는 건가?"

"뭘요?"

"절대 안 된다고, 포기 못한다고 버틸 줄 알았는데 말이야."

떠보는 것임을 노골적으로 표정에 드러내는 세영을 향해 현승은 허심탄회하게 웃었다.

"안타깝긴 합니다. 내 마음대로 못한다는 것이."

"……."

"하지만 어쩔 수 없는 일 아니겠습니까. 수익도 내야 하고, 재미도 있어야 하니까요."

세영의 손끝이 순간 가늘게 경련했다. 아주 작은 움직임이라 바로 맞은편에 있는 현승조차 파악하지 못했을 정도였다. 세영은 떨린 손가락을 감추기 위해 이내 주먹을 쥐었다. 현승은 편하게 털어놓고 나니 속이 편해졌는지 허허롭게 일렀다.

"내 욕심 채우자고 관객들 졸다 가게 할 순 없으니까요."

세영은 아무것도 먹지 않았는데 씁쓰레하게 변하는 입맛에 슬쩍 혀를 찼다. 현승은 여전했다. 경력에 걸맞는 노련함도, 그 반면 순진하게까지 여겨지는 정직함도 갖고 있었다. 단지 신인 때는 몰랐던 것을 경험이 쌓여가며 깨달은 것뿐이었던 것이다. 창작과 돈. 언뜻 보면 어울리지 않아 보이는 그것들이 사실은 떼려야 뗄 수 없는 관계라는 것을.

그래서 현승은 자연스럽게 깨달은 것이다. 〈만드는 사람〉으로서 굽히지 않는 호기만큼 현실 감각, 상업적인 마인드도 중요하다는 것을. 세영은 속으로 짧게 중얼거렸다.

‘변했군.’

쓸쓸했다. 하지만 한편으로는 그 변했다는 것마저 자신의 일부로 받아들이는 현승이 여전히 순진하다는 생각이 들었다. 현승은 그저 사실을 받아들였을 뿐, 그 때문에 애초에 품었던 신조까지 변질시키지는 않았다. 집합과 집합 사이에 교집합처럼, 나이를 먹으며 새로 깨닫게 된 것을 자신만의 방식대로 이해한 것이다.

“왜 브로드웨이 풍을 싫어하는지 알겠군.”

그렇게 중얼거리며 세영은 어깨를 들썩였다. 한편으론 모든 면에서 솔직한 현승에게 믿음이 갔다. 감추는 것이 없었기에. 그는 천일야화의 연출가로서 자신이 맡은 직책에 전력을 다할 것이다.

“저도 작가님이 잘 고쳐 주시리라 믿습니다.”

현승은 흐리게 웃었다. 그의 말은 진심이었다. 세영은 자신이 알고 있는 사람 중에 대중의 입맛을 꿰뚫어 보는 데는 가장 뛰어난 귀재였으니까. 아이러니하게도 다른 신조를 갖고 여태까지 임해온 세영과 현승은 서로에게 가장 믿을 만한 존재가 되어 있었다.

“2막 한 달 안에 쏟아놓는다는 약속도 지키셔야 됩니다.”

“뭐? 도움이 되면 그런다고 했잖아!”

“아까 참고하겠다고 하셨잖습니까.”

흘리듯이 뱉은 한마디를 용케 기억하고 있는 현승을 향해 세영은 어색하고 참담하게 표정을 일그러뜨렸다. 한 방 먹었다는 얼굴이었다.

"아아, 그래. 치사하게!"

속에 내내 담고만 있던 것을 조금이나마 꺼내놓았기 때문일까. 현승은 여전히 사포처럼 까칠까칠한 세영의 화법이 그렇게 신경을 건드리지 않는다고 생각했다. 익숙해진 것일까.

"잘 고치지. 관객들 구미에 딱 맞게 말이야."

짧게 내뱉은 세영은 몇 번 혀를 차더니 마치 혼잣말처럼 들릴 듯 말 듯 덧붙였다.

"관객은…… 용서가 없으니까."

여운도 남기지 못하고 스러진 그 한마디가 왠지 이제까지 들었던 세영의 그 어떤 신랄한 말보다 훨씬 선연하게 고막을 파고들어 현승은 찰나 뒷골이 서늘해졌다.

"하……."

무심코 입을 벌리는데 한숨이 튀어나와 현승은 적잖이 놀랐다. 한숨 끝이 썼다. 그 이유를 알고 있었기에 쓰면서도 어떻게 할 수 없었다.

언제나 그랬지만, 자기 깜냥이 아직도 미천하다는 것을 깨닫는 것은 달갑지가 않았다. 이번에도 그랬다. 두 가지를 놓고 어느 것을 포기할지 고민하지 않아도 될 정도로 실력과 눈썰미가 있었다면 얼마나 좋았을까. 지금까지 객관적으로 현승이 올린 무대에 대놓고 흠을 잡는 사람은 없었다. 이건 그저 스스로의 욕심이 끝이 없기에 느껴지는 자신만의 절박함이라는 것도 알고 있었다. 하지만 어쨌거나 아쉬운 것은 아쉬운 것이었다.

"관객은 용서가 없으니까."

끈적끈적한 머릿속으로 세영의 마지막 말이 떠올랐다. 우습게도 그 말을 듣는 순간 현승은 자신이 세영을 이런 절박함과는 한 번도 겹쳐 보지 않았다는 것을 깨달았다. 현승은 정말이지 단 한 번도 세영이 자신의 뜻대로 할 수 없음에 한탄한 적이 있을 거라고는 상상조차 해보지 않았다. 현승에게 세영은 세공된 보석처럼 이미 완성된 재능을 갖고 있는 사람이었기 때문이다. 새삼스럽게 그것을 다시 깨닫자 왠지 웃음이 나올 것처럼 속이 간지러웠다.
"웬 한숨이에요?"
"아니, 아니야."
관우는 말없이 현승의 잔에 소주를 채웠다. 처음 천일야화에 대한 이야기를 나눴던 친숙한 고깃집이었다. 지글지글 고기 익는 소리에 절로 귀가 즐거워졌지만, 그것을 입으로 가져가 묵묵하게 씹는 현승의 표정은 표현 할 수 없을 정도로 복잡다단하게 굳어 있었다.
그럴 리가 없지. 착각일 것이다. 현승은 그렇게 마무리 지었다. 다른 사람도 아닌 장세영이었다. 그 한마디에 세영이 누구보다 절박하게 살아온 것이 아닐까 하는 생각이 든 것은, 그 순간 자신의 마음이 안타까웠기 때문일 것이다. 처녀작을 세영의 데뷔작에 밀려 참패당한 뒤로 흥행불패를 이어가는 세영의 발자취를 소리없이 지켜보면서 열등감도 없지 않았지만, 바로 그렇기 때문에 현승은 실력 면에서 세영을 의심하지 않았다. 다른 사람이 아니라 바로 자신의 눈으로 지켜봤으니까. 현승은 소주잔을 꺾었다.

"어때?"

반면 관우는 나름 생기발랄한 얼굴이었다. 현승이 총연출을 맡아 극을 끌어가게 되었고 극본 문제도 순풍에 돛 단 것만큼은 아니지만 진행되고 있으니 가장 큰 걱정은 덜었기 때문이다.

"차가워."

"엉? 뭐라고?"

건조하게 뇌까리는 현승의 말을 미처 알아듣지 못한 관우가 다 익은 고기들을 불판 가장자리로 밀어내며 물었다. 현승은 빈 소주잔을 꽉 쥐었다.

"냉정해……."

피곤한 얼굴을 사정없이 쓸어버리는 현승을 관우는 설핏 긴장한 채 바라보았다. 세영의 악명 아닌 악명이야 이미 업계에 드높았으니, 현승이 겪는 고초가 어떤 것이든 관우는 무조건 이해가 갔다.

"아니, 용납이 없다고 해야 할까. 사람이 어떻게 그럴 수가 있지?"

그러나 현승의 속내는 세영의 신랄함에 이젠 어느 정도 담담해진 상태였다. 세영이 일에 임하는 방식이 어떤 것인지 차차 깨달아가고 있었기 때문이다.

현승에게 처음 다가온 세영의 인상은 냉정하고 괴팍했다. 한편으로는 어떤 넘을 수 없는 벽 같은 존재이기도 했다. 그러나 그 막연하던 열등감은 현실에서의 세영을 모를 때의 이야기였다. 이를테면, 자신은 세영의 그런 면만을 보려 했던 것이다. 한 배를 타서 같이 항해를 해나가야 하는 입장이 되어 절감하는 세영의 모습은 상상과는 아무래도 달랐다.

얼굴이며 몸에 안쓰러울 정도로 살이 없어서 그럴까. 앞에 앉은 사람을 조금의 흔들림도 없이 쳐다보는 눈동자는 송곳 같으면서도 여자라고 생각할 수 없을 만큼 서늘했다. 그와 곁들어진 말투에선 공격이 묻어났지만, 딱히 사악하다거나 일부러 후벼 파는 악의가 느껴지진 않았다. 상대방을 넝마처럼 만들어 버리는 그 말솜씨는 그저 타고난 본능같이 어쩔 수 없는 천성이라고 해야 할 것 같았다.

"날 때부터 그런 모습은 아니었겠지?"

그렇게 중얼거리는데 관우가 히죽 웃는 것이 느껴졌다. 용납이 없다. 현승은 속으로 가만히 되뇌어보았다. 관객은 용서가 없다는 세영의 마지막 말이 자꾸만 머릿속을 돌아다녔다.

"일하면서 있었던 얘기들은 많이 돌아다니는데, 의외로 그 외 이야기는 별로 없어요. 아니, 아예 없다고 해야 되나?"

심드렁한 덧붙임에 현승은 눈을 들어 관우를 바라보았다.

"일을 해도 접촉하는 사람들은 감독이나 몇몇 주연 배우들뿐이라서 그런지 소문이 별로 없더라고. 희한하지 않아요? 일하다가 생긴 얘기들은 파란만장하게 떠돌아다니는데……."

근래 겪어본 세영의 성품을 생각해 보면 관우의 말도 이해가 갔다. 또한 아무래도 뒤에서 일하는 작가이다 보니 감독이나 연출처럼 현장에 매번 나올 필요도 없을 것이 아닌가. 누구보다 중요한 역할이었지만 엄밀히 따져 보자면 그동안 세영은 드러나지 않는 커튼 뒤의 존재였을 것이다.

"왜? 무슨 말 들었어요?"

"아냐."

관객은 용서가 없으니까. 하는 세영의 말이 다시금 가슴을 두드렸다. 그 말을 할 때 묻어나던 씁쓸한 기색이 쉽게 잊혀지지 않았다. 무언가 더 하고 싶은 말이 많았지만, 다 쳐내고 겨우 꺼낼 수 있었던 한마디 같은 느낌이었다. 어이없게도 그 목소리에 세영에게 열등감을 느끼던 자신의 모습이 겹쳐질 만큼 그 순간의 세영은 넘을 수 없는 벽 앞에서 무릎을 꿇은 사람처럼 무기력하게 느껴졌다.

"이히히."

심각한 와중에 뭐가 좋은지 갑자기 히죽거리는 관우를 향해 현승은 피곤한 얼굴로 피식 웃었다.

"뭐가 웃기냐?"

"다행이다 싶어서요."

"뭐가?"

"형이랑 작가님 말이에요."

말없이 묻는 현승의 시선에 관우는 히죽거리며 머리를 긁적였다.

"형 심정은 이해가 가는데…… 이 상태면 걱정없겠다 싶구먼요. 솔직히 연출가랑 작가가 정분나서 그만두는 바람에 이렇게 된 건데, 형 말 들으니 이번에는 절대 그럴 일이 없을 것 같으니까."

"뭐야, 인마?"

날아오는 현승의 주먹을 관우는 재치있게 피하며 덧붙였다.

"말이 나왔으니 얘긴데, 형이 작가님 설득하러 전화하러 갔을 때 단원들도 그랬다고요. 이번에는 결코 전임자들 같은 사고는 안 일어나겠다고. 박빙이 따로 없었는데 그럴 리가 없는 거 아니냐고요."

관우가 거듭 고개를 주억거리자 현승은 어이가 없어 허허 웃었다. 문득 관우의 목소리가 은근해지면서 눈에 장난기가 어렸다.

"진짜 걱정 안 해도 되는 거죠, 형?"

"엉뚱한 소리 자꾸 할래!"

관우는 또 한 번 웃으며 익은 고기를 현승의 앞으로 밀어놓았다. 소주잔을 비우며 현승은 가볍게 혀를 찼다.

"에라이…… 잘되겠지 뭐."

속으로 될 대로 되라고 중얼거리며 현승은 젓가락을 들었다. 어쨌든 한 달 안에 쏟아놓겠다고 호언장담을 했으니 가장 큰 시름은 던 셈이었다. 현승은 상념을 지우며 뒤늦게 다가오는 허기에 고기를 집어먹기 시작했다. 심심한 듯하면서도 자꾸 입맛을 당기는 고기맛은 그때나 지금이나 변함이 없었다.

이제 어떻게 해도 바뀌지는 않을 거라는 현실에 대한 체념 때문인가. 비록 고친 극본은 보기 좋게 퇴짜를 맞았지만, 현승은 다른 사람도 아닌 세영이니 잘할 것이라는 예감이 들었다. 다른 누구가 아닌 장세영이었으니까. 그 사실이 그 어느 때보다 자신을 안심시켰다. 깨끗하게 승복하는 게 이런 기분일 줄 알았다면 좀 더 빨리 현명해졌을 것을.

파란만장하게 돌아다니는 세영의 이야기 때문일까, 아니면 싫은 사람 얘기는 놓치지 않고 듣게 되는 사회생활의 이상한 생리 때문일까. 현승 역시 그동안 지내오며 알게 모르게 세영의 이야기를 듣고 그녀가 세상에 내놓는 작품들을 봐왔다. 세영이 쓴 드라마, 세영이 쓴 연극, 세영이 쓴 영화. 하나하나를 접할 때마다 불가사의할 정도의 뛰어남에 어금니가 부득부득 갈릴 정도였지만, 뛰어난 것들은 사람을 끌어당기기 마련이었다. 그래서 현승은 또 패배자가 될 것을 알면서도 각본에 세영의 이름이 걸린 포스터를 발견하면 극장으로 들어서곤 했다. 마치 속이 쓰릴 것을 알면서 들이켜는 술과 같은 것이었다.

"1막은 삼 일 안에 고쳐서 내준댔으니 기다려 보자."

신에게 빌고 싶을 정도로 부러우면서도 어찌할 수 없이 느껴지는, 어떤 경외심 같은 것이었을까. 이제 세영을 떠올리면 대신 떠오르는 이 감상은.

어떻든 현승은 세영을 믿어보기로 했다. 아직 그녀가 어떤 사람인지는 잘 모르지만 자신으로 하여금 어금니를 갈게 했던 사람이었다. 다른 것도 아닌 실력으로 자신을 무릎 꿇게 한 사람의 솜씨를 믿지 못하는 것만큼 아이러니도 없을 것이다. 그래서 현승은 되려 마음이 편안해졌다. 세영은 조금 괴벽스럽고 어딘가 위태로워 보이긴 했지만, 최소한 일에 있어서는 그 어떤 실망감도 안겨주지 않을 것임을 알았기 때문이다.

#1막. 재상의 집

　재상 : (세헤라자드를 향해) 얘야, 그것이 진심이냐? 네가 스스로 하렘에 나아가 왕에게 간택당하겠다는 말이냐?

　세헤라자드 : 예, 아버지. 저는 스스로 그렇게 하고 싶습니다.

　재상 : 안 된다. 왕의 분노는 여름의 소나기처럼 한때 지나가고 마는 것이 아니다. 왕의 분노는 이미 황폐한 사막조차 폐허로 만들 만큼 뜨겁고, 천 년을 지낸 암석조차 모래로 쓰러뜨릴 만큼 거칠다. 신이라 해도 그분의 슬픔을 잠재울 수는 없을 것이다. 그러니 내 딸아, 부디 그런 부탁일랑 하지를 말아라. 만약 네가 왕에게 간택당한다면 그날의 석양이 네가 보는 마지막 태양이 되고 말 것이다. 사랑의 천국이었던 하렘은 이미 오래전에 피로 씻겨져 비통함만이 가득할 뿐이구나.

　세헤라자드 : 분노와 사랑은 색이 같답니다. 피와 죽음의 색이 모두 붉은 것처럼요. 이제 단두대에는 이슬이 내릴 틈이 없고 처형장의 모래

는 처녀들의 피로 물들어 비가 와도 색이 변하지 않는다고 하지요. 영원히 잠들지 않을 분노라면 영원이 오기 전에 제 차례가 먼저 오고 말겠지요. 그러니 그냥 있지 않으렵니다. 제 차례를 택해 가겠습니다. 그러니 아버지, 저를 하렘에 보내주세요. 왕의 분노가 피할 수 없는 것이라면 그것은 신께서 그 운명을 제게 보내신 것이기 때문입니다. 그러나 저 역시 처형장의 붉은 모래가 되고 싶지는 않습니다. 이 의지 또한 결코 꺾이지 않을 것이니 그것은 신께서 왕에게 저를 보내시는 것입니다. 왕께서 분노의 화신이 되셨다면 저는 사랑의 화신이 되렵니다.

―천일야화 극본 中에서

“여보세요—”

승태는 먹을거리가 가득 든 봉투를 양손에 든 채 세영의 집 앞에 서 있었다. 몇 번이나 초인종을 눌러봐도 봐도 답이 없자, 승태는 아예 앞에 버티고 서서 문을 두드리며 소리를 지르기 시작했다.

“장세여엉! 장세에여엉! 집에 없냐?”

보통이라면 이렇게 불렀는데도 대답이 없으면 출타 중이라 여기고 돌아갔겠지만, 승태는 세영이 외출 중이 아니라는 것을 알고 있었다. 짧으면 한 달, 길면 반년까지도 집 밖으로 안 나오는 세영이었으니까.

“장! 세! 여엉!”

“뭐 하는 짓이야, 미쳤어?”

순간 벌컥 문이 열리며 흡혈귀같이 파리한 몰골의 세영이 튀어나오자 승태는 움찔 놀라서 한 발자국 뒤로 물러섰다.

“있었으면 좀 빨리 열지.”

히죽 웃으며 묵직한 보따리를 들고 안으로 들어서는 승태를 봤는지 못 봤는지 세영은 피로가 뚝뚝 떨어지는 얼굴로 한숨을 쉬며 문을 닫았다.

“집이 이게 뭐냐. 예나 지금이나 참 일관적으로 사는구나.”

여전히 블라인드가 쳐져 햇빛이 들어오지 않는 거실, 깨끗하지도 너저분하지도 않지만 묘하게 처져 있는 집안 분위기는 정말 세영이 아니면 견디기 힘들 만큼 회색빛이었다. 승태는 보따리를 식탁 위에 올려놓고 성큼성큼 창가로 다가가 블라인드를 걷었다.

“환기 좀 해라.”

블라인드를 걷고 창문까지 활짝 여는데, 거실로 찬란하게 쏟아지는 햇살이 부담스러운지 세영은 손을 들어 이마에 그늘을 만들었다. 영락없이 햇살을 두려워하는 뱀파이어 같은 모습이라 승태는 흥 하며 콧방귀를 뀌었다.

“갑자기 왜 왔어.”

“언제는 연락하고 왔니.”

그러면서 승태는 식탁으로 다가가 자기가 사온 물건들을 정리하기 시작했다. 식빵과 라면같이 바로 먹을 수 있는 것에서부터 야채, 과일, 고기에 이르기까지 근 1주일은 먹고도 남을 음식들이 줄줄이 밖으로 나왔다. 이어 시원스런 동작으로 냉장고 문을 열어젖힌 승태는 잠시 그 속을 들여다보며 서 있다가 깊은 탄식을 흘렸다.

"냉장고는 전기세 못 낼까 봐 틀어놓니……."

생수 두 병과 거의 다 먹은 주스 한 병. 야채실에는 마른 오이 하나. 채 한 손에도 꼽지 못할 만큼 남아 있는 음식들도 똑같은 맛의 즉석식품들뿐이라 승태는 새삼스럽게 세영이 어떻게 연명하고 있는지 신기했다. 남은 음식들을 싹 끌어내어 쓰레기 봉투에 쓸어 담으며 승태는 부지런히 냉장고를 채워 넣기 시작했다. 냉동칸에서 빨간 닭고기 표지가 박혀 있는 비닐봉지를 옆으로 밀며 승태는 자신이 사온 똑같은 모양의 냉동식품을 그 옆에 놓았다.

"이놈의 닭강정은 만날 사먹냐? 그래서 내가 사왔다만."

가벼운 농담까지 곁들이는 승태의 모습은 언제나처럼 유쾌하기 그지없었다. 세영은 그런 승태를 망연하게 바라보고 있다가 고개를 내저으며 어수선한 분위기를 털어버리기 위해 텔레비전을 틀었다. 고요하던 집 안에 승태의 인기척과 더불어 텔레비전의 잡다한 소음이 채워지자 서늘한 분위기가 조금 가시는 것 같았다.

"그래도 기본 양념 같은 건 다 있네. 돼지고기랑 닭고기 사왔어. 너 고기 좋아하잖아. 나중에 오면 그땐 두루치기라도 해줘라."

"두루치기는 웬 놈의……."

"요리 잘하잖아. 좀 해먹어가면서 살아라. 해주기도 하고."

세영은 아무렇지 않게 이르는 승태를 향해 뭐라고 대꾸하려다가 그만두었다. 요리. 어느새 잊고 있었지만 예전에는 요리라는 것도 곧잘 했었다. 지금은 혼자인 처지에 간단히 사먹고 마는 것이 더 편해서 어느새 손을 놓게 되었지만.

"그래라, 그래. 너야 상관없이 찾아와서 얻어먹는 것이 자연스런 놈이니까."

변하기 전의 자신과 더불어 떠올리기 싫은 기억이 떠올라 눈썹을 찡그리며 중얼거리는데 세영의 화법을 자연스럽게 받아들이는 승태는 기분 나쁜 기색도 없이 고개를 끄덕이며 활짝 웃었다.

"3일 만에 1막 해치워 놓고…… 쉬고 있었던 거냐?"

세영은 현승에게 장담했던 대로 정말 3일 만에 완벽하게 수정된 1막 극본을 넘겨주었다. 세영에게 넘겨받은 극본을 살펴본 현승이 또 한 번 아릿함을 실감했음은 자명한 일이었다. 세영이 요소요소를 수정한 1막은 현승이 극에 부여하고자 했던 진중함을 크게 훼손시키지 않으면서도 지나친 우울은 잘라내고 늘어지는 부분은 타이트하게 조여서 보는 사람을 쉴 새 없이 휘감아 빨아들였다. 특히 우려했던 세헤라자드의 역할이 부각되어 종전처럼 왕비에게 여지없이 밀려 버리는 감이 사라져 있었다. 그 덕에 갑자기 극본이 수정되어 난항이 예상되었던 연습 분위기는 다소 변화된 극본에 오히려 탄력을 얻어 막 순풍을 향해 돛을 편 상태였다.

“아니, 2막 좀 보다가…… 깜빡 졸았어.”

아직 채 졸음이 가시지 않은 세영의 음성에 승태는 속으로 그
럼 그렇지 하며 입맛을 다셨다. 틈이 생겼다고 곱게 쉬고 있었
다면 그건 장세영이 아니다.

“점심은?”

한발 늦게 움찔하며 벽시계를 향하는 시선을 보니 틀림없이
지금이 점심이 지나고도 한참 지난 때라는 것도 모르고 있었던
것이 분명했다. 승태는 또 한 번 속으로 그럼 그렇지 하고 중얼
거리며 어깨를 으쓱해 보였다.

“나가자. 나도 안 먹었어.”

“됐어. 시간없어.”

그러나 세영은 승태의 제안을 간단하게 뿌리쳐 버렸다. 사실
두말없이 응한다면 그것이 더 놀랄 것이었기 때문에 승태는 아
무렇지 않은 얼굴로 냉장고를 다시 열었다. 전부 자신이 사온 것
이긴 했지만, 이제 텅 비었던 냉장고에는 먹을 것이 넉넉했다.

“그럼 뭐 좀 해먹을까?”

“몰라. 시간, 생각 둘 다 없어.”

“그러지 말고. 먹어야 힘내서 쓸 것 아니니?”

승태의 말에 미처 거기까지는 생각하지 못했었는지 세영은
잠시 고민하다가 고개를 끄덕였다. 뭔가를 먹는 것도, 자신 아
닌 누군가가 이 자리에 있는 것도 그렇게 반갑지는 않았지만 여
하튼 배를 채우긴 채워야 했기 때문이다.

　승태와 세영은 고등학교와 대학교를 선후배 사이로 함께 다녔다. 학창 시절을 오롯이 함께 한 동문인 것이다. 고등학교를 졸업하고 어떻게 하다가 자신과 같은 대학에 진학하게 된 세영을 보면서도 승태는 자신이 이렇게 오랫동안 세영과 비슷한 길을 걷게 되리라고는 생각하지 못했었다. 어렸을 때라 그랬는지, 아니면 대학이라는 지붕 아래 전공한 것이 달라서 그랬는지 같은 예대 간판 아래에서 세영이 작가가 되는 길을 걷고 자신이 배우가 되는 길을 걸으면서도 승태는 세영과 자신이 이곳을 벗어나서도 만나게 될지도 모른다고는 생각하지 못했었다. 그런데 어느새 자신과 세영은 작가와 배우라는, 다르면서도 무대라는 교집합을 갖고 있는 위치에서 나란히 걸어가게 된 것이다.

　"내가 할게. 뒤져 봐도 되지?"

　승태는 자연스럽게 앞치마를 둘렀다. 세영이 뜨악 하는 것이 여기서도 보였다. 저렇게 의도하지 않은 속내가 유리창처럼 들여다보일 때마다, 승태는 세영이 학창 시절이나 지금이나 별반 달라지지 않았음을 절감하곤 했다. 세영은 그때나 지금이나 말랐고, 그때나 지금이나 저렇게 능숙하지가 못했지만, 딱 하나 달라진 것이 있다면 그때는 간혹 웃음이란 걸 짓기도 했었다는 것이다.

　"넌 어째서 매번 집주인 허락도 안 받고 그 집 물건에 손을 대는 거냐?"

　"네 집이 우리 집이지 뭘."

　"야 인마!"

그러자 승태는 할 수 없다는 얼굴로 큰 인심이나 쓰는 듯이 싱크대 안쪽으로 한 발자국 들어섰다.

"그래. 그럼 야채나 썰어줘라. 하여튼……."

'남이 제 곁에 다가오는 건 되게 싫어해요.'

속으로 중얼거리며, 승태는 엉거주춤하게 찬장 문을 잡은 채로 세영이 다가와 곁에 설 때까지 기다렸다. 승태가 한번 내뱉고 주워 담은 적이 없다는 것을 아는 세영은 이 타협점이 마음에 들었는지 잠자코 승태의 곁에 가서 섰다. 냉장고의 야채들을 적당히 골라내어 썰려는데 문득 승태가 뭘 만들지 말하지 않았음이 생각났다.

"근데 뭐 할 거야?"

"토마토 봉골레 스파게티. 너 좋아하잖아."

싱크대에서 바지락 봉지를 뜯으며 승태가 씨익 웃었다. 세영은 한번 보면 누구라도 설레이고 말 그 미소를 그저 무감각하게 훑으며 아, 하고 짧은 탄성만 내뱉고는 칼을 잡았다.

토마토, 피망, 양파, 양송이.

또각또각 잘리는 야채가 늘어날 때마다 승태는 어느새 칼질하는 세영의 손끝을 물끄러미 바라보고 있었다. 혼자 있어도 밥은 제대로 챙겨먹는 주의자인 승태에게 도마 소리는 언제나 정겨운 것이었지만, 세영이 내는 그 소리는 오랜만이라 그런지 특별하게 와 닿고 있었다.

시원한 조개 국물에 토마토소스. 알맞게 익은 야채와 탱글한

면발이 어우러진 스파게티는 웬만한 음식점 표보다 맛이 좋았
다. 세영과 승태는 거실 탁자에 나란히 앉아 텔레비전을 보면서
늦은 점심을 때웠다. 승태는 오랜만에 입에 붙는 음식에 흔쾌히
한 접시를 뚝딱 비워냈지만, 세영은 절반을 겨우 넘기고서 숟가
락을 내려놓고 말았다.

"왜? 더 안 먹고. 맛없어?"

"아니, 배불러."

"양이 점점 주네. 보통은 점점 늘지 않아?"

농담처럼 일렀지만 세영의 야윈 팔뚝이 내심 신경 쓰여 승태
는 사이다가 남은 컵을 내밀었다. 받아 드는 손가락은 유달리
얇았다.

"분위기는 어때? 아직도 우당탕탕 못하겠다 난리들인가?"

잠시 틈이 생기나 싶더니, 세영은 여지없이 가로막으며 일 얘
기를 끄집어냈다.

"어떻긴. 이젠 그럭저럭이지."

승태는 히죽 웃었다.

"가끔 뚜껑 없는 KTX를 타고 내달리는 기분? 으하하!"

"……."

승태는 세영이 눈 한번 깜빡이지 않고 정색한 채 자신을 뚫어
져라 응시하자 멋쩍게 헛기침을 한번 하고는 제대로 일렀다.

"괜찮아. 잘되간다. 너무 걱정 마."

이렇게 농담까지 할 정도면 나쁘지는 않구나 여기면 되련만,

세영은 안심하는 대신 깊게 한숨을 내쉬며 손을 깍지 꼈다. 눈동자는 지금 텔레비전 화면에 꽂혀 유쾌하기 그지없는 쇼 프로그램을 보고 있지만, 승태는 세영의 눈동자에 그것들이 들어오고 있지 않다는 것을 알고 있었다.

"감독님이 잘 이끌고 있어."

현승. 감독님이라는 말에 자연스럽게 그의 얼굴을 떠올리며 세영은 짐짓 말을 삼켰다.

"그렇군."

승태는 의외로 별말 없는 세영을 놀란 눈으로 바라보았다. 자신에 대해서는 항상 지나칠 정도로 무관심하지만 일에 대해서는 항상 지나칠 정도로 신경 쓰는 세영이었다. 그런 세영이 '그렇군' 하고 한마디로 넘겨 버리다니. 정말 의아한 일이었다.

"그 사람이면 잘하겠지. 이래도 예, 저래도 예. 친절하기 짝이 없잖아."

남이 들으면 비아냥이라고 판단하겠지만, 저건 세영 식의 칭찬이다. 그래서 승태는 더욱 경악했다. 그때 세영의 시선이 찌릿하게 승태를 향했다.

"근데 넌 뭘 하고 있는 거야?"

"뭐, 뭘?"

"연습 안 하고 이래도 돼?"

경악에서 빠져나오며 갑작스런 추궁에 긴장했던 승태는 곧 바람 빠지는 소리를 내며 고개를 흔들었다.

"연습도 일주일에 하루는 쉬어가며 하는 거다. 다 너처럼 밤낮 없는 줄 알아?"

쉬는 날이라는 해명에 세영은 굳이 탓하지 않으며 고개를 끄덕였다. 그렇지. 프리랜서인 자신에겐 별로 와 닿지 않는 개념이었지만 규칙적인 생활을 하는 사람들에겐 '쉬는 날'이라는 기분 좋은 것도 있는 것이다.

"그래? 그럼 내일부턴 다시 힘내라고."

한 방에 납득해 버리는 세영의 모습에 승태는 피식 웃었다. 거의 모든 순간에 지나칠 정도로 합리적이고 팍팍하게 구는 세영이었지만, 가끔 이렇게 어린애 같다고 느껴질 정도로 단순하게 이해해 버리는 순간도 있었다.

"넌 주인공이니까."

세영이 짧게 덧붙이는 말이 승태의 가슴에 추같이 내려앉았다. 그러나 승태는 속과 겉 모두를 사용해 빙그레 웃었다. 이런 부담감이 싫지 않았다. 이렇게 지그시 내리누르는 부담은 새로운 배역을 맡을 때마다 홍역처럼 찾아오는 것이었다. 그 홍역 같은 열기는 아궁이를 달구는 풀무질처럼 집념과 오기를 부채질한다. 그래서 싫지 않았다.

"명심하겠습니다요."

온갖 구박과 눈치와 쓴소리를 어느 집 개가 짖느냐는 방식으로 무시하며 즐겁게 거실을 차지하고 있던 승태가 돌아간 후,

세영은 순식간에 텅 빈 것 같은 소파에 홀로 앉았다. 활짝 걷혀졌던 블라인드는 다시 날개를 폈고 의기양양하게 거실을 차지하고 있던 햇살은 다시 차양막 밖으로 쫓겨났다. 고요와 함께 찾아온 적막함 속에서 세영은 가만히 한숨을 내쉬었다.

현승은 모르겠지만, 세영은 천일야화의 극본 일로 현승이 자신을 찾아오기 전부터 그를 알고 있었다. 단지 알고 있을 뿐만이 아니라 훨씬 오래전부터 윤현승이라는 이름 세 글자를 기억하고 있었다. 현승이 어떤 작품을 언제 무대 위에 올렸는지, 세영은 거의 전부를 알고 있었다. 놓치지 않고 가서 보았거나, 현승과 현승이 만들어내는 연극과 뮤지컬들에 관한 소식을 굳이 챙겨 들었기 때문이다.

무료하게 앉아 있던 세영의 고개가 약간 떨어졌다. 미간이 고통스럽게 구겨졌다. 어째서 그에 대한 소식을 그동안 구태여 찾아 들었단 말인가. 상처에 스스로 소금을 끼얹는 것처럼 고통스럽고 자존심 상하는 일일 뿐인데.

8년 전, 스물둘. 그 나이에 세영은 처녀작을 무대에 올렸다. 스물둘이라는 나이에 극작가로 데뷔한 세영은 그 자체로 공연계에 이슈였다. 혜성처럼 등장한 신예라느니, 지켜볼 만한 신인 작가의 탄생이라느니 그럴듯한 미사여구들을 많이도 들었다. 그리고 세영이 듣기 좋은 말들에 휩싸여 꽤 히트를 치고 있을 때, 혈기 넘치는 연출가 한 명도 연극계에 발을 들여놓았다. 아무도 지켜보지 않고 아무도 주목하지 않았지만, 윤현승이라는 그 연출가는 가열차게 자신을 펼치기 시작했다. 그 이후로 두 사람의 행보는 꽤 달랐다.

"장 작가 마음은 알겠어. 그런데 관객이 재미있어야 우리도 좀 재미를 보지 않겠나? 톡 까놓고 얘기할게. 다른 거 다 떠나서 관객이 즐겁게, 안 되나?"

세영이 미사여구 다음에 가장 많이 들은 말이었다. 이거 말고 재미있고 흥미롭게. 이거 말고 좀 달달하고 착착 감기게. 이거 말고, 당신 생각은 알겠는데 그건 지금 별로 필요가 없으니 그거 말고, 좀 더 이렇게 저렇게.

석 달 가는 칭찬 없다고 했던가. 야심만만하게 연극계에 첫발을 떼었을 때 세영은 이제 자유롭게 자신이 하고 싶은 이야기를 맘껏 할 수 있을 거라고 생각했다. 하지만 관객이 들지 않으면 영락없이 손해를 봐야 하는 영세 공연장에서 신인 초짜였던 세영의 마음대로 이야기를 끌어가기란 쉽지 않은 일이었다.

"아무리 훌륭한 메시지를 담고 있다고 해도 관객한테 지루하면 그건 그냥 헛잡소리일 뿐이야. 교과서를 보라고. 좋은 얘기들 투성인데 학교 아니면 팔리는 데가 없잖아!"

자존심이 상했다. 열등감도 들었다. 아, 난 흥행과 내 생각을 옹골차게 버무릴 수 없는 인간이구나 하는 자괴감도 들었다. 그래서 한동안 펜을 놓았던 세영은 다시 펜을 잡을 때 결심을 했다. 그래. 원하는 대로 다 해주마. 원하는 대로 재미있고 착착 감기게.

그때 윤현승이라는 초짜 연출가가 눈에 들어왔다. 결심을 하고 큰 생각 없이 찾았던 소극장에서 현승은 스태프들과 함께 무대장치를 이고 지고 팔을 걷어붙이고 못을 박던, 모두와 참 가깝게 지내던 연출가였다. 그날 본 연극은 세영의 기억에는 오래 남았지만, 대중들의 눈길은 받지 못했다. 그러나 현승은 흥행에는 상관없이 길을 벗어나지 않고 꾸준하게 자기의 갈 길을 갔다. 단순하지만 심지 굳은 일, 세영과는 전혀 반대로 다른 길이었다. 세영이 호평 뒤의 혹평에 이어 자신을 숨기며 펜을 놓았다가 다시 든 반면, 현승은 혹평과 저조한 흥행에도 아랑곳없이 만신창이가 되면서도 그 길을 걷는 것을 포기하지 않았다. 세월이 흐르면서 세영의 이름이 히트 제조기라는 수식어를 달게 되는 것과 비슷하게 현승 역시 자기 색이 뚜렷한 실력있는 연출가로 공연계에 자취를 남기기 시작했다. 폭풍처럼 모두의 눈을 잡아끌고 휘황찬란하게 빛나는 것도 아니었지만, 현승의 발자취는 미약하던 촛불이 모닥불로 변해 타오르는 것처럼 점차 커지고 단단해졌다.

그래서 세영은 현승을 보는 것이 괴로웠다. 우습기 짝이 없는 생각이었지만 현승을 볼 때마다 세영은 대체 저 사람의 속에 얼마만 한 결기가 있어 그 모진 혹평들과 관객의 냉대를 견딜 수 있었던 것인지 궁금했다. 소위 예술이라는 이 바닥과 가장 어울리지 않을 것 같지만 필연적으로 어울려야 하는 돈 문제. 들어간 만큼 뽑히지 않을 때 듣는 소리들이 어떤 것인지 사무칠 만큼 잘 아는 입장으로서 실패할 때마다 현승이 주변으로부터 들었을 말들이 짐작이 갔다. 저 사람은 자존심도 없나. 무섭지도 않은가. 그런 말, 그런 눈빛, 어떻게 그걸 다 견디면서도 저렇게 꿋꿋할까. 그걸 다 받으면서 어떻게 저렇게 웃을 수 있을까. 대체 얼마만큼 마음이 굳기에, 얼마나 고결한 자긍심을 갖고 있기에!

현승의 존재 자체가 자신이 비겁했음을 깨닫게 되는 증거였다. 저것 봐라, 저 사람은 저렇게 견디는데, 저렇게 차근차근 하나하나 밟아가며 자신의 자존심을, 원하는 것을 지켜 나가고 있는데 넌 뭔가. 자존심 상하지 않겠다며 비겁하게 펜을 놀려 그럴듯한 것들이나 써내면서 너 자신과 모두를 기만하고 있는 너는 대체 뭔가!

현승이 고친 대본을 안 된다고 말하는 순간 세영은 그것이 정말 천일야화를 위해서인지 아니면 단지 현승을 인정하기 싫었던 것인지 분간하기 힘들었다. 하지만 분명한 것은 현승은 그때나 지금이나 변하지 않았다는 것이다. 그는 애초에 그랬던 것처럼 세상에 수없이 부딪혀 온 지금까지도 자신이 보여주려는 것이 무엇인지 확고하게 알고 있는 사람이었다. 그런 현승이 빚어 놓은 대본에서 상업성을 이유로 그가 표현해 놓은 것들을 잘라

내고 수정해야 하는 자신이 갑자기 엄청난 속물처럼 느껴졌다.

"으……!"

갑자기 위가 바늘로 찌르듯이 아파왔다. 그러나 머릿속에 떠다니는 현승에 대한 생각은 떨쳐지지 않았다. 극본을 써내면서, 자신이 혹시나 현승의 눈에 차지 못할까 봐 얼마나 노심초사했는지 그는 알까. 현승이 자신의 극본을 보며 감탄을 연발했다는 것을 꿈에라도 알 리 없는 세영은 꾹꾹 쑤셔오는 배를 부여잡으며 고개를 떨궜다.

승태가 말했던 대로 현승이 이끄는 연습은 순조로웠다. 1막 극본도 완성되었고 2막 극본도 막힘없이 집필되고 있었으니 모두들 걱정을 덜게 된 것이다. 현승은 부드러운 미풍처럼 조용하면서도 하나도 놓치지 않고 모든 것을 지켜보는 리더십으로 단원들을 이끌었다. 단원 중 누구도 현승보다 먼저 연습실의 불을 켜본 적이 없고, 또 현승보다 늦게 연습실의 불을 끈 적도 없었다.

"아, 잠깐만. 정아 씨, 거기 대사가 너무 긴데요?"

내내 고개를 끄덕이며 큰 고비 없이 연습을 진행시키던 현승이 눈으로 쫓던 대본에서 얼굴을 들었다. 왕비와 세헤라자드가 대면하는 부분을 맞춰보고 있던 참이었다.

"바뀐 대본에서 그 부분 대사가 축약됐어요. 바뀐 부분 읽으셨죠?"

현승의 물음에 정아는 왠지 곱지 않은 눈매로 고개를 까딱해 보였다. 현승은 편하게 웃었다.

"바뀐 지 얼마 안 돼서 헷갈렸나 봅니다. 자, 그럼 바뀐 대로 다시 한 번 가볼까요?"

현승의 분부에 정아가 다소 신경질적으로 머리를 쓸어 넘기자 바로 맞은편에 서 있던 유희가 괜히 뜨악했다. 세영에 의해 대본이 고쳐지며 결과적으로 비중이 작아진 정아는 요새 부쩍 신경이 날카로워져 있었기 때문이다.

"대사는, 대본대로 가면서도 분위기에 따라 배우가 애드립 넣을 수도 있는 거잖아요."

마지못해 정아가 한마디 했지만 현승은 시종일관 유지하는 담담한 얼굴을 가볍게 좌우로 흔들었다.

"그렇죠. 그런데 이 부분은 좀 그래요. 두 사람이 맞부딪히는 건데 즉흥이 들어갔다간 분위기가 죽을 것 같습니다. 대본대로 가는 게 좋겠어요."

결국 어쩔 수 없어진 정아는 할 수 없이 세영이 다시 고친 대로 토씨 하나 틀리지 않고 대사를 읊었다. 알게 모르게 경직된 투였지만 현승은 굳이 지적하지 않고 넘어갔다. 정아를 짜증나게 하는 것은 극본이 바뀌어서가 아니라 극본이 바뀜으로써 자기 역할이 축소되었기 때문임을 알고 있었기 때문이다. 배우에게 자기 역할의 비중 변화는 극 안에서 자기의 입지까지 흔드는 큰일이었다. 더군다나 정아는 다른 역할도 아니고 거의 세 번째 주연이라 해도 다름없는 왕비 역을 맡아 여태까지 연습하고 감정을 몰입했을 텐데, 갑자기 그것이 뒤바뀌어 그저 비중이 조금 큰 조연 정도가 되었으니 스트레스가 이만저만이 아닐 것이다.

"5분만 쉬었다가 다시 갑시다. 정아 씨…… 아니, 다들 그 사이에 대본 다시 살펴보시고요."

순간 정아만 지적하여 말하려다가 아차 하고 급하게 말허리를 돌렸다. 하지만 현승의 속내를 알아차렸는지 정아는 돌아선 채로 야멸차게 받아쳤다.

"그 정돈 말하지 않아도 알고 있어요!"

정아의 분위기를 느낀 승태가 속으로 휘유 하며 고개를 젓는 순간 현승은 꿉꿉한 얼굴로 머리를 긁적였다. 정아의 태도가 이해가 가면서도 한편으론 속이 답답했다. 하지만 그녀에게만 뭐라 하기도 어려운 일이었다.

"에잇!"

침대 위를 장식하고 있던 곰 인형이 인정사정없이 벽에 부딪혀 나가떨어졌다. 그러고도 분이 안 풀렸는지 정아는 씩씩대며 눈을 부라렸다. 이어 가지런하게 놓여 있던 쿠션이며 베개 따위가 곰 인형의 전철을 밟으며 벽에 부딪혀 나가떨어지며 퉁퉁거리는 소리를 냈다.

'어떻게 따낸 배역인데!'

방 안을 너저분하게 만들어놓고 나서야 부아가 가라앉았는지 정아는 팔다리를 아무렇게나 뿌리며 침대 위로 쓰러졌다. 그러나 생각할수록 열이 받았다. 말 그대로 어떻게 따낸 배역인데 느닷없이 굴러들어 온 작가 나부랭이가 그걸 축소한단 말인가. 일부 공연의 경우 오디션을 거치더라도 캐스팅 물망에 오른 몇몇 사람들에게 먼저 연락을 하여 오디션 준비를 하라고 언질을 주기도 한다. 그러나 천일야화는 그렇게 내정된 것 없이 주조연급 배역을 모두 공개 오디션을 통해 선발했다. 기라성같이 이름이 쟁쟁한 대배우에서부터 솜털 보송한 신인들까지 참가한 그 오디션에서 정아 역시 한참 어린 후배들과 경쟁하여 따낸 배역이었던 것이다. 그만큼 정아는 자신이 있었다. 결코 짧다고 할 수 없는 자신의 연기 생활을 걸고 모든 것을 다 쏟을 의지도 있었다. 그렇기 때문에 지금 연습실에서 동고동락하는 그 사람들 중 누구도 자신을 따라오지 못할 것이라고 감히 자부하고 있었다. 그런데 그런 자신의 자존심이 장세영이라는 세 글자 앞에서 한낱 낙엽만도 못하게 부서지고 만 것이다.

그러나 정아가 이 상황에 분노하는 이유는 따로 있었다. 정아는 브라운관에서만 임하다가 잠시 소풍이나 가볼까 하는 마음으로 천일야화를 선택한 것이 아니었다. 작년에 찍었던 영화와 드라마 중 하나만 흥행에 성공했더라도 정아가 무대로 돌아올 필요는 없었을 것이다. 그러나 불행하게도 그러지 못했고, 연이은 흥행참패는 그동안 정아가 연예계에서 배우로 살아오며 쌓여왔던 모든 논란이 폭발하는 계기가 되었다.

처음엔 괜찮았다. 신인이었으니까. 처음에는 오히려 연극계에서 시작해 기본적인 연기력을 다진 후 카메라 앞으로 나아간 정아에게 호평이 더 많았다. 그러나 어느 순간부터 사람들은 텔레비전 속에 등장하는 현정이라는 배우가 그릇 속의 물처럼 고정되어 있다는 것을 알아차렸다. 정아 자신이 눈치 채기도 전에.

작품을 하고 있을 때면 하루에도 몇 개씩 쏟아지는 기사와 그 기사에 달리는 댓글을 통해 사람들의 반응을 알게 된 정아는 설마했었다. 그때까지만 해도 정아의 연기에 대해 부정적으로 평가하는 의견들은 소수였기 때문이다. 같이 일하는 방송 스태프들이나 감독들, 동료 배우들은 정아에게 그런 소수 따윈 신경 쓰지 말라고 조언했다. 정아도 그러려고 했다. 그때까지, 아니, 데뷔한 이래 작품에 임할 때마다 최선을 다했던 자신을 믿었다. 저런 악플이나 작은 혹평쯤은 어떻게 하든 듣게 되는 것이라고 스스로를 위안했다.

하지만 자신의 연기가 굳어 있다는 것을 스스로도 알게 되는 순간이 오자 사정이 달라졌다. 자기도 아는 것을 남이라고 모를 리가 없는 것이다. 대중들의 눈은 그 어떤 평론가의 시선보다 날카롭게 정아를 꿰뚫어 보았다. 곧이어 혹평이 호평을 넘어서게 되고, 새 작품에 들어갈 때면 정아의 연기력과 자질에 대해 적대적인 기사가 우르르 쏟아졌다. 한발 한발 물러서던 정아는 어느 순간 등에 닿는 벽의 존재를 깨달았다. 더 이상 물러설 곳이 없었다.

[연극계 출신 현정아, 거듭되는 연기력 논란]

정아의 가슴에 가장 큰 자국을 새긴 기사의 제목이었다. 일면식도 없는 사람에게 자기의 연기 경력을 머리부터 발끝까지 해부당하며 연기력이 뒷받침되어야 하는 연극계에서 출발하여 처음에는 호조를 보였던 자신이 브라운관으로 넘어와서 퇴보하고 있는 이유를 모르겠다는 말을 듣는 기분은 끔찍하게 괴상했다.

그래서 정아는 다른 방향을 선택해야 했다. 자신의 가치를 다시 사람들에게 각인시키기 위해. 오랜만에 다시 공연 무대로 발걸음을 돌린 것은 그 때문이었다.

"티켓파워 기대해도 되겠습니까?"

현승의 그 가벼운 농담이 다시없을 만큼 무섭게 들렸다. 자기한테 더 이상 그럴 밑천이 남아 있지 않았기 때문이다. 정아에겐 이제 여유가 없었다. 이번이 마지막이었다. 그래서 사실 천일야화의 오디션에 참가했을 때도 혹시나 떨어질까 봐 노심초사했었다. 그런데 상자 밑바닥에 깔린 희망처럼 얻을 수 있었던 마지막 기회가 예상치도 못했던 사람에 의해 송두리째 흔들리고 있는 것이다.

심하게 표현하자면 말라 비틀어졌다고 표현하기에 부족함이 없는 몸. 항상 헐렁한 옷만 입고 나타나는 탓에 더 그렇게 보였다. 그에 반해 광채가 살아 있는 눈동자는 감히 그 앞에서 허튼

소리를 내뱉을 수 없게 만든다. 감정을 떠올릴 줄 모르는 무감각한 입술, 가끔씩 생각에 잠기며 침침하게 감기는 눈꺼풀에 어울리지 않는 긴 속눈썹은 고즈넉한 분위기를 자아내고 있었지만 그뿐이었다. 정아에게 세영은 이미 자신에게 상처를 입힌 독한 인간이었던 것이다.

'뭐가 그렇게 잘났어?'

머리부터 발끝까지, 최후의 세포 하나까지 마음에 들지 않았다. 아무것도 제대로 보고 듣지도 않으면서 이게 아니다 저게 틀렸다 하며 하루에도 수차례씩 지적이나 하고 있는 세영이 하나밖에 모르면서 열 개를 아는 척하는 인간처럼 우스웠다. 지금 자신의 상태 때문에 더 그렇게 보이는 것이라 해도 상관없었다. 최소한 자신은 직접 현장에서 땀 흘리며 매진하고 있었으니까. 그런데 그 장세영이라는 인간은 그렇지도 않은 것이 작가라고 뻗대며 모든 것을 떡 주무르듯 하고 있는 것이다. 연출자 감투를 쓰고 있는 현승이 세영의 그런 태도를 보고도 못 본 척할 때마다 뭐가 무서워 저렇게 쩔쩔매는지 알 수가 없었다. 오히려 현승에게마저 화가 날 지경이었다.

"두고 봐, 언제까지 그럴 수 있나 보자고!"

혼자서 그렇게 중얼거리며 정아는 나뒹굴고 있는 쿠션 하나를 집어 들어 힘껏 비틀어 쟀다. 양껏 잡아당겨지는 쿠션이 처참하게 구겨지며 소리없이 비명을 질렀다.

#하렘

흰 신부 예복을 입고 고요히 샤리야르 앞에 선 세헤라자드. 샤리야르는 등받이에 몸을 깊이 기대고 있어 얼굴이 잘 보이지 않지만 분위기는 몹시 피폐하고 어둡다. 샤리야르 곁에 뒹굴고 있는 술병과 술잔들. 샤리야르는 앞에 선 세헤라자드가 아무것도 아닌 듯 손에 들고 있는 술잔을 간혹 기울이고 있다.

샤리야르 : (자세 그대로) 네가 오늘 밤의 신부냐?

세레하자드 : (고요한 얼굴로 침묵) ……

샤리야르 : (비릿한 조소) 그래. 아름답게도 차려입었구나. 하지만 그런 건 아무 의미도 없어. 여기를 스쳐 간 여자들이 하나같이 그랬던 것처럼. (고개를 들어 쏘아보며) 목이 잘릴 몸뚱이가 마지막으로 즐기는 천박한 호사일 뿐이야.

세헤라자드 : 그렇습니다. 술탄이여. 하지만 신부의 흰 예복은 신성한 것입니다.

샤리야르 : (발작적인 분노) 그 신성이란 것을 너희 여자란 것들이 어떻게 더럽혔는지 아느냐!

〈세헤라자드를 향해 날아오는 술잔. 그러나 정통으로 맞지 못하고 발치에 떨어져 뒹군다.〉

세헤라자드 : (술잔을 내려다보았다가 샤리야르에게 시선 옮기며)

그런가요? 아, 다리가 아파서 그러니 제가 앉는 것을 허락해 주십시오.

〈샤리야르가 입을 열기 전에 자리에 앉아버리는 세헤라자드. 샤리야

르는 어이없이 바라본다.〉

세헤라자드 : 술탄께서 저의 이 예복을 벗기기 전에 하고 싶은 이야

기가 있습니다. 신성이라는 술탄의 말에 막 생각이 났습니다. 짧은 이야

기이니 한번 들어보시지 않으시겠는지요? 술탄과 똑같이 여인의 신성을

믿었던 한 사내의 이야기입니다.

샤리야르 : (잠시 멍하다가 신경질적으로) 마음대로 해라! 네 혀가 마

음대로 지껄일 수 있는 시간도 얼마 남지 않았으니!

〈샤리야르를 향해 화사하게 웃는 세헤라자드〉

—천일야화 극본 中에서

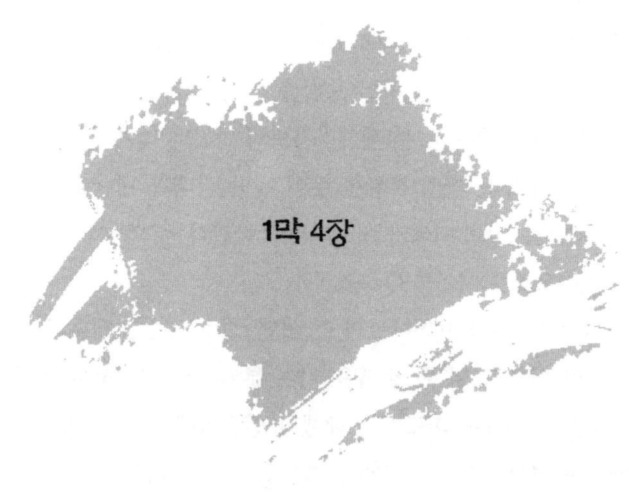

"그 신성이란 것을 너희 여자란 것들이 어떻게 더럽혔는지 아
느냐!"

승태가 집어 던진 연습용 소품이 유희의 발치로 떨어져 데구
루루 굴렀다. 승태는 흡사 샤리야르에게 빙의라도 된 듯 마루
중앙에 서서 온몸으로 존재감을 뿜어내고 있었다. 상처 입은 맹
포함이 그대로 드러난 눈동자에서 시뻘건 불똥이 튀었다.

"그런가요? 아, 다리가 아파서 그러니 제가 앉는 것을 허락해
주십시오."

붉은 모래폭풍을 연상시키는 샤리야르의 기세에 맞서는 세헤
라자드의 분위기는 겨울의 혹한을 일시에 몰아내는 봄볕을 닮

아 있었다. 수정된 극본에 따라 연습에 임하는 유희는 처음의 불안하고 나약하기만 하던 모습을 거의 지워 버리고 외유내강의 전형이라 할 수 있는 세헤라자드의 역할에 맞게 충실하게 변화하고 있었다. 마치 훌륭한 옷이 원단 선택과 재단을 거쳐 차례차례 바느질이 되어가듯 느리지만 탄탄한 움직임이었다.

"네, 오늘은 여기까지 하죠."

세헤라자드와 샤리야르의 첫 대면 씬을 넘기고 현승이 퍽 만족스런 얼굴로 몇 번 손뼉을 치며 분위기를 정리하며 일렀다. 긴장감과 적당한 피로가 팽배했던 연습실에 갑자기 활기가 찾아오며 여기저기서 기지개를 켜는 소리가 들려왔다. 여러 사람이 모인 탓에 분위기는 화기애애했지만 벽에 걸린 시곗바늘은 이미 열한 시를 한참 넘어가 있었다.

"세헤라자드는 갈수록 좋아지네. 앞으로도 이 상태로만 부탁해요."

현승의 칭찬에 유희는 수줍게 얼굴을 붉혔다. 방금 전 부드러우면서도 고고하던 모습을 벗어버리고 평소의 유희로 돌아온 그녀는 언제나 그렇듯 가냘파 보였다. 배우란 원래 저런 거지. 속으로 그런 생각을 하며 현승은 꾸벅 고개를 숙였다. 모두가 각자의 짐을 챙기느라 부산스러워졌던 연습실이 삽시간에 한산해졌다.

썰렁해진 연습실을 한 바퀴 둘러보고 대걸레를 찾던 현승은 그때서야 방금 전까지 자리를 지키고 있던 세영이 사라졌다는 것을 알아차렸다.

사람들 틈에 섞여서 빠져나간 것인가. 가면 간다고 인사라도 하고 갈 것이지, 하여간 인간관계에 관심없는 사람이야.

"청소하나?"

그런 생각을 하고 있었기 때문에 뒤에서 목소리가 들려왔을 때 현승은 뒷덜미가 쭈뼛하는 것을 막을 수가 없었다. 순간 대걸레 손잡이가 부러지기 직전까지 손에 힘을 주고 나서야 현승은 천천히 고개를 뒤로 돌릴 수가 있었다. 언제나 포대자루 같은 스타일을 선호하는 세영이 문간에 서 있었다.

"아, 예."

"열심이구만. 아주 바람직해."

비릿한 뉘앙스였지만 이제 현승은 피식 웃을 수 있게 되었다. 고슴도치의 등에는 가시가 빽빽하지만 그렇다고 고슴도치가 정말 사나운 짐승인 건 아니었으니까.

"뭡니까, 그건?"

어딜 갔다 왔는지 세영은 뭔가가 잔뜩 담긴 비닐봉투를 들고 있었다. 현승의 물음을 못 들었는지 세영은 대답없이 연습실 귀퉁이에 놓인 냉장고로 다가가 들고 온 비닐봉투를 열고 물건들을 정리하기 시작했다. 봉투 안에서 나오는 것들은 대부분이 먹을 것이었다. 음료수와 간단한 과자, 빵 같은 것들을 냉장고에 채워 넣으며 세영은 음료수가 반쯤 남은 페트병을 앞으로 빼놓는 것도 잊지 않았다. 마지막으로 냉장고 옆에 세워놓은 정수기

머리 위에 다회용 컵과 녹차 티백, 커피믹스까지 얌전하게 챙겨 놓은 세영은 비닐봉투를 구겨 그 옆의 쓰레기통에 휙 던져 넣었다.

"작가님이…… 사오셨어요? 그거 경비로 충당해도 되는데. 얼마예요?"

세영이 물건들을 정리하는 동안 할 말을 잃고 그저 바라보고 있던 현승이 한발 늦게 운을 떼었다.

"됐어. 비싼 거 아냐."

세영이 짧게 대답하자 현승은 머리를 긁적였다. 언제나 비어 있지 않고 당연하게 자리에 있어 미처 생각하지 못했던 것들이 었다. 떨어질 만하면 새로 뜯어져 있는 녹차와 음료수들. 그저 관리부에서 하는 일이라고 막연하게 생각하고 있었는데 사실은 세영의 손길이 닿아 있었다니. 그러리라고는 정말 꿈에도 생각하지 못했다.

"목마름, 배고픔, 그런 원초적인 욕구가 충족되지 않는다는 거, 상당히 짜증나는 일이거든."

물론 그렇기는 했다. 하지만 그것을 여태까지 아무도 모를 만큼 티나지 않게, 그것도 장세영이라는 사람이 챙겨왔다는 사실은 현승에게 커다란 충격이었다.

"왜…… 말 안 하셨어요?"

그 말에 세영은 가차없이 미간을 구겼다.

"말하면 왜, 티내려고? 여러분! 여러분이 아무 생각 없이 먹고 마셨던 거 사실 우리 작가님이 손수 챙겨둔 것이었답니다. 여태까지 모르고 드셨죠? 그거 다 사비로 사다 놓은 거니까 얄짤없이 연습해서 보답하세요, 그러려고? 그 사람들한텐 여기가 직장인데 그럼 최소한 부족하진 않게 해줘야지. 그러니까 윤 감독도 그렇게 걸레질하고 있잖아.”

현승은 머쓱해서 긁적이던 머리를 계속 긁었다. 그러다 퍼뜩 세영에게 하고픈 말이 생각났다.

“극본은 잘 진행되고 있습니까?”

정작 하고 싶은 말 대신 엉뚱하게 다른 말이 튀어나갔다. 현승이 머리를 긁적이는 사이 세영은 물건을 정리하며 돌아보지도 않고 일렀다.

“안심해.”

“기대됩니다.”

“별걸 다.”

세영은 심드렁했지만 현승은 진심이었다. 다른 누구도 아닌 세영의 극본이었다. 흥행 불패, 보증수표, 시청률 제조기, 신드롬 메이커 등등 모든 찬사와 수식어를 한 몸에 받고 있는 세영의 작품인 것이다. 때로는 그래서 아득했지만, 연출자로서 좋은 글을 쓰는 사람을 만난다는 것은 모든 것을 제쳐 놓고 보더라도 행운이었다.

“이럴 줄 알았으면 1막도 내버려 둘 것을 그랬습니다.”

“뭐?”

"그래도 한다고 했는데, 짐만 됐잖습니까."

뒤끝에 서린 아쉬움이 짙어 세영은 냉장고를 닫으며 현승을 향해 고개를 돌렸다. 대걸레 손잡이를 한 손에 잡고 서 있는 현승은 감독이 아니라 생기 넘치는 신인배우처럼 보였다. 아직 사그라지지 않은, 아마 앞으로도 결코 스러지지 않을 열정이 그에겐 있었다.

"자기한테 아쉽지 않은 사람 없어."

"예?"

세영은 다시 되풀이하지 않았다. 현승은 들었는지 긴가민가한 그 말이 여운이 되기 전에 재빨리 곱씹어보았다. 그럴 리는 없었지만, 현승은 그 순간 왠지 뭇사람들에게 칭송을 한 몸에 받는 세영 역시 남모르는 쓰디쓴 구석이 있는 거 아닌가 하는 생각이 들었다.

"윤 감독이 동안인 이유를 알겠네."

"예?"

"여전히 순진하고. 성격이 그러니 거죽도 나이를 안 먹지."

그러나 이어진 세영의 농담에 현승은 곧 잊어버리고는 쑥스럽게 얼굴을 붉혔다. 세영은 '저것 봐' 하는 듯이 어깨를 으쓱하고는 한마디 덧붙였다.

"내일 보자고."

"네."

타박타박. 세영이 계단을 올라가는 소리가 들렸다. 대걸레를 꼬나 쥔 채 한참을 빡빡 걸레질만 하던 현승은 어느 순간 잠시 흘리듯이 웃다가 그만두고 걸레질을 계속했다. 마룻바닥이 반짝거리기 시작했다.

　연습과 함께 무대장치도 속속 제작되기 시작했다. 천일야화의 무대 세트는 궁정과 사막에서부터 세헤라자드가 풀어놓는 이야기들의 배경까지 표현해야 했기에 2층 건물만 한 높이의 것에서부터 사람이 손으로 조종하는 손 인형에 이르기까지 종류가 다양했다. 손 인형을 비롯한 간단한 소품들은 단역들이 세헤라자드의 이야기에 따라 대사 없이 안무와 동작들로만 꾸며가는 것이었고, 거대한 궁정이나 사막을 나타내는 세트들은 인물들이 살아가는 공간인만큼 실제 배우들이 오르고 내릴 수 있도록 견고하게 만들어진 것이었다.
　의상팀에서는 페르시아풍의 의상들을 디자인하고 재단하느라 눈코 뜰 새가 없었다. 배경이 배경인만큼 엑스트라가 입는 의상에도 금사를 비롯한 기본적인 세공이 들어가야 했으니 작업 시간이 배는 오래 걸렸다. 그중 압권은 단연 샤리야르를 비롯한 세 남녀 주인공의 의상이었다. 혼돈과 불안이 캐릭터의 성격인 샤리야르에게는 톤 다운된 고급스런 자주색과 보라색이 주로 쓰였고, 정아가 맡은 고혹적인 왕비 역에는 은색이 섞인 검정, 순수와 구원을 상징하는 세헤라자드의 의상에는 진주빛이 도는 크림색과 깨끗한 하늘색이 많이 쓰였다.

"왕비 의상은 노출이 좀 있어도 괜찮을 것 같은데."

의상 시안을 살펴보던 세영이 지나가듯 덧붙였다. 현승은 왕비의 의상 시안으로 시선을 던지며 고개를 갸우뚱했다.

"노출까지요?"

은연중 정아의 형편을 드러내는 말이었다. 비중까지 줄어든 마당에, 노출 있는 옷까지 입히려고 하느냐는.

"역할이 역할이잖아. 이건 무슨 수녀야?"

그러나 세영은 무심하게 다시 덧붙였다. 현승은 세영이 보고 있는 왕비 의상 시안에 세헤라자드의 시안을 올려놓으며 제안했다.

"왕비는 그렇다 치고, 저는 세헤라자드가 좀 과감해졌으면 어떨까 하는데요."

"뭐?"

"그렇지 않습니까. 정숙한 컨셉이라고 해서 너무 꽁꽁 싸매고 나오는 거, 좀 속 보이지 않아요? 둘 다 어깨 정도는 드러내도 될 것 같은데. 전체 극의 분위기도 낙낙하고요."

현승의 말을 들으며 시안을 내려다보고 있던 세영은 그 말에도 일리가 있다고 생각했는지 잠시 생각해 보다가 고개를 끄덕였다.

"윤 감독은 나한테 아주 관대하시구만."

좋다는 대답이 나오리라 예상했던 열린 입술이 예상치 못했던 말을 내뱉자 현승은 대답하기 위해 들이켰던 숨을 헛되이 내

뽑었다.

"예?"

"다른 감독들은 작가가 이렇게까지 나서면 싫어하지. 월권이라고 말이야. 자존심 상해한다고. 윤 감독은 그런 거 없나? 배알 꼴리지 않아?"

특유의 무심한 듯 떠보는 말투. 현승은 신경 쓰지 않고 되받았다.

"그럴 수도 있겠죠. 그런데 난 그냥 그래요. 무슨 상관입니까. 작품에 플러스가 된다면 들어둬서 나쁠 거 없지요. 머리는 합치는 게 낫다고, 작가님이 말씀하신 것처럼 그렇게 나서는 것도 아니고요."

"좀 희한하구만? 난 앞에선 예예 그래도 뒤에선 나를 넝마가 되도록 씹고 다닐 줄 알았는데."

"……제가 좀 다른 부류인가 보죠."

그렇게 심드렁한 대답과 무심한 질문들이 오가고 나서 세영은 들고 있던 시안을 내려놓으며 나직하게 마침표를 찍었다.

"그래도 그럴 수야 없지. 윤 감독은 그 직책대로 감독이니까. 뜻대로 해. 작가가 의상 하나하나까지 왈가왈부하는 꼴도 우스워."

그대로 일어서는 세영을 쫓아 현승의 고개가 위로 들렸다.

"작가님? 더 안 보고 가세요?"

"맘대로 하라니까. 무슨 뜻인지 몰라?"

그리고 세영은 다리를 움직여 선선히 자리를 떠버렸다. 현승과 의상 담당자의 시선을 꽁무니에 단 채였다. 연습은 한순간도 놓치지 않고 지켜보면서 이런 반응이라니, 몹시 낯설었지만 사실 세영의 이런 반응은 이번이 처음은 아니었다. 사실, 따지고 보면 세영이 하나하나 따지고 들며 까탈스럽게 구는 부분은 배우들의 연기나 대사 처리뿐이라고 해도 과언이 아니었던 것이다.

"왜 저런담……."

한 치쯤 알 듯하다가도 열 척(尺)쯤 모르게 되는 세영의 반응에 현승은 한숨 섞어 중얼거리며 시안들을 다시금 살펴보았다. 그동안 접해본 적도 없이 어떨까 어떨까 하고 너무 생각만 해서 그런가. 상상은 왜곡된다더니 자신이 그 짝인가 싶었다. 확실히 세영은 얼굴 보는 날들이 겹쳐질수록 상상 속의 사람과는 비교할 수 없이 달랐다.

"뭐 하자는 거예요? 이제 무대에서 배우 옷까지 벗기겠대요?"

뾰족하게 치솟는 정아의 반발을 들으며 현승은 자신이 저런 반응을 예상했음을 인정했다. 곁에 앉아 있던 승태가 변죽 좋게 웃으며 한 번 불렀지만 정아는 눈길도 돌리지 않았다.

"왜 이렇게 변하는 게 많아요? 겨우 작가 한 사람한테!"

현승의 눈꼬리가 찰나 꿈틀거렸다. 정아의 심사가 이해는 되었다. 하지만 그렇다고 극을 이루는 가장 기본이자 중요한 얼개를 짜는 작가를 주연급이라고 해도 일개 배우가 '겨우'라고 폄하하는 것은 듣기에 좋지 않았다. 그 어투에서 자기 외의 전부를 발아래로 보고 무시하는 오만이 묻어났기 때문이다.

"작가님 의견이 아닙니다. 내 의견이니까 엄한 쪽한테 화풀이하지 마세요."

뭐라고 얹으려는 정아 쪽을 무시하며 현승은 유희를 향해 시선을 돌렸다.

"세헤라자드도 의상이 캐릭터에 비해 약간 과감할 겁니다. 그렇게 알고 계세요."

"네."

노발대발하는 정아와 달리 유희는 의외로 담담한 반응이었다. 배역이 자리 잡아가며 스스로도 확고해진 것 같았다. 바람직한 현상이며, 신인들에게서 주로 볼 수 있는 모습이기도 했다. 현승은 입술만 움직여 가볍게 웃어주었다.

"천일야화 연출은 감독님이에요! 모든 걸 지휘하는 사람은 감독님이라고요! 어째서 장 작가가 선을 넘을 때마다 매번 그렇게 넘어가시는 거죠? 전 납득할 수 없어요. 기분 나쁘지도 않으세요? 감독님은 생각이 없어요?"

"정아야!"

현승의 뒤통수에 대고 소리 지르는 정아를 보다 못한 승태가 그만 하라는 부탁을 담아 끼어들었다. 현승은 잠시 아무 반응도 없이 서 있다가 천천히 정아를 향해 시선을 옮겼다. 그 눈빛은 섣불리 감정을 읽어낼 수 없을 정도로 서슬이 푸르렀다.

"왜 장 작가를 끼워 넣는 겁니까? 내 의견, 내 지시라고 말하지 않았습니까."

현승은 안경을 벗고 내내 받침대에 눌리고 있던 콧대를 주무르며 부쩍 피곤해진 얼굴을 한번 쓰다듬었다. 그러나 뻗어 나오는 목소리는 피곤한 얼굴과 매치되지 않을 정도로 냉랭하기 그지없었다.

"이해합니다. 정아 씨 입장에서야 아무래도 맘에 들지 않겠죠. 그런데 지금 정아 씨, 이런 상황이 처음입니까? 아니잖아요. 내가 요구하는 일이, 장 작가가 요구하는 일이 천인공노할 비겁한 짓이라도 됩니까? 쓸데없이 바라는 것도 아니고 이해 못할 선을 넘는 정도도 아닌 거 본인이 더 잘 알잖아요? 그동안 정아 씨가 해온 일과 크게 다르지 않잖습니까. 그런데 이렇게 매번 역정 내는 이유가 뭡니까?"

구겨진 표정에 어울리지 않는 침착한 지적을 들으며 정아는 쌕쌕 숨을 몰아쉬었다.

"알아요. 충분히 그럴 수 있는 일이라는 것. 하지만 생각을 해 달란 말이에요. 내가 무슨 명령하면 들어야 하는 기계예요? 자존심 건드리지 말라고요!"

"……장 작가님 방식이 좀 그런 건 나도 유감입니다. 하지만 일부러 정아 씨 자존심이나 인격에 상처 입히려고 그러는 건 아니에요. 나도, 장 작가도! 노출이 있다 해도 어깨 정도입니다. 필요없다고 생각하는 일을 강제하진 않아요.”

“그럼 좀 고분고분하라구요!”

“현정아 씨!”

연습실 문 쪽에서 나직하지만 뚜렷한 목소리가 날아온 것은 현승의 목소리가 버럭 치솟으려다가 가까스로 가라앉은 순간이었다.

“지금 뭐 하나?”

흥분한 현승에서부터 정아와 승태, 다른 배우들까지 연습실에 있는 모든 사람들의 시선이 일제히 한곳으로 쏠렸다.

세영은 한창 벌어지고 있는 광경이 참으로 가관이라는 듯 탐탁찮은 기색을 풀풀 풍기며 한발 한발 안으로 들어섰다. 아차 싶은 현승이 급히 수습에 나섰다.

“작가님…… 이렇게 갑자기 오실 줄 몰랐습니다.”

세영은 묵묵한 눈빛으로 현승의 어깨를 짓누르며 여전히 낮게 일렀다.

“갑자기 와야 진짜를 보지. 그렇게 의도한 건데 정말 진짜를 봐서 참 다행이네.”

이어 현승 옆의 빈 의자에 힘없이 주저앉은 세영의 눈동자가 엉거주춤하게 굳어진 좌중을 느릿하게 훑었다.

“뭐가 문제인가?”

시선 속에 정아가 포착되는 순간 세영의 입매가 단단해졌다.

"내가 문제인 건가?"

정아의 눈꼬리가 파르르 떨렸다. 현승은 연습실 안의 공기가 높은 음을 내기 위해 조율되는 현처럼 천천히 잡아당겨지는 것을 느꼈다. 서둘러 중간에 끼어들으려 했지만, 견디다 못한 정아의 입술이 발작적으로 떨어지는 것이 한순간 더 빨랐다.

"그래요. 맞아요!"

세영에 대한 감정에 그동안 쌓여온 절박함과 부담이 버무려진 정아의 폭발은 몹시 격렬했다. 정아는 거칠 것 없는 얼굴로 세영을 똑바로 쏘아보며 짜랑짜랑 하게 일렀다.

"다 들었을 텐데 더 말해 뭐 해요? 이렇게 짐짝 취급당하는 거, 더 이상 못 견디겠어요."

그러나 세영은 눈앞에 보이지 않는 방패라도 쳐져 있는지 조금도 동요하는 기색 없이 정아를 주시하고 있었다. 문득 세영의 앞섶이 잔잔하게 부풀었다가 다시 내려앉았다. 낙낙한 한숨 한 자락이었지만 사람들로 하여금 자신이 이 순간 이 자리에 앉아 있다는 것 자체를 답답하고 어처구니없어하고 있다는 것을 알게 하기에는 충분했다.

"나를 용납 못하겠나?"

입술을 뚫고 새어 나오는 세영의 목소리는 잔잔했다. 하지만 억양이 사라진 말투는 그 속이 어떤지 짐작할 수 없게 만들었다.

"나는 작가님이 마음대로 주물럭거려서 끼워 맞출 수 있는 퍼

즐 조각이 아니에요! 이래라저래라, 말하면 무조건 들어야 하는 부하도 아니라고요!"

"그래서?"

맹렬하게 쏘아붙였지만 평탄하게 돌아오는 세영의 반응에 정아는 자기도 모르게 당황했다.

"그래서라뇨? 최소한 당신이 작가면, 같이 일하는 사람들 생각도 해줘야 하는 거 아니에요? 작가면 다예요? 다른 사람들은 자기 발톱에 때만도 못하게 여기면서 작가랍시고 마음대로 휘젓고! 멋대로 이야기를 바꾸면서도 설명 한마디 없이 안하무인에! 남들 자존심이 뭉개지건 말건 제멋대로잖아요!"

"정아 씨, 그만두지 못하겠습니까!"

벼락같이 터져 나온 현승의 고함에 좌중은 물을 끼얹은 듯이 조용해졌다. 처음 보는 현승의 격한 모습에 정아는 움찔해서 입을 다물었지만, 세영은 현승이 고함을 지르던 갑자기 물구나무를 서던 상관없다는 표정이었다.

"아하, 그게 문제였군. 내가 당신의 그 비루먹은 자존심을 건드렸다 이건가? 그래서 다른 사람들 핑계 대면서 결국은 내 자존심이 상했노라고 화를 내고 싶은 건가?"

서슴없는 세영의 표현에 정아의 얼굴이 희게 질렸다.

"뭐, 뭐라고요?"

"현정아 씨, 첫인상과 하는 짓이 무척이나 다르군."

갑자기 알 수 없는 소리에 정아의 눈매가 뾰족해졌다. 보다 못한 현승이 가로막았다.

"작가님, 그만 하세요."

"됐어. 어차피 시작된 거 확실하게 매듭을 지어야지."

변함없이 냉정한 세영의 눈동자가 다시 정아를 향했다.

"고분고분이라고? 현정아 씨, 지금 자기 대접해 달라고 유세하나? 텔레비전에서 배우 대접 받는 스타였으니까 모처럼 돌아온 연극판에서도 내가 알아서 기면서 당신 자존심 세워줬으면 좋겠나? 더러운 꼴 안 보고 고상하게?"

세영은 상대가 입을 열 틈도 없이 나머지를 쏟아냈다.

"브라운관에서 연기 연습하던 배짱을 여기서도 부리려고? 아니, 그 배짱 다 어디로 갔지? 이거 못 봐주겠군. 역할 비중 좀 줄었다고 줏대없이 흔들리는 꼴이라니. 8년 동안 여배우랍시고 버텼으면 그만한 배짱은 있을 것 같았는데 그건 허세였나. 그런가?"

"내, 내가……."

일말의 웃음기마저 섞여 있는 세영의 힐난이 정아에게 날아가 푹푹 꽂히는 것이 보이는 것 같았다. 정아는 철옹성같이 굳건한 세영을 향해 비명처럼 내질렀다.

"입으로 나온다고 다 말인 줄 알아요? 내가…… 내가 화초처럼 그냥 예쁘게 피어나기만 한 줄 알아?! 나도 노력했어!"

"화초처럼 피든 잡초처럼 지든 관심없어. 언더스터디는 폼으로 있는 줄 아나? 여기 들러리는 아무도 없어. 노력하다 그만두

는 것도 당신 몫이고, 하다가 뭉개지는 것도, 결국 성공하는 것
도 당신 몫이야. 못 버티는 인간은 필요없어. 못하겠나? 자존심
상하고 마음에 안 들어서? 그래서 못 견디겠으면 민폐 그만 끼
치고 당신 반겨주는 다른 무대로나 꺼져. 그런 곳이 있다면 말
이겠지만.”

끝까지 얼음처럼 찌르고 세영은 몸을 일으켰다. 몇 분 사이에
정아와 세영, 두 사람 모두 몇 년은 나이 들어버린 모습이었다.
돌아서는 어깨가 유난히 축 처졌다. 연습실을 나서는 세영의 뒷
모습은 흡사 흰 연기 같았다. 반면, 정아는 그대로 송곳처럼 꼿
꼿하게 굳은 채 다만 어깨만 떨고 있었다. 발밑이 꺼지는 것 같
은 참담함에 현승이 급하게 세영의 뒤를 따랐다.

“작가님!”

예상치 못한 격돌에 어처구니가 달아난 승태가 세영을 따라
나서는 현승의 발소리에 퍼뜩 정신을 차리고 정아에게 시선을
돌렸다.

“괜찮아?”

정아는 대답하지 않았다. 승태는 정아의 커다란 눈망울에 차
오르는 물방울을 모른 척해주었다.

“작가님, 잠깐만요! 이렇게 가시면 어떡합니까?”

느릿한 걸음걸이로 극장을 빠져나가던 세영은 허겁지겁 뛰어
오는 현승의 부름에 천천히 멈춰 섰다.

"왜?"

"왜라뇨! 정아 씨가 얼마나 열심이었는지 작가님도 모르지 않았잖아요! 꼭 그렇게 난도질하듯이 몰아붙여야 했습니까? 정아 씨도 베테랑이라면 베테랑입니다. 최소한 그 부분은 건드리지 않으셨어야죠!"

격한 심정 때문에 현승의 목소리는 의식하기도 전에 커져 있었다. 세영의 눈매에 문득 씁쓸함이 비쳤다.

"윤 감독까지 나한테 소리를 지르는군."

"농담 아닙니다!"

"나도 농담 아니야. 현정아 씨한테 했던 말 모두 진심이야. 그만두겠다면 그만두라고 해. 대신할 배우는 얼마든지 있어."

현승의 미간이 처참하게 구겨졌다.

"작가님! 그렇게 말하지 마세요. 정아 씨도 노력……."

"노력은 아무것도 보장해 주지 않아! 알겠어?!"

갑자기 불덩어리처럼 폭발하는 세영의 고함에 현승은 할 말을 잃었다. 방금 전 정아의 모습보다 훨씬 더 의외였다. 어떤 상황, 어떤 순간에서도 특유의 유유자적함을 잃지 않고 한결같던 세영이 급작스럽게 폭발하는 모습은 설핏 위태로워 보일 정도였다.

"노력하고 있다고? 당연하지! 노력한다고 다 되는 줄 아나? 노력이랑 성공은 아무 상관도 없는 거야! 얼마나 노력했냐는 건 핑계밖에 못 되는 거란 말이야. 아, 내가 이만큼 노력했는데도 안 되는 걸 보니 이건 정말 안 되는 일이었나 보구나. 그렇게!
성공하든 실패하든 노력은 당연히 해야 하는 거라고!"

처절하게 외친 세영은 문득 위가 바늘로 찔리는 것 같은 통증
에 잠깐 숨을 참았다. 순간 눈앞이 빙글 돌며 비틀거리는 세영
의 어깨를 현승의 손이 단단하게 붙잡았다.

"괜찮으세요?"

세영은 현승의 팔에 의지하며 잠시 숨을 골랐다. 그렇게 서
있자 얼마 지나지 않아 옷감을 타고 현승의 온기가 전해져 왔
다. 그러자 세영은 여전히 어지러운데도 굳이 손을 뻗어 어깨를
잡고 있는 현승의 손을 떼어냈다. 그 온기를 계속 느끼고 있으
면 점점 더 힘이 빠져 나중에는 완전히 기대 버리고 싶어질 것
같았기 때문이다.

"그러니 노력하고 있다는 건 핑계가 못 돼. 아까 내가 말했
지? 못 버티는 인간은 필요없어. 대신할 사람은 얼마든지 있어.
그러니 못 버티면 도태되는 거야. 여기 예외가 있을 것 같나? 그
러니까 그러기 싫다면, 견디는 수밖에."

순식간에 생기를 잃어버린 목소리는 미약하기 짝이 없었다.
현승은 마치 자기 암시처럼 중얼거리는 세영의 그 말이 다른 누
군가가 아닌 세영 스스로를 두고 하는 말처럼 들렸다. 그러자
갑자기 세영이 지금까지 버텨왔던 무게가 자신이 상상했던 것
보다 훨씬 거대한 것이 아닐까 하는 생각이 들었다.

"작가님…… 정말 괜찮으세요?"

　현승의 손을 털어낸 세영은 어느새 평소의 장세영으로 돌아와 묘한 쓴웃음을 지었다.

　"2막 쓰기 전에 한번 봐두려고 들렀는데 끝이 좀 추하게 됐군. 수습하려면 고생 좀 하겠네. 윤 감독에겐…… 미안해."

　마지막 단어를 듣는 순간 현승은 왠지 가슴이 철렁했다. 말로 형용할 수는 없었지만 봐선 안 되는 광경을 봐버린 기분이었다. 그러는 사이 세영은 다시 몸을 돌려 걸음을 떼기 시작했다. 작은 등이 멀어지기 시작했다.

　"아…… 작가님!"

　현승이 내처 불렀지만 세영은 이제 돌아보지 않았다. 휘척휘척. 힘없는 걸음걸이는 방금 전 거침없이 호령하던 사람의 그것이라고는 생각할 수 없을 정도로 가늘었다. 바람에 이리저리 흔들리는 갈대 같은 뒷모습이었다. 현승은 착잡하게 한숨을 내쉬었다.

　모르지 않았다. 노력은 성공으로 가는 지름길은 될 수 있어도 보증수표는 되지 못한다는 것을. 멀리서 찾을 것도 없었다. 자신을 보면 알지 않는가. 세영 같은 존재가 되기 위해 무던히도 노력했지만, 결국 그만큼은 이루지 못했던 자기 자신. 그래서 현승은 세영이 소리친 그 말의 뜻을 누구보다 잘 알 수 있었다. 하지만 이해할 수 없는 것은 그렇게 말하던 세영의 모습이었다.

　"못 버티는 인간은 필요없어. 대신할 사람은 얼마든지 있어.

그러니 못 버티면 도태되는 거야."

　그렇게 뇌까리던 세영의 모습은 마치 감당 못할 공포에 사로잡힌 사람 같았다.

　세영은 이미 시야에서 사라졌는데도 현승은 쉽사리 고개를 돌리지 못했다. 어째서. 당신에게 어째서 그런 일면이 있는 거지? 내가 상상했던, 내게 처음 각인되었던 당신은 애초부터 찬란한 존재였는데.

　소주가 잔을 채우는 소리는 언제나 마음속의 어떤 부분을 두드리는 것처럼 들린다. 분위기가 엉망진창 같았던 오늘치 연습이 끝나고 난 후 승태와 정아는 연습실 근처 호프집에 자리를 잡았다. 유월이 다가오는 계절이라 날로 따뜻해지는 날씨 때문인지 야심한 시각인데도 사람들을 붙들고 있는 테이블이 제법 눈에 띄었다.

　"왜 그랬어."

　정아는 승태가 채워준 소주잔을 절반도 겨우 삼키며 오만상을 찌푸렸다. 목넘김이 유난히 썼다.

　"선배님도 제가 그렇게 웃긴 애로 보이세요?"

　연습실이 아닌 사석이었으므로 서로를 이르는 두 사람의 어투는 한결 편해져 있었다.

　"네가 좀 지나쳤다, 인마."

승태는 오래전 소극장에서 짓던 웃음과 별반 달라지지 않은 미소를 그대로 내보이며 안주 접시를 정아 앞으로 밀어주었다. 하기는, 그때도 단원들 사이에 문제가 생기거나 싸움이 나면 형이라고 앞장서서 보듬어주던 것은 승태였다. 그 기억을 떠올리며 정아는 쓰게 웃었다.

"알아요. 나도 잘한 거 없다는 거. 그런데 그게 그렇게 못할 말이에요? 난 그냥……."

"알아."

승태는 묵묵히 곁에 앉아 느릿하게 고개를 끄덕였다. 자존심이 유달리 강한 정아의 성정을 생각해 보자면 오늘 같은 일은 언제고 터질 수 있는 일이었지만 그래도 작가와 감독에게 겨우라느니 생각이 없냐느니 하는 말을 던진 것은 모든 것을 떼어놓고 생각하더라도 정아가 먼저 선을 넘은 것이었다. 극본이나 연출이 배우보다 높은 위치에 있다고 생각해서가 아니라 두 분야의 하는 일이 그만큼 다르기 때문이었다. 작가는 극본을 쓰고, 감독은 연출을 하고, 배우는 연기를 한다. 화면을 끌어내는 것은 감독의 몫이지만 캐릭터를 자신에게 입히는 일은 오롯이 배우의 몫이었다. 전체를 꾸며야 하기에 배우가 감독의 지휘를 받는 구도가 되겠지만 그렇다고 감독이 배우들을 하인처럼 멋대로 부리고 다뤄도 된다는 뜻은 아니었다. 작가가 쓴 대본을 연출한다고 감독이 작가의 아래가 아니듯이. 애초에 서로가 서로를 치환할 수 없는 작업방식이었기 때문이다. 그 와중에 맡은 일의 높낮이를 따지는 것은 의미가 없는 일이다.

"감독님도 이해는 해. 그래서 너 많이 배려해 주시잖아."

승태의 말은 사실이었다. 감독으로서 현승이 사람들을 이끄는 방식은 카리스마가 넘친다기보다는 친근하게 다가오는 편한 선생님 같은 것이었다. 그래서 신인이나 단역들도 곧잘 현승에게 상담을 하곤 했고, 그럴 때마다 현승은 피곤한 와중에도 인상 한번 쓰지 않고 받아주었다. 정아도 그런 현승의 성품을 알고 있었다. 그러나 정아를 더욱 속 쓰리게 하는 이유는 다른 것이었다.

"브라운관에서 연기 연습하던 배짱은 다 어디로 갔지?"

세영에게서 그 말을 듣는 순간 정아는 피가 빠져나가는 기분이었다. 그토록 무던히 감추려고 애썼건만, 세영은 처음부터 다 꿰뚫고 있었던 것이다. 그리고 거침없이 깎아내렸다. 널 대신할 사람은 얼마든지 있으니 못하겠으면 관두라고. 꿰뚫어 보고 있었다면 자신이 얼마나 애썼는지도 알 텐데 세영은 그것엔 신경조차 쓰지 않았다.

"나도 잘하고 싶었어요. 누구보다 더!"

어느새 빈 소주잔을 꽉 쥐며 정아가 씹어뱉었다. 승태는 자기 몫의 잔을 꺾고 캬오, 하는 탄성을 내지르며 안주를 집어먹었다.

세영보다는 현승에게 보여주기 싫었다. 자신이 배우로서 인생을 시작할 때 알았던 사람이었다. 그때나 지금이나 승태가 달라지지 않았듯, 다시 만난 현승 역시 정말 거짓말같이 달라진 구석이 없었다. 여전히 다감하고, 감독이라고 자리를 지키기보다는 배우들과 함께 뒹굴며 순수하게 웃던 그 모습 그대로를 간직하고 있었다. 처녀작을 그와 함께 했던 정아였으니 그 감회가 남달랐음은 두말할 필요도 없는 것이었다. 그런 현승에게 더 잘하는 모습을 보여주고 싶었다. 스물다섯, 그 싱그럽던 나날을 열정으로 보내고 훌륭한 연출가로 굳건하게 선 그의 앞에 자신의 밑바닥을 보여주기 싫었다. 자신이 겉모양은 화려하지만 속은 거의 다 비어버린 술병이라는 것을 현승이 알게 하고 싶지 않았다. 대신 재능을 펼쳐 보이고 싶었다. 그런데 예상치 못했던 사람이 나타나 자신이 맡은 부분을 자로 재듯이 잘라 버리고 입지를 좁혀 버렸다. 절박한 가운데 겨우 잡았던 기회를 박탈당한 기분이었다. 거기다 신인이라고는 생각할 수 없을 만큼 빠르게 자리를 굳혀가는 유희에 대한 부담까지. 애써 아무렇지 않은 척했지만, 정아는 이 기회가 자신의 거듭남이 아니라 장송무대인 것만 같았다. 회귀하는 심정으로 돌아온 무대에서 자신은 작아져 버렸다. 젊고 예쁜 여배우들이 하루에도 수십 명씩 등장하고 스타를 꿈꾸는 지망생은 그보다 곱절은 많은 이 바닥이라지만 자신은 아직 젊었다. 이제 겨우 서른을 달리고 있을 뿐이다. 그런데 벌써 이렇게 취급받는단 말인가. 퇴물이라는 단어가 엄습했다.

"난 열심히 했어요. 누구도 그것에 토를 달 순 없을 거예요.
선배도, 윤 감독님도."

정아의 한마디는 세상을 향해 선언하는 것 같았다. 승태는 의자 등받이에 몸을 기대고 턱을 고인 채 그저 눈을 내리깔고 있을 뿐이었다. 연예인이라면 누구나 느끼는 불안감. 열심히 했다는 정아의 말은 반박할 수 없는 사실이었다.

"난 정말 열심히 했어요. 그건 알아줘야 돼요."

장세영. 아무렇지 않은 얼굴로 자기를 이렇게 흔들어놓은 사람의 얼굴이 떠올랐다. 정아의 입술이 하얗게 깨물어졌다. 태어나서 처음으로 누군가를 향해 맹렬하게 피가 끓었다. 살기(殺氣)라고 불려야 할 감정이었지만 정아는 지금까지 살아오면서 처음으로 찾아온 격정의 이름을 알지 못했다.

"여기 좀 헐렁한데."

천일야화의 무대 세트를 담당하고 있는 정광은 2층의 발코니 부분을 살펴보며 고개를 좌우로 흔들었다. 설계대로 고정을 시켰는데 아무래도 강도가 성에 차지 않았던 것이다.

"네가 보기에도 좀 그렇지?"

마침 지나가던 보조 하나를 불러 세워 물어보자 역시 비슷한 반응이 돌아왔다. 정광은 2층 발코니 부분의 설계도를 다시 한번 살폈다. 생각 같아서는 당장 손질을 하고 싶었지만, 하필이면 발코니라는 것이 문제였다. 페르시아 궁전을 디자인 모티브로 따왔기 때문에 세트의 뼈대를 숨기고 겉으로 보이는 부분은 섬세한 문양이 투각된 나무판이었다. 2층이라는 높이도 있거니와 객석에서 뻔히 보이는 위치였기 때문에 섣불리 건드렸다가는 잘못하면 모양새가 어그러질 공산이 컸다.

"에이 씨. 야, 너 가서 감독님 좀 불러와라."

같이 고뇌하던 보조 스태프에게 심부름을 보내며 뜻대로 되지 않는 짜증에 혼자 성질을 부리고 있기를 몇 분, 잠시 후 뒤에서 현승의 목소리가 들려왔다.

"뭐가 잘 안 돼요?"

"아, 감독님. 와서 여기 좀 봐요."

정광은 들고 있던 설계도를 현승 앞에 펼쳐 보이며 당장 처한 상황을 설명했다. 이제 얼마 안 있으면 무대연습도 해야 할 것인데 이걸 그대로 뒀다가는 기필코 떠올리는 것만으로 일주일은 악몽에 시달릴 일이 일어나고 말 것이라고.

"그러네요. 어허, 이거 참."

현승 역시 난감하긴 마찬가지였다. 예전 직접 무대를 꾸며봤던 가닥을 살려 이리저리 머리를 맞대고 고민을 해보다가 현승은 결국 아쉬운 입맛을 다셨다.

"그래도 무대는 아직 여유가 며칠 있으니까 차차 고민해 보기로 하죠. 일단 주변에 테이프 쳐서 당장 사람들 출입부터 통제시켜 주세요. 잘못하면 큰일 나니까."

"알았수. 그건 그렇고…… 견딜 만해요?"

히죽 웃으며 건네는 심심한 위로에 현승 역시 심심한 미소로 답했다.

"그냥 그렇죠 뭐."

"하기는, 할 때마다 피 말려도 어떻게 해. 그게 매력인데."

"아아, 잘 아시네요. 맞아요. 매력이 지나쳐서 문제죠."

그렇게 휴식 같은 환담을 나누고 나서 현승은 연습실로 돌아갔다. 요샌 연습실에서 세영을 찾아볼 수 없었다. 2막 집필에만 몰두해야 하기 때문인지 세영은 지난번 정아와 충돌했던 날을 기점으로 연습실에 나타나는 것이 무척 뜸했다.

"다시 시작하죠."

현승이 연습실로 복귀하자 잠시 쉬고 있던 배우들은 다시 자기 자리를 잡았다. 그날 이후로 정아는 어떤 반발도 없이 연습에 임하고 있었다. 언뜻 평정을 회복한 것 같았지만 꾸준히 안정세를 유지해 가는 유희에 비해 보자면 급작스럽게 침착해진 정아는 오히려 불안을 끌어안고 있는 것처럼 보여서 신경이 쓰였다.

"아, 한 가지 알려 드릴 사항이 있습니다. 2층짜리 세트 세워지는 것 아시죠? 지금 2층 발코니 부분에 문제가 있어서 그 부분이 수정될 때까지는 세트에 접근하지 마세요. 특히 유희 씨하고 정아 씨는 2층 씬이 있으니까 각별히 유념하시고요. 물론 무대 연습 하기 전까지 보수할 거지만 그래도 만약에니까, 아셨죠?"

알았다는 응답이 곳곳에서 들려오고 현승은 의자에 자리를 잡고 앉았다. 각자의 자리에 서 있던 배우들은 연기를 시작했다.

"웩!"

현승이 정광과 함께 설계도를 들여다보며 고민하고 있을 무렵, 세영은 오늘만 세 번째로 변기와 친숙하게 마주 보았다. 이제 넘어올 것도 없어서 쓰고 노란 물만 역겹게 올라왔다. 아침 이후로 입에 뭘 넣은 적이 없는데 대체 뭘 먹고 속이 뒤집어졌는지 알 수가 없었다.

후들거리는 걸음으로 화장실에서 나온 세영은 굴러다니던 안마기와 수지침을 찾아 들고 아무 데나 앉아서 혼자 등을 두드리고 엄지손가락을 묶었다. 톡. 작은 소음과 함께 빨갛게 피가 몰린 엄지손가락 끝에 핏방울이 돋았다.

홀로 집에 앉아 자기 손가락을 따는 모양은 참 서글펐다.

따고 나서 꽉꽉 주물러 피를 내고 한참이나 등을 두드렸지만 한번 거북해진 속은 쉽게 나아질 것 같지 않았다. 게다가 무슨 조홧속인지 지난번 위가 찢어질 듯이 아프고 난 후에는 속도 자주 쓰리고 뭘 먹어도 먹은 것처럼 느껴지지가 않았다.

"죽어라 죽어라 하는구먼."

아직도 쓴맛이 남은 입으로 뇌까리고 세영은 거실 탁자에 켜 놓은 노트북 앞으로 다가가 앉았다. 힐끗 주시한 달력의 날짜는 유월 중순을 향해 다가가고 있었다. 곧 현승에게 호언장담한 한 달 기한이 다 되어가는 것이다.

그동안 지켜본 것이 있었기에 세영은 더 이상 연습에 대해서 걱정하지 않았다. 현승은 자기보다 더하면 더했지 결코 덜할 사람이 아니라는 것을 알았기 때문이다. 아마 지금도 은근히 다 봐주는 척하면서 빠짐없이 몰아붙이고 있을 것이다. 겉으로 항상 웃는 사람이 그래서 무서운 것이다. 방긋방긋 웃는 얼굴에 방심하게 되니까.

토하느라 한창 써나가던 리듬이 끊어진 세영은 극본을 다시 처음부터 살피면서 새삼 어색한 곳을 수정하며 마음을 가다듬었다. 그나마 이 속도대로 가준다면 약속한 기한 내로 극본을 넘길 수 있다는 것이 다행이라면 다행이랄까. 이제 2막 극본은 클라이맥스만 잘 꾸미면 완성이었다. 최대한 완벽하게 집필해야겠지만 일단 완성이 된다면 개막일까지의 시간과 프리뷰를 거치며 보완을 거쳐 부족함이 없게 다듬을 것이다. 그 생각이 세영을 힘나게 했다.

2막은 세헤라자드와 샤리야르의 사랑이 꽃피는 부분이었으니 참살 장면이 있는 1막보다는 분위기가 아늑했다. 피폐하다고 표현할 수밖에 없는 상태로 지내는 세영은 이렇게나마 잠시 따스함을 느꼈다. 그마저 집필을 위한 정신집중에 다름 아니었지만 세영은 아늑한 장면에서는 아늑하게, 비참한 부분에서는 비참하게 변하는 자기의 심사를 깨달을 때마다 히죽히죽 웃곤 했다.

신나게 토했더니 갈증이 나 문을 연 냉장고 안에는 지난번 방문객이 사다 놓았던 야채와 과일들이 시들해지고 있었다. 주인공이니까 딴전 피우지 말고 열심히 하라는 충고가 먹혔는지 승태도 스파게티 이후로 방문이 뜸했다. 야채들을 볼 때마다 그 얼굴이 생각나 세영은 잡히는 대로 과일 몇 개를 끄집어내며 오늘 저녁은 저 야채를 다 넣고 찌개라도 끓여먹어야겠다고 생각했다. 어쨌거나 버리면 아까우니까.

"얼마 안 남았다. 가자, 가."

옆에 과일을 놓고 다시 자판 치기에 열중하며 세영은 틈틈이 과일을 집어먹었다. 오늘의 점심메뉴는 토마토와 자두인 셈이다. 그러나 주먹만 한 자두를 한껏 베어 물던 세영은 곧 한 대 얻어맞은 사람처럼 얼굴을 찌푸렸다. 달달했는데도 속으로 넘어가니 잔뜩 성난 위벽을 벅벅 긁는 느낌이었다. 토마토 역시 마찬가지였다. 이게 왜 이럴까. 세영은 자기 몸인데도 고작 그렇게밖에는 생각하지 못했다. 결국 참다못한 세영은 집 안을 뒤져 언젠가 사다 두었던 속쓰림 약을 찾아내었다. 따지고 보면 속쓰림과 불면은 펜을 들면서부터 함께해 온 우정 깊은 친구였으니 걱정스럽지도 않았다. 앞으로도 펜을 놓지 않는 이상 한 몸처럼 달고 다녀야겠지. 그렇게 생각하자 세영의 입가에 절로 쓴웃음이 피었다. 그래도 이번만 지나가면 좀 쉴 수 있게 되겠지. 하지만 다음 순간 세영은 더욱 우스워지고 말았다. 이번만 지나가면 쉬자, 이번만 지나가면 쉬자 하며 지내오다가 어느새 서른이 되었다. 거짓말도 자꾸 하면 버릇된다던데.

샤리야르의 침실

샤리야르　：　(어느새 귀를 기울이는 모양으로) 그래서, 그 사내는 어떻게 되었지?

세헤라자드　：　그 후의 이야기는 저도 알지 못합니다. 하지만 행복하게 끝났겠지요? 그는 사랑을 버리지 않았으니까요.

샤리야르　：　흥! 멍청이 같으니! 배신은 언제나 확실하게 응징을 해야 하는 거야. 사랑이란 건 실은 아무것도 아니지! 용서란 것은 아무짝에도 못 쓸 하찮은 것이다!

세헤라자드　：　그럴지도 모르지요. (귀 기울이는 샤리야르를 문득 보며) 술탄이여, 제 이야기가 재미있으셨나요?

샤리야르　：　(퍼뜩) 누가 그따위 추접스런 이야기에 관심을 가진단 말이냐? 거울이나 봐두어라. 곧 해가 뜰 테니, 네가 목소리를 쓸 수 있는 시간도 얼마 남지 않았다.

세헤라자드　：　아, 술탄께서 거울을 얘기하시니 생각나는 것이 있습니다. (창밖을 살폈다가) 염려하지 마세요. 짧은 것이니 해가 뜨기 전에 끝낼 수 있을 겁니다.

—천일야화 극본 中에서

'아지랑이인가?'

점심을 때우고 담배를 입에 물 요량으로 극장 마당으로 나선 관우는 한참 맛나게 연기과자를 먹다가 정문에서부터 피어오르는 가느다란 줄기를 발견하고는 시력을 돋우기 위해 미간을 찌푸렸다. 확실히 뭔가 대기중으로 녹아들고 있는 가느다란 그림자가 눈에 들어왔다. 유월로 접어들면서 부쩍 날씨가 더워지더니 마당 잔디에서 아지랑이가 피나 보다. 흐늘흐늘 진짜 녹는 거 같네. 그런데 아지랑이가 점점 다가오기도 하나?

어느 순간 번쩍 손을 치켜들어 눈썹에 그늘까지 만들어보던 관우는 입을 딱 벌렸다. 아지랑이가 아니다! 다른 손에 들려 있

던 담배가 바닥으로 떨어지는 것도 알아채지 못하고 우물쭈물
해야 할 말을 떠올리는 사이 코앞까지 다가온 아지랑이가 관우
를 발견하고는 천천히 입을 열었다.

"나와 있었네."

"네⋯⋯."

그 어정쩡한, 조건반사나 다름없는 대답 외엔 아무것도 떠올
릴 수가 없었다. 세영은 다소 피곤한 얼굴로 관우 앞에 섰다. 열
흘하고 나흘이 더 흘렀으니, 꼭 이 주 만이었다.

"작가님, 어디 안 좋으세요?"

가까스로 타이밍을 놓치지 않고 그다음 말이 나왔다. 원래부
터 왜소한 체격이었지만 이 주 만에 마주한 세영은 공백 때문인
지 눈앞에 있는 지금도 아지랑이가 아닐 거라고 얼른 단언하기
어려울 정도였다. 여백이라곤 아예 없어 보였던 몸매에서 살이
더 줄어들었는지 풍기는 분위기가 날 선 칼을 연상시켰다. 헬쑥
한 볼은 하얀 피부와 어울려 보는 이로 하여금 자연스럽게 창백
함을 떠올리게 할 정도였다.

"내가? 아니. 멀쩡해. 오랜만에 봐서 그렇겠지."

그런 대답을 듣고도 마음이 턱 놓이지 않는 것은 그 기세가
다소 지쳐 보였기 때문일 것이다. 그러나 세영은 관우의 반응에
는 일말의 관심도 보이지 않고 습기 없는 입술을 열었다.

"감독님은?"

"형이요? 아래 계세요."

건물 안으로 들어서고 나서야 내리쬐는 태양빛에 백열하던 몸체에 겨우 제대로 음영이 잡혀 그럭저럭 사람처럼 보였다. 세영이 안으로 들어가고도 한참 동안 뒷모습을 바라보고 서 있던 관우는 문득 떠오르는 생각에 이마를 쳤다.

"……."

그러나 연습실로 내려온 세영이 발견한 것은 아무도 없이 공기만 가득 찬 연습실 내부뿐이었다. 아무도 없는 것일까. 하지만 방금 관우에게 현승이 있단 얘기를 들었으니 그럴 리는 없다. 최소한 현승은 극장 어딘가에 있단 얘기겠지.

어정쩡하게 서 있던 세영은 구석에 의자를 발견하고는 그리로 다가가 앉았다. 며칠 밤을 새었더니 뇌 주름에 안개라도 끼었는지 머리가 제대로 돌아가지가 않았다. 언제 날씨가 이렇게 따뜻해졌을까. 그러나 아까까지 그대로 받았던 햇빛은 너무 버거웠다. 아직도 후끈거리는 정수리는 계란을 부으면 익을 것 같다. 어서 빨리 현승에게 할 말을 전하고 돌아갔으면. 아니, 그럴 수야 없지. 이 주 만에 왔으니 그래도 진행 정도는 한번 봐둬야 해.

철컥.

손잡이 돌아가는 소리에 뻑뻑한 눈동자를 굴려 살폈지만 연습실 안으로 들어온 것은 현승이 아니었다. 편한 연습복을 입고 들어서던 정아가 뜻밖의 세영을 발견하고는 그 자리에 굳었다. 피로가 더해져 침잠을 거듭하는 세영의 시선과 마주치자 정아는 딱딱하게 굳은 얼굴로 겨우 알아볼 수 있을 만큼 목례를 했다.

"윤 감독은 어디 갔지?"

"몰라요. 옷 갈아입고 왔는데 안 계시네요."

더 이상 일말의 눈길도 허락하지 않으며 정아는 바닥에 앉아 스트레칭을 하기 시작했다. 세영의 눈이 천천히 깜빡여졌다.

상체를 앞으로 숙이는데 거울에 비친 세영이 눈에 들어왔다. 한참 만에 봐서 그런가 왠지 예전의 세영보다 더 날카로워진 것 같았지만 절대로 풀어지지 않는 활시위 같은 분위기는 여전했다. 저렇게 아무렇지 않게 앉아서 말 한마디로 다른 사람들을 들었다 놨다 하면서, 정작 자신은 뭐가 문제라 저렇게 쭈그리고 있는 것일까. 저 태연한 입술로 다른 이에게는 지옥이 될 말을 내뱉으면서 정작 본인은 의식조차 없겠지.

정아는 세영이 싫었다. 그래서 그녀가 보이지 않았던 이 주 동안 오히려 마음이 편했다. 그런데 이제 다시 나타났으니 또 본분도 잊어가며 감 놔라 배 놔라 하겠지. 세상에 자존심있는 사람은 자기 혼자뿐인 척을 하면서. 사실 저 사람은 다른 사람이 자기 말 한마디에 벌벌 기는 걸 즐거워하는지도 몰라. 그 광경을 보려고 다시 나왔나? 당신같이 남을 파괴하기밖에 못하는 사람은 차라리 자리를 비워주는 게 모두에게 좋을걸!

피곤함에 못 이긴 눈꺼풀이 거울 속에서 가까스로 눈동자를 덮었다 다시 뜨여지는 순간, 정아는 차갑게 입매를 뒤틀었다.

전신이 뜨거워지면서 동시에 차가워지는 이상한 기분이 들었
다.

"글쎄요."

정아의 목소리에 세영의 고개가 느리게 들려져 거울을 향했
다. 거울을 통해 마주 본 두 사람의 눈빛이 허공에서 짧게 엉켰
다. 정아는 여전히 뜨겁고 차가운 채 또박또박 뱉었다.

"어쩌면 무대에 계실지도 모르죠. 아마 틀림없이 거기 계시지
않겠어요? 살펴볼 데라곤 여기랑 거기 둘뿐인데."

정아의 말이 일리가 있다고 생각했는지 세영은 아무 말도 없
이 몸을 일으켰다. 눅진한 발걸음이 연습실을 나서자, 정아는
아무것도 보지 못한 사람처럼 다시 거울을 주시했다.

세영이 다시 연습실을 나서고 얼마 지나지 않아 정아 혼자 남
은 연습실에 관우가 들어서는 것과 동시에 물었다.

"여기 작가님 안 오셨어요?"

"왜요?"

"2층 세트 아직 보강 안 됐단 얘기 안 해드렸던 말예요. 어디
가셨지?"

"그걸 왜 나한테 물어요?"

정아는 생각할 틈도 없이 반사처럼 튀어나오는 스스로의 대
답을 깜찍하다고 느꼈다. 관우가 에잇 하며 다시 찾아 나설 즈
음, 세영은 이미 무대에 올라 세트 곁으로 다가가고 있었다.

"어이쿠."

점심때라 작업을 잠시 쉬며 조명을 죽여둔 무대 위는 어두컴컴했다. 큰 생각 없이 무대로 올라서던 세영은 어두컴컴한 와중에 뭔가에 부딪히고는 휘청거리다가 가까스로 중심을 잡았다. 낮게 깔린 소리가 퍼지며 뭔가 육중한 것이 건들거리는 느낌이 왔다. 제대로 서서 한참을 올려다보자 어슴푸레한 와중에 꼭대기에 장식된 금박이 조용히 반사되는 것이 보였다. 세영은 희미하게 웃었다. 이게 그 말로만 듣던 2층짜리 세트인가. 잘 만들었네.

"뭐야?"

호기심에 둘러보려고 발을 떼는데 찌지직 하고 뭔가가 들러붙어 있다 떨어지는 소리가 들렸다. 둘레둘레 살펴보는데 옷자락에 테이프가 붙어 있는 것이었다. 아까 세트에 부딪혀 넘어질 뻔했을 때 같이 붙은 모양이었다. 그런데 어째서 여기 테이프가 붙어 있는 것일까?

그그그극.

머리 위쪽에서 들려오는 소리에 세영은 옷에 붙은 테이프를 떼다 말고 퍼뜩 고개를 들었다. 저게 무슨 소리야? 설마 아까 부딪혔을 때 무슨 문제라도 생겼을까 싶어 가슴이 덜컥했다. 아직 미완성일 텐데 괜히 자기 때문에 어디 잘못된 것 아닌가 하는 자책과 불안이 엄습했다.

"오랜만이네? 근데 거기 올라가서 뭐 하고 있어?"

친숙하게 부르는 이가 있어 돌아보니 무대 아래 통로에 승태가 서 있는 것이 눈에 들어왔다. 역시 편한 차림에 목에는 수건까지 두르고 있었다. 점심 먹고 연습실로 향하다가 지나친 것 같았다.

"아, 그래. 이것 좀 봐. 내가 방금 여기 부딪혔는데……."

"작가님? 언제 오셨어요?"

이번에는 앞쪽이다. 말을 끊고 고개를 돌리자 현승이 다가오고 있었다. 오늘 내로 발코니를 수리할 요량으로 커튼이 쳐진 무대 뒤쪽에서 정광과 함께 설계도를 살펴보고 있던 중에 묵직한 소리가 울려 나와본 참이었다.

"거기서 뭐 하세요?"

어서 내려오라고 손짓하기 위해 막 팔을 들어 올리려는데 부리나케 뛰어온 관우가 내지르는 소리에 세 사람의 시선이 한꺼번에 무대 입구로 향했다.

"작가님, 거기 옆에 있으면 안 돼요! 아직 발코니 수리 안 됐다구요!"

그그그…… 극!

조금 전 세영의 머리 위에서 들렸던 소리가 다시금 길게 울렸다. 착각일까. 관우의 외침이 뇌로 전달되어 이해되는 순간 승태는 바람이 일어날 정도로 세영을 향해 고개를 돌렸다. 나무판이 뒤틀리며 고정시키고 있던 쇠못을 휘게 만들고 있던 그 소리는 모두의 귀에 처음보다 훨씬 크고 극적으로 확대되어 들렸다.

관우의 표정이 귀신이라도 본 것처럼 일그러지는 순간 승태의 눈동자에 경악이 떠올랐다. 한계까지 휘어진 쇠못이 더 이상 견디지 못하고 아예 빠져 버리자 세트의 외관을 장식하고 있던 거대한 나무판들은 중력의 부름을 받아 망설임없이 자유낙하를 시작했다. 승태의 입술이 비키라고 소리치는 것과 현승이 두 번 다시 시도하지 못할 빠르기로 세영을 향해 쏘아져 나가는 것은 동시였다. 테이프가 떨어지는 바람에 바닥으로 나동그라진 〈접근금지〉 표지판이 뒤늦게 세영의 동공을 가득 채웠다.

"세영, 안 돼!"

현승의 단말마는 나무판이 마침내 바닥에 닿아 뿜어내는 굉음에 묻혀 잘 들리지도 않았다. 모두가 조금씩 늦었다. 어깨에 느껴지는 충격이 있었지만 현승은 자신이 세영을 제대로 밀었는지 알 수가 없었다. 바닥에 부딪혀 마치 커다란 젤리처럼 꿈틀대며 튀어 오르는 나뭇조각들 사이로 허물어지는 세영의 뒷모습이 슬로모션으로 들어왔다. 무지막지한 소리에 화급히 뛰어나온 정광이 무대 위의 참상을 보고는 말문이 막힌 채 우두커니 섰다. 현승과 거의 동시에 무대 위로 뛰어오른 승태가 쓰러진 세영을 다급하게 팔에 안았다.

"세영아, 인마! 눈 떠봐!"

그 고함 소리에 얼이 빠져 있다가 퍼뜩 정신을 차린 관우는 부들부들 떨리는 손으로 휴대폰을 꺼내 119를 누르려고 애를 썼다. 몇 번이나 실패한 끝에 겨우 통화가 이루어지자 관우는 와

들거리는 입술을 애써 꾸물거렸다.

"작가님! 세영 씨! 정신 차려요! 눈 떠요!"

추락 중심으로 뛰어든 꼴이었던 현승은 무너진 발코니 잔해에 튕기고 긁혀 이미 여기저기 피가 비치고 있었다. 파편이 튀며 긁어놓은 왼쪽 이마가 벌겋게 부어올랐다. 세영의 이마를 짚어보던 승태는 손끝에 묻어나는 붉은 습기에 심장이 얼어붙는 기분이었다. 팔 안에 축 처진 세영의 동체에서 생기라고는 한 조각도 느낄 수가 없었다.

"세, 세영아……."

"정신 차려요! 이딴 거 별거 아니란 말입니다!"

승태의 목이 잠기는데 현승이 눈을 부릅뜬 채 고함을 지르며 승태를 와락 떠민 다음 의식이 없는 세영을 바닥에 눕혔다. 어설프게나마 맥박과 호흡을 확인하고 목 부근의 단추를 풀어주는데 세영의 오른팔이 이상한 방향으로 꺾여 있는 것이 보였다. 아주 살짝 뒤틀려 있는 것이었지만, 정상적인 인체가 가능한 궤도가 아니었기에 섬뜩함과 함께 목구멍이 시큼해졌다. 떨리는 손을 가져가던 현승은 곧 흠칫 굳었다. 저 정도라면 의학 지식이 전무한 자신이 보기에도 틀림없이 뼈가 부러진 것이다. 선불리 건드리면 안 된다. 현승은 곧 거대한 자괴감과 맞닥뜨렸다. 이 이상 자신이 할 수 있는 일이 없었던 것이다. 갑자기 얼굴가죽이 접히는 느낌에 섬뜩하던 현승은 자신이 인상을 쓰고 있다는 것을 깨달았다. 염병할!

바깥으로 뛰어나가려고 몸을 일으키던 현승은 죽은 듯이 늘어져 있던 세영의 왼손이 느닷없이 자기 손목을 움켜쥐자 서늘하게 헛바람을 토했다. 거의 무의식중이기 때문일까. 마디가 유난히 두드러진 손가락은 딱딱하게 힘이 들어간 채 현승의 손목을 파고들었다. 다급히 바라보자 감겨 있던 세영의 눈꺼풀이 가늘게 열리고 있었다.

"세영 씨!"

"세영아!"

현승과 승태가 동시에 외쳤지만 세영은 제대로 들리지 않는 모양이었다. 갈라진 입술이 희미하게 달싹이자 현승은 얼른 고개를 숙여 귀를 갖다 댔다.

"집 거실…… 노트북……."

"컴퓨터? 무슨 소리예요? 아니, 나중에 말해요. 아무 말 말고 조금만 참아요. 구급차 오는 중이니까!"

"거기 저장…… 나머지 완성……."

현승은 피가 식는다는 표현이 어떤 경우에 쓰이는 말인지 비로소 깨달았다. 동시에 속으로 욕지기가 나왔다. 머리 위로 세트 잔해가 떨어져 정신이 오락가락 하고 있는 와중에, 쓰러져 있는 이 여자는 지금 완성된 극본이 어디 있는지 자신에게 설명하고 있었던 것이다.

한편, 무사히 구급차를 부르고 마중을 위해 자리를 박차고 나서던 관우는 무대 입구에 넋 나간 얼굴로 주저앉아 있는 정아를 발견하고는 부지불식간에 눈살을 찌푸렸다.

실려오는 도중 다시 의식을 잃은 세영은 응급실에 도착하자마자 정밀검사를 받기 위해 검사실로 이송되었다. 현승과 승태는 검사 결과를 기다리며 망연자실한 채 응급실의 빈 침대에 앉아 있었다. 둘 다 찰나지간에 몇 년 더 나이를 먹어버린 모습이었다. 언제 치료를 했는지도 모르게 현승의 긁힌 이마에는 의료진의 숙달된 솜씨로 붕대와 반창고가 붙여져 있었다. 세영이 검사실로 들어간 후 시간은 곱절로 늘어져 영원처럼 흘러가고 있었다.

"장세영 씨 보호자 분, 장세영 씨 보호자 분 나오세요."

잔잔하던 수면에 격렬한 파문을 던지는 간호사의 부름에 두 사람은 누가 먼저랄 것도 없이 앞으로 나섰다. 세영을 담당한 의사는 시퍼런 안색이 되어 들어서는 두 사람을 한번 쳐다보고는 하얗게 불이 들어온 형광판에 엑스레이 사진을 꽂았다.

"이게 환자 분 오른팔인데요. 여기, 뜬 부분 보이시죠? 이게 골절된 겁니다."

의사의 손끝이 가리키는 부분의 팔뼈는 정말 엿가락처럼 딱 부러진 채 기묘하게 엇갈려 있었다. 현승의 미간이 희한하게 구겨졌다.

"다행히 복합은 아니기 때문에 접골하고 깁스만 하면 될 거 같습니다. 그리고…… 이쪽으로 와서 보시겠어요?"

의사는 이번에는 자신의 컴퓨터 쪽으로 자리를 옮겼다. 의사가 가리키는 컴퓨터 화면에는 기이한 음영으로 찍힌 이미지들이 빽빽하게 들어차 있었다. 짧은 마우스 클릭과 동시에 이미지 중 하나가 크게 확대되어 화면을 가득 채웠다.

"지금 MRI나 CT상으로는 뇌출혈 소견은 보이지 않아요. 가벼운 뇌진탕 정도고요. 그런데 아무래도 부상 부위가 머리이다 보니까…… 며칠 지켜보시는 게 가장 안전할 것 같습니다. 근데 지금 문제는 그게 아니라."

화면 속의 이미지들이 빠르게 바뀌었다. 현승의 안경알에 하얗게 찍혀 나온 세영의 사진들이 비쳤다.

"위천공입니다."

이번에 확대된 사진은 대체 어디를 찍은 것인지 하얗고 검고 회색인 부분들이 뒤엉켜 몹시 그로테스크했다. 의사의 한마디로는 뭐가 뭔지 알 수가 없어 현승이 눈살을 찌푸렸다.

"그게 뭔데요?!"

설명이 이어지려는 찰나 승태가 갑갑함과 참담함을 못 이겨 내쳐 물었다. 승태가 그러지 않았다면 현승은 고함이라도 질렀을 것이다.

"쉽게 말하면 위에 구멍이 뚫린 거예요. 여기 보이시죠? 이게 구멍입니다. 위궤양이 심해지면 이렇게 되는 경우가 많아요. 혹시 환자 분이 열이 나거나, 자주 토하거나 그러진 않았습니까? 식욕이 떨어졌다든지 갑자기 힘들어 보였다든지."

당장 대답하고 싶었지만 내뱉을 수 있는 말은 모른다는 것이었다. 현승은 입술을 짓씹었다. 몰랐다. 세영은 혼자 살고 있었으니까. 그리고 하루 종일 연습을 지켜볼 때에도 그녀는 절대로 어떤 미증유의 통증이나 아픔도 호소한 적이 없다. 아니, 아예 내색조차 하지 않았다. 볼 때마다 야위어가는 몸, 파랗게 기세만 남은 눈빛을 보면서도 그저 아무 말도 하지 않으니 아무것도 아니려니 하며 크게 생각하지 않았었다. 어쩜 사람이 저럴까 점점 마르네, 이상하다고 여기면서도 한가하게 그런 생각이나 하고 있었던 것이다.

"아뇨, 그건 잘……."

그렇게 뇌까리는 것을 보니 승태 역시 속내는 자신과 비슷한 모양이다. 현승은 스스로에게 욕설을 지껄이고 싶은 것을 참으려 입술을 사리물었다. 멍청한 놈. 사람들 챙기는 척은 혼자 다 했으면서 바로 옆에 있었으면서 그딴 것 하나 제대로 눈치 채질 못했구나.

"지금 이건 천공이 이미 생겼기 때문에 수술에 들어가야 돼요."

잔혹하리만치 사무적으로 뱉어진 설명에 승태와 현승 모두 정수리로 얼음물이 쏟아진 기분이었다. 다친 것으로 모자라 난데없이 수술이라니! 승태는 자기도 모르게 말을 버벅거렸고 현승은 마른침을 삼키다가 목구멍이 빨려 들어가는 느낌에 가까스로 숨을 내뱉었다. 이마에 붙인 반창고에 빨갛게 피가 배어나고 있었다.

“승태 씨도 몰랐습니까?”

수술실 앞에서 기다리며 현승이 막연하게 중얼거렸다. 승태는 중요한 것이 휑하니 빠져나간 얼굴로 왔다 갔다를 반복하다가 의자에 앉아 있는 현승에게로 시선을 떨어뜨렸다. 고개를 들어 마주 보지 않았지만, 현승은 그가 어떤 대답을 할지 알 수 있었다. 또한 지금 목구멍까지 찼을 격한 죄책감까지.

“……저도 할 말이 없습니다.”

“너무 자책하지 마세요. 감독님이 어쩔 수 있는 일이 아니었잖습니까.”

승태의 말은 그저 지나가는 것 외에 아무것도 아니었다. 절박하면서도 선을 그어 이해하는 듯한. 아무리 동료래도 당신은 남이니 그럴 수도 있다는 투가 저변에 깔려 있는 뉘앙스였다. 그러나 그 뉘앙스는 역설적으로 승태 자신의 무신경함을 더욱 두드러지게 하고 있었다. 현승은 천천히 고개를 들어 세영이 수술실로 들어간 후 한순간도 앉지 못하고 안절부절못하고 있는 승태를 바라보았다.

“어째서 이렇게 되도록 한마디도…… 아니, 세영이 탓이 아니죠. 원래 그런 녀석이니까. 알았어야 했는데…… 내가 알았어야 했어요. 그런 녀석인 줄 알았으면 진작에 조금씩 살펴줘야 했었는데!”

혀끝에서 튀어오른 마지막 기세는 오롯이 자기를 향한 비난이었다. 그 모습에 현승은 잠시 때를 잊고 놀라고 말았다. 지금 세영을 향한 승태의 염려가 단순한 동료 사이를 뛰어넘은 것이었음을 본능처럼 알았기 때문이다. 당신은 남이니 그럴 수 있다. 하지만 나는 저 장세영이란 여자에게 그렇게 한 글자로 치부되는 존재가 아니라고.

"감독님은 정말 괜찮으신 겁니까?"

둑이 터져 물이 덮치는 것처럼 피로가 닥친 안색이 된 승태를 향해 현승은 씁쓸하게 고개를 끄덕였다. 한심하게도 구하겠다고 뛰어들었으면서 자신은 멀쩡했다. 현승은 긁힌 이마로 손을 가져가며 읊조렸다.

"이런 거야 다친 것도 아니죠……."

"세영이가 뭐라 그랬습니까?"

"예?"

"사고 막 일어났을 때, 감독님한테 뭐라고 속삭였잖아요."

승태는 그때 세영이 했던 말을 듣고 싶어하는 눈치였다. 현승은 꿉꿉하게 입술을 뒤틀었다. 승태의 지적으로 잊고 있던 것이 되살아난 것이다. 다시 입을 열었을 때, 현승의 목소리는 많이 사무적으로 변해 있었다.

"별거 아니었습니다. 그것보다 작가님 집 비밀번호가 어떻게 되죠?"

"예?"

눈이 둥그래지는 승태를 향해 현승은 착잡함이 모래처럼 흩

날리는 음성으로 설명했다.

"알려주세요. 꼭 확인해야 할 것이 있어 그렇습니다."

그 순간 승태는 현승의 눈동자가 타버린 목단처럼 어두운 잿빛으로 변하는 것을 본 것 같았다.

띠리릭.

역시 알고 있었구나. 현승은 승태가 일러준 번호를 입력하자 대번에 열리는 현관문을 잡아당기며 세영의 거처로 들어섰다. 한 달쯤 전 새로 온다는 극작가가 세영이라는 것을 알고서 처음으로 들렀을 때와 별반 달라지지 않은 분위기였다. 신발을 벗고 거실로 들어서는 현승의 뒤로 한숨 소리가 길게 따랐다.

거실이라고 했지. 세영이 속삭인 말을 되새기며 현승은 망설임없이 성큼성큼 들어서서 탁자를 찾았다. 들었던 대로 거실 탁자 위에 노트북이 놓여 있었다. 막힘없이 다가가던 현승은 뭔가가 발에 채이자 고개를 숙였다. 다 마셔 버린 빈 물병이 얻어맞고 뒹굴고 있었다. 그제야 현승은 멈춰 서서 새삼스럽게 집 안 전경을 살폈다. 이 집의 분위기는 정말로 처음과 별반 달라진 것이 없었다. 다소 어수선한 풍경, 약간 황폐하고, 언제나 햇빛을 차단시키고 있는 우중충한 블라인드까지.

현승은 부쩍 입이 마르는 것을 느끼며 노트북을 열고 전원 스위치를 눌렀다. 부팅되는 몇 분의 시간이 참을 수 없이 길게 느껴졌다. 파랗게 밝혀지는 배경화면에는 필수적인 아이콘 외에 쓸데없는 것들은 일체 눈에 띄지 않았다. 세영의 컴퓨터다운 모습이었다.

'어디다 저장을 해놨을까.'

지금쯤이면 수술이 끝났으려나. 세영은 그 절체절명의 순간에 그냥 컴퓨터에 저장되어 있다고만 했지 어디 폴더에 들어 있는지까지는 말하지 못했다. 하지만 현승의 고민 시간은 그리 길지 않았다. 짧게 움직인 마우스 포인터가 〈내 문서〉를 클릭하고 얼마 지나지 않아, 현승은 피식 웃었다. 그럴 줄 알았지. 장세영. 누가 뭐래도 장세영이잖아.

〈천일야화 2막〉

마우스를 조작하는 손끝이 가볍게 떨렸다. 쫙 펼쳐지는 흰 문서 파일 바탕에 빽빽하게 타이핑되어 있는 검은 활자들이 시야를 가득 채웠다. 단문형인 세영의 문체는 지나치게 꾸미는 감 없이 툭툭 던지는 듯하지만, 읽어보면 지문 하나, 배경 하나도 놓치지 않고 있음을 깨닫게 된다. 그리고 이렇게 간단한 투로 이렇게 세심하게 이야기를 펼쳐 나갈 수 있다는 것에 놀라게 된다. 한 번 활자에 고정된 눈동자는 다른 곳으로의 이탈을 거부하고, 이내 이어지는 이야기의 흡입감은 현승을 그대로 빨아들였다.

주기적으로 마우스를 움직이고 있는 손가락을 제외한 현승의 전신은 석상처럼 굳어 있었다. 안색마저 고정되어 변화할 줄 몰랐다. 가끔 회한처럼 내뱉는 한숨은 감탄에 대한 한없이 모자란 표현이었다. 베아트리체의 초상화를 목격한 스탕달의 심정으로, 현승은 앉은자리에서 세영이 완성한 천일야화의 2막 극본을 순식간에 읽어 내렸다.

……샤리야르 세헤라자드의 무릎을 베고 잠들며, 천천히 내려오는 막. 끝.

마지막 마침표 하나 눈에 새기고 나서 현승은 폐부가 울리도록 참았던 숨을 크게 내쉬었다. 나무랄 데가 없었다. 감히 어디를 더하고 어디를 빼야 할지, 지금의 현승이 가진 안목으로서는 발견할 수가 없었다. 또 한 번 보이지 않는 거대한 벽을 마주한 기분이었다. 이제 익숙해져 마치 필연처럼 느껴지는 감상이었다. 이 사람은 어떻게 매번 이럴 수가 있을까. 장세영, 당신이란 사람은.

그러다 현승은 번쩍 눈을 뜨고 주위를 둘러보았다. 한순간에 핏발까지 선 흰자위가 시뻘겋게 희번덕거렸다. 어질러진 집 안, 부서지는 파편 속에서 맥없이 쓰러지던 그 뒷모습, 우중충한 거실, 압도하는 실력, 부서질 것 같이 여윈 몸. 왜!

"제기랄!"

현승은 참았던 마음속의 부아를 마침내 토해놓았다. 목구멍에서 터지기 직전 입 밖으로 뱉어버린 고함 소리가 온 집 안을 쩌렁쩌렁 울렸다. 부서 버릴 듯이 움켜쥐었던 마우스를 가까스로 놓으며, 현승은 세영의 노트북 앞에서 무릎을 세워 쪼그려 앉았다. 두 손이 거칠게 얼굴을 감싸 쥐며 이마의 상처를 스쳤지만 아무런 아픔도 느껴지지 않았다.

내가 알기 전에 당신은, 적어도 내 안에선 완벽한 사람이었는데.

새삼 자신의 상상력이 저주스러웠다. 할 수만 있다면 한 달 전으로 돌아가 천일야화 따윈 어떻게 되든 내 알 바 아니라고 말해 버리고 싶었다. 그랬다면 지금 이렇게 환상이 부서지는 참혹함은 맛보지 않아도 되었을 테고, 자신은 여전히 장세영이라는 '완벽한' 작자를 곱씹으며 그를 뛰어넘기 위해 애쓰며 살 수 있었을 것이다. 그녀의 진짜 모습, 무모하고 맹목적이며 약해 빠진 진짜 장세영의 모습은 알 필요도 없었을 것이다.

환상은 환상으로 있는 편이 나았다. 적어도 맘껏 미워할 수라도 있었으니까. 하지만 이제 더 이상 세영은 현승에게 환상이 아니었다. 도저히 뛰어넘을 수 없는 완벽한 실력을 뽐내며 시작부터 그를 깔아뭉갰던 라이벌은 더 이상 없었다. 위에 구멍이 뚫릴 때까지 자신을 돌보지 않으며 일에 매달리고, 목숨이 위태로운 상황에서도 완성된 원고의 행방을 먼저 말하는, 손가락이 몹시 가느다란 여자가 있을 뿐이었다.

현승은 세영이 움켜쥐었던 자신의 손목을 멀거니 내려다보았다. 손자국 따윈 없었다. 그러나 현승은 그곳을 잡았던 세영의 손이 내내 풀리지 않고 있는 느낌이었다.

세영은 수술이 끝난 후 마취가 풀리며 잠깐 정신을 차렸다가 곧 잠에 빠져든 뒤 꼭 하루하고 반나절이 지나서 눈을 떴다. 현승과 승태가 번갈아가며 병실을 지키다가 거의 밤을 새다시피 한 현승을 승태가 억지로 돌려보내고 얼마 지나지 않은 때였다.

"……으."

가습기 소리만 보글보글 울리는 가운데 작게 일어난 소리를 놓치지 않고 엎드려 있던 승태는 고개를 번쩍 들었다.

"이, 일어났어?"

멀거니 눈을 뜨고 천장을 바라보는 세영은 현실이 인식되지 않는지 한참을 꿈벅거리고 있다가 가까스로 입을 열었다.

"어떻게 된 거야?"

가뭄에 논바닥같이 갈라진 목소리였다. 승태는 사고가 난 순간부터 지금까지 있었던 상황을 되도록 자세히 설명해 주었고, 잠자코 얘기를 듣고만 있던 세영은 어느 순간 급작스럽게 물었다.

"……윤 감독은? 그 사람은 멀쩡한가?"

"감독님? 이마 조금 다쳤는데 괜찮아. 그냥 좀 긁힌 정도고."

"그래, 그럼 됐다."

승태는 문득 입맛이 씁쓸해지는 기분에 혀를 내어 마른 입술을 축였다. 현승의 안부를 묻는 세영의 얼굴 위로 중간에 세영의 집에 갔다가 돌아왔던 현승의 얼굴이 겹쳐졌기 때문이다. 돌아온 현승이 거두절미하고 가장 먼저 꺼낸 말은 이제 천일야화가 완성되었다는 것이었다. 그때서야 승태는 세영이 쓰러지며 속삭인 말이 무엇인지 대충이나마 짐작할 수 있었다. 그 순간에도 원고를 놓지 않았던 세영과 세영이 수술실에 들어가 있는 동안 원고를 수습하러 달려갔던 현승, 두 사람의 표정은 그때 그 순간 무척이나 닮아 있었다.

무의식적으로 팔을 움직이려던 세영은 그때서야 자신이 오른팔에는 반 깁스를, 왼팔에는 링거들을 꽂고 있음을 발견하고 약하게 콧방귀를 뀌었다.

"별일을 다 당하네."

"어디 불편한 데는 없어?"

"괜찮아."

한동안 침묵이 흘렀다. 세영은 자신의 팔에 꽂혀 있는 몇 가닥의 링거들을 물끄러미 바라보다가 퍼뜩 운을 떼었다.

"연습은? 그럼 연습은 어떻게 했어?"

거기서 승태는 흐리게 웃었다. 두 손 두 발 다 들어버린 심정이었다. 너를 누가 말리랴.

"감독님이 자리 비운 동안에는 관우 씨가 진행했다. 이런 사고가 터진 마당에야 하는 게 하는 게 아니었지만."

"너는? 너는 쭉 여기에 있었어? 주연은 어떻게 하고?"

슬며시 역정기가 묻어나는 목소리에 승태는 선생님처럼 미간을 찌푸리며 세영의 담요를 다시 챙겨주었다.

"좀 전까지 감독님이 있다가 나랑 교대한 거야. 농땡이 안 친다. 세영아, 제발.”

승태의 애원 섞인 타박을 듣고서야 세영은 다시 얌전해졌다. 하루 반나절을 내리 자고서도 안색에 어린 피로가 덜어질 줄 몰랐다.

“미련하다 미련하다 해도 어떻게 위에 빵꾸를 내냐.”

“잘 꿰맸다더냐?”

“아무렴. 누구 위장인데 허투루 했으려고. 그랬다간 수술받다 일어나서 호통 치지.”

힘없는 핀잔에 나머지는 안타까움과 오롯한 근심이었다. 승태는 세영이 어떻게 생각할 줄 알면서도 잔소리를 시작했다.

“너 내가 그때 사다 준 것들은 어떻게 했어? 유통기한 지나서 다 버렸지? 못하는 사람도 아니고 잘하는 사람한테 바리바리 사다가 해먹으라고 부탁한 내 진심은 귓등으로도 안 듣고!”

“바쁜데 어떻게 해? 그래도 조금씩 먹었어.”

“바빠! 만날 집에만 있는 사람이 뭐가 바쁘냐? 아, 허구한 날 끼니 까먹고 위에 구멍날 때까지 글만 쓰느라 바빴겠지. 조금 먹었다는 말이 어느 입술에서 나오냐!”

“으악, 나 환자야. 잘해줘야지.”

승태는 어쩔 수 없이 자신의 패배를 받아들이며 괜히 가습기를 살폈다. 아직은 금식기간이니 푹 꺼진 볼을 보면서도 뭘 먹으라고 할 수도 없는 노릇이었다. 승태는 제풀에 지쳐 단단히 입술을 꽉다.

“너 가스 나오고 보자. 내가 매일매일 꽉꽉 채워줄 테니까.”

“그래? 그럼 호텔 가서 나 거위 간에 스테이크 사줘.”

“오냐. 스테이크만 사줄까? 뷔페에 코스에 정식에 위벽에 기름칠 좍좍 해줄 테니까 각오해.”

“싫어, 농담이야.”

콧방귀 뀌며 이르다가 진짜 사준다는 말에 거절하는 세영을 보며 승태는 피식 웃고 말았다. 내내 바짝 일어서 있다가 어쩌다 한 번 보여주는 이런 어린애 같은 모습이 사람을 약하게 만들었다. 그걸 아는지 모르는지 세영은 조금 생각하다가 곧 다시 고개를 주억거렸다.

“그럼 감사히 얻어먹어 주지 뭐.”

낄낄 웃던 세영은 깊어진 창문 밖을 발견하고는 다시 승태에게 고개를 돌렸다.

“집에 가봐야 되는 거 아냐?”

“궁상. 환자 주제에 혼자 있으려고? 있을 때 즐겨라.”

“진짜 안 가봐도 돼?”

“허세 작렬이네.”

그렇게 놀리면서도 승태는 진짜 간다? 따위의 농담을 하지는 못했다. 만약 자신이 그렇게 말하면 괜찮으니 가보라고 할 세영이 눈에 선했기 때문이다. 대신 승태는 끙끙거리며 병실 침대 밑에 들어 있던 간병인용 침대를 끄집어냈다. 겨우 한 몸 누일 정도로 낮고 좁고 작았지만 하룻밤 정도는 지낼 만했다.

"이렇게 내 침대도 있겠다, 내일 아침까지 있을게. 감독님 올 테니까."

"마음대로 해."

그리 오래지 않은 시간이 지나, 세영은 다시 혼곤하게 잠 속으로 빠져들었다. 믿음직한 파수꾼처럼 침대에 걸터앉아 그 곁을 한참 동안 지키고 있던 승태는 세영이 완전히 깊게 잠들었음을 확인하고 나서 천천히 다가가 손으로 이마를 짚어보았다. 쌕쌕 고른 숨소리, 얼마 만에 보는 세영의 이런 얼굴이란 말인가. 조심스레 짚어본 이마는 다행히 열은 없었다.

#하렘

세헤라자드 : ……해서 마신은 분노한 나머지 모래바람을 일으키려고 했는데……. (갑자기 그치고 창밖을 보는)

샤리야르 : 왜, 어째서 멈추는 거냐?

세헤라자드 : 보십시오, 술탄이여. 날이 밝았습니다. 창밖이 황금색으로 물들었어요.

〈따라서 창밖을 보고 정말 밝아진 태양빛에 난감해하는 샤리야르〉

샤리야르 : 해가 뜨기 전에 끝낼 수 있다고 하지 않았느냐!

세헤라자드 : 예. 원래 그렇게 하려 했답니다. 하지만 어찌 된 영문인지 이야기가 채 끝나기도 전에 태양이 먼저 뜨고야 말았군요. 술탄이여, 이제 저를 어떻게 하실 건가요?

샤리야르 : 홍, 이야기꾼이야 얼마든지 많이 있다. 아쉬울 것은 없어.

세헤라자드 : 물론 그렇겠지요. 하지만 이야기꾼들이란 모두 속이 깊어 자신이 아는 이야기는 절대로 다른 이야기꾼들이 알지 못하게 하는 법이지요. 저 역시 그렇습니다. 제가 했던 이 이야기는 저희 집안에 전해지는 구전으로서 세상의 다른 이들은 결코 알지 못하는 것이랍니다. 저

희 가문의 비전이지요.

　샤리야르 : 뭐라고? 그럼 그 이야기는 세상에서 너만이 알고 있단 말이냐?

　세헤라자드 : 그렇습니다. 제가 마지막 선물로 술탄께 들려드리고 싶었는데 그만 날이 밝고 말았군요. 이제 이 뒷이야기는 영영 들려드릴 수 없겠지요? 술탄께서 오늘의 일몰이 올 때까지 조금만 기다려 주시면 저는 얼마 걸리지 않아 기쁘게 이야기를 마칠 수 있을 터인데요.

　〈잠시 고민하다가 마뜩찮고 퉁명스럽게〉

　샤리야르 : 이 이야기만이다. 너희 집안의 비전이라는 이 이야기만 듣고 난 후 나는 너를 참수할 것이다.

　　　　　　　　　　　　　　　　　—천일야화 극본 中에서

'이 이야기만 듣고 난 후 나는 너를 참수할 것이다⋯⋯.'

현승은 무감각한 눈으로 지금 연습 중인 대목을 진중하게 살폈다. 샤리야르. 악행들만 보면 희대의 폭군이며 잔학무도한 군주지만 어째서 악행을 벌이게 되었는가를 생각해 보면 그가 얼마나 순수하며 상처받기 쉬운 사람이었는지 알 수 있다. 그가 처녀들을 죽이기 시작한 이유는 그의 아내가 부정을 저질렀기 때문이며, 그것은 샤리야르가 쏟았던 모든 사랑에 대한 배신이자 세상에 존재하는 모든 사랑의 종말이 되는 일이었다. 왕비를 이해할 수 없었던 샤리야르의 충격은 곧 왕비로 대변되는 모든 여인들에 대한 불신으로 바뀌고, 또 한 번의 배신을 두려워하게 만든 그 불신은 미움과 편집증이 된다. 그래서 샤리야르는 혹시나 또 부정을 저질러 자신의 마음과 명예에 먹칠을 할지도 모르는 여자란 족속을 끝없이 증오하며 치를 떨면서도, 한편으로는 다시 사랑하게 되기를 갈망하고 있다. 하지만 현승은 이런 복잡다단한 생각을 다 치워 버리고 짧게 결론을 내렸다.

만약 샤리야르가 정말 미친놈이었다면 얘기고 뭐고 상관없이 그냥 죽여 버렸겠지.

"샤리야르, 너무 힘 빠지지 않도록 하세요."

지적하는 현승의 음성은 속에 생각하는 것이 하나도 비치지 않을 만큼 사무적이었다. 전에 없던 변화였다. 1막이 끝나고 2막 연습에 들어가는 것을 기점으로 현승은 마치 다른 사람이 된 듯이 조금의 틈도 주지 않고 자유자재로 단원들을 휘몰았다.

"찬성 씨, 그 부분 조금 더 강하게 치고 들어오는 건 어때요?"

현승의 지적에 찬성은 방금 연기했던 부분을 다시 시도해 보았다. 찬성은 이전까지 정식 이름도 없이 남자1, 엑스트라1이라고 불릴 만큼 작은 단역들을 해오다가 처음으로 배역에 이름이 있는 비중있는 역할을 맡게 되어서인지 누구 못지않게 열심이었다.

"아니, 더 강하게 해도 됩니다. 지금도 좋은데, 대본이랑 약간 달라도 상관없습니다."

그러나 여전히 성에 차지 않았는지 몇 번 더 지적하던 현승은 결국 자리에서 일어서서 직접 시범을 보이기 시작했다. 찬성은 신인이자 무명인 배우만이 그럴 수 있는 찬란함으로 누구보다

열심히 하고 있었지만, 바로 그렇기 때문에 보는 사람으로 미소
가 지어지는 서투름 또한 가지고 있었다.

현승의 연기는 짧았지만 지금 당장 무대에 올라도 손색이 없
을 정도로 진지했다. 대본이라는 틀이 있었지만 그 틀 속에서도
자유로울 수 있다면 그래도 상관없다는 생각이 그대로 묻어나
는 동작은 세영의 대본을 벗어나지 않으면서도 훨씬 위트있는
한 장면을 만들어냈다. 찬성이 이제야 이해가 간다는 얼굴로 고
개를 끄덕였다.

"아…… 네. 그렇게 할게요."

현승은 옅게 웃으며 고개를 끄덕였다. 요는 너무 대본대로 할
필요는 없다는 것이었다. 배우란 대본이라는 설명서대로 움직
이는 기계가 아니었으므로. 제대로 이해한 후에 왜곡만 하지 않
는다면 어떻게 해도 상관없었다. 조금 달라져도 그 캐릭터는 자
신의 것이 되는 것이었으므로. 이어 찬성이 현승이 보여준 대로
연기하며 이해한 대로 자기 느낌을 집어넣자 현승은 그제야 고
개를 끄덕였다.

"감독님 연기 잘하신다."

유희가 웃으며 건네자 현승은 어깨를 으쓱하며 대답했다.

"옛날엔 내가 직접 해야 할 때도 있었거든요."

"진짜요?"

다른 누군가가 추임새처럼 끼어들자 현승은 낙낙하게 고개를
끄덕였다.

"그럼요. 못주머니 차고 세트 만든 적도 있는걸요. 완전 1인 다역이었죠."

하하 웃으며 받아주는 현승 때문에 연습 분위기는 언제나 편안하면서도 촘촘함을 잃지 않았다. 하지만 세영의 사고를 기점으로 지금까지 감독보다는 어깨 든든한 형 같았던 현승에게는 알게 모르게 단호함과 냉정함이 감돌고 있었다.

"감독님, 조금 달라지신 것 같아요."

누군가가 장난스레 건네자 현승은 짧게 웃고는 곧 표정을 바로잡았다.

"날짜가 가까워지니 그렇겠지요. 자, 다음은 2막 첫 곡 갑니다."

바탕은 여전히 부드러웠지만, 틀림없이 전에는 없던 확고함이 완연하게 드러나 있었다. 아니, 드러낸 정도가 아니라 거의 온몸에서 뿜어져 나오고 있다고 해야 할 정도였다.

"정아 씨는 이제 완전히 자기 페이스 찾았네요. 좋습니다."

짧게 언급된 칭찬에 정아는 웃음기 없이 살짝 고개만 끄덕여 화답했다. 다른 때 같았으면 틀림없이 눈이라도 마주쳤을 텐데, 마치 칭찬이 아닌 무슨 지시를 받은 사람 같은 얼굴이었다. 현승은 자신이 요새 좀 달라졌기 때문에 덩달아 느낀 착각이라고 치부해 버리고는 곧 데모테이프를 틀었다. 연습이 끝난 후에는 세영의 문병을 갈 참이었다.

"아, 이거…… 진짜 짜증나네."

마침 식사 중이었던 모양이다. 병실로 들어서던 현승은 젓가락과 사투를 벌이고 있는 세영의 모습을 잠시 생경하게 지켜보았다. 오른팔에는 기브스, 왼팔엔 링거가 꽂혀 있어 양손이 모두 자유롭지 못했는데 하필이면 오른팔의 기브스가 손가락 중간까지 덮여 있는 탓에 멀쩡한 반찬을 놔두고 멀건 죽에 국물이나 떠먹어야 할 판이었던 것이다.

"……뭐 해요?"

"아, 왔나."

한발 늦게 현승을 발견하곤 대충 손짓해 자리를 권했다. 금식 기간도 지나 음식을 입에 댈 수 있게 되었지만 수술 부위가 부위인만큼 앞으로도 한참은 싫어도 죽뿐이었다.

"대단하시네요."

"놀리지 마."

현승은 웃지도 않고, 더불어 묻지도 않고 세영의 침대 곁에 앉아 젓가락을 들었다.

"밥 안 먹었어? 이거 먹으려고?"

"……그럴 리가 있습니까. 숟가락은 움직일 수 있죠? 대요."

"뭐! 그냥 놔둬, 괜찮으니까."

"나 장님 아닙니다. 허세 부리지 말아요."

묘하게 거부하기 힘든 확고함은 연습실에서와 다르지 않았다. 이놈도 저놈도 왜 갑자기 나한테 허세 타령이야. 하지만 결국 세영은 못 이기는 척 얌전히 수저를 들고 기다렸다. 현승은 젓가락으로 반찬그릇을 하나씩 톡톡 치며 불렀다.

"1번, 2번, 3번 어떤 거 줄까요?"

"1번."

흰죽에 장조림은 언제나 환상궁합. 하지만 그것도 병원 밥일 땐 예외다. 채 반도 먹기 전에 세영이 수저를 내려놓으려고 하자 현승의 눈빛이 대번에 사나워지며 목소리가 착 가라앉았다.

"수저 들어요."

"먹을 만큼 먹었어."

"다 안 먹으면 데모테이프 갈아버리고 연습 깽판 칩니다."

현승이 그럴 수 없으리라는 것은 잘 알고 있었지만, 그 협박 아닌 협박은 세영으로 하여금 숟가락을 다시 들지 않을 수 없게 만들었다.

"독해졌네, 윤 감독."

"같이 일하는 누굴 닮아가나 보죠."

냉정한 투의 한마디에도 끙끙대던 순진한 윤 감독이 어떻게 되었나 보다. 현승은 천하의 장세영이 다 의아스러울 정도로 딴판이 된 모습으로 내내 식사 시중을 들었다.

"이제 춤이랑 노래 연습도 시작했을 테지? 2막 말이야. 만족스럽게 잘 나왔나? 내가 작곡가랑 얘기를 더 많이 했어야 되는 건데."

"무리없습니다. 밥 먹을 때 일 얘기 하면 체해요."

세영이 현승을 앞에 두고 꺼낼 수 있는 유일한 화젯거리마저 막혀 버렸으니 세영은 그저 묵묵히 숟가락이나 놀릴 수밖에 없었다. 현승은 번호를 부르지 않아도 재깍재깍 알맞게 반찬들을 골랐고 왠지 타박하기도 이상해진 세영은 그냥저냥 올려주는 대로 받아먹었다.

"그건 놔둬. 마지막에 먹을 거야."

마지막 수저에 한 조각 남은 장조림을 올려주려는데 세영은 숟가락만 답삭 삼키며 우물거렸다. 현승은 피식 웃었다.

"장조림이 무슨 후식이에요?"

"입가심."

현승은 다 비운 식기를 밖에 내놓고 돌아와 예고도 없이 침대 곁에 놓여 있는 서랍을 열었다. 예상대로 치약과 칫솔이 가지런히 들어 있었다.

"아, 하고 기다려요."

화장실에 있는 세숫대야와 컵에 물을 받아가지고 돌아온 현승은 벙찐 채 자신을 바라보는 세영을 아랑곳하지 않고 칫솔에 치약을 짰다. 황당하다 못해 다소 멍청하게 현승이 하는 일을 지켜보고 있던 세영은 현승이 칫솔을 앞으로 디밀었을 때에야 눈을 크게 떴다.

"뭐 하는 거야?"

"입 안 벌리면 진짜로 데모테이프 갈아버리고 연습 깽판 칩니다. 아, 하라니까요."

세영이 자동문처럼 입을 쭉 벌리자 현승은 갸름한 턱을 조심스럽게 붙잡고 칙칙촉촉 양치질을 시켜주기 시작했다. 일어나 자마자 매일 자신의 이빨을 닦는데도 남의 이를 닦는 기분은 좀 이질적이었다. 칫솔을 통해 손으로 전달되는 세영의 감촉은 둔 탁하면서도 선명했다. 어금니는 단단하고, 앞니는 매끄럽고, 혀 는 말랑말랑하고 부드럽다. 양치질이 끝난 후 물에 적신 수건으 로 고양이 세수까지 해주고 나서 현승은 마침내 편안하게 세영 의 곁에 앉을 수 있었다.

"뭐 잘못했어? 연습하다 뭐 실수했지? 그래서 이렇게 작업 치는 거지? 뭔지는 몰라도 용서 안 할 거야."

"아니에요."

"……태어나서 누가 양치질해 준 건 처음이네. 진짜 별일을 다 당하는구만."

세영은 다시 등을 기대고 앉으려고 자세를 바로잡았다. 당장 현승의 타박이 날아왔다.

"눕지 않고 뭐 해요?"

"일어난 김에 잠깐 이러고 있어야지. 여긴 먹고 자는 것 외엔 할 수 있는 일이 없어. 노트북도 못하게 한다고."

"병원이니까 당연하죠. 게다가 당분간 먹고 자는 것 외에 아 무것도 안 한다 해도 아무도 뭐라 하진 않을 겁니다."

세영이 잠깐 생각해 보다가 덧붙였다.

"그럼 머리도 감겨줄 수 있나?"

"그건 좀 무리예요."

피식 웃는 세영을 보고 나서야 현승은 그게 농담이었다는 것을 깨달았다. 세영은 짐짓 헛기침을 하고 나서 화제를 돌리는 현승을 모른 척해주었다.

"깁스는 얼마나 하고 있어야 된대요?"

"한 달. 봐서 더 하고 있을 수도 있고. 여기도 깁스 풀 때까진 있게 되겠지. 지겨워서 어쩌지?"

"이왕 이렇게 된 거 그냥 푹 쉬어버려요."

진담 섞인 농담이었다. 그러나 이번엔 세영이 망연하게 창가로 시선을 던지며 진지하게 받았다.

"쉬는 건 나한테 안 맞아."

그럴 만도 하지, 이해하며 현승이 속으로 고개를 끄덕이는 사이 세영은 다시 이었다.

"나쁜 기분은 아닌데, 좋은 기분도 아니네."

"뭐가요?"

"이렇게 누가 돌봐주는 거 말이야. 아플 때나 누려보는 호사지. 나쁘지 않아. 그런데 아프면 약해지잖아. 그리고 낫고 나면, 다시 강해져야 하잖아. 그건 별로야. 중노동하는 기분이라고."

너무 진지해졌다. 그래서 현승은 꺼내려고 준비했던 말을 다시 삼킬 수밖에 없었다. 세영의 목소리는 어느새 아늑하게 가라앉았다.

"이게 싫어서라도 빨리 털고 일어나야지……."

혼잣말 같은 마지막 뇌까림은 왠지 쓸쓸했다. 현승의 목울대가 망설임을 대변하며 한 번 올랐다가 내렸다.

"천일야화 2막…… 살펴봤는데요."

돌아보는 세영의 눈빛은 이미 방금 전과 달라져 있었다. 현승은 자석의 같은 극이 마주친 것처럼 세영의 눈빛에 밀린 자신의 시선이 바닥으로 떨어지는 것을 느꼈다.

"왜, 어디 문제 있어?"

"아니, 그건 아니고요."

이미 뽑은 칼이다. 쓸데없이 미적거려 무엇 하랴. 현승은 최대한 아무렇지 않게 말하기 위해, 그러나 실은 용기를 내려고 애를 쓰며 말을 이었다.

"조금…… 작위적인 것 같아서요."

"작위적이라고?"

하지만 의외로 세영의 반응은 그렇게 세지 않았다. 그것에 힘을 얻어 현승은 완성본을 읽고 나서 얼마 후부터 늘 머릿속을 떠나지 않고 마음에 걸리던 것을 털어놓았다.

"2막은 본격적으로 사랑이 주가 되지 않습니까. 솔직히 말하자면 저는 천일야화의 세 번째 주인공은 다른 누구가 아닌 바로 사랑 그 자체라고 생각합니다. 그런데 그게 작위적이란 말입니다."

세영은 현승의 설명에 격분하는 대신 옅게 웃었다. 그럴 의도는 아니었겠지만, 결과적으로 현승을 놀라게 만든 미소였다.

"사랑이란 게 다 그렇잖나."

"예?"

"사랑이란 거, 사실은 다 그런 거 아니냐고."

세영의 목소리는 편안함을 넘어서서 허심탄회하게까지 들렸다. 현승이 멀뚱멀뚱 눈을 굴리는 사이 세영은 격렬하지 않게 틈을 좁히며 나직한 음성을 깔아놓았다.

"사랑…… 좋지. 아니라면 사람들이 뭐 하러 로맨스를 보기 위해 기꺼이 돈을 지불하겠나. 하지만 관람하는 로맨스는 다 꾸며진 거야. 아무도 가짜라고 말해주진 않지만 관객들은 알고 있어. 그러니까 그 사람들을 관객(觀客)이라 하는 거겠지. 관객은 진실한 사랑의 재림을 보기 위해 객석에 앉는 게 아냐. 그냥 그런 게 있을지도 모른다는 위안을 바라는 거지. 지불한 만큼의 후회없는 재미와 함께."

논리정연한 설명이었지만, 현승은 그것에 납득하고 싶지 않았다. 정확히 말하자면 세영의 말에는 어느 정도 동조하지만 세영이 한 말은 현승이 표한 감상에 제대로 응한 대답이 아니었다. 사랑이 어떻게 로맨스로 꾸며지는가는 자신도 모르지 않는다. 현승이 내내 마음에 걸려 했던 것은 세영이 사랑이란 것을 천일야화에 빗대어 풀어놓은 방식이었다.

최소한 한 번이라도 진짜 사랑을 해봤다면, 그렇게 일부러 예쁘게 꾸민 듯한 분위기는 들지 않았을 것 같았기 때문이다.

극 속의 샤리야르와 세헤라자드가 펼쳐 놓는 사랑은 마치 바다를 한 번도 본 적 없는 이가 그려놓은 바다 그림을 보는 기분이었다. 무조건 아름답고 무조건 숭고한, 그리고 그렇기 때문에 그저 동화처럼 구태의연하고 현실성이 떨어지는. 현승은 그것이 안타까웠다. 어쩌면 이대로 무대에 올린다고 해도 상관없을지도 몰랐다. 그야말로 자신 혼자만이 느끼는 착각일 수도 있었다. 그러나 세영만 한 스토리텔러가 사랑이란 것을 이렇게밖에 풀어놓지 못한 것이 마음에 걸렸다. 만개하려다 만 꽃송이를 눈앞에 둔 것처럼, 묘하게 남는 여운이 깨끗하지가 않았다.

"그렇게 생각하세요?"

"왜? 윤 감독이 생각하는 거랑 다른가?"

심심한 반문이었지만 뱉은 이의 성정이 그대로 묻어 있는 어투는 허튼 꾸밈새를 허용하지 않고 있었다. 바짝 일어섰던 현승의 세포가 언제 그랬냐는 듯 사그라들었다. 언제였던가. 저 미묘하게 틈을 주지 않는 질문 앞에 당황하지 않게 된 첫 순간이.

묵묵히 찾아온 공백에 대답 없이 알아들었는지 세영의 눈꼬리에 옅은 부드러움이 흘렀다.

"……하긴 똑같을 리가 없지. 다른 사람인데."

세영은 느릿하게 덧붙였다.

"이제 운신도 할 수 있고 그럭저럭 견딜 만해. 다음번에는 극장에서 봤으면 좋겠군."

위로 섞인 푸념이었지만, 현승은 단호하게 고개를 가로저었다.

"원래 혼자 하던 일이었으니, 혼자서도 괜찮습니다. 작가님이야말로 지금만이라도 일 생각은 좀 접어놓고 그냥 쉬세요. 절대로 허투루 안 합니다."

못합니다…… 라는 말은 차마 겉으로 내놓지 못하고 속에서 바스라졌다. 나는 절대로 봐선 안 되는 당신의 선 넘은 모습을 봐버렸으니 그것에게 진 마음짐 때문에라도 당신이 쏟던 그 열정까지 내가 짊어지겠단 말은 차마 할 수가 없었다.

독심술사가 아니었던 세영은 현승의 속내 따윈 알지 못한 채 슬며시 미소만 지었다.

"믿음직해서 좋네. 그거 쭉 유지해."

"녹차 없어? ……마실 것도 없어? 냉장고도 완전 텅이야? 아, 완전 엽기적이네."

"뭐, 아무것도 없다고?"

군무가 끝난 후 정수기와 냉장고 앞으로 우르르 몰려든 단원들은 빈곤해진 환경에 너나 할 것 없이 울상이 되었다. 타는 목마름으로 부랴부랴 앞으로 나선 승태 역시 텅 빈 녹차통과 이미 아사해 버린 냉장고를 목격하고는 땀으로 샤워한 이마를 쓱 훔쳤다.

"한 번도 이런 적 없었는데."

없다는 것을 알고 나니 더욱 목이 타 들어갔다. 그 순간 우울해하던 단원들이 잽싸게 승태의 팔에 매달리며 가르릉거렸다.

"선배님, 목말라요!"

"이 자식들아, 이럴 때만 선배냐! 아깐 춤 못 춘다고 늙은이라며?"

"죽을 것 같아요!"

"우흐흐흐흐흠!"

거창한 으름장도 소용없었다. 결국 울상이 되어 지갑을 꺼내는데 뒤에서 들려오는 현승의 목소리가 승태를 구했다.

"늦어서 미안합니다!"

수십 개의 눈동자가 향한 곳에는 양손에 풍선같이 부푼 간식 봉투를 들고 있는 현승이 막 들어서고 있었다. 승태가 반색을 하는 사이 단원들은 얄미울 정도로 천진하게 승태를 버려두고 현승을 향해 달려갔다.

"군무 연습 예정까지 나갔으면 30분만 쉴까요?"

"좋아요!"

단련된 합창곡 때문인지 단원들의 대답은 일사불란했다. 현승은 가볍게 웃고는 그때까지 연습을 통솔하고 있던 관우에게 짧게 설명을 들었다. 갈증과 허기에 지친 단원들에게 사온 것들을 맡기며 현승은 속으로 작게 한숨을 쉬었다. 세영은 아무도 알지 못하게 세심하게 배려했던 일을, 자신은 당장 며칠도 지키지 못했던 것이다.

"세영이…… 아니, 작가님은 좀 어때요?"

2리터짜리 생수를 통째로 들이켜던 승태가 어느새 다가와 눈을 빛내며 물었다. 숨길 수 없는 친밀감이 가득한 눈동자. 현승은 죄지은 것도 없이 그 눈빛을 피하며 일렀다. 피하면서도 자신이 피한다는 사실이 의아스러운 반응이었다.

"많이 좋아지셨지요. 심심하다고 불평하시던데요."

"허허, 안 그러면 이상하죠."

현승은 화두로 떠오른 사람이 세영이라는 이유로 승태의 맞장구에 공감할 수 있었다.

"작가님…… 잘 아세요?"

현승은 조심스럽게 물었다. 사실 생각해 보면 조금도 조심스러울 필요가 없는 질문이었는데도, 현승은 하여튼 조심스러워졌다.

"그럼요. 고등학교 때부터 같이 다녔어요. 내가 선배였지만, 예대도 동문이고요."

겉으로 표현하는 짧은 감탄사. 그리고 속에는 알 수 없는 생경한 기분. 현승은 자신의 속에 피어나는 그것들을 무시하듯 턱을 주억거렸다.

"그때도 지금 같으셨습니까?"

이 질문을 던지는 순간 농담처럼 위장했는지는 지나서 생각해 봐도 알 수가 없었다. 하지만 현승은 가벼운 미소를 지우지 않은 채 부러 밝은 톤을 유지하려 신경 쓰고 있었다.

"설마요. 지금은 좀 쉬고 먹으라고 애원을 해도 들어줄까 말까죠? 예전엔 아니었어요. 요리책하고 재료만 쥐어주면 못 따라 하는 음식이 없었죠."

웃으며 들려온 승태의 대답은 깁스한 팔로 젓가락질을 하겠다고 우기던 세영의 모습과 너무 달라서 오히려 거짓말처럼 들렸다. 세영이 부엌에 서서 야채를 썰고 고기를 다듬고 맛있게

끓여서 요리를 만든다고? 웃기면 웃고 슬프면 울고 화나면 화내
는…… 아니, 화는 지금도 자주 내는구나. 하여튼, 장세영이 예
전에는 그런 지극히 일상적인 반응을 보이던 사람이었다고?

"나이 먹고 이런 일 저런 일 겪으면서 사람이 희한해져서 그
렇지, 예전엔 저한테도 곧잘 만들어줬었어요."

"이런 일 저런 일이요……?"

애정 어린 투로 늘어놓다가 현승이 놓치지 않고 꼬리를 잡자
승태는 순간 아차 싶었는지 괜히 하하하 웃었다. 격의없는 웃음
이었지만, 승태는 언제나 잘 웃는 만큼 진지한 소리를 해도 그
게 진짜인지 가짜인지 헷갈리게 만드는 재주가 있었다.

"그냥 옛날 일이죠 뭐. 별것도 아니에요."

하지만 현승은 느낄 수 있었다. 지금 승태가 옛일이라고 간단
히 치부해 버린 그 일이 사실은 아직까지 세영의 현재에 깊게
드리워져 있다는 것을. 그리고 무슨 일인지는 모르겠지만, 승태
가 그 전부를 알고 있으리라는 것도.

"이제 밥 드세요?"

병원에 있는 동안은 아무것도 할 필요 없다던 푸념이 나름 절
박했던 것일까. 입원해 있는 한 달 남짓 동안 세영은 볼 때마다
몸에 살이 붙는 것 같았다. 꺼칠하던 피부는 넘치는 잠과 휴식
을 만끽하며 차분하게 가라앉았고, 피곤이 서리처럼 뻗치던 눈
동자도 많이 유순해졌다. 두드러졌던 마디가 이젠 갸름해진 손

가락을 보며 현승은 이제는 저 손이 손목을 움켜잡는다 해도 그렇게 선연하지는 않을 것 같다고 생각했다.

"다음주에 퇴원인데 그럼 밥 먹지."

살이 쪘다고는 하지만 무말랭이 같았던 예전에 비해 그렇다는 것이다. 말라깽이가 적당히 날씬해졌다고 하면 될까. 하지만 잘 먹지 않던 습관은 삼시 세끼 꼬박꼬박 식판을 받으면서도 별로 달라지지 않은 모양이었다.

"다 드세요. 안 그러면……."

"깽판 친다고? 어이쿠, 무서워라."

웃음기 하나 없이 던진 농담. 어쩌면 농담보다는 비아냥이 더 많이 섞였을지도 모르겠다. 그러나 현승은 이제 세영의 트레이드마크인 그 가시투성이 입담에 화가 나지 않았다.

"깁스는?"

"다다음주까지 하고 있으래. 내가 왜 이런 고생을 해야 하는지 가끔 알 수가 없어."

세영은 자기 팔을 자기가 맘대로 할 수 없는 사실이 짜증나는지 입술을 이죽거렸다. 세영다운 독선이었다. 세상에 자기의 부러진 팔뼈에게 왜 부러져 버렸느냐고 화를 낼 수 있는 사람은 세영뿐일 것이다. 현승이 이런 생각들을 하고 있는 동안 거진 밥그릇을 비우고 반찬을 깔짝대던 세영이 갑자기 툭 뱉었다.

"윤 감독이 나를 구했다고 했었지? 그때 해주려다 못한 말이 있어."

현승의 눈이 천천히 둥그래지며 고개가 아래위로 끄덕여졌다. 정상적으로 흐르던 혈액이 그 순간부터 얼굴 쪽으로 역행하는 것 같았다. 세영은 슬슬 귀뿌리가 달아오르는 현승을 향해 혀를 한 번 걷어찼다.

"다신 그런 멍청한 짓 하지 마."

환하게 웃으며 칭찬이 날아올 거라고는 기대하지 않았지만, 그렇다고 이런 힐난을 대비하고 있었던 것은 아니다. 현승은 삼키려던 침이 목구멍에 탁 걸려서 입천장을 때린다고 생각했다.

"뭐, 뭐라고요?!"

"뭘 놀라? 생명의 은인이세요, 하하하, 호호호, 앞으로도 잘 부탁해요, 내 목숨을 구했으니 앞으론 내가 끌어드릴게요, 서로 상부상조합시다, 뭐 이럴 줄 알았나?"

"최소한 멍청하단 말보단 나을 것 같네요."

세영은 눈은 가만히 놔두고 입만 움직여 히죽 웃었다. 몇 번을 봤지만 볼 때마다 신기하다고 생각하는 재주였다.

"왜 생각을 못해? 극본이 이미 완성되어 있으니 나야 쓰러지든 엎어지든 상관없어. 하지만 당신은 감독이잖아. 당신이 쓰러지면 누가 극을 이끌지? 제작이 중단될 거 아냐. 그럼 극장도 손해, 단원들도 손해, 나도 손해, 윤 감독도 손해, 이런 거 아니겠어? 그래 안 그래?"

속에서 알 수 없는 것이 끓어오르긴 했지만 잔혹하게 따지자면 맞는 소리였다. 아무 대답도 못하고 부글부글 속만 끓이던 현승은 마음먹고 한 방 날리기로 했다.

"어떻게 그렇게 얄미운 소리만 골라서 하세요?"

"윤 감독은 어떻게 그렇게 태평한 소리만 골라서 하나. 성격이 얼굴에 그대로 나오는구만. 관상 따로 볼 필요 없겠네."

말로는 저 여자를 이길 수 없다는 것을 좀 더 일찍 깨달았으면 나 스스로에게 현명하다고 칭찬할 수 있었을 텐데. 그렇게 곱씹으며 현승은 머리를 절레절레 흔들었다. 그 위로 세영은 아무렇지 않게 덧붙였다.

"당신 귀하신 몸이라고. 그걸 좀 자각하고 있으란 말이야."

아! 한껏 말꼬리를 꼬아 올린 세영이 짧게 덧붙여 마침표를 찍는 순간 현승은 어이없게도 감동의 파도가 머리를 덮친 기분이었다. 만약 다른 사람이 귀하신 몸 운운하는 소리를 했다면 손발이 오그라들었겠지만, 처음 본 후로 지금까지 진심으로 웃는 얼굴 한 번 보여주지 않았던 세영에게서 들은 그 짧은 염려는 한겨울 주머니 속에 든 손난로를 쥔 느낌이었다. 열 번 못되게 굴다가 한마디 따스한 말에 무너진다더니 이런 순간이 바로 그런 때로구나. 현승은 자기도 모르게 히죽 웃었다.

"……덥진 않으세요?"

이제 날짜는 6월 하순. 세영이 퇴원하는 다음주에는 7월 달로 접어들게 된다. 꼭 한 달이 남은 것이다. 개막일이 껑충 다가왔는데도 실감이 나지 않는 것은 아마 흐리게 계속되는 이 미미한 떨림이 가져다주는 착각일 것이다.

"에어컨 빵빵한데 무슨 걱정이야."

"퇴원하시거든 이제 제발 몸 생각도 해가면서 하세요. ······예전엔 이렇지 않으셨다면서요."

두 번째 문장은 말해야 할까 잠시 망설였던 것이다. 예상대로 세영은 이상스런 눈길로 현승을 돌아보았다.

"예전?"

"승태 씨가 그러더군요. 예전엔 이렇게 삭막한 사람 아니었다고."

한 3초쯤 흘렀을까. 세영은 웃고 싶지 않지만 미소를 그려야 하는 사람이 어떤 표정을 짓는지 몸소 보여주었다.

"······나 없다고 둘이 신나게 내 얘기 하는 거야? 전통문화 지킴이도 아닌데 뒷담화란 풍습은 뭘 그렇게 열정적으로 몸소 실천하시나."

현승은 싱긋 웃었다.

"흉은 아니었으니까 안심하세요."

창문으로 들이치는 햇살에 세영이 찰나적으로 눈을 찌푸리자 현승은 선선히 일어나 블라인드를 내렸다. 현승이 다시 돌아와 앉는 순간 세영은 문득 생각해 냈다.

"현정아 씨는 요새 어떻던가? 그대로야?"

"정아 씨요? 이제 완전히 왕비님이 됐죠. 왜요?"

소탈한 대답에 잠시 속으로 꼽아보던 세영은 의뭉스런 기색을 지우고 아무것도 아니라는 듯 부러 손까지 내저으며 고개를 슬쩍 털었다.

"아니, 아무것도 아니야."

2막이었기에 정아의 연습 분량은 상대적으로 적었다. 그러나 정아는 이제 한 달 전처럼 심하게 짜증을 부리거나 히스테리를 일으켜서 주변을 경직시키는 짓은 하지 않게 되었다. 그저 남이 연습할 때는 곁에서 조용히 지켜보거나, 자신의 차례가 되면 그때까지 연습한 다른 사람이 내가 놀았었는지 착각을 할 만큼 열과 성을 다해 자기 몫을 갈무리할 뿐이었다.

"내일부터 무대연습이죠?"

유희가 퍽 긴장한 얼굴로 물었다. 무대연습이란 공연 연습의 마지막 단계로, 실전을 대비하기 위해 극을 위해 준비된 모든 무대장치가 갖추어진 실제 공연무대에서 행하는 마지막 연습을 뜻하는 것이었다. 연습실은 아무래도 실제 무대보다는 협소했기 때문에 무대에서 일어날 동선을 따지자면 반드시 거쳐가야 하는 단계이기도 했다.

"그래."

대답하는 정아의 목소리에서 짜증은 느껴지지 않았지만 그렇다고 다정함이 묻어 있지도 않았다. 유희는 뭐라고 더 말을 붙여보려다가 정아의 기색 때문에 결국 포기하고 대본을 읽기 시작했다.

"정아야, 너 차례다."

승태의 부름에 넋을 놓고 있던 정아는 퍼뜩 고개를 들었다. 옆에 앉아 있던 유희가 의아한 눈으로 자기를 바라보고 있었다. 그때서야 정아는 자기가 대사를 쳐야 할 타이밍을 놓쳤음을 깨닫고 부랴부랴 자세를 고쳐 앉았다. 하지만 이미 흐름은 끊어진 뒤였다.

"집중 좀 하십시다."

현승은 심심하게 경고를 날린 후 이미 분위기가 흐트러졌으니 이것을 빌미로 10분 정도 휴식을 선언했다. 자꾸 마르는 입술이 신경 쓰여 자판기에서 커피를 한 잔 뽑아오는데, 막 돌아서는 순간 현승은 마침 다가오고 있던 정아와 정통으로 마주쳤다.

"저……."

"네. 정아 씨, 무슨 문제 있어요?"

"아뇨. 제가 아니고요."

현승이 캐묻지 않고 기다리는 타입이었기에 정아는 꽤 오랜 시간을 애꿎은 손만 만지작거리며 망설일 수 있었다.

"작가님은…… 괜찮으세요?"

무슨 심각한 일이라도 있나 싶었는데 그저 염려였나. 현승은 살풋 웃으며 고개를 끄덕였다.

"그럼요. 입원까지 하시긴 했지만 그건 부상이 아니라 위장병 때문이었으니까요. 며칠 있으면 퇴원하십니다."

"그렇군요."

겨우 그렇게 내뱉고 정아는 또 한참이나 말문이 막혔다. 처음

의 자신만만하던 모습과는 전혀 어울리지 않는 표정과 말투였
다. 현승이 뭔가 더 있구나 하고 짐작하는 사이 정아는 퍼뜩 고
개를 들었다.

"감독님……."

"예?"

"아, 아니에요."

"……."

뭘까. 지금 정아의 표정은 뭔가가 커다란 것이 가슴을 꽉 막
고 있는 듯 억눌리고 답답해 보였다.

"그러지 말고 걱정되면 병원으로 한 번 찾아가 보세요. 투덜
대긴 해도 내치시진 않습니다. 하하."

현승의 농담에도 정아는 그저 입꼬리를 살짝 꼬았을 뿐이다.
현승은 그제야 정아의 심로가 무엇인지 하나 짐작할 수 있었다.

"아, 혹시 2층 세트 때문에 그래요? 걱정 마세요. 튼튼하게
다 보강했으니까. 지진나도 끄떡없습니다."

현승이 2층 세트라는 단어를 뱉는 순간 정아의 눈동자가 위
태롭게 흔들렸다. 그러나 커피를 홀짝이고 있던 현승은 미처 눈
치 채지 못했다.

"다행이네요."

결국 정아는 힘없이 내버리듯 이르며 다시 연습실로 향했다.
등 뒤로 영문을 모르겠다는 현승의 눈빛이 날아와 머무르는 것
을 느낄 수 있었다.

연습실로 들어가려다 급하게 화장실로 방향을 튼 정아는 세면대를 붙잡으며 떨리는 손으로 입술을 가렸다. 쿠르르릉! 무너져 내리던 무대의 소음이 방금 전의 일처럼 생생하게 살아났다. 심장 뛰는 소리가 누구에게 들릴까 서둘러 수돗물을 틀었다.

사람을 죽일 뻔했다.

분한 마음에 위험할 것을 알면서도 말해주지 않았다. 오히려 은근히 바라면서 무대로 가보라고 종용하기까지 했다. 아무것도 모르는 세영은 무대 위로 다가갔고 위험하다던 세트는 정말 거짓말처럼 무너져 내렸다. 사실 떨어진 것은 세트의 외관 장식뿐이었지만 만약 머리에 맞았다면 세영은 무사하지 못했을 것이다. 관우의 비명 소리, 승태의 경악에 찬 눈빛, 쏜살같이 뛰어나가던 현승의 자취와 고목이 쓰러지듯 먼지 속에서 스러지던 세영의 뒷모습.

욱한 마음에 교활하게 일러주었는데 다음 순간 거짓말처럼 제정신이 돌아왔다. 내가 무슨 짓을 한 건가! 미친 듯이 뛰어나갔는데 이미 일은 벌어져 있었다. 난장판이 된 무대 위의 풍경과 세영에게 눈을 뜨라고 악을 쓰던 현승의 목소리는 지금 다시 떠올려도 살벌하고 처절했다. 정아는 있는 힘을 다해 찌푸리듯 눈을 감았다.

#하렘

샤리야르 : 어째서냐? 왜 이야기를 시작하지 않는 것인가? 너의 부탁대로 나는 네 동생까지 이 하렘에 들어와 상봉할 수 있게 해주었다.

세헤라자드 : 술탄의 은혜에는 감사하고 있답니다.

샤리야르 : 하면 이유가 무엇이냐?

세헤라자드 : 문제라고 하면 그것은 술탄이 아니라 시간입니다. 술탄께서 제게 허락하신 시간은 일몰에서 일출까지. 하지만 이 이야기는 하룻밤 안에는 도저히 매듭을 지을 수 없을 만큼 긴 것이랍니다.

샤리야르 : 허면 이야기를 줄이라!

세헤라자드 : 술탄이여, 이야기란 본시 듣는 자로 하여금 즐거움과 깨달음이 무엇인지 알 수 있어야 하는 것. 길고 긴 이야기를 하룻밤으로 줄인다면 오롯한 즐거움과 깨달음 또한 멋대로 구겨져 눈뜨고 볼 수 없는 것이 되고 말 것입니다.

샤리야르 : 그럼 네가 원하는 것이 무엇이냐? 너를 통해 이야기를 들을 수만 있다면 내가 할 수 있는 모든 일을 기꺼이 베풀겠다.

세헤라자드 : 감사합니다. 허나 많은 것은 필요없습니다. 긴 시간이 필요한 이야기에는 물뿌리개로 정원에 물을 뿌리듯 시간을 뿌려주면 되는 것이지요. 술탄이여, 저도 당신도, 페르시아의 모든 사람들도 술탄께서 하룻밤이라 정한 시간의 규칙이 있음을 알고 있습니다. 약속해 주십시오. 제가 풀어놓는 이번 이야기가 끝날 때까지 저를 그 시간의 규칙이 미치지 않는 몸으로 만들어주십시오.

샤리야르 : 좋다. 네 부탁을 들어주마. 네가 이제 할 이야기를 끝맺을 때까지 나는 너를 내 분노 밖에 있게 하겠다.

—천일야화 극본 中에서

"왜 갑자기 사랑타령이야?"

"궁금해서 묻는 겁니다."

현승은 어울리지 않게 유들유들하게 웃었다. 세영은 깁스를 푼 팔이 어색한지 주먹을 쥐어보기도 하고 흔들기도 하며 마뜩 찮게 입술을 꼬았다. 겨우 한 달인데도 정이 들었는지 한 몸 같 던 석고 조각이 떨어져 나가자 허전했던 것이다. 아이러니하게 도, 예전 모습을 생각하자면 세영은 병원에 실려갔을 때보다 퇴 원한 지금이 훨씬 더 사람다워 보였다.

"전 솔직히 믿어지지가 않아요."

"뭐가?"

"작가님만 한 분이 사랑이란 걸 그렇게 뭉뚱그려 놓았단 것이
요."

세영은 일부러 그런 것인지 얼버무릴 요량이었는지 으흠 하
는 소리와 함께 시선을 극장 마당으로 던졌다. 저녁 일곱 시가
가까워 오는 시각이었지만 여름이라는 계절 때문에 햇살은 어
스름도 깔리지 않고 창창했다. 극장 마당으로 나서는 입구의 대
리석 계단은 한낮의 열기에 달구어져 아직도 따뜻했다. 그 따뜻
한 계단에 나란히 엉덩이를 안착하고 있는 세영과 현승의 분위
기는 자못 평화로웠다.

"더위 먹었어?"

"아뇨."

"근데 왜 한번 말한 걸 못 알아들어? 내가 그랬잖아, 다 꾸며
진 거라고. 꾸며진 것에 무슨 진실성을 바라?"

"누가 천일야화 얘기 했나요. 작가님 말입니다."

여름의 미풍처럼 중얼거린 현승은 이어 다소 진지해진 분위
기로 일렀다.

"예전에 제가 아직 초짜였을 때 같이 일하던 선배가 해준 말
이 있어요. 작가란 건 이러니저러니 해도 결국 자기 인생 팔아
먹으면서 사는 인간들이라고. 아닌 척해도 배어 나올 수밖에 없
다고요. 그런데, 제가 읽은 천일야화에서 작가님은 그걸 설탕같
이 써놓으셨더라고요. 사실은 꿀인데."

"둘 다 달콤하니 됐잖아."

"아니죠, 설탕이 꿀인 척하는 거죠. 꿀도 설탕 먹여 뽑은 건 가짜라잖아요. 그래서 그런 생각이 드는 거죠. 손가락에 찍어서 한 번이라도 꿀맛을 봤다면 이렇진 않았을 텐데…… 하고."

현승은 세영이 던진 그물을 요리조리 피하며 제가 묻고 싶은 것을 정확하게 꼬집었다. 당신 사랑해 본 적 있어? 있는 사람이 이래? 그냥 달기만 한 거 말고 머리가 띵하면서 눈앞이 아찔해질 정도의 사랑이란 걸 정말 진짜 겪어봤어? 하지만 왜 와 닿지 않지?

세영은 현승이 소리없이 자신에게 던진 질문들에 특별히 화가 나지는 않았다. 다만 오래전에 지나간 감정들이라 되살리는 데 몹시 어려웠을 뿐이었다. 동시에 지금 옆에 앉아 있는 이 남자가 순진한 걸까 멍청한 걸까 헷갈리기 시작했다. 남자 나이 서른 하고 셋. 맘에 드는 여자를 보면 사귀고 싶다가 아니라 같이 밤을 샜으면 좋겠다고 생각할 나이가 아니던가. 풋풋하다는 단어를 보면 나도 예전엔 저랬다고 쓰게 웃으면서.

"그 나이 먹고 사랑타령이라니, 주책이네."

"그런 말 많이 듣습니다."

세영은 건조해진 숨결을 길게 뽑았다. 사랑이라. 다른 사람에게는 어떨지 모르겠지만, 세영에게 남녀가 서로 애틋하게 그리는 일을 뜻하는 그 두 글자 명사는 분홍빛이 아니었다. 들으면 가슴이 두근거리며 설레는 단어도 아니었다. 그저 감정의 분류를 나타내는 이름씨 그 이상도 이하도 아니었으며 그다지 반갑지 않은 것이기도 했다.

"아마 윤 감독이랑 내가 관점이 달라서 그럴 거야. 윤 감독은 사랑이라면 그 아픔까지 찬란할지 몰라도, 나는 아니었거든. 그러니까 윤 감독 같은 사람한테 내가 쓴 사랑은 이상하게 보이는 거야. 괜찮은 거 같은데 뭔지 모르지만 어딘가가 당최 이해할 수가 없거든. 삭막하고, 까칠까칠하거든. 지나치게 예쁘고. 하긴 그건 보여주기 위한 거니까 당연하지. 나한테 그 외는 필요 없으니까. 솔직하게 말하자면 나는 사랑이란 건 그냥 말 만들어내기 좋아하는 사람들이 지어낸 그럴듯한 환상이라고 생각해."

격하게 치솟지는 않았지만 세영의 한마디 한마디는 담담한 듯 치열했다. 현승은 그늘에 앉아 있는 것을 잊으며 문득 한여름의 태양볕이 세영을 지치게 하지 않을까 염려가 되었다.

"아주 그럴듯한 환상이지."

'그럴듯한'을 말하는 부분에서 한껏 냉소와 조소를 섞으며 세영은 억양을 비비 꼬았다. 쉬는 것과 바깥풍경을 감상하는 것 외에 다른 활동이 불가능했던 병원 생활 동안 많이 부드러워진 눈매가 뭘 떠올리는지 때늦은 아지랑이같이 미묘하게 흔들렸다. 세영이 다시 입을 열기까지는 잠시를 넘어서는 시간이 필요했다.

"내가 옛날 얘기 하나 해줄까? 듣기 싫어도 들어."

싫다는 말은 듣지 않겠다는 그녀다운 독선이었다. 현승은 미소와 함께 고개를 끄덕였다.

스무 살 때였나. 어떻게 하다가 남자 하나를 알게 됐어. 생전 처음 가슴이 두근거리고 생각하는 것 자체로 얼굴이 빨개지는 사람이 생긴 거지. 좋더군. 꽤 많이. 동갑이었어. 어디서 만났냐고? 학교에서. 같은 강의실에서 수업 듣는 처지였거든. 지금 다시 생각해 보면 꽤 호남에 쾌활했던 것 같아. ……아니, 나 말고 그 사람 말이야.

여튼 그렇게 서로 좋아서 사귀게 됐지. 매일매일 얼굴을 볼 수 있었어. 눈에 보이면 행복한 사람이랑 하루 종일 같이 있는데 어떻게 기쁘지 않을 수가 있었겠나. 아마 내 생애에서 공부를 가장 열심히 했던 때가 그때인 것 같아. 조별과제를 하면서 친해졌던 것이 계기라서 그랬을까. 어쨌든 대학생이 되어 맞이하는 첫 학기가 거의 마무리될 때까지는 아무 문제도 없었어. 유치하게 표현하자면 구름 위를 걷는 기분이었지. 여름에 그 정수리를 굽는 듯한 햇살도 마냥 따스하고 가을에 떨어지는 낙엽도 한없이 낭만적이더란 말이야. 생각해 보라고. 나는 그때 스무 살이었고, 그건 그 남자도 마찬가지였지. 세상에 무서운 것이 없었어. 지금 돌이켜 보면 가진 거라곤 아무것도 없이 고등학생 티를 막 벗은 것뿐이었지만, 하여튼 나는 그때 착각 속에 있었어. 세상이 다 내 것이라는 착각.

그런데 착각이란 건 언젠가 필연적으로 깨져 버리게 마련이잖아. 나라고 별수 있나. 어느 날 그런 순간이 왔지. 마냥 솜털 같던 착각이 현실로 인식되는 순간 말이야. 콩깍지가 벗겨졌다고들 하잖아? 똑같이 겪으면서도 전에는 몰랐다가 어느 날 알게 되는 그런 거. 그 알게 된 것이 무엇이냐 하면, 어느 날이었나 그 좋던 사람하고 만나고 헤어져서 집으로 돌아오는데 문득 그런 생각이 드는 거야. 곰곰이 생각하다가 떠올린 것도 아니고 그냥 아무 생각 없이 걸어가다가 갑자기 생각났어.

여태까지 단 한 번도 그는 나를 위해서 내가 있는 쪽으로 와준 적이 없다는 것이. 하나하나 따져 보니까 정말 그랬더라고. 가는 것은 언제나 나였어. 똑같이 서로 좋아하는데, 그 사람을 보러 먼 길을 가는 것은 언제나 나였던 거야. 그 사람은 한 번도 나를 위해서 자기의 어떤 것을 할애하지 않았어. 시간도, 돈도, 장소도. 바보같이 그전까지는 그걸 몰랐지. 그래서 난 그에게 말했어. 내 쪽으로 와줄 수 없느냐고. 그랬더니 그는 아무렇지 않게 약속을 깨더군. 난 다시 부탁했어. 그는 이번엔 약속을 미루더니, 또 깨버렸지. 그리고 전화를 안 받는 경우가 늘어나기 시작했어.

그러자 그때까지 몰랐던 것이 또 하나 생각났어. 난 종종 그가 부탁할 때면 내 용돈을 쪼개주곤 했었거든. 그래서 오랜만에 만난 그가 차비와 당구비를 부탁했을 때 난 줄 수 없다고 했어. 그날 처음으로 내게 짜증을 내는 그의 모습을 봤지. 그 후로 난 일주일 동안 그의 모습을 볼 수 없었어. 얼마나 삐쳤는지 학교에도 나오지 않았거든. 어렵사리 이루어진 통화에서 몹시 시끄러운 가운데 그의 목소리 뒤로 낯선 여자의 목소리가 겹쳐 들렸어. 그때 또 뭔가가 번쩍 스치는 거야. 그가 나를 만나기 전에 교제했었다던 다른 과 여학생 얘기가.

어떻게 진행이 되었는지 감이 잡히지? 그런데 난 바보같이 그걸 몰랐어. 아니, 사실은 알았는데 모르는 척했던 것이었지. 나는 그래도 그를 믿고 싶었어. 그동안 내게 보여준 그의 마음을 믿고 싶었다고. 그 사람 몰래 그 여학생에게 왜 그러냐고 따지기도 했지. 그런데 그에게 연락이 왔어. 만나자고. 그래서 5월의 어느 날 그를 만나러 가기 전에 난 내가 할 수 있는 최선을 다해서 나를 꾸몄어. 그때 봤던 거울 속의 나는, 이런 말 하긴 남사스럽지만 내가 봐도 그럭저럭 괜찮아 보였어. 그래서 나는 일말의 희망과 자신감을 안고 그를 만나러 갔지. 순진하게도 난 당연히, 그가 내게 잘못했다고 말할 줄 알았어. 하지만 그 사람은 오히려 나 몰래 사귀었던 그 여학생을 두둔하면서 독설만 남기고 돌아섰어. 그동안 용돈 몇 푼 쥐어준 것 가지고 생색내지 말라면서, 그리고 자기 지갑에서 잡히는 대로 꺼내서 던지고 사라지더군. 그때 길거리에 사람이 참 많았는데……

그렇게 숙연한 표정 짓지 마. 아직 안 끝났어. 그렇게 첫사랑이 끝장나고 나는 당연히 한동안 거의 패닉상태였지. 일 년이 넘도록 다른 사람을 만날 엄두조차 낼 수 없었으니까. 아까 말했잖아? 우린 한 강의실에서 수업 듣는 처지였다고. 그가 군대 가기 전까지 난 매일 그의 얼굴을 봐야 했거든. 꽤 고약한 일이었지. 군대로 사라지고 난 후엔 견딜 만하더구먼.

두 번째는 3학년 때였을 거야. 다른 과 조교였어. 최소한 헤어지고 나서 매일 얼굴을 볼 일은 없었지. 다정다감한 사람이었어. 뛰어나게 잘생기지도, 키가 크지도 않았지만 안경 너머 웃는 눈동자는 가만히 있어도 온기가 느껴지는 선한 사람이었지. 여기저기 돌아다니고 노는 것보단 산책을 하거나 책을 보는 걸 좋아하는. 블록버스터보단 고전영화를 좋아하고. 나보다 두 살인가 세 살 정도 많았는데 매너와 성품은 두 살 차이를 뛰어넘는 것이었어. 난 그 사람에게서 처음으로 어른 남자가 어떤 모습인지 느낄 수 있었어. 완숙하고, 터프하지 않으면서도 남자다울 줄 아는 성숙한 남자가 무엇인지 알 수 있었단 말이야. 어떻게 만났냐고?

어느 날 도서관을 나서는데 다가와서 묻더군. 왜 그렇게 고개를 숙이고 다니느냐고, 땅에 뭐 떨어진 것 있느냐면서. 그 아닌 다른 사람이 그랬다면 난 짜증냈을 거야. 그런데 그렇게 처음으로 말을 거는 그 목소리와 눈빛이 참 다정했어. 지금 다시 생각해 봐도 설렐 만큼. 부드러운 바람 같았지. 그걸 계기로 나와 그는 가까워졌어. 처음으로 건넨 한마디 농담이 두 마디 인사가 되고, 두 마디 인사가 첫 번째 전화통화가 되고, 첫 번째 전화통화가 첫 번째 데이트가 되고, 나란히 앉아서 처음으로 본 영화가 생기고, 해가 떠서 질 때까지 같이 있는 휴일이 되고…… 그렇게 천천히. 난 다시 웃을 수 있었지. 아, 다시는 새로운 사람과 만나는 것을 겪을 수 없을 줄 알았는데 그렇지가 않구나. 그를 볼 때면, 내가 한때마나 그렇게 생각했다는 것이 어처구니가 없을 정도였어. 그는 그 정도였어. 그는 처음으로 마음 맞는 사람과 대화를 한다는 게 어떤 것인지 내게 알려준 사람이야. 그와 같이 있으면 나는 흘러가는 일 분 일 초가 안타까워서 어쩔 줄을 몰랐지. 그런데 아까도 말했지만 세상엔 착각이란 것이 있는데, 이것의 문제는 언젠가 깨질 수밖에 없다는 거잖아. 나는 또 어느 날 불현듯 깨닫고 말았어. 나는 그를 이렇게 깊게 생각하는데, 정작 그는 나를 어떻게 생각하는지 한 번도 입 밖으로 낸 적이 없다는 것을. 그래서 내친김에 그에게 물었지. 나를 어떻게 생각하느냐고. 당황하더군. 한 대 맞은 표정이었어. 나도 덩달아 당황했지. 상황이 웃기잖아? 그래서 나는 내가 뭘 잘못했는지도 모르고 착각해서 미안하다고 말하고 돌아섰어. 그런데 정말 웃긴 건 그다음이었지.

내가 돌아선 후에도, 그는 종종 내게 연락을 하고 자기가 본 좋은 연극이나 영화나 책이 있으면 추천을 해줬어. 처음 봤을 때 지었던 부드러운 미소를 머금고서. 그래서 나는 또 착각에 빠졌지. 아, 이 사람이 내가 착각해서 미안하다고 했던 걸 듣고 새삼 깨달았나 보다. 그래서 앞으로 나랑 잘해보고 싶은가 보구나. 나는 가슴이 떨리게 기쁘다는 표현을 직접 깨치며 그의 호의를 소중하게 받아들였지. 하나하나가 예전보다 더욱 소중했어. 어떻게 보면, 진실한 초석이었으니까.

그런데 그렇게 아무렇지도 않게 계속되는 그의 호의가 계속될수록 나는 불안해지기 시작했어. 왜냐고? 그는, 정말로 거짓말처럼 아무렇지도 않았거든. 보통 사람이라면 가깝게 지내던 여자가 착각하는 일이 발생했으면 다음부턴 좀 조심스러워지던가 맘이 없으면 아예 남이 되던가 그렇잖아? 그런데 그는 그런 게 전혀 없더라고. 내가 나를 어떻게 생각하느냐고 묻기 전처럼, 평소와 똑같았어. 여전히 내게 묻고, 웃고, 답하고, 고개를 끄덕이고, 내 얘기에 귀 기울이고, 잊을 만하면 안부를 묻고, 친절하고, 다정했지. 그래서 나는 또다시 그에게 물었어. 대체 나를 어떻게 생각하기에 이렇게 대하는 거냐고. 그는 또 당황했어. 한 대 맞은 표정이었지. 그는 우물쭈물 말하더군. 자긴 그저 사람과 사람 사이의 인연을 소중하게 여기고 싶었을 뿐이라고. 내가 상처받을 줄 몰랐다고. 그때서야 난 알았지. 그의 주변에 나 같은 여자가 한둘이 아니라는 것을.

그래서 어떻게 했냐고? 어쩌긴 뭘 어째. 꺼지라고 말하고 돌아섰지. 그 후로 그의 소식을 듣지 못했어. 아니, 안 들은 거지. 솔직히 관심도 없었고. 결국 난 두 번째도 짝사랑이었던 거야.

세 번째는 내가 작가가 된 다음이었어. 이십대 중반에서 후반으로 넘어가고 있을 때였지. 연말, 겨울이었어. 엄청 추웠지. 대학로를 지나가다 다른 극장에서 홍보 나온 사람을 보게 됐어. 왜, 대학로에 그런 애들 많잖아? 팜플렛 들고 할인해 드린다고 보러 오시라고 호객하는 애들 말이야. 그런 사람들 중에 하나였어. 특이한 건 아르바이트가 아니라 자기가 홍보하는 연극에 진짜로 출연하는 배우였단 거였지.

사실 연극계에서 성공해서 TV로 나가지 않는 한, 웬만큼 한다고 해도 보통 사람들은 잘 모른단 말이야. 얼굴 알리긴 힘들지. 게다가 무명이라고 하면 사는 게 얼마나 팍팍하겠나. 나도 그땐 사정이 안 좋았어. 내 입으로 이런 말 하긴 뭣한데 내가 좀 일찍 나왔잖아. 그래서 주목은 왕창 받았는데 그 후로 별 볼일 없었거든. 어찌어찌해서 소설까진 냈는데, 그게 완전 죽을 쒔지. 그다음도 마찬가지였고. 그래서 그때의 난…… 좀 참담했어. 모든 것에.

그런 와중에 그 사람을 만났지. 세 번째로. 장갑을 끼고 있어도 손이 곱는데 겨울에 얇은 점퍼 하나만 입고 참 열성적으로 사람들에게 말을 걸더군. 한 번도 찌푸리지 않으면서 말이야. 난 나도 모르게 근처 커피숍에 들어가서 그를 구경하기 시작했지. 근 두 시간을 살폈는데 정말 그는 단 한 번도 인상을 쓰지 않았어. 구김살이라고는 하나도 없는 표정이었지. 나는 뭐에 홀린 듯이 그를 한참 보고 있다가 마침내 결심하고는 커피숍을 나섰어. 그리고 그에게 다가가 말했지. 당신이 홍보하는 그 연극 얼마냐고.

무대에서도 그는 참 열정적이었어. 결말이야 어찌 되었든 그 하나만은 사실이야. 그는 정말, 그 나이 때의 남자가 그럴 수 있는 전력을 다해서 패기가 넘치는 연극배우였지. 무명이었지만.

왠지 지켜주고 싶다는 생각이 들더군. 여자라서 타고난 모성본능인지 뭔지 알 길이 없지만, 하여튼 남자를 보고 그런 느낌이 든 것은 처음이었어. 쾌활하고 밝은 미소, 기죽지 않는 목소리, 난 아마 그때의 그에게 나 자신을 투영했었나 봐. 내가 잃은 것을 아직 간직하고 있는 남자. ……하여튼 나는 그가 팍팍한 세상에 다치는 모습을 보고 싶지 않았어. 윤 감독도 신인들 보면 그런 생각 들지 않나? 순수하고 순진해서 보고 있으면 웃음이 나지만, 그것이 성장하며 지워질 것을 알기에 드는 안타까움, 뭐 그런 거.

각설하고. 이제 서른 살을 보냈을 뿐이지만, 지금까지 살면서 난 아마 그때 제일 많이 웃었던 것 같아. 하루하루가 즐거웠지. 그와 함께 있는 시간만큼은 나는 참담한 현실을 기억하지 않아도 좋았어. 만사 잠시 잊으면 그뿐, 더 바랄 게 없었지. 그는 정말 드라마틱한 성격의 소유자였어. 게다가 긍정적이었고. 호남에 쾌남이었지. 그의 맑은 눈동자를 들여다보고 있으면 모든 일이 다 잘될 것만 같은 거야. 게다가 나를 어항 속의 물고기나 편한 지갑 정도로 생각하지도 않았어. 그는 나를 마치 레이디처럼 모셨지. 여자라면 언제나 한 번쯤 꿈꿔봤을 바로 그대로.

그런데 이번에도 문제는 어김없이 찾아왔어. 나는, 날이 지나면서 즐거움이 꿈같아질수록 슬쩍슬쩍 고개를 내미는 뭔가를 느꼈지.

거의 항상, 마치 잠꼬대도 무대 위에서 하듯이 극적이고 위트

넘치는 남자. 그런데 그 남자에겐 그것뿐이었어. 언제나 항상 웃고만 있더란 말이야. 아무리 성격이 긍정적이라 해도 살다 보면 싫은 일도 당하고 기분이 울적할 수도 있는 것인데, 그 남자는 그런 게 없었어. 심지어는 출연료가 밀려서 핸드폰 요금을 못 내고 있다는 말을 하면서도 유쾌하게 웃었지. 나는 처음에는 겉으로 웃는 그가 안쓰러웠지. 그는 내가 처음 만났었던 그 사람처럼 내게 핸드폰 요금을 내달라고 하지도 않았어. 반대로 나는 그것 때문에 더욱 이 사람에게 마음이 갔지. 정말 앞의 두 사람하고는 다르구나 싶었던 거야. 다르긴 했지. 뜻이야 어떻든 결과적으로 세 번째 만났던 그는 앞의 두 사람하고는 정말 '달랐어'.

　오래 만났으니 나는 당연히 그의 집이 어디인지도 알고 있었어. 어느 날 나는 슬쩍슬쩍 고개를 내밀던 그 이상한 느낌이 도통 가라앉지 않아서 그의 집으로 향했지. 꿈을 먹고사는 연극배우답게 그의 집은 별로 거창한 것이 못 되었지. 반지하였나…… 그랬을 거야. 망설여졌어. 방문을 열면 다른 여자와 함께 있는 그의 모습을 볼까 봐서도 아니고 무슨 엄청난 대비밀을 캐내는 것도 아니었는데, 나는 그의 방문 낡은 손잡이를 잡는 순간 망설여졌어. 알았던 거겠지. 이 의문의 정체를 확인하고 나면 그와 나 사이에 커다란 일이 생길 거라는 것을.

　……의외로 평범했어. 그래서 나는 내가 엄청난 착각을 또 했는 줄 알고 의아하다가, 그의 책상에 수북한 뭔가를 발견했지.

뭐였을 것 같아?

내 평생 그렇게 많은 고지서는 그때 처음 봤어. 카드 전표, 핸드폰 요금, 전기, 가스, 수도 요금, 독촉장까지. 마치 고지서 수집가의 책상 같았어. 게다가 정상적으로 납부된 것은 별로 없었지. 설상가상 경범죄 벌금통지서에서부터 교통위반 딱지까지 한자리 차지하고 있더군. 난 그때서야 벼락같이 깨달았어. 피터팬같이 자유로우며 어린아이같이 순수한 그가 즉흥적으로 벌였던 행동들 모두가 사실은 그런 대가를 치르고 있었단 것을. 경범죄 벌금통지서로 말야. 하, 웃기는 일이었지.

고지서가 그렇게 쌓여 있는 이유가 뭐겠나. 난 부랴부랴 그가 일했던 극단을 수소문했어. 그게 나한테 치명타를 날렸지. 그가 일했던 극단은 경영난으로 극단주가 야반도주한 지 오래였던 거야. 내게 출연료가 밀려서 핸드폰 요금을 못 내고 있다고 말하며 웃던 그때 이미! 하지만 그는 도망간 극단주를 찾아내려 노력하거나 다른 일을 하는 대신 친구나 지인들에게 그때그때 빌붙으며 안주해 버린 거지. 내가 어떻게 하려고 그러느냐고 반문하자 그는 마치 내가 자기의 정신세계에 먹물이라도 뿌린 듯이 굴더군. 그러면서 하는 말이 뭔 줄 알아? 어째서 돈이라는 천박한 것에 얽매여 살아가야 해! 라는 거야. 고뇌에 찬 예술가가 따로 없더군.

그는 진짜 피터팬이었던 거야. 영혼은 물론 정신까지 덜 자란. 항상 웃는 그의 얼굴은 긍정의 힘을 믿기 때문이 아니라 단지 외면해 버렸기 때문에 가능한 것이었던 거지. 한마디로 정리하자면 그는 이런 사람이었어. 〈명랑한 현실도피자〉. 그게 내가 겪었던 사랑이란 것들의 결말이야. 참 다종다양하지?

자, 윤 감독. 감상이 어떤가? 사랑! 말은 좋지. 반짝반짝하지. 절대로 퇴색되고 변질될 수 없는 유일무이한 것. 하지만 결국 정리하자면 그건 그냥 사랑일 뿐이야. 국경도 뛰어넘는다는 사랑은, 때론 아무 힘도 없어. 때가 되면 그저 스러질 뿐이야. 시간 앞에선 한없이 약하고 변하는 마음을 잡기엔 너무나 덜 끈적거리는. 갈대에 버금가는 변덕스런 호르몬 장난, 그뿐이라고.

세영의 목소리는 처음부터 끝까지 한 번도 격한 고저를 띠지 않았다. 그러나 현승은 한 번 끼어들 생각조차 못하고 세영이 처음으로 내보이는 자신의 깊은 얘기들을 잠자코 듣고만 있었다. 그리고 세영이 맺음을 한 이 순간 현승의 표정은 흥미로웠던 처음과 달리 깊이 침체되어 있었다. 현승은 문득 담배가 고파졌다.

"놀랐나, 당신이 생각하던 사랑과 달라서?"

석양을 받아 천천히 진한 황금색과 노란색으로 물드는 잔디를 향한 세영의 음성은 즐거움을 배제한 웃음기를 띠고 있었다. 뭐라고 대답해야 할까. 불행하게도 현승은 이럴 때 할 만한 적당한 단어를 떠올릴 수 없었다.

“그냥 좀…….”

“괴상해?”

“괴상하네요…… 아, 아니고.”

무의식중에 세영이 한 말을 그대로 따라 하던 현승은 식겁해서 말허리를 잘랐고 세영은 탈수기에서 짜낸 것처럼 웃었다. 잠시 현승을 담는 눈동자에 여러 가지 것들이 스쳐 지나갔지만, 애먼 곳을 보고 있던 현승은 그것을 알지 못했다.

“당신하고는 다를 테지.”

그 말에 먼 곳을 향해 있던 현승의 시선이 단번에 세영에게 돌아왔다. 일말이었지만 뚜렷하게 느껴지던 어딘가 곤두선 느낌. 뾰족하게 곤두선 곳이 향하는 것은 분명히 현승 자기 자신이었다. 그러나 도통 세영이 이런 반응을 보일 만한 짓을 한 기억이 나지 않는 것이 문제였다.

“달라요? 뭐가요?”

당황한 속내가 그대로 투영되어 기어코 갈라지고 만 목소리가 원망스러웠다. 세영은 한동안 아무 말도 없이 그저 현승을 응시하고만 있었다. 똑바로 보면서도 내리깔아 보는 것 같은, 맨 처음 대면했을 때 현승이 못 견뎌했던 바로 그 눈매였다.

“궁금하네. 대체 어떤 사랑들을 했길래 아직도 사랑이란 거에 그렇게 확신을 가지는지.”

세영의 입술에 떠올라 있던 것이 조소였을까 아니면 그저 순수한 미소였을까. 현승은 그 둘 다였다고 믿었다. 남의 애정사.

당사자에겐 애틋할지 몰라도 입 밖으로 나오는 순간 술자리 안주로 전락하고 마는 가볍고 말초적인 비사(秘事)를 떠올릴 때 자연스럽게 지어지는 표정이었다.

"거창할 건 없지만 그래도 지나고 보면…… 그게 다 추억은 되더라고요. 좋았던 거 싫었던 거 할 것 없이."

세영은 다시 잔디 위로 시선을 던졌다.

"낭만적이시군. ……추억이라."

아련하게 흩어지는 말꼬리가 툭 치고 지나가는 것 같았다. 현승은 크흠 헛기침을 했다.

"그래도 나쁘진 않았던 거 같습니다. 치열했던 만큼 구질구질하기도 했고…… 기억에서 도려내고 싶은 부분도 있지만요."

"여전히 로맨티스트네. 흐흥, 남잔 서른 넘으면 사귀고 싶다 이전에 한 번 자고 싶다 아니야?"

"예, 예?!"

세영의 웃음소리가 아직 뜨거운 대기를 잠시 흔들었다.

"윤 감독은 어땠어? 사랑이란 게 전부 다 아름다웠나?"

"네? 저요?"

"여기 누구 또 있나?"

현승은 잠시 머리를 긁적거렸다. 시간 벌기용이었지만, 그렇게 큰 도움은 되지 못했다.

"별거 없었죠. 그냥 그랬어요. 남들 다 하는 거 같이 했었죠."

"치열했다며?"

"그거야 내가 나를 봤을 때 그렇다는 거고…… 친구들 사이에
선 별명이 축구공이었어요. 만날 뻥뻥 차인다고."

아직 뜨거운 대기가 또 한 번 잠시 흔들렸다.

"그런데도 사랑이 좋아? 이거 정말 긍정적이다 못해 낙관적
이시구만? 혹시 명랑한 현실도피자야?"

"뭐든 사람마다 다를 수 있는 거 아닙니까."

답지 않게 쑥스러워하는 현승의 모습에 세영은 웃어버리고는
자리를 털고 일어섰다. 오랫동안 앉아 있어서 그런지 잠시 휘청
거리던 손이 엉겁결에 현승의 어깨를 짚었다. 현승은 자기도 모
르게 어깨를 짚은 손등에 눈동자를 고정시켰다. 힐끗 볼 수밖에
없었지만 여전히 희고 가느다란 손이었다.

"뭐든 지나치면 병이랬어. 회상은 어지간히 하고 접어두라
고."

뒤도 돌아보지 않고 이르며 세영은 선선히 건물 안으로 사라
져 버렸다. 혼자 남은 계단에 앉아 현승은 세영의 뒷모습을 쫓
던 시선을 거두어 다시 정면을 향했다. 이제 잔디를 물들이는
빛깔은 옅은 주홍색으로 변하고 있었다.

사랑. 서른셋의 절반에 이르러 회상하는 지금 자신의 사랑을
짧게 정리해 보자면 이렇다. '거창한 것은 없지만 치열하고 구
질구질했으며 퇴색된 후엔 모든 것이 추억이 되어버린 낡은 축
구공'.

현승은 세영처럼 자신의 연애를 첫 번째, 두 번째, 세 번째로

확실히 구분해서 기억하고 있지 않았다. 굳이 생각을 끄집어내어 정리하자면 세영처럼 시간에 따라 순서를 매길 수도 있겠지만, 현승의 기억 속 순서는 강렬함과 아련함이 먼저였다. 실연에 죽을 수도 있다는 것을 깨달은 것은 서른 번째로 맞이했던 가을, 이별에 가슴이 찢어질 수도 있다는 것을 실감했던 것은 스물넷의 어느 날, 첫 키스, 육하원칙에 준하여 기억하고 있지는 않았지만 우르릉거리는 심장 박동 소리가 상대에게 들릴까 노심초사했던 것만은 생생하게 기억하고 있다. 잊었다고 자부할 만큼 시간이 흐른 후 웹서핑을 하다가 실연으로 죽을 수도 있다는 것을 깨우쳐 준 상대와 함께 들렀던 레스토랑이 어느 맛집 블로그에 올려져 있는 것을 발견했을 때는 심장이 내려앉는 듯했었다. 가물가물했지만, 그날 자신은 틀림없이 소주로 병나발을 불었을 것이다.

첫 번째 고백에서 퇴짜를 맞고, 석 달 후 두 번째 고백에서 또 퇴짜를 맞고, 내가 어디가 어때서 싫다고 하는지 도대체 납득할 수가 없어 세 번째 고백을 했다가 경멸 어린 시선과 함께 또 퇴짜를 맞았을 때에서야 깨달을 수 있었던, 인연에 대한 정의. 그걸 생각하며 현승은 툴툴 웃었다. 내가 어디가 못생기고 못나서 싫은 게 아니라 그저 마음이 가지 않을 수도 있다는 것을 그때는 몰랐었다. 좋게 표현하자면 순진했었으니까. 사랑은 꼭 이것과 저것과 그것이 충족되어야만 이루어지는 것이 아니라는 것을 그땐 몰랐었으니까.

그 사람에게 나는 그냥 아니었던 것이다. 어디가 싫어서도, 모자라서도 아니고 그저 아니었기 때문에. 그땐 그걸 받아들이는 것이 몹시도 힘들었다. 지금 알고 있는 것을, 그때는 몰랐기 때문이다.

오랜만에 빠져든 과거로의 회상은 나름 즐거웠다. 현승은 히죽 웃다가 갑자기 정색을 하며 쯧 하는 소리를 냈다.

이래서였나. 현승은 언젠가 승태의 기색을 보고 세영의 과거가 현재까지 이어지고 있지는 않은가 하고 막연히 짐작했던 적이 있었다. 조금 전 세영의 애정사를 듣고 나자 어째서 그런 짐작이 들었는지 약간은 이해가 갔다. 세영의 과거는 선명하고, 하나도 잊혀지지 않았다. 오래전 일이지만 세영은 마치 어제 있었던 일처럼 자신의 지난 사랑들을 풀어놓았고 현승은 목격자가 된 것처럼 그 설명을 들었던 것이다. 이상할 정도로 뚜렷하던 현실감과 현재까지 늘어져 있는 그림자 같던 세영의 어투가 이제야 이해가 갔다. 시간에 따른 순서보다는 강렬함이 우선이 되는 자신과 비교했을 때, 같은 사랑 얘기라도 자신과 세영은 몹시 달랐다. 세영에게 그 경험들은 아직 과거가 되지 않았다. 거기까지 생각하자 현승은 문득 씁쓸해졌다. 해피엔딩이 없기로는 둘 다 똑같은데, 자신은 어느새 남길 건 남기고 웃을 건 웃게 된 데 반해 세영은 그 모든 것을 아직도 씁쓸하게 안고 있는 것 같아 보였기 때문이다.

정리해 보자. 세영의 첫 번째는 양다리에 등이나 쳐 먹던 호로 자식, 두 번째는 양식장 아들도 아닌데 폼 잡으며 어장관리하던 놈, 세 번째는 피터팬도 아닌데 네버랜드를 찾아다니던 덜떨어진 녀석이었다. 세 가지 중 하나만 만나도 어퍼컷에 카운트가 들어갈 텐데 세영은 어찌 된 영문인지 나쁜 놈 3종 세트를 다 겪었던 것이다. 첫 번째에서 입었던 상처가 채 아물기도 전에 덧치고 덧쳐서 곪아버린 상황인데, 사랑이란 것에 얼마만큼 믿음이 있을 것인가. 어째서 세영이 '사랑타령'이라 표현했는지 이해가 갔다. 그 앞에서 사랑이 어색하다고 떠들었던 자신이 어린애처럼 보이고도 남을 만한 상황이었다. 운도 지지리 없지. 어떻게 그런 놈들만 만나서.

"어이쿠."

생각에 빠진 사이 계단 아래로 굴러 떨어진 대본을 발견하고는 현승은 부랴부랴 주워 들어 먼지를 털었다. 옆에 얌전히 놔두는데 그 순간 불어온 훈풍이 파라락 페이지를 넘겼다. 또다시 부랴부랴 수습하던 현승은 문득 펼쳐진 페이지에서 한동안 시선을 떼지 못했다. 우연인지 펼쳐진 페이지의 샤리야르의 대사가 지금 세영의 상황과 사뭇 맞아떨어진다고 생각했기 때문이다.

〈……순정의 대가가 고작 이런 것이란 말입니까? 어째서 나의 정직한 애정이 순수한 보답으로 돌아오지 않는 것입니까? 세상에 있는 사랑이란 전부 이런 것이란 말인가?〉

“호텔 가자.”

“뭐라고?”

“호텔 가자고.”

“대놓고 외박하게? 정직해서 좋다.”

“뭔 소리야? 다 나으면 호텔 코스 사달라던 사람이 누구였지?”

벙벙한 채 서 있던 세영은 한발 늦게 탄성을 지르며 고개를 끄덕였다. 입원해 있을 때 농담으로 한 말을 승태는 잊지 않고 있었던 것이다.

“안 돼. 바빠.”

상대방과 스스로 모두에게 재고를 허용하지 않으려는 투였
다. 그러나 세영이 언제나 이랬듯, 승태 역시 언제나 이럴 수 있
었다. 그 말은, 다른 사람들은 엄두도 못 내는 세영의 단호함을
뉘 집 강아지의 끙끙대는 소리쯤으로 여길 수 있다는 뜻이었다.

"바쁘시겠지. 무대 동선까지 살피시려면."

승태의 말대로 간략하게 표시된 동선 표시선을 살펴보고 있
던 세영은 쯧 하고 혀를 차며 손에 들고 있던 동선 표시선을 내
려놓았다. 승태는 히죽 웃었고 세영은 비릿하게 눈을 치켜떴다.

"너 오늘……."

"쉬는 날이지!"

연습 안 하느냐는 일갈을 깔끔하게 반 토막으로 잘라먹으며
승태는 그야말로 해맑게 웃었다. 어쩐지. 안 그래도 훤칠한 키
에 웬일로 수트를 챙겨 입었나 했더니 이럴 요량이었나 보다.
세영은 팔에 소름이 돋는 것을 느끼며 벽시계로 시선을 던졌다.
아직 12시도 되지 않은 시간이었다. 그렇다는 것은 따라나서지
않을 경우 승태가 지금 저 자리에 밤 12시까지 서 있을 수도 있
다는 뜻이 된다.

"그래, 가자 가. 먹자고. 사준다잖아."

해맑게 웃었지만 속으로는 당장 꺼지라는 말을 대비하고 있
었던 승태는 쾌재를 불렀다. 그리고 여전히 해맑은 웃음을 지우
지 않으며 그대로 나서려던 세영을 다시 안으로 떠밀었다.

"뭐 하는 짓이야?"

"그렇게 입고 가려고? 틀림없이 간만의 외출일 텐데 신경 좀 써주라. 네 옷들이 슬퍼하겠다."

"옷은 배 채우는 거랑 상관없어."

"나는 관심이 있어."

승태의 말에 자기 스스로를 내려다본 세영은 가볍게 한숨을 내쉬었다. 셔츠에 면바지 차림. 그 자체로만 본다면 특별히 장소에 제약을 받을 차림새는 아니었지만 셔츠와 면바지 모두가 오래되어 솔기며 바지 끝단이 날긋날긋해진 것이 약간 귀찮은 문제를 일으켰다. 뒤꿈치가 밟혀서 해진 면바지와 목뒤 깃이 하얗게 흐려진 셔츠는 이것들이 그 주인에게 얼마나 많은 사랑을 받고 있는가와는 상관없이 집 앞 슈퍼 이상의 외출에는 어려워 보였다.

"대체 언제 산 거니?"

"신입생 때."

"……왜 여적 입고 다니는 거야?"

"정들었단 말이야."

승태는 피식 웃었다. 세영은 다시 방으로 들어가 5분이 채 되기도 전에 다시 나타났다. 통상 여자의 치장에 이용되는 범위에 지나치게 미달된 시간에 대번에 다시!를 외치려던 승태는 나서는 세영의 모습을 보며 간단하게 마음을 고쳐먹었다.

이제 적당히 살이 붙은 몸매에 휘감기듯 달라붙은 순백색 원피스는 정말 잘 어울렸다. 등허리까지 흘러내린 긴 머리는 따로 손을 쓰지 않아도 스스로 고운 결을 뽐내며 빛 아래 반짝이는 것 같다. 걸을 때마다 무릎 근처에서 살랑거리는 치맛자락은 여름이라는 계절에 어울리게 발랄하기 그지없었다. 화장기 없는 맨 얼굴이었지만 장식 없이 간결한 원피스에는 오히려 그편이 더 어울렸다. 승태의 입이 떡 벌어졌다.

"그런 옷을 사두고 있었단 말이야?"

"편하잖아. 여기든 저기든 쓸데없이 생각할 필요 없이 하나만 덜렁 입으면 되니까."

심드렁한 세영의 설명은 승태를 작은 혼란에 빠뜨렸다. 치마, 그것도 원피스 정도라면 여자가 약간은 특별함을 강조하고 싶은 날 고심 끝에 꺼내는 옷이라고 승태는 막연하게 생각했었다. 그런데 '하나만 입으면 만사 오케이니까 편해서' 입는다니. 원피스의 여성스러움이 사망하는 소리가 들렸다.

"게다가 면도기도 필요없고."

"뭐?"

"난 다리에 털이 안 나. 바지나 치마나 상관없다고."

그 시점에서 승태는 작게 헛기침을 했다. 다리털…… 이성 앞에서 고결해 보이고 싶은 여자의 심정은 백 퍼센트 이해하지만 고결해지는 과정에는 백 퍼센트 관심이 없는 그에게는 충격적인 이야기였다. 승태는 약간의 무상함에 사로잡혀 세영에게 손을 뻗었다.

"어쨌든 가자아……."

　더위가 기승을 부리는 7월, 정수리를 달구는 햇살은 끔찍스러웠다. 승태는 옆자리에 앉은 세영을 힐끗 바라보고는 에어컨 버튼을 향해 손을 뻗었다.

　"그거 틀지 말고 창문 열자."

　"바람도 뜨뜻할 텐데?"

　"에어컨은 너무 가짜 티를 내."

　세영이 버튼을 누르자 이이잉 하는 기계음과 함께 차창이 내려가기 시작했다. 안으로 들이치는 바람에 그냥 풀어 내린 머리카락이 유연하게 뒤로 흩날리기 시작했다. 명주실이 연상되는 결이 고운 생머리였다.

　신호에 걸려 멈춰 선 사이 승태는 핸들에 엎드려 멀건한 눈으로 세영을 쳐다보았다. 흰 귀 언저리로 몇 가닥 삐져나온 까만 머리카락이 같은 색깔의 명주실 같다는 생각을 하면서.

　"어디야? 언제까지 가?"

　"거의 다 왔어."

　승태가 핸들을 꺾는 사이 무료했던지 라디오를 만지작거리던 세영은 이리저리 주파수를 돌려보기 시작했다. 하지만 한가한 오후 시간대라 그런지 들을 만한 노래가 나오는 채널은 별로 없었다. 다소 실망하며 꺼버리려다가 언뜻 스친 주파수에서 귀에 익은 멜로디가 흘러나왔다. 다시 잘 맞춰 주파수를 설정하자 지직거리던 소음이 자리를 잡으며 깨끗한 노랫소리가 스피커를 타고 흘러나왔다.

"오랜만이네."

세영이 중얼거리자 승태는 슬며시 귀를 기울였다. 라디오를 타고 흐르는 노래는 승태 역시 아는 곡이었다. 감미로운 여성의 목소리는 독특하면서도 편안하게 청각을 사로잡는다. 영어가 절반은 차지하는 요즘 노래와는 분위기부터 달랐다. 세영이 찾아낸 노래는 꽤 인기가 있었던 여성 그룹 에코의 '행복한 나를' 이었다.

서정적이면서도 독특한 가사는 지금 들어도 여전했다. 불안한 미래에도 불구하고 사랑을 지키고 싶음을 호소하는 노랫말은 공감이 갔다. 승태는 오랜만에 추억이 되살아나는 기분이 싫지 않았다. 세영은 볼륨을 조금 높이며 차창에 머리를 기댔다.

찰나 뭔가를 물어보기 위해 입을 열던 승태는 멈칫하더니 이내 목소리를 삼키며 입을 다물었다. 어느새 세영은 나직하게 '행복한 나를'의 멜로디를 흥얼거리고 있었던 것이다. 정말 오랜만에 보는 세영의 편안한 모습이라 방해하고 싶지 않았다.

콧노래를 흥얼거리는 세영의 모습은 그녀를 학창 시절부터 알아온 승태에게마저 생경할 정도로 오랜만이었다. 그것을 깨닫자 승태는 안타깝고 동시에 씁쓸해졌다. 어느새, 어느새 세영은 그렇게 된 것이다. 사랑이 할퀸 다음 세간이 할퀴고 지나간 상처는 없어지지 않고 그대로 남아 있었다. 세상 아래 누구보다 당당해 보이는 세영은 사실 그 위에 두꺼운 옷을 걸치듯이 자신을 감추고 있을 뿐이었다. 내내 곁에 있었으면서 도와주지 못한 자신이 원망스러웠다. 자신이 할 수 있는 일이란 이렇게 지금처럼 짓궂게 끌어내어 바깥으로 데리고 나오는 정도가 전부였다.

어느덧 목적한 곳에 도착하여 차에서 내려선 두 사람은 유유히 호텔 로비로 들어섰다. 세련된 인테리어에 방문객을 편안하게 해주는 음악이 흘러나오고 있었지만 세영은 별다른 감흥이 없었다. 호텔 내부의 레스토랑으로 향하며 승태는 방금 지나친 남자를 눈으로 훑었다. 그 남자가 마주 걸어오는 세영에게 눈길을 꽂은 채 넋이 나가는 것을 보았기 때문이다. 이어 세영의 뒷모습에 시선을 고정시킨 승태는 가볍게 콧김을 내뿜었다. 적당한 키에 병원에서 삼시 세끼를 챙겨먹으며 푹 쉬었던 덕에 제법 굴곡이 살아난 몸매. 물결처럼 흐르는 치맛자락은 걸친 사람의 분위기와 어울리며 원피스가 아니라 드레스를 연상시켰다. 틀림없이 한 손에 잡힐 것이 분명한 손목과 발목은 충분히 가녀렸다. 눈동자가 꽂힐 만했다.

"예약했지? 빨리 이름 말해."

"그래, 그래."

머리가 찰랑거리도록 돌아본 독촉에 응수하며 세영과 승태는 종업원의 안내에 따라 드디어 자리에 앉을 수 있었다. 로비에 흐르던 것과 비슷한 곡조의 클래식 음악이 흐르고 있었다. 낮이었지만 사람이 별로 없는 레스토랑의 창가 테이블은 차고 남을 만큼 로맨틱했다.

"너 근데 고기 먹어도 괜찮냐?"

"괜찮다니까."

세영은 메뉴판을 펼쳐 들며 빠르게 훑었고 승태는 그보다는 훨씬 여유로운 태도로 메뉴판에 쓰여진 음식 설명을 읽으며 간간이 고개를 끄덕였다. 주문은 순조로웠다. 승태는 음식을 가리지 않는 식성이고 세영은 자신의 위장에게 때맞춰 채워주는 것을 감사하게 여기라고 말할 수 있는 성격이었으므로.

"이제 쉬는 것도 마지막이지?"

세영의 물음에 세팅된 냅킨을 주물럭거리고 있던 승태는 약간 씁쓸하게 웃으며 대답했다.

"그렇지 뭐. 개막일이 8월인데 벌써 7월 초순이잖아. 쉴 틈이 어디 있어."

세영은 잠자코 수긍했다. 이제 공연 개시까지는 한 달도 채 남지 않았다. 막연하던 시간감각이 천천히 선명해졌다. 사실 천일야화는 처음 시작할 때부터 넉넉한 기간은 아니었다. 그런데도 그때 이런 선명함을 느끼지 못했던 것은 그때는 한 일보다 해야 할 일이 더욱 많았기 때문이리라.

하지만 이젠 연습과 연습, 또 연습하는 것밖에 남은 것이 없었다. 춤과 노래, 군무, 각자의 배역, 대사, 조명과 의상에 세트까지 거의 모두가 완성되어 있었다. 물론 실수는 때와 장소를 가리지 않고 찾아오는 눈치없는 불청객이고 완벽이란 단어는 아무리 도전해도 닿을 수 없는 초월성을 가지고 있었기에 완전하다고는 할 수 없었지만, 그 초월성에 조금이나마 근접하기 위해 연습 외엔 남은 것이 없다고 해야 옳았다.

"프리뷰가 며칠 동안이지?"

"3일."

대답하며 세영은 문득 덧없음을 실감했다. 지금도 현승은 쉬는 날이라는 것도 망각한 채 골머리를 앓고 있겠지. 프리뷰란 일종의 실전 리허설로, 오프닝 전 짧은 기간 동안 할인된 가격으로 관객을 맞이하여 공연을 선보이며 마지막으로 모자란 부분을 바로잡는 것이었다. 프리뷰를 지나쳐야 완성도를 더한 실제 본 공연의 막이 오르는 것이다. 그러나 티켓을 끊은 관객 앞에 선을 보이는 실전의 시작이라는 점에 있어서 프리뷰는 진정한 의미의 초연이라고도 할 수 있었다.

"고생하고 있겠군."

"마지막 휴식을 만끽하고 있겠지, 다들. 나도 그렇고. 점심 먹고 어디 구경이라도 하러 가자. 히힛."

세영이 현승을 염두에 두고 한 말이라는 것을 짐작하지 못한 승태는 나름 쾌활하게 일렀다. 세영은 모르는 척 유리컵으로 시선을 던지며 흐리게 웃었다. 때맞춰 등장한 첫 접시에 두 사람은 거의 동시에 포크를 들었다.

아삭아삭. 달그락달그락.

세영과 승태 사이에 그 후로 쭉 이어진 소리였다. 코스의 첫 번째가 샐러드였기 때문이다. 샐러드를 반쯤 먹어치웠을 때 승태는 테이블에서 들리는 소리가 오직 그 두 가지뿐이라는 것을 깨달았다. 속으로 킬킬거리며 포크로 토마토를 찍어 누른 승태는 그것을 다 씹어 삼킬 때까지 대화가 이어질 기미가 보이지 않자 속웃음을 겉으로 끄집어내며 입을 열었다.

"뭘 싸운 사람들처럼 한마디도 안 하고 먹기만 하냐. 아무 말도 안 하고."

"뭐?"

그때서야 고개를 드는 세영을 보며 승태는 입술을 한 번 빨았다. 아까 전의 그 남자는 알까. 자기가 넋을 놓고 쳐다봤던 여자가 사실은 이런 사람이라는 것을.

"요샌 왜 연습실 안 와."

묻는 것이었지만 물음표가 그리는 억양을 생략했기에 승태의 어조는 평탄하게 들렸다. 세영은 의미없이 포크를 놓지 않으며 잠시 뜸을 들였다.

극의 시작이 가까워졌음을 절감하는 또 한 가지 이유가 바로 이것이다. 모든 게 거의 완성되어 있었기에, 가장 처음으로 완성되었어야 하는 작가가 할 일은 이미 끝났기 때문이다. 이제 천일야화에서 세영 자신이 직접적으로 해야 할 일은 다 끝났다. 단계가 그렇게 넘어가 버렸기 때문이다. 또 하나가 자신으로부터 시작되어 맺음하는 일은 언제나처럼 다행스럽고, 시원섭섭하며 일종의 허탈함을 선사하는 복잡 미묘한 것이었다.

"이제 특별히 내가 할 일도 없는데 뭐 하러. 프리뷰나 시작되면 가겠지.”

승태는 뜻밖과 모르겠다는 표정을 섞어 지어 보였다.

“작가도 자기가 쓴 대본이 어떻게 연출되는지 지켜봐야 한다던 사람이 누구였지?”

세영은 얼마간의 어색함을 섞어 고개를 끄덕였다.

“나였지.”

세영의 포크가 접시의 드러난 바닥을 건드렸다. 달각거리며 별로 유쾌하지 못한 소리가 울렸다.

승태는 막연하게나마 느꼈다. 세영의 완고함이 흐려지고 있다는 것을. 아니, 흐려지고 있다기보다는 흔들리고 있다고 해야 맞을 것 같았다. 가장 오랫동안 지켜봐 왔기에 자연스럽게 가장 잘 알게 된 까닭으로, 승태는 세영이 지금까지 지켜온 완고함과 언제나 창끝처럼 일어서 있는 민감함이 어디서 기인된 것인지 알고 있었다. 그 역시 선배 된 입장에서 후배였던 세영의 이른 데뷔에 열등감이 느껴지지 않았다면 거짓말일 것이다. 물론 배우와 작가, 서로 분야가 다르다고는 해도.

그랬기에 승태는 한편으로 세영이 대단하다고 생각하고 있었다. 화려한 데뷔 이후, 시류와 대중의 취향에 따르지 못했다고 가혹하게 쏟아진 질타마저 알고 있었기 때문이다. 세영을 마주하고 있을 때 문득 그것이 생각이 날 때면 승태는 언제나 궁리해 보곤 했다. 자신이었다면 스포트라이트 이후 배가 터지도록 먹은 그 쓴소리들을 다 소화시킬 수 있었을까.

한동안 궁리를 거듭하다 보면 내려지는 결론은 언제나 비슷했다. 〈그럴 수 없었을 것이다.〉 배가 터질 때쯤 되어서 목구멍까지 꽉꽉 우겨 넣다가 토해 버리고는 더러운 건 너희들이라며 떠나 버렸겠지. 하지만 세영은 엄두가 안 나는 그것을 꽉꽉 우겨 넣어 되새김질까지 해서는 싹 소화시켜 내보내 버렸다. 게다가 그것을 바탕으로 불사조처럼 회생해 이제는 하늘 아래 적수가 없을 정도로 그 분야에서 날개를 펴고 있었다. 그렇기 때문에 승태는 세영이 한없이 염려스러우면서도 한편으로는 그녀를 존경하는 것이다. 그런데 그 찬란한 회생의 원동력이 되었던 세영의 완고함이 흔들리고 있었다. 그 현상은 승태로 하여금 자연스럽게 이런 생각을 하게 만들었다.

도대체 이유가 뭘까.

순간 머릿속으로 섬광처럼 현승의 얼굴이 스치는 통에 승태는 자기도 모르게 움찔거렸다. 뭐야? 그리고 스스로에게 일어난 의문이 채 여운이 되기도 전에 승태는 그럴듯한 이유를 떠올렸다. 얼마 전 계단에 나란히 앉아 소곤거리며 한참 동안 얘기를 주고받던 두 사람 모습을 봐서 그런가.

갑자기 혼자 움찔거렸다가 놀라다가 다시 편안해지는 동안 세영이 아까부터 괴상한 시선을 던지고 있었다는 것을 깨달은 승태는 트레이드마크인 함박웃음을 날려준 뒤 귓불을 붉히며 왜 빨리 다음 접시가 도착하지 않는지 이유를 곱씹기 시작했다. 다행히도 바로 두 번째인 수프 접시가 날라져 오자 승태는 기쁘게 수저를 들었다.

달그락, 후루릅.

"윤 감독은 어떤가?"

예기치 않게 현승에 대해 묻는 세영의 모습에 승태는 퍽 놀라고 말았다.

"뭐, 뭐? 아, 감독님. 평소랑 같지 뭘. 넉넉해서 설거울 것 같으면서도 정작 빠뜨리는 건 하나도 없고."

승태는 그대로 맺으려다 다시 곱씹어보고는 덧붙였다.

"근데 너 입원하고부터 어딘가 약간 달라진 거 같기도 하다. 전에는 파파스머프같이 매양 좋더니 이젠 좀 아냐. 엄해졌어."

"엄해져? 윤 감독이?"

"그렇다니까 글쎄."

그러고 보니. 승태는 윤 감독의 변화를 전해 듣고 제법 놀라는 세영을 바라보며 그런 생각을 했다. 그러고 보니 현승과 세영, 두 사람 모두 최근에 조금 변했던 것이다. 세영은 덜 완고하게, 현승은 더 완고하게. 왜일까. 그래서 승태는 자신이 봤던 광경을 떠올리며 물었다.

"근데 말이야, 그때 계단에 앉아서 무슨 얘기 했어?"

"계단이라니, 무슨 계단?"

"그 왜 얼마 전에, 저녁때 정문 계단에 나란히 앉아서."

승태는 틀림없이 세영의 숟가락이 접시 밑바닥 일부를 파냈을 거라고 생각했다. 그만큼 요란한 소리가 났기 때문이다.

"봤어?"

"지나가다가."

"들었어?"

"아니. 그냥 지나갔지."

"뭐 그런 쓸데없는 것까지 다 보고 다녀."

통상 느낌표가 표현하는 감정을 생략했기에 세영의 말투는 그렇게 격하지 않았다. 하지만 세영의 화법에 익숙한 승태는 세영이 얘기를 나눴단 사실을 둘 외에 누군가가 알고 있다는 것보다 그 나눈 얘기들이 노출되었을까 봐 긴장하고 있다는 것을 알 수 있었다.

"무슨 얘기였는데 그러냐."

승태는 자못 아무렇지도 않은 듯 심드렁하게 일렀고 그 반응은 세영으로 하여금 스스로가 놀랐다는 것과 그때 나누었던 이야기를 대수롭지 않은 일로 격하시킬 수 있게 해주었다. 세영은 잠시 수프 접시를 휘적거리다가 계단에 앉아 현승과 나눴던 얘기들을 간략히 읊어주었다.

"윤 감독이 그러더란 말이지? 극 속의 사랑이 인위적이라…… 연출자라 그런지 눈이 맵구나."

승태는 역시 하고 끝에 덧붙이며 고개를 주억거렸다.

"너는 어땠는데?"

"순순히 인정하기는 좀 그렇지만, 알았다고 하면 또 거짓말이고."

마무리로 승태는 씨익 웃었다. 다수의 여자들은 한 번쯤 실제로 보게 되기를 소망하고, 다수의 남자들은 라이벌 의식을 불태우게 될 법한 미소였다.

"그건 그렇고…… 넌 네 번째는 생각없는 거야?"

지리한 에피타이저가 끝나고 스테이크 접시가 날라져 오지 않았다면 세영은 한 번 더 수프 접시의 밑바닥을 긁었을 것이다. 세영은 어찌할 수 없게 쓴 감상으로 얼굴을 찌푸렸고 승태는 그 하나로 다 알 수 있었다.

세영이 언제나 완고했던 이유. 그것은 예전 자신이 겪었던 그 모진 말들을 지금까지 하나도 잊지 않았기 때문이다. 세영은 잊지 않는다. 상처를 준 그것이 일이었든 사랑이었든. 그렇기 때문에 그녀는 강해 보이지만 사실 그렇지 않은 것이다. 이미 흘러간 일이 되어버린 비껴간 사랑의 자취들은 아직도 그녀의 안에 깊은 상흔을 만들고 새로운 것을 위한 자리를 사치나 허튼 생각으로 치부하게 만들어 버리고 있었다.

그렇다고 깊게 패인 상처 자국이 나아지는 것도 아니었다. 동전의 양면처럼 완고하고 냉정한 이면에 도사리고 있는 세영의 다른 면들은 그녀를 잘 아는 극소수의 몇몇만이 알고 있는 것이었고 그 극소수 중에 하나인 승태는 그래서 안타까웠다.

"그래도 네가 그런 얘기까지 다 하고…… 감독님하고 이참에 친해져 봐라. 감독님 같은 사람 가까이 두는 것도 나쁘지 않잖아."

"친구는 학교 졸업하면서 안녕 하는 거야. 이 나이에 새삼 우정 쌓으라고?"

"우정이든 뭐든 어떠니."

"남녀 사이에 생겨난 거면 그게 우정이든 뭐든지 간에 최종적으로는 변질돼. 썩는다구. 썩으면 어떻게 해야 되지? 버려야지. 쓰레기봉투에 넣어서 쓰레기통으로."

"뭐 그렇게 살벌하냐. 외롭지도 않아?"

"사람은 언제나 외로워. 필연적으로. 그걸 착각해서 아무 짓이나 저질러 버리는 건 멍청이들이나 하는 짓이야."

"오홍, 그럼 외롭긴 하다는 거네?"

흘리듯이 보태면서 승태는 입으로 휘익 소리를 냈다. 적당히 잘라낸 고기를 입으로 가져가 씹는 승태의 표정은 몹시 유들유들했다.

하지만 승태는 몰랐다.

처음 현승이 극 속의 사랑이 인위적이라고 운을 뗐을 때 세영의 심장이 얼마만큼 떨어져 내렸는지. 다 지나간 일이라며 아무렇지 않게 설명했지만 실제론 그 일들이 어제처럼 살아나 다시 할퀴는 것 같았다. 꾸며진 느낌 때문에 현승마저 미처 간파해내지 못했지만, 세영은 현승의 짐작처럼 사랑을 모르는 것이 아니었다. 경험자였으니까. 세영이 사랑에 가지게 된 감상은 무지가 아니라 불신에 가까운 애증이었다. 경험했기에 사랑이라는 존재를 믿고는 있지만, 정상적이었던 적은 한 번도 없었기에 경

험해 보지 못한 해피엔딩을 풀어놓았어야 하는 세영은 그것이
어색했던 것이다. 관객을 위한 것이라고 말했지만, 사실 천일야
화의 해피엔딩을 지켜보는 사람들 속엔 그것을 탄생시킨 작가
로서의 장세영도 포함되어 있었다. 그렇기에 제삼자가 되어 써
놓은 극본은 승태의 표현대로 눈이 매운 감독이었던 현승에게
인위적이라는 느낌으로 포착되었던 것이다. 세영은 자신이 숨
기고 싶은 그것마저 한 큐에 짚어내는 현승이 정말로 부담스러
우면서도 그의 눈썰미에 감탄했었다. 부담과 감탄, 그것이 한데
어우러져 있었기에 강렬하긴 했지만 어느 쪽도 호감은 되기 힘
든 감정이었다.

세영이 스테이크를 향해 나이프를 치켜들고 물리적인 충격을
내지르고 있던 그 무렵, 현승은 고즈넉한 자취방 책상에 앉아
손목으로 관자놀이를 괴고 있었다. 안경은 콧등 절반까지 내려
와 있고 머리는 몇 번 움켜쥐었다 놓기를 반복했는지 부스스한
채였다. 복잡다단한 눈동자는 눈꺼풀이 감길 때마다 이대로 쭉
감고 숙면을 취해 버릴까 하는 욕구에 유혹당했지만 넘어가진
않았다. 좀 짧게 정리하자면, 극심하게 떨쳐지지 않는 고민거리
에 허우적거리다 잠시 빠져나온 모양새였다.
　'가짜? 아니, 그렇게 깎아내리면 곤란하지⋯⋯.'
　대놓고 고치자고 말하지는 않았지만 지금까지 한 말을 살펴
보면 어색하다고 고함을 지른 것이나 마찬가지였으니 세영도

알고는 있을 것이다. 자신이 천일야화의 마무리를 썩 마음에 들어하고 있지 않다는 것을.

그런데 왜 반응이 없을까. 그 성격에 설마 대수롭지 않게 넘겨 버렸을 리가 없는데.

처음 한 달 만에 쏟아놓겠다고 호언장담한 후에 일말의 불안을 가차없이 깨부수며 현승에게 어퍼컷 비슷한 충격을 안겨줬던 세영이었다. 그래서 더욱 아연함을 느껴야 했지만, 아연함을 느꼈기 때문에 마무리를 지적한 자신의 말에 무반응인 세영이 심각하게 이상하게 느껴졌다. 현승은 히죽 웃었다.

이 개연성없는 웃음의 의미는 무엇인가. 현승은 짧게 스쳐 간 생각을 재빨리 다시 끄집어왔다. 그러자 치졸하다는 생각이 들었고, 이 생각은 스쳐 갔다 끌려온 생각이 대체 무엇인가 짚어보았을 때 합당해 마지않는 것이었기 때문에 이제 씁쓸하게 변질되었다.

나는 그녀의 작품에 흠을 내고 싶은 것일까.

확실히, 맨 처음 한 달 만에 마법처럼 눈앞에 놓인 천일야화의 대본을 마주했을 때 앉은자리에서 읽는 것을 멈출 수 없었던 현승은 마지막 장을 덮으며 이상한 점을 느끼지 못했다. 그 압도적인 실력은 공포와 비견될 정도로 묵직하게 다가와 현승이 절대 굽히고 싶지 않았던 것을 굽히게 만들었지만, 그때 자신은 '감히' 세영이 완성해 놓은 천일야화에 손을 댈 수 없었다. 후반부가 어색하고 인위적이라는 평가는 완성된 대본을 읽고 읽고 또 읽었을 때에야 짙어진 것이었다.

완벽하던 것에 어느 날 생채기가 생길 수 있을까. 물론 바닥에 내던지거나 부숴 버릴 목적으로 후려친다면 가능하겠지만 대본은 내던지고 부순다고 해서 흠이 생기는 것이 아니다. 글로 써진 것이니까. 그런데 갈수록 이상한 느낌을 지울 수 없다면 그건 글이 문제가 아니라 글을 읽는 사람에게 문제가 생긴 것이 아닐까. 현승은 소태를 씹은 기분이 되었다.

세영이 자신보다 뛰어남을 알고는 있었지만 인정하고 싶지는 않았다. 그런데 도저히 인정하지 않을 수 없는 그녀의 실력에 강제로 구부러져 버린 자신 안의 어떤 것이 이젠 그녀의 창작물을 바라보는 시각마저 왜곡시키고 있었던가. 이건 생각보다 심각한 문제였다. 사실이라면 열등감에 좀먹히고 있다는 것이었으니까. 오랜 세월 전, 송곳같이 박혔던 장세영이라는 한 여자에 의해 생겨난 열등감이 기둥처럼 자라나 연출자로서의 자리까지 위협하고 있는 것이다. 이대로라면 연출가로서 실격이다.

그런데 정말 세영의 대본이 이상한 거라면? 발견하지 못했던 이상함을 이제야 발견하게 된 거라면?

치사하다. 이제 비겁함까지 느껴야 되는가. 현승은 그대로 책상에 머리를 박았다. 어떻게 하나. 나도 나를 모르겠다는 말이 이렇게 실감나긴 처음이었다.

며칠 전 들었던 세영의 지난 얘기들이 떠올랐다. 그녀는 혹시 그걸로 충분하다고 여기고 있는 것은 아닐까. 물론 그 말에는 현승 역시 어느 정도 공감하는 부분이 있었다. 보여주기 위한 거니까 당연하다는 말. 극단적으로 표현하자면 연극이든 드라마든 소설이든, 관객이나 독자라고 불리는 사람들은 사실 돈을 주고 환상을 감상하는 사람들이다. 그 사람들도 자신들이 보고 있는 이것들이 사실은 전부 다 꾸며진 가짜라는 것을 알고, 그것을 만드는 사람들도 그것을 알고 있지만 양자는 암묵적으로 드러내어 이게 다 가짜라고는 말하지 않는다. 왜냐하면, 모든 것이 허구라는 바로 그것에 보고 보여주는 이유가 있는 것이므로. 그렇기 때문에 보여주기 위한 꾸밈이라는 세영의 말에는 꽤 많은 비율로 설득이 달라붙는다.

하지만 그게 다가 아니잖아. 그리고 현승은 의자째로 뒤로 넘어졌다.

이번엔 결론과 실제 일어난 일 사이에 사라진 개연성에 대해 생각할 필요가 없었다. 벼락같이 떠오른 마지막 생각은 다시 잡아올 필요도 없이 머릿속을 가득 메운 채 왁살스레 떠들고 있었기 때문이다. 현승은 뒤통수의 통증도 깨닫지 못하고 넘어지는 통에 이마까지 딸려 올라간 안경을 바로잡았다.

처음 어색함을 발견하게 된 시점, 세영으로부터 지나간 얘기들을 듣게 되었던 날, 그리고 오늘. 자신은 왜 당사자에게 납득할 만한 설명을 들었는데도 납득하지 못하고 이러고 있는 것인가.

나는 대본이 아니라 사실은 그녀에 대해 알아가고 싶었던 것
일까.

대리석 바닥에서 올라오는 냉기는 직접적으로 몸으로 전해졌
지만 오히려 마음을 차분하게 하는 데 도움이 되었다. 서서 기
다리다 지쳐 문 앞에 쭈그리고 앉은 채로 현승은 한없이 모호한
형태의 대리석 무늬를 바라보고 있었다. 규칙성이라고는 하나
도 없는 그 무늬들을 멀거니 바라보고 있자니 시야가 뭉그러지
며 회색 바닥이 끓는 죽처럼 꿈틀거리는 것 같았다.

웬일로 밖일까. 골똘하게 생각에 잠겨 있었지만 현승의 머릿
속에 떠오른 것은 사실 그런 가벼운 것들이었다. 충격이라고 해
야 할까, 어쨌든 여태껏 생각해 보지 않았던 방향으로 갑자기
나아가 버린 짐작을 추스르며 현승은 휴대폰에서 세영의 전화
번호를 찾았다. 버튼을 누르는 지극히 간단하고 짧은 동작 하나
도 고민해 보지 않았다면 거짓말일 것이다. 그렇게 듣게 된 세
영에게 물었다. 〈어디십니까.〉 돌아온 대답은 그녀답게 간단명
료했다. 〈밖이야.〉

벌써 다음 집필을 위해 어디 취재라도 다니는 것인가. 하지만
그렇다고 여기기엔 수화기 너머로 섞여 들리는 잡음이 지나치
게 자극적이었다. 줄지어 늘어선 상점에서 틀어놓은 것이 분명
한 음악 소리, 사람들을 뭔가로 이끄는 호객 소리, 게다가 많은
사람들이 한꺼번에 이동하는 듯한 집단적인 웅웅거림. 그래서

현승은 세영이 더도 덜도 말고 말 그대로 그냥 외출을 했나 보다 하고 짐작할 수밖에 없었다. 세영은 자기 상태에 대해 시시콜콜하게 설명하는 타입이 아니었고 현승은 그때 이것저것 물어볼 경황이 없는 상태였다.

"뵐까요?"

—그럼 기다려. 오래진 않을 테니.

안 된다는 말을 들은 것보다는 낫다. 그래서 현승은 일찌감치 세영의 아파트로 찾아와 현관문 앞에 쭈그리고 앉아 있게 된 것이다. 오래진 않는다더니, 장소가 꽤 떨어져 있는 곳이었는지 이제 5분만 더 지나면 이렇게 기다린 지 한 시간이 되어가고 있었다.

땡.

엘리베이터 문이 열릴 때마다 혹시나 하고 일어서서 내다봤다가 허탕이었던 것이 벌써 여러 번. 그래서 현승은 이번에는 엘리베이터 문이 열리는 소리가 들렸는데도 일어서지 않았다. 나름 현명한 결정이었지만, 그랬기 때문에 엘리베이터에서 내려서서 다가오는 세영과 승태에게 완전한 무방비 상태로 현관문 앞에 쭈그리고 앉아 모호한 눈길로 바닥을 쏘아보고 있는 모습을 보여주게 되었다.

"……뭐 해?"

세영은 별다를 것 없는 목소리로 물었지만 승태는 현승이 일어서는 순간 틀림없이 바람이 일어났을 것이라고 생각했다.

"두 분…… 같이 계셨습니까?"

현승은 갑자기 우르르 밀려오는 창피와 무안에 소리치고 싶은 것을 가까스로 참았다. 그러나 다음 순간 현승은 자신이 그런 것을 느꼈다는 사실마저 하얗게 잊어버리고 말았다. 미처 인지하지 못했던 사실이 한발 늦게 시신경을 강타했기 때문이다. 산뜻하게 차려입은 남자는 그렇다 치고, 눈이 부시도록 하얀 원피스를 날아갈 듯 걸친 채 생전 처음 보는 듯한 여자는…….

"어!"

애매모호한 탄성이었지만 승태는 현승의 속내를 충분히 이해했다. 훤칠한 장신이 전매특허 함박웃음을 지으며 약간 앞으로 나섰다.

"제가 졸라서 끌고 나갔다 오는 길입니다. 쉬는 날도 마지막이잖아요. 날씨도 좋고. 아, 그건 그렇고 이렇게 오신 걸 보니 아직 끝나지 않은 사항이라도 있나 보죠? 아, 전 그것도 모르고 세영이를 이렇게 예쁜 원피스까지 입게 해서 끌고 나갔다니! 감독님도 예상할 수 있다시피 얘가 내켜하진 않았지만 그래도 자기 손으로 챙겨 입더군요. 놀랍지 않습니까? 상상이 되세요? 그러려고 오늘 날씨가 이렇게 좋았는지!"

현승이 이해할 수 없는 승태의 말에 수도 없이 무의식적으로 고개를 주억거리는 사이 세영은 잠시 상태가 이상해진 두 남자에게서 벗어나 비밀번호를 눌렀다. 띠릭 하는 문 열림 신호에 퍼뜩 정신을 차린 현승이 손잡이를 잡으며 승태를 돌아보자 그는 가볍게 고개를 좌우로 흔들었다.

"놀기도 했으니 저는 이만 가봐야죠. 월요일 날 연습실에서 뵙지요. 세영아, 간다!"

그러고서 승태는 세영과 현승이 뭐라고 하기도 전에 벙싯 웃으며 그대로 몸을 돌렸다. 뮤지컬 배우라는 그 직업에 어울리는 드라마틱한 퇴장이었다.

현승은 멍청하게 서 있다가 집 안으로 들어섰다.

#정원

샤리야르 : 궁금하다. 너는 어떻게 그런 이야기들을 알고 있는 것이지? 하늘을 나는 양탄자와 인간 처녀를 사랑한 용왕의 이야기라니, 나는 어떤 술사에게서도 그런 이야기는 들어보지 못했다.

세헤라자드 : 이야기꾼이 이야기를 어디서 들었는지 말하는 것은 마술사가 비밀을 밝히는 것과 다를 것이 없습니다.

샤리야르 : 이상하다. 너는 내 앞에서 많은 이야기를 하지만, 정작 너에 대한 이야기는 한 번도 한 적이 없어.

세헤라자드 : 그만큼 보잘것없기 때문입니다.

샤리야르 : 왜냐? 모두 내 앞에서는 자신을 내보이지 못해 안달하고 조바심을 내는데 어째서 너는 그렇지 아니한가?

세헤라자드 : 제가 하는 이야기들이 제 목숨을 지켜주고 있으니 다른 이야기를 할 필요는 느끼지 않습니다.

샤리야르 : 너는 다른 여인들보다 영특하고 아름답다. 그런데도 너는 남 앞에서 너를 자랑하고 싶지 않으냐? 남보다 잘난 것이 있다면 떠들고 싶어하는 것이 인간 아니더냐?

세헤라자드 : 그런 이야기는 듣는 사람을 불편하게 만들 뿐이지요. 술탄께선 그런 말들이 듣고 싶으신가요?

샤리야르 : ……아니. 하지만 너 자체는 궁금하군.

세헤라자드 : 바라 마지않던 반응이군요.

—천일야화 극본 中에서

세영을 따라 거실로 들어선 현승은 애초에 잃었는지도 확신할 수 없었지만 하여튼 제정신을 찾았다. 늦은 오후라 한창 기세가 오른 태양광은 빈틈없이 창문을 지키고 있는 블라인드마저 일부 뚫어버리며 엷게 비쳐들고 있었기에 지금 거실은 허공에 황금으로 짠 그물을 뿌려놓은 것 같았다.

"앉아. 왜 그렇게 처음 온 사람처럼 굴어?"

그거야 꿈에서라도 감히 상상해 보지 못한 모습의 당신이 눈앞에 돌아다니고 있으니까…… 라고 대답하는 대신 현승은 속으로 깊은 신음을 삼키며 소파에 엉덩이를 안착시켰다. 그러자 탁자 위에 놓여 있는 세영의 노트북이 눈에 들어왔다. 순간 그

리 머지않았던 과거에 세영이 수술실로 들어간 사이 텅 빈 거실
에 앉아 원고를 확인하던 자신의 모습이 떠올라 현승은 가벼운
감상에 젖었다.

"용건이 뭐야?"

그러나 세영은 감상에 젖어 있던 현승을 단박에 현실로 끌어
올려 놓았다. 머리를 들어 세영을 향해 고개를 돌린 현승은 황
금빛 그물 속에 서 있는 흰 옷자락의 여인을 마주하고는 그만
멍해졌다. 자연스럽게 풀어내린 머리카락에도 황금색 씨줄과
날줄은 여지없이 걸려 있었다. 금빛으로 빛나며 아롱지는 검은
색이 그렇게 신비롭다는 것을 현승은 그때서야 알았다.

아무 말도 없는 사이 세영의 눈빛은 '입이 붙었어?' 라는 식으
로 변했지만 현승은 마른침을 삼킬 수밖에 없었다. 자꾸 쏠리는
관심이 사실은 천일야화가 아니라 '세영'을 향한 것이었다는 것
을 깨달은 후 얼마 있지도 않아 '세영'의 전혀 다른 모습을 목격
하게 된 것은 현승에게 꽤나 가혹한 충격이었지만 그의 상태를
모르는 세영으로서는 그저 이상스러울 뿐이었다. 그런 까닭으
로 세영은 옷을 갈아입는 것도 잊고 현승의 맞은편에 자리를 잡
고 앉았다. 동그란 무릎이 아무런 여과도 없이 현승의 눈앞에
짜잔! 하고 떠올랐다.

"제가 온 건 그러니까 무릎…… 때문이 아니고…… 승태 씨랑
같이 있는 줄 알았으면 다음에 뵐 걸 그랬습니다."

가까스로 대답하는 현승의 말미에는 약간의 자조가 섞여 있

었다. 엉성하게 앉아 있다가 멋지게 차려입고 등장한 승태와 세영을 마주했을 때 현승이 떠올릴 수 있는 생각은 하나뿐이었다. 화창한 날, 한껏 차려입고 외출한 남녀 앞에 갑자기 끼어든 눈치없는 훼방꾼. 현승이 그걸 모르고 찾아온 것은 전화통화에서 세영이 누군가와 같이 있다는 것을 말하지 않았기 때문이다. 현승은 속으로 피식 웃었다. 숨기기 위해서가 아니라 처음부터 말해야 할 필요성을 느끼지 못했기 때문일 테지. 그 성격다웠다.

"상관없어. 어차피 들어오는 길이었으니까. 많이 기다렸나?"

"아니오."

현승은 그렇게 대답했고 예상대로 세영은 더 묻지 않았다.

"옷을 갈아입어야겠어. 목마르면 뭐라도 꺼내 마시고."

그러나 옷을 갈아입고 나왔는데도 현승이 빈손으로 앉아 있는 것을 확인한 세영은 가볍게 콧김을 뿜고는 손수 냉장고를 열어 마침 들어 있는 주스를 잔에 따랐다. 주전자에 물을 얹어놓고 한 손에 주스를 들고 다가온 세영은 투박한 동작으로 현승에게 그것을 내밀었다.

"꺼내 마시라니까. 뭐 하러 여적 데면데면하게 구나?"

"아…… 네."

엉겁결에 받아 들다시피 하며 현승은 흐리게 웃었다. 맨 처음 자기 것만 덜렁 갖고 와 홀짝거리던 사람이 손수 마실 것을 가져다주다니. 장족의 발전이라고 해야 할까. 하지만 현승은 이것이 이제 편해진 사람에게 베푸는 세영만의 호의라고 판단하기로 했다. 세영은 어느새 자신을 '맘대로 냉장고를 뒤적거려도 괜찮은' 사람으로 받아들여 주었던 것이다.

"그런데 저 주전자는 뭐예요? 왜 같이 드시지 않고……."

"저거? 커피 끓일 거야. 난 커피 마시려고."

커피라는 말에 현승은 벌떡 일어났다.

"속병 나은 지 얼마 되지도 않았으면서 무슨 커피예요? 차라리 이거나 대신 마셔요."

방금 건네받은 주스를 다시 건네주고 현승은 성큼성큼 다가가 가스레인지 불을 끄려다가 윗찬장을 벌컥 열었다. 자신은 보통 거기에 보리차를 넣어두기에 무의식중에 나온 행동이었지만 세영의 찬장에는 열 맞춘 그릇들 외에는 아무것도 없었다.

"보리차 같은 거 없어요? 둥굴레차 같은 거."

"그게 뭐야? 커피 마신다니까."

"커피는 당분간 떠올리지도 마세요. 그게 속을 얼마나 깎아대는 줄 알기나 해요? 나 참, 그것 때문에 수술에 입원까지 해놓고 아직도 매운맛을 덜 봤나!"

세영은 그깟 커피 한 잔에 이렇게까지 열을 내는 현승이 이상해서 눈을 동그랗게 떴다.

"거 되게 그러네!"

"되게가 아니잖아요. 남한테만 그러지 말고 자기도 귀하신 몸이라는 걸 좀 자각하고 있으라고요!"

"뭐?"

다른 찬장을 열어보던 현승의 손이 화들짝 멈췄다. 온몸으로 지금 속으로 아차 했다는 것을 표현하는 그를 보며 세영은 히죽 웃었다. 현승에게는 악동처럼 보이는 미소였다.

"그 말을 기억하고 있었단 말이야? 기억력 좋네?"

"그게 뭐 이상해요!"

"누가 이상하대? 열 내기는."

세영은 은근하게 킬킬거렸고 현승은 더욱 열성적으로 이 집 안 어딘가에 있을지도 모르는 커피 대용품을 찾기 시작하며 흠흠거렸다. 그사이 물이 끓기 시작한 주전자는 하얀 김을 폭폭 내뿜기 시작했다. 불과 두 달 전까지만 해도 상상도 할 수 없던 그림이었다. 열등감에 이를 부득부득 갈던 남자가 본인의 치아 상태에 상당히 안 좋은 영향을 끼친 여자의 집에서 찬장을 뒤지고 있는 것은. 게다가 두 사람 사이에 흐르는 기류가 편안하게 가라앉아 있다는 것은, 분명 예삿일은 아니었다.

하지만 모든 강렬한 감정은 강렬하다는 것 하나만 놓고 보았을 때 사랑과 어느 정도 교집합을 가진다. 증오는 사랑의 또 다른 이름이라는 말이 괜히 생긴 것이 아니듯이. 열등감이나, 증오나, 미움이나, 방향에 상관없이 어떤 누군가를 한시도 잊지 않고 자기 안에 기억해 왔다는 말은 한시도 잊지 않고 사랑해 왔다는 말과 어느 정도 일맥상통하는 구석이 있는 것이었다.

정아의 춤사위는 아름다웠다. 그녀의 테마인 검은색 의상은 별이 쏟아질 듯한 밤하늘을 한 조각 잘라내어 재단한 듯 찬란했다. 허리와 어깨를 드러내어 검은색과 이질적으로 대비되는 흰 살결은 천일야화 속 왕비의 뇌쇄적이면서도 위태로운 분위기를 잘 살려내고 있었다. 처음의 날카롭고 동화되지 못하던 모습이 마치 거짓이었던 듯이, 정아는 불같은 샤리야르를 보듬어 치마폭에 빠뜨린 여인의 현신이 되어 무대를 장악했다.

그리고 세영은 그 모습을 넋을 놓고 바라보고 있었다.

"……대단하네."

정아로 가득 찬 무대를 바라보고 있는 많은 사람들 중에서 나온 탄식 소리였다. 세영은 그 탄식에 고개를 끄덕여 버리고는 자신이 아무 제동 없이 순수하게 감탄했다는 것에 놀라고 말았다.

"어때요?"

"아아."

이미 한차례 놀랐기에, 세영은 바로 옆에서 속삭이는 현승의 질문에 그렇게밖에 대답하지 못했다.

도자기 같은 피부, 유려한 몸매, 화려한 자태.

성별에 상관없이 마음을 먹는다면 누구라도 몽롱하게 만들어 버릴 수 있는 여인의 모습이었다. 세영은 부지불식간에 머릿속으로 자신의 모습을 그려보았다. 잠시 후, 옆에 앉아 있던 현승은 갑자기 코로 웃어버리는 세영을 의아한 눈으로 바라보게 되었다.

‘……볼품없었겠지.’

누군가를 향하는지 알 수 없는 뇌까림이었다. 아니, 누군가를 향한 것인지 사실 알고 있는 자조였다. 자신이 이런 생각을 한다는 것이 어처구니가 없었지만, 세영은 같은 여자로서 정아를 보며 뭉클거리는 감정을 억누를 수가 없었다. 정아는 아름다웠다. 누구도 이의를 신청할 수 없을 정도로. 그 앞에 자신은 감히 갖다 댈 수도 없을 정도로. 세영은 아무도 모르게 입안을 깨물었다.

만약 내가 저처럼 아름다웠더라도 지나간 사랑들에게 그런 상처를 입었을까.

치졸하고 뒤틀린 생각이었지만, 세영은 멈출 수가 없었다. 이미 상처 입어버린 입장의 절박함일까. 열등감이라고 해도 좋았다. 맞는 말이었으니까. 이렇게 볼품없지 않았다면, 한 번 드러났던 바닥을 자존심으로 포장하며 이렇게 까칠하게 곤두서 있지 않았다면, 눈앞에 있는 저 여인처럼 아름답고 우아하고 화사했다면 조금은 덜 상처 입을 수 있었을까. 아니, 행복해질 수도 있었을까.

나 자신이 조금 더 보기 좋은 사람이었다면, 많은 것이 달라졌을지도 모르는데.

하지만 세영은 곧 허탈하게 웃었다. 다 부질없는 생각인 것이다. 자신은 누구보다 나은 점이 어느 한 가지라도 없고, 가진 것이라고는 창끝같이 일어선 신경과 독설뿐인 사람이었다. 모르는 사람들은 누구보다 위에 있다고 우러러볼지도 모르지만 정작 자기 자신은 확신할 수 없는 불안함과 언제 책잡힐지 모르는 실력에 대한 공포 속에서 몸부림치고 있는.

세영은 들키지 않도록 현승을 훔쳐보았다. 그가 아까부터 자신을 신경 쓰고 있다는 것을 알지 못한 채. 그랬기에 현승의 모습은 아직도 정아의 자태에 감동하고 있는 것처럼 보였다.

세영은 무테안경을 걸치고 있는 그의 쭉 뻗은 콧날에 시선을 고정시켰다. 언젠가 그를 향해 긍정적이고 낙천적이라 했던 말은 오롯이 진심이었다. 하고 싶은 말 중 일부만 했던 것이기는 하지만.

그 순간 현승은 이제 슬슬 세영의 시선에 신경이 쓰이기 시작하고 있었지만, 혼자서 생각에 빠져든 세영은 앞만 쏘아보고 있는 현승이 아직도 무대에만 관심이 있다고 여기고 있었다. 세영은 너무 격해서 무미건조해진 마음으로 그에게 하지 못했던 말을 속으로 중얼거렸다.

그래서 당신은 강해. 당신이 내 앞에 나타났을 때 내가 얼마나 무서웠는지, 당신은 모를 거야.

"무슨 생각을 그렇게 하세요?"

시선 의식을 견디지 못하고 물은 것이었지만 세영은 화들짝 놀라며 그 순간까지 머릿속을 꽉 채우고 있던 것을 싸그리 묻어버렸다.

"아, 아니. 아냐."

현승은 답지 않게 시선을 피해 버리는 세영을 잠시나마 물끄러미 바라보았다. 결코 길다고 할 수 없는 순간이었지만, 그동안 현승은 저 여자가 내가 여태까지 알아왔던 그 당당한, 황금색 그물 속에서 나를 몽롱하게 했던 그 여인이 정말 맞는가 하는 생각을 했다.

"어디 가시려고요?"

춤이 끝난 후 잠시 찾아온 휴식 겸 점검 시간에 세영이 자리에서 일어서자 현승은 반사적으로 물었다.

"왜?"

득달같이 챙기는 자신을 요상하게 바라보는 세영의 눈빛에 혹시나 마음을 들킨 것 같아 현승은 황황하게 둘러댔다.

"아니…… 으, 음료수 다 드신 거면 치우려고요."

핑계 댈 것을 찾다가 세영의 자리에 남아 있던 녹차 담긴 종이컵을 보고는 생각하기도 전에 뱉어버렸다. 세영의 눈빛이 더욱 희한해지는 것과 동시에 현승은 소리없는 비명을 질렀다. 나란 인간은, 겨우 생각해 낸 핑계가 고작 음료수라니. 그게 더 이상하잖아!

"치우지 마. 잠깐 바람 쐬러 가는 거니까."

"네."

살충제에 얻어맞고 죽어가는 모기 날갯짓만 한 소리로 대답한 현승은 유유자적하게 사라지는 세영의 뒷모습으로 하염없는 시선을 던졌다. 현승의 시선을 등 뒤에 꽂은 채 멀어지는 세영은 낚싯바늘을 지느러미에 걸고 깊은 심연으로 유유히 사라지는 물고기 같았다. 낚싯대를 붙잡고 안절부절 애가 타는 낚시꾼의 마음은 아랑곳없이.

세영의 모습이 완전히 사라지자 현승은 일말의 허탈감에 한숨을 내쉬며 앞으로 내밀고 있던 상체를 등받이에 기댔다. 문득 세영이 남겨두고 간 종이컵이 눈에 띄었다.

'먼지가⋯⋯.'

지금 자신이 세영에게 해줄 수 있는 것은 이런 것뿐이었다. 쓸쓸한 가운데 애틋함과 함께, 현승은 언제나 갖고 다니던 스프링 노트에서 백지 한 장을 뜯어내어 반으로 접었다. 그리고 먼지가 들어가지 않도록 세영의 종이컵 위를 뚜껑 삼아 덮었다.

"이제 불평 안 해?"

베일을 벗던 손길이 멈칫 굳었다. 분장실 문간에 선 세영은 한마디로 정의 내리기 힘든 차분한 표정으로 정아를 바라보고 있었다. 문을 등진 채 거울 앞에 앉아 있었기에 정아는 거울을 통해 세영의 시선과 마주칠 수 있었다.

"제가 초짜인 줄 아세요?"

세영은 흐흥 하고 콧소리를 냈다. 남들은 이럴 경우에 가벼운 웃음기를 덧붙였겠지만 세영은 그러지 않았고, 그래서 아무런 표정의 변화도 없는 콧소리는 같이 있는 사람에게 생경하게 들렸다.

"그동안 윤 감독에게 얘기 많이 들었어. 하루가 다르게 발전했다더군."

세영의 어투는 심드렁한 듯하면서도 듣는 이가 느슨해지지 못하게 계속 잡아당기는 구석이 있었다. 정아는 거울을 통해 자신과 같은 연배의 극작가를 주시했다. 해골 같던 몸에 살이 붙어서 그런가, 외양만 놓고 보자면 처음 대면했을 때와는 비교할 수 없을 만큼 부드러워져 있었다. 그러나 무심한 시선과 심심한 듯 잡아채는 목소리는 처음과 하나도 달라지지 않았다.

"처음부터 완벽했으면 좋았겠지만, 그러질 못했죠."

세영은 정아가 자신에게 호의적이지 않다는 것을 분명하게 알면서도 신경 쓰지 않는 듯했다. 그래서 뭐 어쩌라는 식이었다. 극작가와 배우, 처음이라면 몰라도 일이 진행되면서부터라면 그 관계는 개인의 호감 따위는 상관없는 것이었다.

"그래, 꽤 많이 흔들렸지."

세영은 그럴 의도가 없었지만 있는 사실을 그대로 읊어버린 화법은 정아에게 참으로 잔인하게 와 닿았다. 정아는 손에 들고 있던 베일을 아무렇게나 화장대 위에 던져 놓았다.

"이젠 나아졌잖아요. 아직도 제가 마음에 안 드세요?"

"아니."

세영의 입술에 습기 없는 미소가 매달렸다. 새삼 자신의 눈에 대한 회의가 들었다. 속에서 정리하고 있는 뱉어야 할 말들은 개인의 호불호와는 상관없는 것들이었다. 그래서 세영의 질문은 갑작스럽게 튀어나와 정아의 등골을 쫙 훑었다.

"나한테 할 말 없나?"

화장솜에 리무버를 묻히던 정아의 손이 돌이 된 것처럼 굳어 버렸다. 그러나 여전히 거울을 통해 한풀 꺾인 채 정아를 바라보는 눈동자에는 어떤 격렬함이나 증오도 떠오르지 않았다. 그저 약간의 회의감이 연기처럼 흐느적거리고 있을 뿐이었다. 정아는 천천히 눈썹을 찌푸렸다. 거울 속 눈동자에서 내비치는 세영의 회한은 정아가 아니라 그 눈길의 주인을 향한 것이었기 때문이다.

"할 말이요?"

또 다른 질문이었지만 그것은 '할 말 따윈 없어요' 라는 대답의 다른 표현이기도 했다. 세영은 가볍게 눈을 깜빡이며 고개를 끄덕였다. 둘 다 놀라거나 기만당한 사람이 취할 행동은 아니었다.

"그런가? 그럼 내 얘기 좀 잠깐 들어보겠어? ……이거, 요새 이 사람 저 사람에게 별 얘기 참 많이 하게 되는구먼."

세영의 뒷말은 거의 혼잣말이었기에 정아에게까지 잘 전달되지 않았다. 그러나 세영은 상관하지 않고 입을 열었다.

"7년…… 아니, 8년쯤 전 이야기인데…… 실화야. 내가 그즈음에 어떤 땅콩만 한 극장에서 뮤지컬을 봤었거든. 정확히 뭘 봤는지는 가물가물한데 그 장면만 생생해. 여주인공이 맨발로 무대에서 노래를 하는 장면이었는데, 알다시피 무대 바닥이란 게 나무잖아. 못 박아서 고정시키는 거. 연출이 멍청이였는지 틈새로 못 꼬리 뾰족한 부분이 반쯤 튀어나와 있더군. 노래 부르던 여주인공이 그걸 밟았어. 꾹. 그런데 얼마나 노래에 심취했는지 자기가 못을 밟은 것도 모르고 계속 노래를 부르더란 말이야. 공연이 다 끝날 때까지 모르다가 마지막 인사할 때에서야 조금 절뚝거리더군. 땅콩만 한 극장에서 노래하기엔 아까운 아가씨였지.”

세영의 심심한 시선이 거울을 통하지 않은 채 정아에게 향했다. 시종일관 무미건조한 태도였지만 이어진 말은 철퇴처럼 정아의 뒤통수를 쳤다.

“발은 다 나았나, 현정아 씨?”

화장대 위에 놓여 있던 정아의 손이 꽉 오므라들었다. 감전된 것처럼 부르르 떨리는 손을 보면서도 세영의 얼굴에는 별다른 감정이 떠오르지 않았다. 가장 겉에 떠올라 있는 것이 너무 크고 두꺼워 속에 든 것들이 제대로 비춰지지 않는 얼굴이었다. 정아는 팽이치기에 얻어맞은 팽이처럼 휙 몸을 돌렸다. 세영의 눈길이 정통으로 다가왔다.

“현정아 씨, 첫인상과 하는 짓이 무척이나 다르군.”

그저 비아냥이라고 생각했던 뜻 모를 소리의 의미가 이제야 와 닿았다. 만약 이것이 약간 유치한 드라마 속의 한 장면이었다면 세영은 바로 이 타이밍에 허심탄회하게 웃었을 것이다. 그러면 정아는 참았던 것이 봇물처럼 터진 모양으로 흐느끼면서 잘못을 말하고 세영은 너그럽게 용서했을 것이다. 그러나 세영은 웃지 않았고 정아도 이것이 드라마가 아님을 잘 알고 있었다. 현실 속의 세영은 부들부들 떨고 있는 정아에게 마지막 눈길을 남기고 천천히 몸을 돌렸다. 벽력같은 부아도, 분노도 담고 있지 않은 뒷모습이 정아에게 마지막으로 들어왔다. 그 마지막 뒷모습에서 느낄 수 있는 것은 회한과 약간의 아쉬움뿐이었다. 그것도 상대방이 아닌 자신을 향한.

정아는 튕겨지듯 자리에서 일어섰다. 그러나 세영은 이미 분장실을 빠져나간 후였다.

"어디 갔다 오세요?"

"그냥."

세영은 관우의 질문을 건들건들 받아넘겼다. 관우는 어리둥절하면서도 더 묻지 않고 그대로 지나쳤다.

"어디 가나?"

"예? 어, 분장실에요. 정아 누나 다음 장면에 등장해야 되거든요."

"조금 있다가 가지 그래? 방금 나랑 조금 얘기했거든."

관우의 얼굴이 퍼뜩 심각해졌다.

"안 좋은 얘기였어요?"

"아니, 내가 옛날 애기를 하나 해줬어."

추리가 불가능한 대답에 관우는 묻는 대신 이마에 대문짝만 하게 '무슨 말씀이에요?' 라고 써붙인 것 같은 표정이 되었다. 하지만 세영은 설명해 주는 대신 가볍게 어깨를 으쓱했다.

"윤 감독한테도 그렇고 정아 씨한테도 그렇고…… 이거 내가 세헤라자드가 된 기분인데."

"예?"

벙찐 관우를 뒤에 내버려 두고 세영은 천천히 다시 무대로 돌아왔다. 날아갈 듯 상쾌한 기분은 아니었지만 일부가 홀가분하긴 했다. 자리에 앉아 무의식적으로 놓아뒀던 컵을 향해 손을 뻗던 세영의 눈동자에 찰나 이채가 서렸다.

어떤 맘씨 지극한 사람이 해놨는지 컵 위에는 먼지가 떨어지지 않도록 종이 뚜껑이 얹혀 있었던 것이다. 세영이 돌아올 때까지 자리를 지키며 세부사항을 살펴보고 있던 현승은 애틋함과 함께 쑥스러움을 담아 짐짓 모르는 척 시치미를 뗐다.

"오셨어요?"

그렇다고 대답하려던 세영의 입술이 뭔가를 발견하고는 멈칫 굳었다. 확실히, 현승은 자기가 원하는 만큼 주도면밀한 사람은 되지 못했다. 마음이 가는 것이 있다면 어쩔 수 없이 티가 나는 순진한 백지 같은 사람. 시치미 떼던 현승의 팔 밑에는 체크해 둔 세부사항을 메모하느라 종이컵을 덮었던 것과 똑같은 모양의 연습장이 펼쳐져 있었던 것이다.

세영의 손끝이 덮고 있던 종이를 치웠다. 흡사 귀중한 물건을 다루듯 조심스런 손길이었다. 태연하게 자리에 앉는 옆얼굴은 아무 변화도 없었지만, 세영의 손바닥은 책상 위에 내려놓은 종이가 날아가지 않도록 짚고 있었다.

"안 쉬어?"

오늘 분의 무대연습이 완전히 끝난 후, 늦은 밤 연습실을 떠나지 않고 남아 있는 승태를 향해 세영이 물었다. 한창 연습이 진행되었던 무대도 이미 뒷정리가 끝나고, 극장에 있는 대다수가 집으로 돌아간 느지막한 시간이었다.

"아아."

그러나 승태는 뭐라고 대답하는 대신 작은 탄성만 내뱉었다. 그 표정은 무언가 즐겁고 만족스러운 순간을 즐기고 있는 것 같았다. 세영은 승태의 상태를 직감하며 가볍게 한숨을 내쉬었다. 연습으로 달구어진 흥분이 아직 가라앉지 않은 모양이다. 승태는 종종 연습하다가 흥이 돋으면 정해진 시간이 끝난 후에도 계속 자기 몫을 복습하거나 아니면 한껏 오른 기분을 만족시켜 줄 다른 할 일을 찾곤 했다. 실전이나 별다름 없는 춤과 노래, 연기에 하루 종일 흠뻑 젖어 있었으니 이해하지 못할 일도 아니었다. 오늘 몹시 들뜬 승태가 찾아낸 것은 연습실 한구석을 차지하고 있는 피아노였다.

"이거 봐라?"

승태는 정말 신났는지 오래된 피아노 뚜껑을 열고는 아무거나 생각나는 멜로디를 두들겨 보고 있었다. 지금은 데모테이프로 연습을 하는 통에 그렇게 자주 쓰이지는 않지만, 옛날 노래나 안무 연습을 할 때는 무엇보다 유용하게 쓰였던 피아노였다. 오래되었지만 틈틈이 관리를 하고 있었는지 소리는 여느 새것 못지않았다.

"진짜 신났나 보네, 봄날 고양이처럼 그러고 있는 걸 보니."

세영의 한마디에도 승태는 그저 싱글벙글 웃기만 했다. 앞머리와 뒷머리 부분이 땀에 젖어 있는 것이 눈에 들어왔다. 세영은 둘레둘레 살펴보다가 누군가가 구석에 두고 간 수건을 집어 들어 승태의 머리 위에 널어놓았다.

"내일부터 코 먹은 소리로 노래할 참이야?"

승태는 웃음을 지울 수 없는 사람처럼 웃으며 머리를 닦는 시늉만 하고는 목도리처럼 수건을 목에 둘렀다. 하얗고 검은 건반 위를 종횡무진하던 승태의 손가락이 어느 순간 어떤 음을 찾고는 그것을 쫓아 뒤섞이기 시작했다.

곧이어 익숙한 곡조가 텅 빈 연습실을 채우기 시작했다. 세영과 승태 둘뿐이었지만 아직 청소가 되지 않은 연습실은 어수선했다. 하지만 그런 것 따위 아무려면 어떠냐고 말하는 것처럼 승태의 연주는 신나게 이어졌고, 그가 연주하는 곡을 알아들은 세영은 피식 입꼬리를 말았다.

비제의 오페라 카르멘 중 가장 유명한 노래, 〈하바네라〉.

하바네라는 지루하다는 평을 곧잘 듣는 클래식 중에서도 탱고풍의 음색이 현란하고 화려해서 현재까지도 인기가 좋은 곡이었다. 과연, 기분이 최고조로 들뜬 승태가 자기도 모르게 뽑아냈을 법했다. 승태는 쉴 새 없이 딩동댕거리면서 세영을 향해 일렀다.

“알아? 알아?”

“그럼 모르냐?”

“불러봐!”

난데없는 요구에 세영은 아연하여 입을 다물었다가 새되게 쏘아붙였다.

“내가 오페라 가수인 줄 알아?”

“뭐 어때? 난 뮤지컬 가수인데? 난 부를 거야!”

그러면서 승태는 정말로 목을 길게 빼고 하바네라를 부르기 시작했다. 원래 여주인공이 부르는 노래였으니 키는 훨씬 높았지만, 단련된 목청을 가지고 있는 승태의 성대는 그럭저럭 들어줄 만하게 하바네라를 소화해 냈다. 하지만 세영의 눈썹은 당장 하늘을 향해 솟구쳐 올랐다.

“뭐 하는 거야? 얼마 남지도 않았는데 모가지 망치고 싶어?”

“하하하하!”

승태는 유쾌하게 웃었다. 아랑곳없이 바라보는 눈길을 마주하며 세영은 고개를 설레설레 저었다. 오히려 못하게 막는 것이 배우의 사기를 떨어뜨리는 일이 되는 승태의 상황에 세영은 더

첨언하지도 못하고 옆으로 좀 물러가라고 손짓해 보이고는 승태의 옆에 앉았다.

"키를 좀 낮춰."

"그래, 그래."

호응해 주는 세영의 반응에 더욱 신이 나는지 승태는 순한 양처럼 지시에 따랐다. 건반 위로 놓인 세영의 움직임은 승태가 만들어내는 소리에 별 무리 없이 섞여 들어갔다. 격렬하지는 않았지만 조용히, 서로가 서로를 잘 아는 사람들만이 나눌 수 있는 교류를 나누기 시작하는 두 사람의 모습은 자신들만의 세계 속에서 고즈넉해 보였다.

그래서 연습실을 정리하기 위해 문을 열던 현승은 안으로 들어설 수가 없었다.

문고리가 돌아가는 소리가 그렇게 크지 않아서 다행이었다. 한 뼘쯤 문을 연 채로 어정쩡하게 서서, 현승은 나란히 앉아 피아노와 놀고 있는 세영과 승태를 먹먹한 눈으로 지켜보고 있었다. 제법 밥을 먹은 연출자의 눈으로 현승 역시 승태가 어떤 상태인지 잘 알 수 있었다. 그리고 그 곁에 앉은 세영이 자신만의 방법으로 고집을 부리는 대신 내색없이 배우가 하고 싶은 대로 맞춰줌으로써 그를 거들어주고 있다는 것도 알 수 있었다. 세영이 저렇게 누군가를 배려하는 모습을, 길다고 할 수는 없는 시간이었지만 어쨌든 현승은 한 번도 본 적이 없었다. 그리고 언제나 주인공이자 든든한 형이었던 승태의 저런 모습 또한 본 적이 없었다. 단둘이 있을 때 한 번도 본 적 없는 모습이 되는 두 사람을 자신은 어떻게 생각해야 할까. 현승은 지금 문을 열고 들어섰을 때 자신이 눈치없이 끼어든 훼방꾼으로 여겨지지 않을 자신이 없었다.

'승태 씨는 작가님을……'

그다음은 차마 끄집어낼 수가 없었다. 현승은 홀로 애절해지고 말았다. 스스로가 남자였기 때문에 저렇게 무방비로 변하는 승태의 상황이 어째서인지 알 수 있다. 세영이 승태를 어떻게 여기는지는 모르겠지만 적어도 승태에게 세영은 각별한 사람인 것이다.

나 역시…….

현승은 자기도 모르게 입술을 깨물다가 흠칫 놀랐다. 손잡이를 움켜쥔 현승의 손등이 하얗게 변했다. 박차고 들어서거나 갑자기 문을 닫아 분위기를 깨지 않았던 자신의 자제력에 감사하며, 하지만 여전히 놀라는 채로 현승은 묵묵히 지금은 자기들뿐이라 여기고 있는 승태와 세영을 지켜보고 있었다. 알 수 없었다. 단지 사랑은 알 수 없는 작은 새, 사랑은 종잡을 수 없이 찾아온다는 하바네라의 노랫말만이 심장까지 울릴 듯이 귓가에 크게 메아리치고 있을 뿐이었다.

"다른 노래야?"

"그래."

하바네라의 연주가 끝나자 승태는 잠시 생각에 잠겼다가 다시 건반을 두드리기 시작했다. 클래식이 아니었다. 악보가 없는 탓에 승태의 연주는 조금 버벅거렸지만, 이내 자연스럽게 물 흐르듯 이어지기 시작했다. 승태가 바로 옆에 앉은 세영을 향해 고개를 돌리며 부드럽게 입을 떼었다.

"얼마 전에 들었던 거지? 그때 따라 불렀었잖아."

에코의 '행복한 나를'. 그때라니, 언제를 말하는 것일까. 자신이 모르는 언젠가 세영이 이 노래를 듣고 좋아했었나 보다. 피아노로 자아내는 음악은 현승의 귀에도 익숙한 멜로디였다. 세영의 표정이 잔잔해지자 현승은 탄식 같은 한숨을 내뱉었다.

"불러보지 그래? 나밖에 없잖냐."

"싫어."

세영은 깔끔하게 거절했지만 승태는 부드럽게 웃었다. 어느새 귀 기울이고 있는 세영을 위해 승태는 연주를 멈추지 않았다. 현승은 조용히 손에 힘을 주며 소리나지 않게 문을 닫았다.

"감독님? 안 들어가시고 뭐 하세요?"

순간 뒤에서 들려오는 목소리에 현승은 화들짝 놀라 고개를 돌렸다. 편하게 머리를 하나로 묶은 유희가 서 있었다.

"아, 유희 씨."

"누구 기다리세요?"

"아뇨, 아닙니다."

평소답지 않게 허둥지둥하며 사라지는 현승이 의아스러워 고개를 갸우뚱하던 유희는 곧 손잡이를 비틀어 열며 연습실로 들어섰다.

"유희 어서 와."

쾌활하게 웃으며 인사하는 승태 옆에 앉아 있는 세영이 보였다. 승태 오빠랑 작가님? 이상할 것도 없는데. 유희는 두 사람만 있던 연습실 앞에서 들어가지 못하고 서성이던 현승이 황급히 사라진 방향을 힐끔 바라보았다.

며칠이 지난 늦은 오후였다. 세영은 거실에 앉아 길어진 석양에 하염없이 눈을 꽂고 있었다. 밝은 노랑으로 시작해서 늘어질수록 진한 주홍색과 붉은색으로 변해가는 서쪽 하늘은 세영의 거실을 녹여 버리기라도 할 듯이 들이치고 있었다. 아스라이 도로에 지나치는 차들과 사람들의 모습이 내려다보였다.

무심한 눈길이 천천히 거두어지며 세영은 눈을 감았다. 문득 피곤이 몰려오며 내가 언제부터 이렇게 피곤했나 하는 생각을 하게 만들었지만, 그것은 그저 마무리를 앞두고 먼저 풀려 버린 긴장이 일으킨 생경함이었을 뿐이었다.

윤현승.

그가 있었기에 더 그랬을 것이다. 더 완벽하고, 덜 부족해야 한다는 생각들과 염려들은. 세영은 새삼스럽게 안도하며 서늘한 손으로 이마를 쓰다듬었다. 다행이야. 그는 모른다. 앞으로도 알 수는 없겠지. 그럼 된 거야.

갑작스레 울린 초인종 소리에 의해 세영은 상념에서 깨어났

다. 들었던 고개를 내리는 순간 생각은 이미 찾아올 사람이 없
다는 것을 꼬집고 있었다. 그런데 밖에서 초인종을 눌러대고 있
는 사람은 누구인가. 잠시 고민하던 세영은 몇 번의 초인종 소
리가 더 울리고 나서야 자리에서 일어섰다.

"현정아예요."

뜻밖의 방문객에 세영은 얕게 한숨을 내쉬었다. 뜻밖이었지
만, 언젠가 한 번은 찾아오리라고 짐작하고 있던 사람이었다.

"들어와요."

현관문을 열어주자 부드럽게 성장한 채 서 있던 정아는 조심
스런 걸음으로 집 안으로 들어섰다. 현승과 승태를 제외하고 처
음으로 찾아오는 방문자였지만, 두 사람 모두에게 그건 별로 신
경 써야 할 부분이 아니었다.

"무슨 일인가?"

딱히 앉으라고 권하는 말은 없었다. 세영은 그저 본래가 그렇
듯이 누군가가 있던 없던 상관없는 태도로 방금 전까지 그랬듯
이 소파에 자리를 잡고 앉았다. 석양은 아직도 찬란하고, 그 빛
속으로 들어선 정아의 그림자는 아리따웠다.

"저한테 하고 싶은 말 없으세요?"

세영은 아무 말도 하지 않고 다만 쳐다봄으로써 정아가 모두
얘기할 수밖에 없도록 만들었다. 정아는 힘겹게 입술을 달싹였
다.

"왜…… 아무 책망도 하지 않으세요? 하마터면 죽을 뻔하셨

잖아요! 저 같은 것한텐, 화도 안 난다는 건가요?"

끝으로 갈수록 정아의 목소리는 격양되어 치솟았다. 그 절반쯤은 정아 스스로를 향해 윽박지르고 있는 것들이었다. 화가 날 것이다. 자기 자존심을 자기가 뭉개서 벽에 던지고 발로 짓밟은 꼴이었기 때문이다. 그런데 정작 당사자라고 할 수 있는 세영은 아무 말도 없다. 아마도 지금까지 가져왔던 자부심과 존재감이 다 사라지는 기분일 것이다. 이해가 갔다.

"실망했지."

낚시꾼이 바늘을 던지듯이 내뱉은 세영의 한마디에 정아의 어깨가 뚝 굳었다. 세영은 빠르게 덧붙였다.

"나한테."

어처구니가 사라지는 정아를 바라보다가 세영은 심드렁하게 시선을 돌렸다.

"내가 세상을 오래 산 건 아니지만 말이야, 그래도 난 내가 쓸 만한 것들은 가려낼 줄 안다고 생각했었거든. 그런데 이걸 봐, 틀렸잖아."

세영은 자신과 정아를 번갈아 가리켜 보인 다음 고개를 설레설레 휘저었다.

"현정아 씨가 고작 그딴 걸로 흔들릴 줄 알았으면 안 뽑았어. 믿었으니까 반대를 안 했지. 그런데 어떻게 됐어? 대차게 흔들려서 세트도 망가뜨리고 나도 다치고 정아 씨도 어쩔 줄 모르게 되었잖아? 그러니 실망 안 하게 생겼어? 아, 내가 너무 덜컥 믿

은 거지. 발바닥에 못 박히고도 모를 만큼 노래에 연기에 춤에
다 했던 여배우니 배역 좀 건드린다고 어떻게 안 된다, 철썩 그
렇게 생각해 버린 거지. 그런데 결과가 이거야. 내가 그렇게 철
썩 믿었던 여배우가 지금 내 앞에서 왜 자기를 그렇게 믿었냐고
나한테 묻고 있어. 그래서 나 지금 내 눈에 실망이 커. 아주 크
다고."

세영은 일부러 정아를 생각해서 말해주는 것이 아니었다. 있
는 그대로의 짜증과 실망을 담아서 그대로 이르고 있었다. 정아
는 점점 자존심이 구겨지는 것을 느꼈다. 눈물이 나왔기 때문이
다. 세영은 정아가 울든지 오열을 하든지 상관하지 않는다는 투
로 계속했다.

"아직도 한참 멀었지. 안 그래? 신인도 아니니 붙들고 하나하
나 설명 안 해줘도 알아듣겠지, 그래서 별다른 소리 안 했어. 남
한테 좋은 소리 잘 안 해주는 이 바닥에서 그만큼 버틴 걸 보면
깡도 있을 것 같아서 그대로 밀고 나갔어. 윤 감독 앞에서 그렇
게 열심히 하는 걸 보면 주인공이라고 재지도 않는구나 싶어서,
더 열심히 하란 소리 안 했어. 그때 못하겠으면 관두라고 했던
거? 그만큼 말했으면 알아들을 머린 있을 것 같아서 더 말 안 했
어. 종합해 보고 이런저런 잔소리할 필요가 없는 사람이다 싶어
서 터치 안 했어. 지금 생각해 보면 참 그래. 내가 어떻게 그런
멍청한 결정을 다 했을까? 아주 확 물러 버리고 싶다고. 그리고
말이야."

"……됐으니까 그만 하세요!"

턱이 젖을 만큼 눈물을 펑펑 흘리며 정아가 빽 소리를 지르자 세영은 마뜩찮은 표정이긴 했지만 순순히 입을 다물었다. 진심이었다. 세영이 실망한 것은 예상을 깨고 흔들려 버린 정아가 아니라 정아가 흔들릴 것을 예상하지 않았던 자신이었다. 찬란한 석양은 뚱한 표정으로 앉아 있는 여자와 그동안 참아오던 모든 것이 펑 터져 버린 또 다른 여자를 똑같이 물들이며 기울어지고 있었다. 세영은 어느 순간 탁자의 티슈를 향해 손을 뻗었다.

"닦아."

정아는 잠자코 티슈를 받아 들고는 눈물로 세수하다시피 한 얼굴을 닦았다. 곱게 마무리한 화장은 엉망이 되었지만, 정아는 상관하지 않고 코까지 팽 풀었다.

"작가님은 몰라요. 나는 작가님이 말한 것처럼 그렇게…… 그렇게 살아오지 않았어요."

"알았으면 팔이 부러졌겠나? 그래서 화가 나는 거란 말이야. 여태 얘기했잖아."

붉게 달아오른 눈가를 하고 정아는 피식 웃었다. 그동안 보여 주던 것과는 많이 다른 미소였다. 힘들게 이고 있던 것을 던져 버린 듯, 더 이상 신경 쓰지 않는 편안한 웃음이었다.

스스로가 얘기했던 대로, 정아는 비단길을 걷듯이 지금까지 배우로서 지내온 것이 아니었다. 끊임없이 경쟁하고 노력해야 했다. 신인 때도 지금도, 거저로 얻어낸 배역은 하나도 없었다.
물론 지금은 새까맣던 옛날과 비교할 수 없을 정도로 풍요로워
졌지만 그건 그동안 해왔던 노력에 대한 작은 보상 정도였다.
그 정도도 주어지지 않았다면 지금까지 버티지 못했을지도 몰
랐다.

노력해야 하지만, 훌륭하다는 말은 좀처럼 듣기 힘들었다. 노
력은 당연한 것이었고 당연한 것에 칭찬은 필요없는 것이었으
니까. 성공하면 다행이었지만 실패하면 무섭게 질타가 쏟아졌
다. 자부심이 큰 만큼 불안도 컸다. 격의없는 찬사나 칭찬은 듣
기도 힘들었고 기대하기도 힘들었다. 하지만 지금 이 순간, 정
아는 지금까지 들어온 모든 찬사와 칭찬과 격려를 다 합친 것보
다도 더 크게, 가장 진솔하게 인정받은 기분이 들었다. 내내 목
말라 했던 최고의 한마디를 들은 것만 같았다. 당신은 잘해왔
고, 나는 그걸 알고 있다는.

"어깨를 드러내는 걸 그렇게 고깝게 생각하는 것도 내 착오였
어. 그렇게 소심한 줄 알았으면 아예 포대 자루로 옷을 지어줄
걸 그랬지."

정아는 그만 푸웃 웃어버렸다. 이제야 알게 된 세영의 화법이
이해가 갔기 때문이다. 툭툭 내뱉는 말들은 쓸데없이 미사여구
를 붙이지 않고 풀어놓는 감상일 뿐, 작정하고 듣는 사람을 상
처 입게 하기 위해 독살스럽게 내뱉는 것들이 아니었다. 너무나
큰일이 있고 나서야 깨닫게 된 것이었지만, 정아는 일생 동안

가장 큰 안도감을 느꼈을 정도로 다행이라고 생각했다.

"이제 속이 시원한가? 멍청한 현정아 씨, 멍청한 작가의 대답이 마음에 들어?"

웃던 정아가 자신의 한마디에 다시 눈물을 쏟아내자 세영은 내심 화들짝 놀랐다. 하지만 정아의 눈물은 여태까지 참아왔던 것이 한꺼번에 터졌기에 스스로도 주체할 수 없는 것일 뿐이었다.

"이봐, 왜 그렇게 우는 거야? 당신 같은 사람이 말이야. 뭐가 그렇게 서러워? 당신만 못한 사람들은 살 가치도 없다는 것 같잖아."

한참을 울고 있는 정아를 내내 지켜보던 세영은 차차 심드렁해지며 그렇게 중얼거렸다. 정아는 눈물 젖은 눈을 들어 세영을 바라보았다. 아이라인이 번져서 엉망이 된 얼굴을 향해 세영은 적선하듯 티슈를 건넸다.

"당신이 왕비 역을 맡았을 때 내가 반대하지 않았던 건, 무엇보다 당신이 그 배역에 어울리는 이미지를 가졌다고 생각했기 때문이야. 아름답고, 도발적이고, 고정되어 있지도 않았지. 내가 당신이었다면 말이야, 그랬다면, 난 왠지 사는 게 즐거울 것 같기도 한데. 당신은 아닌가? 하긴 사람은 다 자기만의 문제가 있는 법이니까."

세영의 어투는 어느새 많이 누그러져 있었다. 정아는 점차 진정을 되찾으며 울음을 멈추었다. 커다랗게 뜨여진 정아의 눈은 마치 생전 처음 보는 것처럼 세영을 향하고 있었다. 어딘가 약하고, 내내 가리고 있던 휘장이 살짝 걷혀 올라가며 그 속에 숨은 것을 살짝 훔쳐본 듯이, 정아는 그런 눈길로 세영을 바라보고 있었다. 바로 얼마 전까지 태연자약하게 자신의 위치를 흔들던 이 사람은, 지금 이 순간 자신과 다른 처지를 무척이나 부러워하는 다른 평범한 사람들과 다른 것이 없어 보였다.

"그런 건…… 생각해 보지 않았던 것 같아요. 생각할 틈이 없었다고 해야 할까…… 그랬어요."

"그래?"

반문하던 세영은 잠시 후 스스로 납득하듯 고개를 주억거렸다.

"그래…… 그렇겠지. 다 자기 입장이 있겠지."

세영은 다시 뭔가를 골똘하게 생각하다가 갑자기 입을 열었다.

"윤 감독은 이거 알고 있나?"

"아뇨. 감독님은 몰라요. 무섭기도 하고 자존심도 상해서……아무한테도 얘기 안 했어요."

"잘했어. 얘기하지 마. 그 순진한 성격에 또 알아봐, 난 오늘한 번의 오후를 망친 걸로 족한다고."

정아가 면목없다는 얼굴로 웃을 때 자리를 털고 일어선 세영은 그대로 방으로 들어가려다가 정아를 내려다보며 일렀다.

"목마르면 냉장고에서 아무거나 꺼내 먹고, 집에 가."

#2막

샤리야르, 세헤라자드를 등진 채 서 있다. 초라하고 맥빠진, 약한 모습
이다.

샤리야르 : (떨리며 더듬더듬)사랑이라는 것이…… 그대가 말한 이야
기들처럼 그렇게 아름다운 것이었다면 얼마나 좋았을까. 하지만 그렇지
가 않아. 사랑엔 아무런 힘도 없다. 처음엔 찬란했지만 세월을 못 이기고
흐려지는 진주의 빛깔처럼, 그건 아무 힘도 없는 것이다. 그것이 할퀴고
지나간 나를 봐라. 사랑이란 것이 내게 남긴 게 무엇인지 그대가 모른다
고 할 것인가? 나의 이런 모습을 봐라. 사랑은…… 내게 환희와 기쁨 대
신 상처와 광기만을 남겨주었다. 내 마음은 괴물처럼 일그러지고 눈은
외로움과 비탄밖에 보이지 않는다.

—천일야화 극본 中에서

"여어."

무대에서 사용할 기자재를 옮기고 있던 관우는 자신을 향해 여유롭게 손을 흔드는 누군가를 발견하고는 그대로 멈춰 섰다. 다가오던 사람은 자신만만하고 경쾌한 걸음걸이로 관우를 스쳐 가며 싱그럽게 미소 지었다. 어처구니가 달아나며 거의 빠지기 직전으로 턱이 떡 벌어진 관우의 얼굴이 스쳐 가는 사람의 궤적을 따라 반원을 그렸다.

"여어."

보무도 당당하게 들어선 그 사람을 발견하는 거의 대부분의 사람들의 반응은 관우와 크게 다르지 않았다. 정광은 망치를 떨어뜨렸고, 넋을 빼고 그를 바라보고 있던 보조는 정광이 떨어뜨린 망치를 발등으로 받아내고 펄쩍펄쩍 뛰었으며, 음악감독은 들고 있던 악보를 복도에 쏟아버렸다.

"여긴 어쩐 일이세요? 이마에 철판이라도 대셨나."

등장한 그를 발견하고도 동요하지 않은 유일한 사람, 무대연습을 지켜보고 있던 세영은 유들유들하게 웃고 서 있는 남자를 향해 침착하게 일렀다.

"송 선생님."

"오랜만이야아."

송 작가, 맨 처음 천일야화의 극본을 맡았다가 모종의 사건을 일으키고 그만두었던 송설우는 멋진 동작으로 세영을 향해 손을 흔들었다. 모든 움직임이 폼을 재듯 화려했지만 다른 사람이라면 거북하고 요란스레 다가왔을 그런 느낌은 천성이 화려한 것을 좋아하는 설우의 성격과 잘 어우러져 아무렇지도 않아 보였다.

"송 작가님? 웬일이세요?"

현승까지 어리둥절한 얼굴로 난데없이 등장한 설우를 발견하고는 자리에서 엉거주춤 일어났다. 설우의 등장은 고요하던 수면에 던져진 조약돌처럼 파문을 그리며 넓어졌다. 어느새 연습에 열중하던 배우들에 이어 스태프들까지 어벙하게 하던 일을 멈추고 설우를 바라보고 있었다.

"소식 듣고 인사라도 할까 해서 왔지."

　설우는 온 얼굴 가득히 환한 미소를 지었다. 큰 키와 깔끔하고 날카로워 보이는 외모 때문에 그의 나이가 내년이면 불혹이라는 것을 전혀 예상할 수 없게 만드는 미소였다. 겉으로 보기에 설우는 삼십대 중반처럼 보였다. 설우의 웃음은 얼핏 승태의 꾸밈없는 미소와 비슷해 보이지만 실상은 전혀 다르다는 것을 현승은 알고 있었다. 설우의 미소와 비슷한 것을 찾자면 언제나 냉랭한 세영의 표정이었다. 설우의 만면 가득한 미소는 실은 포커페이스의 다른 모습이다. 그리고 그는 세영보다 더하면 더했지 결코 덜하지는 않은 괴팍함과 독기를 가진 창작자였다. 단지 첫인상이 그렇게 보이지 않을 뿐.

　"몰랐는데 세영이가 후임이 되었다고 하잖아. 그러니 안 올 수 있나?"

　현승은 설우에게 무책임하게 벌여놓고 뒤로 내뺀 일에 대해 캐묻는 것은 일찌감치 포기하고 그저 고개를 한번 끄덕였다.

　"그런데 지금은……."

　"선생님, 연습 중인데 뭡니까? 나가세요."

　역시 설우를 거침없이 대할 수 있는 것은 세영뿐이었다. 세영은 설우가 자신에게 있어 대선배 격이라는 사실을 버려야 할 휴지처럼 간단히 구겨서 쓰레기통에 던져 넣은 다음 손을 털어버렸다.

　"정분나서 나갈 땐 언제고 이제 와서 귀환이라니, 노망났어요?"

설우는 헐리우드 스타처럼 화려하게 어깨를 들썩인 다음 명랑하게 웃었다.

"역시 날 이렇게 막 대하는 건 세영이밖에 없어. 윤 감독도 나한테는 착한데. 내가 저를 가르쳐 준 것도 잊었나 봐. 바보야, 너?"

"안 잊었으니 나가요, 경비 부르기 전에."

"싫어, 여기 앉아서 구경할 거다."

현승은 세영이 설우에게서 다른 건 몰라도 교묘하게 상대의 가시를 피하면서 돌려치는 화법만큼은 완벽하게 전수받았을 거라고 생각했다. 세영이 설우를 선생님이라 부르는 이유는 공백기 이후에 컴백하기 전 얼마 동안 설우의 보조로 그 밑에서 일했었기 때문이었다. 말하자면 설우와 세영은 사제지간 비슷한 관계였던 것이다. 게다가 설우가 세영의 스승 격인 사람이 될 수 있었던 이유는 다른 것이 아니다. 그는 연출만 하는 현승이나 극본만 담당하는 세영과 달리 마음먹기에 따라 극본과 연출을 동시에 해치우던 전천후 능력자였다. 그것도 괴물급으로.

"자, 집중하세요. 계속 이어서 1막 마지막 곡 갑니다."

환기를 위해 현승은 큰소리로 이르며 손뼉을 쩍쩍 마주쳤다. 초대하지 않은 손님의 등장에 모두 반쯤 얼이 빠져 있다가 부랴부랴 자세를 잡으며 끊어졌던 연습을 이어가기 시작했다. 현승은 때에 따라 음악을 끊고 그때그때 분부를 내리며 연습을 이끌고 있었다.

"여긴 배경음악 깔고 대사 있으니까 음악 볼륨 조금 낮춥니다. 그리고…… 핀 조명 너무 세게 때리지 마세요. 잘못하면 배우 사라집니다."

현승이 지시를 내리는 동안 세영은 말없이 묵묵히 자리를 지키고 있었다. 극본이 완성될 때까지는 무엇 하나 그냥 넘어가는 법 없이 걸고넘어지던 것과는 다르게 지금 세영의 모습은 단지 작가이기 때문에 자리를 지키고 있는 것처럼 보였다. 현승과 세영의 뒤편에 자리를 잡고 앉은 설우는 두 사람의 뒷모습을 동시에 파악하며 유쾌하던 방금 전의 모습은 거짓말처럼 묵직하게 눈을 빛내고 있었다.

둘 다 내색은 하지 않았지만 현승과 세영은 알게 모르게 설우를 의식하고 있었다. 어쨌거나 설우는 천일야화가 기획되었을 때 가장 먼저 손을 댔던 극작가였고, 1막은 그의 작품이었다. 세영이 세부 수정을 했다고 해도 천일야화의 절반은 그의 손에서 탄생한 것이다. 자신을 가르쳐 준 사람이 만든 작품을 이어서 완성하며 그 앞에서 선보이는 격이었으니, 신경이 쓰이지 않을 수가 없는 것이다.

"애썼네."

1막이 끝난 후 막이 내려오는데 뒤에 들려온 목소리에 현승은 나직하게 안도의 한숨을 내쉬었다. 또한 세 사람 중에 경력이 가장 오래되었으니, 현승에게도 역시 선배였다. 불미스런 일은 차치하고서라도 설우의 눈에 흡족한 것은 그만큼 훌륭하다는 뜻이었으니 그의 호평이 나쁘지 않았다.

"그런데 정말 어쩐 일이십니까? 이렇게 갑자기요."

"윤 감독은 역시 신사적이시구먼."

설우가 눈을 찡긋해 보이자 현우는 괜히 찔끔했다. 세영을 처음 만나러 갔던 날 갑자기 쾅 닫히는 현관문에 고양이 앞의 쥐 심정으로 놀랐던 기분이 떠올랐다. 역시 저 사제지간은 동류야.

"내 소치로 벌어진 일인데 수습은 지켜봐야지. 미안하다는 말도 하고."

설우는 뜻밖에도 순순히 자신의 과오를 인정했다. 말하자면 잘못을 빌러 왔다는 뜻인가. 그런 사람치고는 지나치게 자신만만했지만 그것에 신경 쓰는 사람은 별로 없었다.

"그런데 여기까지 온 보람이 있네. 보람없었으면 잘못이고 뭐고 지랄했을 텐데."

사근사근하게 웃는 입으로 욕설이 뱉어지는 광경은 참으로 이질적이었다. 현승은 종잡을 수 없는 설우를 뒤로하고 세영을 향해 고개를 돌렸다.

"1막 끝났으니 좀 쉬시죠. 피곤하실 텐데요."

내내 무대에 고정되어 있던 세영의 크고 까만 눈이 천천히 현승을 향했다. 속에서부터 진한 빛이 스며 나오고 있는 흑요석 같은 눈동자를 마주하는 순간 현승은 아무도 모르게 마른침을 삼켰다.

"내가 피곤해 보이나?"

"……예? 예."

의미없이 묻는 말에 일단 대답하며 현승은 뭔가 이상스러웠지만 그것이 무엇인지는 정확히 파악하지 못하고 넘어가 버렸다. 현승의 대답에 세영은 잠시 생각하다가 고개를 끄덕였다.

"그럼 좀 쉬어두지."

선선히 무대를 빠져나가는 세영의 뒷모습을 따라 현승의 눈동자가 남모르게 움직였다. 자신의 뒤에 앉아 있는 설우의 눈에 그 모든 것들이 낱낱이 파악되고 있다는 것도 모른 채.

"다른 여자랑 바람피웠다면서요?"

"오랜만에 만난 선배한테 하는 말이 그딴 거냐. 귀여워서 깨물어 죽여 버리고 싶구나."

설우는 입구 계단에 앉아 정원을 바라보고 있는 세영의 옆에 자리를 잡고 앉았다. 바로 한 발 앞까지는 태양에 달구어진 대지가 이글거리고 있었지만 앉아 있는 곳은 튀어나온 지붕 장식 때문에 생긴 그늘 안이라 별로 덥지 않았다.

"그거 오해야."

"천편일률적이구먼요. 나한테 구태의연한 것 좀 집어치우라고 호통 친 사람이."

"진짜다. 지금은 잘 지낸단 말이야."

세영은 이미 듣고 있지 않은 얼굴로 화사하게 타오르고 있는 수목들을 응시했다. 설우는 이제 자신의 가르침이 별로 필요하지 않게 된 제자 옆에 앉아 비슷하게 허공을 응시하고 있었다.

"어땠냐? 내가 그렇게 그만뒀단 얘기 듣고."

"실망했죠. 대차게."

설우는 피식 웃었다. 그 웃음의 꼬리를 잡는 것처럼 세영의 목소리가 이어졌다.

"솔직히 믿어지지 않았습니다. 선생님 같은 분이 고작 사랑 때문에……."

설우의 눈동자가 아직도 옛날과 별반 달라지지 않은 세영을 향했다. 그 눈동자에는 연인을 바라볼 때와는 또 다른 자상함이 깃들어 있었다.

"나도 내가 그러리라곤 꿈에도 몰랐단다, 꼬맹아."

"내일모레 사십이면서 아직도 농담이 좋으세요?"

설우는 소리 내어 웃었다.

"네가 이래서 내가 널 아직까지 좋아하는 거야."

커다란 손이 세영의 뒤통수를 쓰다듬기 위해 다가오자 세영은 잽싸게 머리를 앞으로 뺐다. 곧 죽어도 자기 싫은 것은 안 하는 성격도 예나 지금이나 변하지 않았다.

"사랑 때문에 내가 변했네 하는 얘기는 접어두세요. 설득력 없으니까. 그건 됐고, 묻고 싶은 거 있어요."

"물어라."

"애썼다고 한 거 진짜예요? 인사치레 말고 하는 말 맞아요?"

설우는 얕고 길게 한숨을 뿜었다. 언제나 자신에게까지 엄격한 그것조차 세영은 예나 지금이나 그대로였다. 하긴 이미 한 번 자신의 실력을 인정받지 못한 경험이 있는 세영으로서는 앞으로도 그 엄격함은 고칠 수 없을지도 모른다.

"진짜야."

한동안 설우의 얼굴에 고정되어 있던 눈동자에 어느 순간 깊은 안도가 스쳤다.

"다행이군요."

세영의 말은 진심이었다. 그러나 세영의 성장을 주도했던 설우는 그 말투에 어려 있는 이상한 허탈감을 읽어낼 수 있었다.

"네가 이렇게 여린 걸 아무도 모른다는 게 나는 이해가 안 간다."

설우의 목소리가 부드러워졌다. 그가 처음 세영을 자기의 보조로 쓰려고 마음먹었던 이유 중에 하나는 설우 역시 빠른 데뷔를 했기 때문이었다. 남들보다 이른 나이에 이름을 알린 사람의 괴로움을 설우는 알고 있었다. 그 열병 같은 고통과 외로움, 자신도 그와 비슷한 길을 걸어왔으니까. 물론 그렇다고 해서 세영을 봐주면서 가르친 것은 아니었다. 어떤 의미에서 설우는 세영에게 가장 혹독했던 사람이었다.

"선생님이 깽판 쳐서 일 그만둔 것도 나는 이해가 안 갔어요."

설우는 폭발하듯 웃었다.

"너도 사랑해 봐, 그럼 내가 이해돼."

"겪을 만큼 겪었어요. 이제 안 믿을 겁니다."

설우는 고요하게 세영을 쫓던 현승의 눈빛을 기억해 내며 물었다.

"좋은 사람이 옆에 있어도?"

"옆에 있다가 가라고 해요. 방해하지 말고 조용히."

세영이 질겁하며 뒤로 뺐지만 설우의 손은 놓치지 않고 세영의 어깨를 가만히 짚었다.

"예전에 나도 너 같았냐? ……너 참 고생이 많았겠다."

그 속에는 세영에 대한 염려와 변한 자기 자신에 대한 아련함이 함께 들어 있었다. 한때는 자신도 세영과 비슷했다. 필요없으니 다가오지 말라고 먼저 말하는 것은 상대가 아니라 나였다. 하지만 사랑이란 것이 일으킨 변화는 실로 놀라웠다. 굳건하던 자신을 녹여 버린 것으로 모자라 철옹성같이 지켜오던 신념도 저버리게 만들었으니까. 하지만 지금 설우에게 그것을 후회하느냐고 묻는다면 그 대답은 백번을 물어도 아니오일 것이다.

"한 번 미친 척해보는 것도 나쁘지 않아. 나라고 내가 그런 미친놈이 될 줄 알았겠냐?"

세영은 가볍게 코웃음쳤다.

"한 번 더 그랬다간 정신병원으로도 모자랄 겁니다."

여리고 불쌍한 것. 설우는 작렬하는 태양을 피하려는 것인지 상처에 둔해지지 못하는 세영이 안쓰러워서인지 결정하지 못하며 눈을 내리깔았다.

"지금 네가 그런 것처럼."

"……."

"난 내게 뭔가를 가르쳐 줄 사람은 세상에 없다고 생각했었다."

"……."

"그런데 아니더군. 어처구니가 없었지만, 인정할 수밖에 없었어."

자조 섞어 중얼거리고 나서 설우는 아무 반응도 없는 세영을 바라보았다.

"내가 너한테 여러 가지를 가르쳤지만…… 내가 살던 가시나무 성까지 물려준 기억은 없는 것 같은데."

다음 순간 설우는 자리를 털고 일어섰다.

"내 착각이냐?"

세영은 멀어지는 설우를 돌아보지 않았다. 그럴 필요가 없었기 때문이다.

"수고하셨습니다."

2막까지 연습이 끝나고 조명과 음향, 배우들의 동선을 체크하는 것까지 마무리 지은 후 현승은 모두에게 인사를 건네며 연습의 종료를 알렸다. 프리뷰까지 이제 20일이 채 남지 않은 상태였다. 바짝 다가온 개막일을 생각하면 현승의 심장은 한없이 뜨거워지면서도 머리는 한없이 차게 식었다.

"수고하셨어요."

열심히 머리를 숙이면서도 특별히 눈길이 가는 한 사람. 현승은 자신이 지금 느끼는 감정을 인정하고 싶기도 했고, 부정하고 싶기도 했다. 부산하게 움직이는 사람들 틈으로 가라앉았던 작은 뒷모습은 금방 눈에 잡혔다. 그저 눈에 잡힌 것일까 아니면 눈이 찾아낸 것일까. 그런 의문들에 서둘러 결론을 내려야 한다는 알 수 없는 초조함과 그러지 않아도 된다는 고민이 번갈아 찾아왔다.

"……잡을 수 없는 작은 새?"

"억!"

바로 귓가에 속삭이는 목소리에 현승은 괴상한 단말마를 내지르며 후다닥 닭살 돋은 목덜미를 쓸어내렸다.

"송 작가님."

대체 언제부터 뒤에 서 있었단 말인가. 현승과 눈이 마주친 설우는 유들유들하게 웃었다. 도저히 의미파악이 불가능한 얼굴이었다.

"입만 다물고 있으면 세영이도 꽤 미인인데 말이야. 그렇지?"

은연중 세영을 눈으로 쫓고 있던 것도 알고 있었나! 현승의 심장이 가슴속에서 데굴데굴 굴러다니기 시작했다. 그러나 설우는 잔잔하게 웃으며 다소 진지하게 일렀다.

"힘들었겠군. 외람될지도 모르지만 어쨌든, 수고했어. 뿌듯하군. 20일 후가 기대되는걸."

현승은 설우가 마음으로 느끼는 그대로를 입 밖으로 내고 있다는 것을 직감적으로 알 수 있었다.

"아까우세요?"

맨 처음 천일야화의 1막을 닦아놓은 설우에게 마음의 한 수 앞을 헤아려 묻는 현승의 질문은 약간 씁쓸하게 와 닿았다. 그러나 설우는 내색하지 않으며 다만 눈꼬리를 휘어 보였다.

사회생활을 하는 사람들은 모두 그렇겠지만, 설우 역시 실력을 돈으로 환산받는 프로였다. 현승이 천일야화에 욕심이 났던 것처럼 설우 역시 그랬으리라. 그런데 중간에 손을 털고 나가게 되었으니 뒷맛이 말도 못하게 엉망이었을 것이다. 더불어 자기의 행동으로 난처하게 된 다른 사람들에게 죄책감도 갖고 있을 것이다.

"아니라고 하면 거짓말이고."

설우는 이제 모두 완성된 세트와 무대장치가 찬란한 무대 위를 바라보며 잠시 감상에 젖었다. 배우와 조명, 스태프들이 모두 떠난 무대 위는 하교 후의 학교를 떠올리게 했다. 종전과는 전혀 다른 공간인 것처럼 느껴지면서도 묘하게 매력적인.

"미안하긴 하지만, 사과는 안 할 거야. 그때 난 그럴 만했으니까."

현승은 피식 웃었다. 설우는, 비교하자면 마치 세영처럼 솔직했다.

"알겠습니다."

"어, 세영이 저기서 뭐 하지?"

"네? 어, 어디요?!"

기습적으로 떠오른 설우의 목소리에 반사적으로 세영을 찾던 현승은 별로 이상한 구석이 없는 세영을 발견하고 안도하려다 가 아차 하며 속으로 혀를 찼다. 설마하며 고개를 돌리자 씨익 치켜 올라가는 설우의 양쪽 입꼬리가 말도 못하게 사악하게 다 가왔다.

"……사랑은 잡을 수 없는 작은 새."

악동처럼 소곤거리는 설우의 목소리에 현승의 가슴이 덜컥 내려앉았다.

"당신이 날 사랑하지 않으면 내가 당신을 사랑하게 되죠."

"송 작가님!"

설우가 속삭인 것은 공교롭게도 지난번 승태가 세영 앞에서 피아노를 치며 불렀던 하바네라의 해석이었다. 토마토처럼 달 아오르는 현승의 얼굴에 설우는 작게 키득거렸다. 하여간 나이 먹고도 순진한 거, 그거 하나만은 둘이 닮았군.

"이 극장이 풍수가 참 좋은가 봐."

팔짱을 끼고 거만하게 이르는 설우에게 현승은 아무 말도 할 수가 없었다.

"말리진 않을게. 난 요새 관대해졌으니까."

"평이나 해주세요!"

화제 전환을 위해 기를 쓰는 현승에게 설우는 못 이기는 척 넘어가 주기로 했다.

"중간에 손 털긴 했지만 그래도 아예 모른 척할 수 없어서 오기로 한 건데, 괜히 왔다 싶군."

"……."

"이 정도면 만족하나?"

설우의 말을 되새겨 보던 현승은 곧 미소와 함께 고개를 끄덕였다.

"좋습니다."

"그래, 그럼."

이내 털고 나가려는 설우를 향해 현승이 다급하게 손을 뻗었다.

"벌써 가시게요?"

"가야지. 지켜봤잖아. 지켜보고 느낀 바로는 여기 있는 내가 불청객이라는 거였어. 불청객은 사라져 줘야지."

설우는 자신이 내뱉은 대로 자신의 손길 없이도 천일야화가 흠잡을 데 없이 완성되었다는 것을 인정하며 그대로 성큼성큼 멀어지기 시작했다. 왠지 모르게 아련한 기분에 멀뚱히 서 있는 현승을 향해 설우의 고개가 휙 돌았다.

"내가 당신을 사랑하게 되면 그땐 조심하세요."

"그만 하세요!"

"하하하!"

잽싸게 빠져나가는 설우의 뒤통수를 향해 발을 쾅 구른 현승은 이제 공연장에 남은 것은 자기 혼자뿐임을 깨달았다. 하바네라, 승태와 설우, 그리고 세영이 한꺼번에 머리를 스치고 지나갔다. 세영이 카르멘과 전혀 닮지 않았다는 것은 알고 있었다. 자신이 돈 호세도 아니었다. 그러나 머릿속으로 듣는 순간부터 빠져나올 수 없었던 하바네라 선율이 떠오르는 것은 도저히 막을 수가 없었다.

사랑은 잡을 수 없는 작은 새.
당신이 나를 사랑하지 않는다면,
내가 당신을 사랑하게 되죠.
내가 당신을 사랑하게 되면 그땐 조심하세요.
당신이 잡을 거라 믿은 작은 새는
날아가 버릴지도 모르니까요.
사랑은 잡을 수 없는…….

비가 내렸다.
완연한 여름의 시작을 알리는 비였다. 새벽부터 보슬보슬 뿌리기 시작한 빗방울은 해가 뜨면서 장대 같은 소나기로 바뀌더니 정오가 다 된 지금은 기세가 한풀 꺾여 그저 추적추적 내리고 있었다. 건조하면서도 산뜻한 봄비와 다르게 공기 중에 축축한 습기를 풀어놓은 여름비 때문에 시간마저 주룩주룩 늘어진 채 흘러가고 있는 것 같았다.

현승은 묵묵히 연습 상황을 지켜보고 있었다. 내색하지는 않았지만 그 역시 오늘 분위기가 몹시 처졌다는 것은 인지하고 있었다. 배우들은 틀림없이 박력있게 연기하는데도 묘하게 힘이 없고 있다 해도 곧 빠져 버렸다. 등장 순서를 기다리고 있는 다른 사람들도 얼굴에 표정이 없기는 마찬가지였다. 공기는 무거웠고, 음악 소리는 섞여들지 못하고 붕 떠 있는 것 같았다.

"배고프다."

앉아 있던 누군가가 무의식중에 속삭였다. 시계를 확인하니 어느새 정오가 넘어가고 있었다. 점심때가 된 것이다. 문득 옆을 돌아보니 조금 전까지 자리에 있었던 세영이 보이지 않았다. 기척도 없이 어딜 간 것일까. 자연스럽게 시선이 승태로 향했지만 자기 몫의 대사를 체크하고 있는 그 역시 딱히 눈치 챈 것 같지는 않았다.

탁.

그때 문간에서 들려오는 발소리에 현승은 고개를 돌렸다. 세영이었다. 비가 오는데 어디를 갔다 왔는지 어깨에 내려앉은 빗자국이 보였다. 양손에는 저번처럼 무엇인가를 들고 있었다.

"부침개 어때?"

현승과 눈이 마주치자 세영은 들고 온 비닐봉투를 슬쩍 들어보였다. 안 그래도 고소한 냄새가 봉투에서부터 술술 피어나고 있었다. 현승은 자기도 모르게 미소를 지으며 손바닥을 탁탁 마주쳤다.

"점심 먹고 합시다!"

갑작스런 분위기 전환에 단원들이 웃으며 달려들었다. 비 오는 날 부침개, 환상적인 조합이었다. 삽시간에 연습실 바닥에 테이블 겸 신문지가 깔리고 사람들이 둥그렇게 모여 앉았다. 언제 불렀는지 정광을 비롯한 다른 스태프들까지 옹기종기 모여들었다.

"언제 나가서 사오셨어요?"

"아까 슬쩍."

어떻게 하다 보니 현승은 어느새 세영의 옆자리에 앉게 된 것을 깨닫고 흠칫했다. 바로 얼마 전 연습실에서 보았던 광경이 떠오르며 승태가 어쩔 수 없이 의식되었다. 하지만 승태는 이런 현승의 눈길을 아예 의식조차 하지 못하고 후배들 틈에 끼어서 껄껄거리고 있었다.

"뭐 해? 안 먹어?"

옆에서 툭 치는 세영에 화들짝 놀라 돌아보니 눈앞으로 일회용 접시가 내밀어졌다. 우윳빛깔 큼지막한 굴이 듬뿍 올라가 있는 해물파전이었다.

"어디 가서 사온 겁니까?"

"길 건너 파전집."

그러고 보니. 현승은 접시를 받아 들며 젓가락까지 손에 쥐었다. 극장 길 건너편에 있다는 파전집은 맛이 좋아서 단원들은 물론이고 근처에서 명성이 자자했다. 언제 알아둔 것일까.

"아, 동동주 없는 게 아쉽다!"

"인마, 연습 중에 웬 술이야!"

어린 배우 하나가 귀엽게 투정을 부리자 정광이 웃으며 한마디 했다. 방금 전까지 눅눅하던 분위기가 화기애애하게 달아올랐다. 해물파전 외에도 부추전, 김치전까지 부침개는 모인 사람들이 모두 먹기에 충분했다. 하지만 단원들은 어느새 웃고 떠들면서 냉장고에 들어 있던 간식거리들까지 꺼내왔다. 춤과 노래, 대사 암기에 동선까지. 쉴 새 없이 몸을 움직여야 하는 배우들은 열량 소비도 그만큼 많다. 점심시간의 끝이 가까워 오고 있었지만 현승은 굳이 지적하지 않았다. 5월부터 지금까지 중간에 작가와 감독이 교체되었는데도 불평 한마디 없이 연습에 임해 온 배우들이었다. 개막을 앞두고 처음이자 마지막으로 있는 조촐한 회식자리 같은 것이었다.

"작가님도 드세요."

현승이 권하자 세영은 고개를 끄덕이며 자신 몫의 접시를 집어 들었다. 현승이 보기엔 좀 적어 보이는 양이었지만, 세영은 그마저도 조금 먹다가 은연중에 내려놓아 버렸다.

"왜요? 맛이 없어요?"

"아니, 그냥 좀."

혹시 아직도 속병이 다 낫지 않은 것인가 싶어 가슴이 서늘해졌다.

"아직도 속 안 좋으신 거예요?"

"아냐, 그런 거."

세영은 조금 쭈뼛거리며 대답했다.

"잘못 고른 거 같아서 그래."

"뭘요?"

"난 해물 올라간 게 더 좋거든."

잠시 멍하게 있던 현승은 세영이 들고 있는 김치전과 자신의 해물파전을 바꿨다.

"진작 말을 하죠."

가끔 이럴 때가 있었다. 세영이 아주 작게 보일 때. 아무것에도 신경 쓰지 않는 것 같은 그녀가 사실은 자기 주변의 모든 것에 신경을 곤두세우고 있다는 것을 알게 되는 때, 그럴 때가 가끔 있었다. 그럴 때면 현승은 세영이 무척 가녀리다는 생각이 들었다.

"유난스럽다고 생각할 거 아냐."

세영의 대꾸에 현승은 히죽 웃었다. 지나치게 세밀한 여자. 빈틈이라곤 면도칼 들어갈 틈도 없어 보이지만, 가만히 보면 주변이 온통 텅 비어 있는 여자. 그것을 새삼 깨달으며 예전 모습이 어땠을지 상상하면 왠지 내 가슴이 쑥스러워지는 사람. 그리고 저 어깨에 팔을 둘러 끌어안아 주고 싶은…….

"윽!"

거기까지 생각한 현승은 자기 혼자 움찔하며 들고 있던 부침개 조각을 옷에 흘리고 말았다. 세영은 눈살을 찌푸리며 휴지를 챙겨 들었다.

"칠칠맞게."

감전. 세영의 손길이 옷에 묻은 부침개 조각을 치우며 기름 자국을 닦는 순간 현승은 그렇게 생각했다. 세영은 아무 의식 없이 그저 옆사람이 옷에 뭘 흘렸으니 닦아주는 것이었지만 당하는 현승은 옷 위로 전기가 통하는 것 같았다. 머리로는 휴지를 받아 들고 자신이 수습해야 한다고 뒤죽박죽으로 떠올랐지만 현승은 목덜미가 붉어진 채 미동도 없이 가만히 있었다. 그러고 있는 세영과 현승의 맞은편에서는 유희가 두 사람을 물끄러미 바라보고 있다가 옆에 앉은 관우를 살짝 건드렸다.

"저것 좀 봐요."

관우 역시 현승과 세영을 발견하고는 눈을 크게 떴다. 불같이 지르면 물처럼 수습하는 사이였던 두 사람이 이 순간 몹시 친밀하게 보였기 때문이다.

"어, 형이랑 작가님 언제 저렇게 친해지셨지?"

관우가 중얼거리자 그와 멀지 않은 곳에 앉아 있던 승태와 정아 역시 현승과 세영에게 시선을 돌렸다. 부드러운 충격에서 빠져나온 현승이 세영에게 부랴부랴 다른 얘기를 꺼냈지만, 떨어진 그들이 보기에 끊임없이 뭔가 얘기를 주고받는 두 사람의 모습은 묘한 감흥을 불러일으켰다.

'어라?'

승태의 눈이 반짝였다. 허공에서 네 사람의 시선이 짧게 얽혔다. 네 사람의 뇌리로 국립극장의 오래된 징크스가 동시에 스치는 순간이었다.

오후까지 이어진 부침개 회식이 끝나고 자리가 대충 정리되었을 무렵, 담배 생각에 밖으로 나왔던 현승은 후문을 열고 나서는 순간 기시감에 담배를 쥔 손가락에 힘을 주었다. 딱 벌어진 승태의 뒷모습과 그 옆에 나란히 선 여자의 모습. 연습실에서 하바네라를 부르던 승태와 세영이 생각나는 구도였다. 승태역시 배부른 후에 즐기는 후식처럼 연기를 빨아들이고 있었던 모양이다. 문 열리는 소리에 승태가 먼저 현승을 돌아보고는 히죽 웃었다.
“아, 감독님도 오셨네요.”
“예…… 한 대 태우려고요.”
그러나 현승은 곧 기시감에서 빠져나오며 어색하게 웃었다. 세영이라고 착각했던 승태 옆의 그림자는 정아였던 것이다.
“그럼 나 먼저 들어가 볼게요!”
요새 왠지 밝아진 정아는 싹싹하게 웃어 보이며 먼저 안으로 사라졌다. 문이 닫히기 직전, 정아의 명랑한 목소리가 날아왔다.
“두 사람 다 담배 좀 줄이세요!”
밉지 않은 핀잔에 승태와 현승은 하하 웃었다.
“불 드릴까요?”

"감사합니다."

현승은 잠자코 승태가 내미는 라이터 불꽃에 담배 끝을 가져다 대었다. 곧 붉은 루비처럼 불똥이 맺혀 젖빛 연기가 맑은 공기를 수놓기 시작했다.

"제가 담배 피우는 거 세영이한테는 비밀입니다."

"예?"

승태가 담뱃재를 털며 덧붙였다.

"노래하는데 담배 피운다고 하면 잔소리하거든요."

"아아."

스르르 타 들어가는 것이 담배 끝인지 마음속인지 모르겠다.

"참 막역한 사이 같네요. 작가님이랑 승태 씨."

"그렇죠 뭐. 함께한 지 오래되었으니까. 그 녀석도 나를 잘 알고 나도 그 녀석을 잘 알고."

승태는 스스럼없이 일렀다. 순간 그의 바지 주머니 속에서 울리는 휴대폰 진동 소리에 현승은 흘깃했다.

"아."

메시지였는지 액정을 확인하는 승태가 작게 킬킬거렸다.

"작가님입니까?"

"예? 아뇨, 다른 사람이요. 그냥 친구요."

으흠 하고 담배를 한 모금 빨아들인 승태는 티나지 않게 현승을 흘깃거렸다. 맨 앞에서 극 전체를 이끌고 있었으니 현승의 얼굴에는 항상 나른한 피로가 스며들어 있었다. 하지만 그렇다고 해서 흐트러진 모습은 아니었다. 담배를 피우고 있는 지금도 현승은 그 특유의 단정함을 잃지 않고 있었다.

"세영이랑 꽤 친해진 것 같던데요."

허공으로 뿜어지던 현승의 잿빛 연기가 잠깐 끊어졌다.

"예?"

"아까요. 좀 놀랐습니다. 처음이랑 많이 달라 보여서."

아까? 아, 흘린 것을 세영이 닦아주었을 때 그걸 봤단 말인가! 현승은 순간 발밑이 잠깐 꺼지는 기분이었다. 이상한 광경도 아니었지만 다른 사람이 자신의 마음이 드러나는 그 일면을 봤다는 것 자체가 당혹스러웠다.

"하하…… 시간이 흘렀잖습니까."

애써 태평하게 웃으며 현승은 아무렇지 않게 일렀다. 문득 속이 답답해졌다. 자신이 마음을 드러내지 않는 이유와 지금 나란히 서서 담배를 피우고 있다는 사실이 깨달아졌기 때문이다.

"사실 처음엔 또 비슷한 일이 일어날까 봐 걱정도 했죠."

"아아, 관우에게 들었습니다."

현승이 맞장구치자 승태는 유쾌하게 웃음을 터뜨렸다.

"하지만 이렇게 다 잘되고 나니, 걱정은 안 되네요. 잘 지내면 좋은 거죠 뭐."

진솔하게 들리는 승태의 말에 현승의 눈썹이 차차 희한하게 구겨졌다. 뭔가 이상했다. 다른 사람도 아니고 승태가 이런 말을 하다니. 다른 누구보다 세영을 각별하게 생각하고 있지 않았던

가. 세영이 다쳤을 때도, 그 후에도, 그리고 그 외에도 언제나. 그런데 다른 남자에게 당신이 세영이와 친해져서 좋아 보인다고?

"제가…… 착각하고 있는 겁니까?"

왠지 불길한 예감에 현승의 목소리가 이상하게 흔들렸다.

"예?"

"저는 작가님과 승태 씨가…… 가깝다고 생각했는데요."

두 사람의 시선이 허공에서 짧게 얽혔다. 다음 순간 빨아들였던 담배 연기가 급하게 엉키며 승태는 발작적으로 쿨럭거리기 시작했다.

"아, 아니! 쿨럭! 아뇨, 아니, 크흠! 아니에요. 헉!"

오히려 승태의 격렬한 반응에 놀란 것은 현승이었다. 아니었다고? 하지만 그동안 승태가 세영에게 보여준 자상함은 보통의 선후배 사이를 뛰어넘는 것이었다.

"모르세요?"

겨우 진정하고 붉게 상기된 얼굴로 승태는 황망함을 감추지 못하고 물었다.

"예? 뭘 말입니까?"

반문하는 현승의 모습에 어처구니가 달아나던 승태의 입꼬리가 찰나 미묘하게 꿈틀거렸다. 왜 마음을 감추며 제대로 다가오지 못하나 했더니, 그랬었군. 현승은 자신과 세영의 사이를 제대로 모르고 있었던 것이다.

"아뇨, 아니에요. 세영이. 아 물론 특별하게 생각하고 있습니다. 당연하게요."

순식간에 평정심을 되찾으며 승태의 눈꼬리가 멋지게 휘었다. 이상한 여유가 깃든 득의양양한 미소였다. 승태는 짧게 생각을 정리했다. 언젠간 현승도 알게 되겠지만, 그것이 굳이 지금일 필요는 없지. 그전에 조금 알아보는 것도 좋을 것이다.

"그런데, 그게 좀 그렇잖습니까."

의미를 알 수 없는 소리에 현승은 자기도 모르게 물었다.

"무슨 뜻입니까?"

승태는 유들유들하게 웃었다.

"난 그렇거든요. 남자와 여자 사이가 반드시 이성으로만 특별해져야 하는 건 아니죠. 좋은 여자지만, 취향에서 좀 걸린다면 막역한 선후배로만 남는 것도 좋죠. 특별하게 생각한다고 해서 정말 특별해져야 하는 이유는 없는 거 아닙니까? 종류가 다른 겁니다."

승태의 거칠 것 없는 태도에 현승은 잠시 말을 잇지 못했다.

"뭐라고요?"

차가워지며 노기가 일렁이는 현승의 눈동자를 보며 승태는 뜻대로 흘러가는 상황에 뿌듯해졌다.

병에서 회복된 세영을 데리고 호텔이며 거리를 돌아다녔던 그날, 무슨 간절하게 할 말이 있었는지 일찍부터 달려와 현관 앞에 쭈그리고 앉아 기다리고 있던 모습, 현승의 그 모습을 못 봤다면 이렇게 그를 건드릴 생각도 못했을 것이다. 하지만 승태는 봤다. 자신과 함께 있는 세영을 목격하고 당황하는 현승을. 같은 남자였기 때문일까. 승태는 그때 현승의 놀라움이 단지 주연 배우와 작가가 함께 있었기 때문이 아니라는 것을 단박에 꿰어보았다. 마치 예상치 못한 순간에 자신의 자리를 빼앗긴 것 같은 안타까움과 허탈함이 서린 눈동자.

비슷한 동년배의 남자였기에 승태는 알 것 같았다. 어째서 현승이 숨죽이고 있는지. 현승은 아마 자신과 세영이 이미 서로 좋은 감정을 나누고 있는 줄 알고 있었기에 스스로를 숨기고 있는 것일 것이다. 전후 사정을 알면서도 막무가내로 뛰어들 만큼 뻔뻔한 사람이 아니었으니까. 하지만 그런 건 필요없었다. 승태로서도 지금 현승을 도발하는 것은 일종의 모험이었다. 세영에 대한 현승의 호감이 장애물을 만나면 그냥저냥 타협하고 물러나도 크게 아깝지 않을 그냥 '괜찮은 느낌' 인 건지, 아니면 태클을 뛰어넘어 골대로 달려갈 진짜 '마음' 인 건지 확실하게 파악할 수 없었기 때문이다. 하지만, 기회가 왔으니 확인한다 해서 나쁘진 않을 것이다.

"뭘 그렇게 놀라세요?"

"그럼 그동안 작가님한테는 왜 그렇게……."

"잘 대해줬냐고요?"

승태는 여유 넘치는 동작으로 담배 연기를 빨아들였다가 홀가분하게 뱉어냈다.

"세영이는 좋은 사람입니다. 냉정해 보이지만 사실은 꽤 자상하고, 따뜻한 면도 있죠. 어린애 같은 면도 있어서 보살펴 주고 싶기도 하고요. 난 세영이를 좋아합니다. 충분히.”

현승은 갑자기 바짝 마르는 입가를 겨우 혀로 쓰다듬었다. 승태는 여전히 유들유들하게 이었다.

“하지만 친구로서 마음에 드는 것과 여자로서 사귈 수 있는 기준은 별개 아닙니까?”

“뭐라고?”

기어코 현승의 눈에서 희미하게 불꽃이 튀며 커다란 손이 거칠게 승태의 어깨를 잡았다. 승태는 퍽 놀랐지만, 내심 현승의 속내가 얼마나 깊은지 확인할 수 있을 것 같아 좋기도 했다.

“당신…… 다 알고 있으면서!”

현승이 모래처럼 서걱이는 목소리로 외쳤다. 그동안 자신이 애써 마음을 다잡았던 것은 세영의 곁에 이미 승태라는 뛰어난 사람이 있었기 때문이었다. 그리고 서로에게 언제나 마음을 여는 두 사람을 보며 자신이 괜히 끼어들어 그 사이에 파란을 만들고 싶지 않아서였다. 괴롭고 쓸쓸하고 안타까웠지만, 할 수만 있다면 손을 뻗고 싶기도 했지만 매일 세영을 보면서 힘들게 마음을 감추고 억눌렀던 것은 이미 그녀의 곁에 그 상처와 드러나지 않는 부드러운 면까지 모두 감싸 안고 있는 남자가 벌써 있다고 생각했기 때문이다.

그런데.

“왜 이렇게 화를 내는지 모르겠습니다. 그게 감독님이랑 무슨 상관이라도 있습니까?"

끝까지 굽히는 기색 없이 이르는 승태의 모습에 울화가 치밀었다. 근래에 이렇게 화가 났던 적이 없었다.

"뭐 하는 짓입니까? 모르는 것도 아니고 다 알고 있잖아요! 작가님의 안에 어떤 상처들이 있는지! 그러면서 어떻게!"

승태는 의미있게 씩 웃으며 어깨를 움켜쥐고 있는 현승의 손을 힘주어 떼어냈다.

"아, 왜 이런 반응이신가 했더니. 제 맘대로 해석해도 됩니까?"

승태는 진심으로 즐거운 것 같았다. 예기치 못한 곳에서 흥밋거리를 발견하기라도 한 것처럼 빙글빙글 웃는 입술이 가슴을 쿡쿡 찔렀다.

"걱정 마세요. 전 앞으로도 세영이를 소중하게 대해줄 거니까."

마지막 담배 연기를 만족스럽게 음미한 승태는 짧아진 꽁초를 주저없이 휴지통에 던져 넣으며 현승을 스쳐 갔다.

"어떻게 하든, 감독님 자유죠."

"그럼 내일 뵈어요!"

연습이 끝나고 모두가 돌아가는 늦은 밤, 하루 종일 유지하고 있던 긴장이 풀리며 허탈해지는 이 시간은 언제나 사람을 감상적으로 만든다. 내일을 기약하며 집으로 돌아가는 단원들과 스태프들을 하나하나 배웅하는 현승이 그랬다.

"하……."

켜둔 형광등 중에서 반쯤은 꺼버리고 현승은 텅 빈 연습실을 한번 둘러보았다. 방금 전까지 사람들이 내뿜는 생기로 넘치고 있던 연습실은 잠든 것처럼 조용했다. 흐트러진 구석들을 정리하고 현승은 불을 끄고 나가는 대신 하루 종일 자리를 지켰던 자신의 책상에 다시 자리를 잡고 앉았다. 무대 동선을 한 번 더 살펴보기 위해서였다.

"안 갔나?"

시선을 돌린 곳에는 세영이 서 있었다. 현승은 자기도 모르게 눈을 크게 떴다.

"안 가셨어요?"

"가방."

"아아."

현승은 가방을 챙겨 드는 세영의 뒷모습을 망연하게 바라보았다. 가깝지만 무척이나 멀게 느껴지는 거리였다. 얼마나 멀까 가늠해 보며 아득해지는 것은, 아마도 다가가고 싶기 때문이겠지.

"뭐 해?"

그대로 나가려던 세영이 문득 발걸음을 멈추고 가까이 다가왔다. 아주 여린 비누 냄새 같은 것이 풍겨오자 현승은 의자에 앉은 채 주춤 어깨를 뒤로 뺐다. 고개를 숙인 세영의 머리카락이 어두운 불빛 때문에 잿빛으로 빛났다. 현승은 순간 어이없게도 가르마가 참 곧다는 생각을 했다.

"열심이네."

책상 위에 펼쳐져 있는 것이 무대 도면임을 알아본 세영은 고
개를 끄덕이며 중얼거렸다. 현승은 겨우 입을 뗐다.

"동선을 좀 살펴보려고요."

"열심인 것도 좋지만 말이야, 이러다 차 끊긴다."

연습이 끝난 것도 꽤 늦은 시간이었다. 현승은 벽시계를 건성
으로 확인하며 운을 떼었다.

"예. 조금만 보고 갈 겁니다."

정직하게 대답하는 현승을 가만히 바라보고 있던 세영이 문
득 입매를 비틀었다.

"이렇게 열심이면서, 그 나이 먹도록 차도 안 샀나?"

"차요?"

현승은 눈을 크게 떴다. 자가용이라. 한 번도 생각을 안 해본
것은 아니었지만 사고야 말겠다고 생각해 본 적도 없었다. 이십
대가 영글어갈 무렵부터 지금까지 대학로에 터를 잡고 있었으
니 사는 곳도 당연히 근처였다. 물론 남자라면 한 번쯤 꿈꾼다
는 드림 카를 그려보지 않은 것은 아니었지만 오가는 거리가 가
깝다 보니 절실하게 필요를 깨달았던 적이 없었던 것이다.

"그러고 보니 그렇네요. 저 뚜벅입니다."

하하 웃는 현승을 향해 세영은 어설프게 웃었다.

"그러는 작가님도 차 없지 않으세요?"

"없지."

"왜요? 작가님은 못 살 이유도 없잖습니까."

현승은 진심으로 궁금해서 물었다. 세영만 한 사람이 돈 때문에 차를 안 샀다는 건 말도 안 된다. 다른 걸 다 제쳐 두고 현존하는 또래 작가들 중에서 수입만으로 따진다 해도 세영은 거의 톱클래스였으니까.

"나?"

세영은 그렇게 운을 떼었다가 그녀답게 대답했다.

"면허가 없거든."

잠시 후 현승이 나직하게 웃음을 터뜨리자 세영 역시 우스웠는지 드물게도 가볍게 웃었다.

"가보지."

"예. 내일 뵙죠."

그러다가 현승이 퍼뜩 물었다.

"아, 작가님. 근데 뭐 타고 가시게요?"

"택시 있잖아."

그 말에 현승은 다시금 시계를 살폈다. 저녁 열한 시가 넘은 시각. 여자 혼자, 게다가 버스도 아니고 택시. 요새 세상이 얼마나 흉흉한데.

생각을 정리하기도 전에 현승은 도면을 가방에 쑤셔 넣으며 세영을 따라나섰다.

"같이 가시죠."

궁정

세헤라자드 : (위축된 샤리야르를 향해) 술탄께서 상처 입은 것은 보고 싶은 것만 보려 하셨기 때문입니다. 아름다운 것만이 사랑의 진실된 모습은 아니니까요. 사랑은 보석이라지만 보석은 처음엔 불투명한 돌멩이에 지나지 않는 것입니다. 사랑은 두 사람의 몫입니다. 술탄께서 상처 입으신 것은 그것이 두 사람의 몫임을 인정하지 않았기 때문입니다. 한 방향으로만 흐르는 물은 부드럽지만 고집스러워 결국 바위를 깨버리고 말지요.

샤리야르 : (돌아보며 벌컥!) 닥쳐라! 그래서 너는 내게 다가오기 위해 거기 서 있는 거냐? 웃기지 마라! 내가 너만큼도 감정에 대해 아는 것이 없는 줄 아느냐? 너 자신조차 네 마음이 언제까지 지속될지 장담하지도 못하면서! 경박한 사탕발림 따윈 집어치워라. 난 여태까지 그런 말을 너무나 많이 들었다!

—천일야화 극본 中에서

현승은 언제부터인가 묘하게 무상함에 사로잡힌 세영을 느낄
수 있었다. 표면적으로 세영은 천일야화의 한 축을 담당한 작가
였고 여전히 지켜보는 것을 게을리하지 않았지만 그 내면은 내
내 곁에 있으면서도 마음은 적당히 떠났다는 듯이 어딘가 먼 곳
에 있는 느낌이었다.

"무슨 일 있으세요?"

"뭐?"

무슨 생각을 하고 있었는지 세영은 잠시 후에야 퍼뜩 정신을
차렸다.

"왜?"

"웬 생각을 그렇게 하나 해서요."

"아아, 그냥."

세영은 속을 들키기 싫어하는 것처럼 자세를 고쳐 앉았다. 현승이 미약한 조명을 한 번 더 지적하고는 지나가듯 일렀다.

"허전해 보이네요."

"허전해 보여?"

"조금요."

현승은 이제 세영 앞에서 필요 이상으로 마음을 단단하게 먹지 않았다. 그땐 세영에 대해 잘 몰랐었지만, 이젠 그러지 않아도 될 것 같았기 때문이다.

"천일야화도, 이제 거의 다 갖춰졌군."

세영이 지나가듯 이르자 현승은 약하게 고개를 끄덕였다.

"작가님 덕분이죠."

세영은 아무 말도 하지 않았다. 잔잔한 두 사람의 뒤로 깔리는 배경음악처럼 승태의 노래가 높아졌다.

"목소리 참 괜찮아. 그렇지?"

심심한 칭찬에 현승의 눈이 커졌다. 가슴 한구석이 착각처럼 지끈거렸다.

"어떻게 하든, 감독님 자유죠."

여운이 의미심장했던 승태의 말. 마치 자신의 속이 어떤지 모두 꿰뚫어 보고 있는 것 같았다. 아니, 십중팔구는 알고 있을 것이다. 그날 승태의 모습이 떠오르자 새삼 속이 답답해졌다.

"윤 감독도 애썼어."

이번에도 심심한 칭찬이었지만 현승은 왠지 가슴이 철렁했다.

"이제 이상한 곳 없나?"

"예?"

"전에 그랬었잖아. 사랑 이야기가 좀 이상하다고."

아아. 현승은 세영이 퇴원하고 얼마 되지 않았을 때 천일야화에 녹아든 사랑의 표현이 조금 작위적이라고 했던 말을 기억해 냈다. 그 덕분에 현승은 세영의 감춰진 부분을 알게 되었다. 그땐 먹먹하면서도 모르던 세영의 일면을 알게 되어 조금은 기쁘기도 했었다. 하지만 지금은 왠지 자신이 세영의 상처에 소금을 뿌린 것만 같았다.

그리고 세영은 몇 번의 검토 끝에 대본을 약간 수정했다. 허탈해 보이던 이유가 혹시 그것이었나. 나는 어쩌면 나도 모르는 사이에 세영의 자존심에 상처를 낸 것은 아닐까.

"네. 이젠 완벽합니다."

목소리가 흔들리지 않도록 신경 쓰며 일렀다. 세영은 그저 옅게 입술을 휘며 중얼거렸다.

"다행이군."

세영은 반응은 너무 여상스러워 오히려 지켜보는 사람이 더

쓰라릴 지경이었다. 세영은 아무렇지도 않게 단지 승태를 지켜
보고만 있었다. 더 이상 화낼 힘도 없다는 듯이.

"아무렇지도 않으세요?"

"뭐가?"

세영의 마른 어깨가 한번 작게 물결쳤다.

"대본? 대본이야 얼마든지 고칠 수 있는 거 아닌가. 신경 쓰
지 마."

"작가님은 만족스러우십니까?"

현승은 자기도 모르게 울컥했다. 순간적으로 그의 목에 핏줄
이 두드러졌다. 약해진 세영은 보고 싶지 않았다. 지금 세영은
무너진 잔해 속에 쓰러진 채 팔을 잡던 그때를 생각나게 했다.
현승이 절대 보고 싶지 않은 세영의 연약한 모습이었다. 하지만
세영은 너무나 쉽게, 이제 그만 됐다는 듯이 여린 미소까지 머
금으며 간단하게 손을 놔버렸다.

"괜찮군."

세영의 목소리가 잔잔하게 가라앉는 음악을 연주하는 악기
중에 하나처럼 섞여들었다.

"나는 해피엔딩을 한 번도 보지 못했지만 말이야, 그냥 어딘
가엔 그런 게 있다고 믿고 싶군."

승태의 노래가 끝나자 세영은 아주 작게 박수를 쳤다.

"그렇게 생각하는 게 속이 편하잖아."

"긍정적이네요."

무의식중에 그렇게 이르자 세영의 커다란 눈이 심심하게 현승을 향했다.

"같이 일하는 누굴 닮아가나 보지."

반은 농담인 세영의 말에 현승은 삼키던 숨이 사레들려 조금 캑캑거렸다. 세영이 가볍게 웃었다.

더 이상 집에 있기도 무료하여 밖으로 나선 길이었다. 주말이 가고, 새로운 한 주가 시작되면서 세영은 한 번도 극장을 찾지 않았다. 지금까지는 하루가 시작되면 당연스레 극장을 찾아 현승과 승태와 유희와 관우를 비롯한 다른 사람들과 함께, 자신들이 공을 들인 무대가 얼마나 아름답게 완성되어 가는가 지켜보았는데 그것을 그만두니 졸지에 할 일 없는 사람이 된 것 같았다. 하나의 작품이 끝나면 으레 찾아오는 열병 같은 것이었지만 이번에 찾아온 아쉬움은 유난히 강렬해 세영을 당황하게 만들었다. 연습실에 나타나지 않자 현승이 몇 번 전화를 걸었지만 세영은 적당히 핑계를 대며 물리쳤다. 여태까지 그랬던 것처럼 혼자 견뎌보려고 했지만, 그러나 짙은 허탈감은 쉽게 사라지지 않고 세영을 괴롭혔다. 그래서 결국 세영은 내키지 않는 외출까지 감행했던 것이다. 혼자서.

시내를 걸으며 마음에 드는 상점이 있으면 둘러보고 또 걷는 것을 반복하던 세영은 갑자기 방향을 바꾸어 횡단보도를 건넜다. 거침없이 뻗은 발걸음이 향한 곳은 시내에서 가장 큰 서점이었다.

시내에 가득한 마천루들 중에서도 눈에 띄는 고층빌딩의 지하 1층이 전부 책들로 꾸려져 있는 대형 서점이었다. 한눈에 다 둘러보기도 어려울 만큼 방대한 매장을 휘휘 둘러본 세영은 방금 전까지 빨랐던 걸음을 늦춰 하릴없이 책장 사이를 거닐며 다채로운 책 표지들을 감상하기 시작했다. 백화점보다도 서점에 왔을 때 눈을 더 반짝이는 세영이었다.

〈다이아몬드.〉

그중 하나의 책 표지에 시선을 고정시킨 세영은 망설임없이 책을 뽑아 들고 살펴본 다음 손에 들었다. 검색대로 다가가 보석에 관한 책을 검색해서 이리저리 찾아다니는 동안 책들은 한 권 한 권 늘어나고 있었다.

〈보석감정사.〉

〈고대 장신구.〉

〈꾸밈의 역사.〉

세영이 고른 책들의 주제는 모두 보석이나 귀금속에 관련된 것이었지만 그 분류는 인문서에서 학술서, 자격증 서적에 이르기까지 다양했다. 세영이 이렇게 가지각색의 책을 고르는 것에는 이유가 있었다. 다음 작품에 등장시킬 주인공의 직업을 보석감정사로 설정했기 때문이었다. 현승은 몰랐지만, 세영이 허탈했던 것은 대본 때문이 아니었다.

천일야화를 잊어야 할 때가 온 것이다.

다른 때보다는 조금 이르다고 생각하며 세영은 씁쓸한 입매를 뒤틀었다. 정확히 의식하고는 있었지만 별로 인정하고 싶지 않은 정답. 보통은 아무리 작가로서의 역할이 끝났다 해도 극이 올라가기 전에 이렇게 서둘러 정리하려 하지 않았다. 그런 버릇 때문에 사실은 다음 작품을 위한 책을 고르는 지금도 마음이 편치 않았지만, 한편으로는 어서 천일야화를 떠나보내고 다른 것에 매달려야 한다는 조급함이 들었다.

잠시 멈춰 선 세영은 스스로의 복잡한 심사에 마침에 굴복하는 심정으로 숨을 내쉬었다. 하나의 이야기를 만들어내고, 끝을 맺고, 결국엔 떠나보내야 하는 흐름은 흡사 장성한 자식을 독립시키는 부모의 그것과 닮아 있었다. 그러나 이번만큼은 그 의미가 남달랐다. 그 남다른 이유 한편에 윤현승이라는 사람이 없다고 한다면 거짓말일 것이다.

문득 그리 길지 않았던 몇 달간의 여정이 몹시도 길게 느껴졌다. 고작 계절 하나가 지나갔을 뿐인데 마치 해를 넘기기라도 한 것 같았다. 그 짧은 사이에 일어난 일이 많아서 그럴까. 미정이라던 연출가가 현승이 되었다는 말들 듣는 순간 심장이 내려앉았고, 그 앞에서 모자란 속을 들키기 싫어 무진 애를 썼고, 여전히 본연의 순수를 잃지 않은 그의 모습에 괜히 작아졌고…… 오히려 무대에서 다쳤던 일이 작게 느껴지는 지난날들이었다.

그러나 세영은 곧 마음을 접고 책 찾기에 열중하기 시작했다. 이러니저러니 해도 자료수집의 첫 번째는 책이었다. 책은 다양한 경험의 간접체험 이전에 기본을 알게 해주는 것이었으니까. 이리저리 다니며 그때마다 검색대를 두들겨 필요하다 싶은 책을 찾아보거나 눈에 띄는 것들을 살펴보느라 어느새 시간 가는 줄도 잊어버렸다. 그러다가 문득 깨닫고 부랴부랴 서점을 나섰을 때는 시간은 이미 저녁으로 접어들고 있었다.

"어디…… 다녀오세요?"

고르다 보니 열 권을 훌쩍 넘긴 책들을 끌어안다시피 들고서 엘리베이터를 내려서는데 뜻밖의 목소리가 고요하게 세영을 반겼다. 언제부터 거기 있었는지 현관 앞에 서 있던 그림자가 힘겹게 책을 들고 있는 모양을 보고서는 성큼 다가와 쇼핑백 손잡이를 그러쥐었다. 짓누르고 있던 무거움이 가볍게 사라지며 세영은 책 봉투를 들고 있는 현승을 멀거니 바라보았다.

"무슨 일인가?"

서점에서 책장 대신 넘겼던 상념들이 있었기 때문일까. 그를 마주하는 순간 이유없이 콱 막히는 목구멍 사이로 겨우 뽑아낼 수 있었던 말이었다. 처음 자신을 대면했던 때부터 지금까지 별로 달라지지 않은 퉁명스런 반응을 보면서 현승은 편하게 웃었다.

"별일은 아닙니다. 그냥 왔어요. 하도 안 오기에 보고 싶어서."

단 며칠이었지만, 언제나 채워져 있던 세영의 자리가 빈 채로 남자 현승은 초조했다. 처음엔 괜히 조급하고 예민해지는 이유가 뭔지 몰랐지만, 시간이 지나자 알 수 있었다. 마치 안개가 걷히는 것처럼.

세영이 곁에 없었기 때문에. 한마디로 설명될 수 없는 그 복잡 미묘한 사람이 옆에 없었기 때문에. 자신은 언젠가부터 마음에 들어차기 시작한 그 사람이 눈에 보이지 않는 것이 불만이었던 것이다. 이곳으로 향하는 발길을 거둘 수 없었던 것은, 현승으로서는 어쩔 수 없는 일이었다.

"무슨 책을 이렇게 사셨어요?"

"별거 아냐."

세영이 문을 잡아준다면 그것에 더 놀랐겠지. 그대로 지나쳐 안으로 들어가 버리는 세영의 뒷모습을 보며 현승은 조금은 즐겁기도 한 기분이었다.

"그런데…… 뭐 공부하세요?"

처음엔 그저 책이구나 했지만 등에 박힌 이름들이 하나같이 묵직해 보여 현승이 내처 물었다.

"아, 그거……."

벌써 천일야화를 잊고 다음을 준비하기 위한 것이라고 하면 현승은 뭐라고 생각할까. 그것이 세영을 주춤거리게 했다. 혹시 나의 이런 속을 안다면 현승은 자신을 무책임하다고 생각할까.

"슬슬 다음 것 준비해야지."

하지만 세영은 괜히 숨기지 않고 대답했다. 그럴까 봐 거짓말을 한다면 스스로가 비참하게 느껴질 것 같았기 때문이다.

“벌써요?”

현승은 의외라는 듯이 퍽 놀란 얼굴로 그득한 책들을 다시 한 번 바라보았다.

“보석이라니, 화려한 얘긴가 보죠?”

그러나 현승은 세영의 짐작대로 무책임하다고 힐난하는 기색은 조금도 없이 순진하게 미소 지었다.

“뭐 하러 왔어? 일도 없다며. 때맞춰서 밥 얻어먹으러 온 거면 실패야. 진짜 보고 싶어서 온 것은 아닐 테고.”

그것은 그것대로 옥죄어와 세영은 부러 뾰족하게 내뱉었다. 그러나 그동안 세영의 화법에 익숙해진 현승은 아무렇지도 않게 고개를 모로 꼬았다. 서글프고 가녀렸다. 여자에게 모성이 있듯이 남자에게 본능적으로 부여된 보호본능이라고 해도 좋았다. 세영은 언제나 한발 먼저 연막을 친다. 선을 긋고, 어느새 만들어놓은 울타리 안에서 이쪽을 바라보고 있다. 상처받지 않을 만큼 적당히 떨어져서.

“진심인데.”

현승 역시 내심 긴장하고 있다는 것을 세영은 스스로를 추스르는 것도 버거웠기 때문에 알지 못했다.

고슴도치는 등에 가시를 달고 있는 대신 그 반대쪽인 가슴털은 다른 어떤 동물보다 부드럽다고 했다. 그 비유를 현승은 지금 눈앞에 있는 여자를 통해 이해할 수 있었다. 처음에는 세영을 떠올리는 것 자체가 편하지 않았다. 어떤 불가침의 영역을 훔쳐보기 위해 애써 까치발을 들고 있는 기분이었기 때문이다. 하지만 이제는 저 툴툴대는 한마디조차 별로 나쁘지 않았다. 아니, 오히려 그녀다워서 괜찮았다.

만나보고 싶다고 생각했다. 언제나. 세영을 알기 전에 현승은 언젠가 기필코 저 괴물 같은 사람을 이 두 눈으로 직접 확인하겠다고 벼르고 있었다. 그리고 마침내 세영을 만나고 얼마 안 되었을 때까지만 해도 현승은 자신의 생각이 틀리지 않았다고 믿었다. 하지만 이젠 알 것 같았다. 자신은 아직도 멀었다는 것을. 마치 천국의 문을 지키는 파수꾼같이 저 위에서 버티고 있던 여자의 이면이 사실은 어떤 모습이었는지 그 누가 알 수 있었을까.

고슴도치가 가시를 달고 있는 것은 성질이 포악하고 사나워서가 아니라는 것을. 손바닥 위를 겨우 차지할 정도로 작은 그 짐승이 너무나 작고 여린 스스로를 지킬 방법은 그것밖에 없었던 것이다.

하지만, 이제 그러지 않아도 되도록 자신이 곁에 있고 싶었다. 이런 마음이 솟는 자신이 쑥스러워 견딜 수가 없었지만, 현승은 이렇게 진심이었던 적이 없었을 정도로 진심이었다. 자신의 상처와 슬픈 기억에 사로잡혀 피폐해지던 샤리야르의 곁에 세헤라자드가 나타났던 것처럼, 강하지만 한편으론 침잠하고 있는 세영의 일부를 자신의 손으로 보듬고 싶었다. 누구에게 내보이고 싶어서도, 승태에게 반발해서도 아니었다. 세헤라자드가 샤리야르를 위해 만들어주었던 천 하룻밤, 아니, 그 이상의 따스함으로 현승은 세영이라는 여자의 곁으로 다가가 손을 잡고 싶었다.

"왜, 섭섭해? 내가 벌써 다른 거 찾아서?"

한동안 아무 말도 없이 서 있기만 하는 현승을 향해 세영이 문득 던졌다.

"아니오."

현승은 작게 웃었다.

"그냥…… 어느새 벌써 이렇게 되었구나 하는 생각이 듭니다. 처음에 반 토막짜리 천일야화를 맡았을 땐 언제 다 매듭지을까 했었는데, 이제 와서 돌이켜 보면 너무 빠르게 지나간 것 같아요."

"이쪽 일이 원래 다 그렇지. 몰라서 그러나."

"매번 그러니 그것도 신기한 노릇이죠."

세영은 문득 모든 것을 멈추고 수수하게 응하는 현승을 잠자코 주시하다가 다소 주저하듯 멈칫거리며 입술을 뗐다.

"변했군."

"제가요?"

"그래."

세영은 잠시 말을 끊었다.

"예전에 내가 병원에 있을 때, 샤리야르가 찾아와서 그랬었지. 매양 파파스머프 같은 윤 감독이 엄해졌다고. 그래서 난 독하게 변한 줄 알았는데, 아닌 거 같아."

"파파스머프? 승태 씨가 그랬습니까?"

뜻밖의 비사에 현승은 웃음과 함께 일렀다. 편하게 웃는 현승의 모습을 멍하니 바라보던 세영이 자기도 모르게 일렀다.

"방어막이 없어진 것 같은데."

"예?"

"방어막이 사라진 것 같다고. 처음 날 대할 땐 겁먹은 토끼처럼 늘 귀를 세우고 있는 것 같았는데, 이젠 날 보면서 풀도 뜯을 수 있게 된 것 같단 말이야."

가볍게, 정확히 짚어낸 세영의 말에 현승은 뜨끔했다. 모르던 세영의 진면목을 알게 되었으니 늘 곤두서 있던 세영에 대한 경계심이 사라진 것은 당연한 일이었다.

"글쎄요……."

무언가 결정적인 말을 꺼내기 직전 찾아오는 망설임에 휩쓸려 현승의 말꼬리가 흐려졌다.

"작가님이 좋아져서 그렇겠죠."

현승은 휘몰아치는 망설임을 물리치고 고요하게 일렀다.

마음속으로 화려하고 거대하며 찬란할 것이라고 수없이 곱씹어본 일은 현실이 되면서 평범하고 수수하며 작은 것이 되었다. 그러나 아쉽지는 않았다. 그건 원석이 보석으로 세공되는 것과 마찬가지 일이었기 때문이다. 크기는 달라졌을지언정 그 진가는 작아졌을 때에야 드러나는 법이었다. 그래서 현승은 세영의 눈빛을 보면서도 물러서지 않았다.

"뭐라고?"

세영의 목소리는 갈라지려는 듯 흔들렸다. 현승은 다시 한 번 입술을 열었다.

"작가님이…… 좋아져서라고요."

세영은 아무 반응도 없었다. 살면서 이렇게 순수하게 털어놓은 고백을 처음 들어서일까. 언제나 일부분이 공허한 눈동자가 현승을 스쳐 창밖을 향했다. 이제 완전히 어둠으로 물든 칠흑 같은 야경이었다.

"그렇군."

그 후 한참 동안 이어지던 침묵을 깨고 처음으로 들려온 목소리는 아무 감정도 담겨 있지 않은 채 한가롭게 울렸다.

"순진한 윤 감독."

새카만 야경을 향해 던져진 말을 현승은 얼른 알아듣지 못했다. 세영의 뒷모습은 이 집에서 살다가 이사를 떠난 사람들이 미처 챙기지 못하고 잊고 간 물건처럼 허탈해 보였다.

"예나 지금이나…… 여전히 순진해."

메마른 목소리가 버석거렸다. 현승은 세영이 하는 말의 의미를 알 수가 없었다. 머뭇거리는 사이 세영은 여전히 현승을 등지고 창밖을 향해 선 채 읊조렸다.

"충고는 아무나 하는 게 아니라더니, 그 말이 맞았어."

얇은 어깨에서 힘이 약간 빠져나가는 것이 보였다.

"옛날 얘기 하나 해줄까?"

세영은 마치 듣지 못한 사람처럼 평탄하게 일렀다. 현승의 손끝이 하얗게 긴장하기 시작했다.

"예전에 내가 지금처럼 되기 전에, 어떤 사람을 하나 알았지. 그 사람은 날 모를 거야. 여하튼 난 그 사람이 참 부러웠어."

"……"

"보이지 않는 갑옷을 입은 것 같은 사람이었어. 그래서 그 사람을 볼 때마다 생각했어. 저 사람은 대체 나랑 뭐가 그렇게 달라서 저렇게 순수하고 강할 수 있는 걸까. 나는 너무나 무섭고 싫어서 내 신념까지 꺾었는데…… 저 사람한테도 내가 들었던 만큼, 아니, 그 이상의 질타와 혹평이 쏟아지고 있는데…… 어떻게 저 사람은 무릎을 꺾지 않을 수 있나, 이해가 가지 않으면서도 그가 부러웠어. 똑같은데 나는 못한 것을 저 사람은 지키고 있었으니까. 온갖 지저분한 것들 속에서도 어떻게 자신을 더럽히지 않을 수 있는지 궁금했지."

현승은 조용히 이어지는 이야기 속에 등장하는 사람이 누구인지 알지 못했다. 그 사람이 대체 누구길래 세영은 지금 이 순간 그를 이야기하고 있는 것일까. 의아스러웠지만 서늘하게 식어가는 공기 때문에 차마 중간에 끼어들지 못했다. 그러는 사이에도 세영의 잔잔한 목소리는 끊어지듯 이어지고 있었다.

"난 부러웠어. 내가 이루고 싶은 모습을 벌써 이룬 그 사람이.

두렵다고 피해 버린 나와 달리 작은 걸음걸이지만 마침내 스스로가 바라는 자리를 찾게 된 그 사람이 부러웠다고. 자격지심, 열등감…… 그를 떠올릴 때마다 그의 존재 자체가 나를 힐난하는 증거인 것 같았지. 결국 넌 뭐냐, 넌 아무것도 한 게 없다고……. 그러다가 어느 날 나는 오랫동안 알고만 있던 그를 실제로 만나게 됐지. 그 사람은 그때나 지금이나 변함없이 순수했어. 묵묵히 지켜낸 자신의 세계를 여전히 확고하게 지키고 있었지. 기가 막힐 정도로."

천천히 뒤를 돌아보는 세영의 고개가 자신을 향하는 순간, 현승은 가슴 안에서 덜컹 떨어져 내려 이리저리 폐부를 긁으며 돌아다니는 무엇인가를 느낄 수 있었다.

"그리고 그 사람은 지금 그렇게 서서 날 좋아하게 되었다고 말하고 있군."

현승의 눈매가 뒤늦게 와 닿은 경악으로 크게 떠졌다. 속에서 들끓는 감정에 마구 흔들리고 있는 세영의 눈빛이 그제야 알아볼 수 있었다.

"작가님……!"

"동화 같은 일이지. 안 그런가?"

세영은 면도칼로 긋듯이 현승의 말을 가로막았다. 서글픔과 벌써 찾아오는 후회, 혈관이 터져 버릴 듯한 부아가 머릿속을 어지럽게 했다.

"자기 길을 걷다가, 괴팍하고 이상한 여자를 어쩌다 알게 되어서, 같이 일을 하다가, 그러다 보니 모르던 부분이 보여서, 그러다 보니 또 마음이 쓰여서, 문득 정신을 차려보니 어느새 좋아하고 있었다고? 그래서 스스로 깨달은 마음에 감동해서 정직하게 내가 당신을 좋아하고 있다고 말하고 있는 건가? 정말 굉장한 일이군. 어떤 동화, 어떤 로맨스 소설도 이렇게 투명하고 아름답진 못할 거야. 당신의 순수함에 딱 걸맞는 표현 방법이었어."

세영은 문득 서글퍼졌다. 그냥 슬픈 것이 아니라 목구멍이 당기고 애가 녹아내릴 정도로 진한 서글픔이었다. 그런데도 눈물은커녕 눈매에는 습기조차 어리지 않았다.

"내 어디가 그렇게 좋은가, 윤 감독? 석 달도 채 안 된 기간 동안 나의 어떤 면이 어떻게 눈에 띄어서 좋아하게 되었나? 윤 감독은 그렇게 쉽게 누군가가 좋아지는 사람인가? 당신의 좋아한다는 감정은 그런 건가? 아니면, 혹시 시간은 상관없다고 말하고 싶은가? 사람의 마음이 가고 오고 정해지는데 시간은 상관없다고?"

세영의 입가에 웃음이 피었다. 언제나 무감각하던 입술이 그렇게 확연한 미소를 그리는 것을 현승은 본적이 없었다. 그러나 그 미소는 앞에 있는 사람을 후벼 파기 위해서였기에 섬뜩해 보였다.

"당신은 언제나 그렇게 자신이 순수하고 순진하다는 것을 증명해야만 직성이 풀리는 건가?"

"그런 뜻이 아닙니다!"

"아니겠지. 나도 알아. 당신이 남다르다는 건 충분히 안다고. 그러니 이젠 좀 그만두면 어때?"

항변을 불허하는 조용한 분노에 현승은 아연하고 말았다. 더 놀라운 것은 이제야 듣게 된 세영의 진짜 속마음이었다. 세영이, 저 장세영이라는 사람이 자신을 그렇게 생각하고 있었다니. 윤현승이라는 사람이 세영에게 그런 의미를 갖고 있었다니. 자신 역시 세영에게 열등감 아닌 열등감을 갖고 있었던 현승으로서는 꿈에라도 짐작 못했던 일이었다.

"그만둬. 관두라고."

내가 자신이 쓴 사랑을 작위적이라고 했을 때 세영은 어떤 기분이었을까. 순간 간담이 서늘해져와 현승의 얼굴이 희게 질렸다.

"저도 서른 넘은 남잡니다. 작가님이 생각하시는 것처럼 가볍게 뱉은 말 아닙니다. 저는……!"

"알아, 악의는 없다는 거. 그래서 어쨌단 말이야?"

세영은 더 이상 들을 필요도 없다는 듯 가열차게 씹어뱉은 후 고개를 돌렸다. 그 차가운 뒷모습을 응시하던 현승의 입술이 희미하게 달싹였다.

"쓰레기는 쓰레기통에 넣어야 하는 겁니다."

돌아보는 세영을 향해 현승은 차분하려 애쓰며 일렀다.

"계속 끌어안고 있으면 악취가 나고 벌레가 끓어서 주변을 엉망진창으로 만들어 버리죠. 지나간 기억은 그만 버려요. 왜 그게 자신을 엉망으로 만들게 놔두는 겁니까? 왜 작가님의 지나간 기억들이 현재의 날 밀어내는 거죠?"

무섭게 현승을 돌아보는 세영의 눈동자에서 벼락이 튀었다. 애써 유지하고 있던 평정심이 박살나며 잠겨들었던 목구멍을 파열음 같은 고성이 덮쳤다.

"그래, 당신은 항상 그런 식이었지! 언제 어디서나 자신에게 부끄러울 것 없는 그 태도라니! 그래서 당신 앞에서 난 언제나 엿먹은 기분이었어!"

장세영이라는 여자는 사실 이렇게 격렬할 수도 있었나 보다. 그만큼 마음 속에 뚫린 구멍이 깊다는 것일까. 현승은 썰물처럼 드러난 감정의 골 사이에서 잠시 그 뻥 뚫린 흔적을 본 것만 같았다.

"……알았으면 날 그만 뭉개고 여기서 나가."

처연하게 날아온 세영의 음색은 기둥처럼 굳어진 현승에게 닿으며 다시 날카롭게 일어섰다.

"꺼져!"

그 후로 세영이 현승 앞에 나타나는 일은 없었다. 항간에는 세영이 벌써 다음 작품을 위한 작업에 들어갔다는 소문이 돌았다. 업계에서 이름이 쟁쟁한 드라마 제작사의 관계자와 이미 만났다는 것이다. 그러나 어디까지나 풍문인 탓에 정확한 사실을 아는 사람은 아무도 없었고, 시일은 빠르게 흘러갔다.

"작가님 이제 안 오세요?"

"다른 작품 들어가셨다던데?"

"정말로요? 벌써? ……왠지 좀 섭섭하다. 그렇게 열심이시더니."

현승은 묵묵하게 단원들이 나누는 대화를 들으며 이미 식어 빠진 커피를 홀짝였다. 이제 프리뷰가 바로 내일이었다. 그 후로 매번 세영을 찾아갔을 때마다 돌아오는 것은 문전박대와 차가운 목소리가 전부였다.

―다가오지 마!

어젯밤, 마지막으로 세영을 찾아갔을 때 세영이 소리친 말이었다. 문 밖에 서 있었지만 현승이 느낀 서늘함은 면전에서 들은 것이나 진배없을 정도였다. 절박하기까지 한 외침에 상처받는 것보다 먼저 듣는 순간 마음 깊은 곳 어딘가가 찌르르 울렸다. 자신은 세영이 가진 아픔이 어떤 것인지 잘 이해하고 있다고 생각했는데, 세영의 아픔은 자신이 이해했던 것보다 훨씬 클지도 모른다는 것은 생각해 보지 못했던 것이다.

다가오지 말라고. 세영은 그동안 그렇게 살아왔던 것일까. 자신에게 소리쳤던 말을 스스로에게도 끊임없이 되새기면서. 현승은 커피가 손을 적시는 줄도 모르고 종이컵을 움켜쥐었다.

더 이상 그런 모습은 보고 싶지 않아. 연출자로서의 윤현승으로도, 당신을 마음에 담은 남자로서도.

“무슨 일 있으세요?”

“아, 정아 씨.”

현승은 퍼뜩 정아를 향해 고개를 들었다가 손등을 타고 뚝뚝 떨어지는 커피를 느끼고는 머쓱해졌다. 정아는 그런 현승을 이상한 눈으로 바라보며 티슈를 내밀었다.

“닦으세요.”

“감사합니다.”

리허설 중이라 무대 세팅과 조명은 실전을 방불케 했지만 배우들의 면면은 편한 트레이닝복에 틀어 올린 머리, 땀에 젖은 민소매 티셔츠라 아직까지는 팽배한 긴장감이 느껴지지 않았다. 정아 역시 고무줄로 돌돌 말아 뒤통수에 붙인 머리에 이마에는 잔머리들이 땀에 젖어 늘어져 있었다.

“왜 그러세요? 전에 없이.”

이제 정아에게서 느껴지던 불안함이나 초조함은 찾아볼 수 없었다. 초반엔 신인인 유희보다도 흔들리는 것 같아 불안했지만 이제는 어느새 묵직하게 극에서 자리를 잡고 선배 노릇을 제대로 하고 있었던 것이다.

“아닙니다. 별일 없어요.”

그러나 정아는 현승의 모습에서 사고를 쳐놓고 엄마에게 ‘난 말썽 같은 건 절대 안 부렸어요’라고 말하는 꼬마를 떠올렸다.

“작가님이 요새 안 오시네요. 내일이 프리뷰 첫날인데, 무슨 일 있으신가?”

“곧 나오실 겁니다. 별일 아니에요.”

현승은 나름 둘러댄다고 노력한 것이었지만 그건 곧 무슨 일이 있었다고 실토한 것이나 다름없었다. 정아는 내색하지 않고 한 번 떠보기 시작했다.

“벌써 천일야화 버려두고 다음 작품 들어가셨다는 거 진짜예요?”

“아닙니다.”

현승이 정색을 하고 대답하자 정아는 가볍게 웃었다.

“아니면 된 거죠.”

유난히 해맑게 웃는 정아의 얼굴에 현승이 찔끔하는데 뒤에서 시원시원한 목소리가 뒤통수를 때렸다.

“무슨 얘기를 그렇게 재밌게 하세요?”

승태였다. 현승은 승태를 마주하자 잊고 있던 그의 존재를 되새기며 짧게 숨을 삼켰다.

“장 작가님 얘기 하고 있었습니다.”

“아, 저도 물어보려고 했습니다. 세영이한테 무슨 일 있어요?”

“예?”

“아니, 그렇게 열심이던 애가 안 보이는 게 이상해서 엊그제 찾아갔더니 문도 안 열어주는 거예요.”

승태의 푸념에 현승은 뜨끔했다. 정아가 한마디 거들었다.

“진짜요? 이상하네.”

"별일 아닙니다. 조만간 나오실 거예요."

뜨끔했을지언정 여전히 굳건하게 이르는 현승의 기색에는 세영을 향한 꾸밈없는 신뢰가 담겨 있었다. 속에 얽힌 마음이야 어쨌든 세영은 천일야화의 극작가였고, 현승은 극작가와 가장 가까운 곳에서 호흡을 맞추었던 연출가였다. 필설로 형용할 필요 없이 쌓인 것이 있었던 것이다. 현승은 거의 본능적으로 알았다. 세영이 겉으로는 이미 천일야화를 벗어나 다음 작품에 필요한 책을 사고 자료를 찾아보고 있었지만, 천일야화의 바탕을 만든 사람의 자리까지 내놓은 것은 아니라는 것을.

"내일 오십니다."

"연락받으셨어요?"

"아뇨."

승태는 확고하게 이르는 현승을 약간 벙찐 채 바라보다가 이내 입을 굳게 다물었다. 무슨 일이 있었군.

이때까지 알아온 세영의 성품으로 볼 때 다가오려는 현승을 향해 세영이 얼마나 격렬하게 반응했을지 짐작할 수 있었다. 현승은 아마도 지금 홀로 분투 중일 것이다. 지금까지 세영의 주변에 하나하나 더해진 가시나무 울타리는 질기고 강력했을 테니까. 승태는 그것이 걱정스러우면서도 다행스러워 속으로 미소를 지었다. 현승의 마음은 진짜였던 것이다.

시작은 한산했다. 그러나 공연 시작 시간이 가까워 오면서 국립극장의 로비는 서서히 도착하는 사람들로 붐비기 시작했다. 공연이라는 특성상 휴무를 월요일로 당긴 탓에 공연은 화요일부터 금요일까지는 오후 4시와 7시 40분에 걸쳐 2회 공연을 하고, 주말과 휴일에는 저녁 7시에 1회만 진행되는 방식으로 짜여져 있었다. 오전에 최종 리허설을 마치고 무대 점검을 마무리한 현승이 로비로 나와본 것은 공연이 시작되기 30분 전이었다. 오늘부터 3일에 걸쳐 진행되는 프리뷰의 첫 시작이 이제 30분밖에 남지 않은 것이다.

계단을 내려와 드넓게 펼쳐진 로비를 목격하는 순간 현승은 그대로 굳었다. 그동안 내내 무대 뒤에서 지내다가 오랜만에 나와본 로비의 모습은 매일 극장에서 살았는데도 낯설게 느껴질 정도였다. 천장이 높은 탓에 모여 있는 관객들의 소음은 커다란 울림이 되어 현승의 세포를 직접 후려쳤다.

막연했던 짐작을 훨씬 뛰어넘는 관객의 숫자는 간단하게 현승을 압도했다.

"아, 윤 감독."

그때 인파 속에서 낯익은 얼굴이 다가와 현승에게 악수를 건넸다. 양복 대신 평범한 캐주얼 점퍼를 걸치고 있는 국립극장 단장이었다.

"축하하네. 성황이로군."

"아, 예. 감사합니다."

"둘러보러 온 건가?"

“네.”

그렇게 단장은 뿌듯한 얼굴로 현승에게 좋은 말들을 들려주며 격려를 아끼지 않았다. 감독과 극작가가 동시에 그만두는 초유의 사태를 무사히 넘기고 무대에 오르게 된 뮤지컬이었으니 감회가 남다를 것이다.

“그럼 오늘 잘 부탁하네.”

잠시 후 선선히 멀어지는 단장을 향해 꾸벅 목례를 올린 현승은 방금 전보다 더욱 늘어난 사람들을 보며 떨리는 한숨을 지었다. 많은 사람들 사이에 혹시 당도하기를 기다리고 있었던 그 사람의 그림자가 숨어 있지는 않을까 노심초사 살펴보았지만 불행하게도 아무것도 발견하지 못했다.

시간을 확인한 현승은 할 수 없이 발걸음을 돌렸다. 이제 시작이었다. 무대 뒤 분장실로 들어가자 분장실은 마지막 치장에 여념이 없는 배우들과 그 배우들을 도와주는 스태프들로 가득 차 인산인해였다.

“감독님!”

어느새 샤리야르 분장을 완벽하게 끝마친 승태가 현승을 발견하고는 씩 웃어 보였다. 눈과 콧대를 강조한 무대화장 때문에 원래 얼굴을 알아보기 힘들 정도였지만, 승태가 샤리야르라는 사실이 이 순간처럼 듬직했던 적이 없었다.

“이제 승태 씨 차렙니다.”

무엇보다 많은 의미가 담긴 현승의 한마디에 승태의 눈매가 단호하게 굳었다. 현승은 그렇게 승태를 시작으로 천일야화의 모든 배역, 심지어 단 한 장면 등장하는 단역까지 하나하나 찾아가며 당부를 잊지 않았다.

[곧 공연이 시작될 예정이오니, 관객 여러분께서는 입장하여 주시기 바랍니다.]

커다란 종소리와 함께 안내 멘트가 흘러나오고, 거대하게 다가오는 흥분과 팽팽한 긴장감에 벌써 취하기 시작한 배우들은 일제히 일어나 무대 뒤로 향하기 시작했다. 현승은 만감이 교차하는 심정으로 그 뒷모습 전부를 눈에 담았다.

막이 오르고, 맨 처음 웅장하게 시작했던 오케스트라 선율은 점차 이국적인 색채를 띠어가며 잔잔히 가라앉아 관객들의 시선을 무대로 끌어온다. 별과 달을 지워낸 새카만 밤하늘을 크기에 꼭 맞춰 잘라 걸어놓은 듯한 무대 배경은 음영이 구분되지 않을 정도로 압도적인 검은색이었다. 그 칠흑의 배경 가운데가 어느 순간 사선으로 갈라지며 눈이 부시도록 화려한 페르시아풍 의상을 갖춰 입은 여인이 등장했다. 사실은 경계가 보이지 않을 정도로 검은 배경 가운데에는 설치된 기관이 돌아가면 뒤에 서 있는 사람이 드러나도록 문이 만들어져 있던 것이었지만 관객들의 눈에 홀연히 드러나는 여인의 모습은 마치 공간이 잘려 나가는 것처럼 보였다. 관객들의 숨죽인 탄성이 현승의 심장을 두드렸다.

"……들어보시겠습니까? 천 하룻밤 동안 이어진 사랑의 이야기를……."

여인의 몽환적인 음성이 낮게 깔리며 길게 뻗어 나온 손끝이 우아하게 허공을 짚으면 여인은 등장이 그러했던 것처럼 공간 너머로 빨려들 듯 무대에서 사라졌다. 다음 순간 검은 장막이 천장으로 올라가며 막이 오르면 밤이 끝나고 태양이 찾아오는 것처럼 밝은 무대가 드러났다. 무대가 점차 드러나면서 낮게 깔렸던 음악이 하이라이트로 치솟는 것과 동시에 무대의 양옆과 바닥, 천장에서 화려하기 그지없는 전성기 페르시아의 세트가 육중하게 모습을 드러내는 장면은 장관이었다.

현승이 1층 객석의 가장 뒤쪽, 출입문 근처에 서 있는 홀쭉한 그림자를 발견한 것은 바로 그 순간이었다.

세영이 그곳에 서 있었다. 헐레벌떡 달려온 모양새로. 이제 정 뗄 거라고 호언장담했던 것과는 다르게 도저히 앉아 배길 수가 없어 달려온 모습이었다. 현승은 먹먹해지는 속으로 고개를 끄덕였다. 세영은 결국 그런 사람이었다. 고슴도치의 반대쪽 솜털 같은.

어둠 속에서 두 사람의 시선이 마주쳤다. 그러나 세영은 분명히 현승과 눈이 마주치고 떨어질 듯 놀랐으면서도 마치 아무것도 보지 못한 사람처럼 무대를 향해 시선을 돌렸다. 그 모습에 당장 세영에게 달려가고 싶었던 현승은 혼신의 힘을 다해 자신을 억눌렀다.

지금은 공연 중이다. 공연장 천장이 무너지기 전까진 자리에

서 벗어날 수 없어.

　2막의 후반부, 클라이맥스로 치달으며 배우 전원이 하모니를
이루어 열창하는 마지막 곡이 시작되자 현승은 내내 풀리지 않
았던 긴장이 스러지며 다소 마음이 놓였다. 무대 구석에 내내
서 있던 존재감이 사라진 것을 깨달은 것은 곡이 끝나고 커튼콜
이 시작되기 직전이었다.
　"작가님!"
　로비로 뛰어나오며 소리쳤지만 이미 세영의 모습은 사라지고
없었다. 닫힌 문 너머로 우레처럼 터지는 박수 소리와 앵콜을
외치는 함성이 아스라이 들렸다. 그러나 현승은 그 환호에 기뻐
할 틈도 없이 극장 건물을 빠져나왔다.
　"작가님, 잠깐만요!"
　현승이 밤공기 속에서 하얀 뒷모습을 따라잡은 것은 극장 뒤
편의 주차장에서 산책로로 접어드는 좁은 길목이었다. 산책로
를 따라 걸으면 곧 차도가 나오면서 그 길을 따라 걸어가면 지
하철역으로 이어지게 되어 있었다. 극의 열기와 커튼콜, 앵콜에
취한 관객들은 아직도 객석을 떠나지 않고 있었고, 그 덕분에
주변에는 인적을 찾아보기 힘들었다.
　세영은 아무 소리도 없이 현승을 돌아보았다. 있는 힘껏 달려
온 현승은 잠시 턱까지 찬 숨을 가라앉혔다. 풀 냄새 진하게 섞
인 밤공기가 폐부를 물들였다.

"오실 줄 알았습니다."

세영은 아무 말도 하지 않고 한참 동안 현승을 주시했다. 삼 주 남짓한 사이에 꺼칠해진 입술이 눈에 도드라졌다.

"왜지?"

"예?"

"내가…… 무슨 틈을 줬나?"

세영의 첫마디는 모든 걸 발라내고 하얗게 남은 뼈마디 같았다.

"내가 윤 감독에게 뭔가 여지를 줬기 때문에 나한테 이러는 건가? 내가 처신을 잘못한 적이 있었나?"

현승은 앞에 서 있는 장세영이라는 여자가 순식간에 줄어들어 팅커벨 정도로 작아져 버린 환영을 본 것만 같았다. 현승은 바닥으로 떨어진 팅커벨을 조심스럽게 보듬으려는 피터팬처럼 세영을 향해 손을 뻗었다.

"아닙니다."

"그럼 왜지? 나한테 왜 그러는 거야?"

"작가님은 완벽한 사람이었어요. 처신도, 여지도, 말미도 주지 않으셨습니다."

세영의 눈에 이해할 수 없다는 항변이 떠올랐다. 현승은 조용히 일렀다.

"혼자인 사람의 옆자리는 그 자체로 누군가의 시선을 받기에 충분한 것 아닐까요."

“…….”

“그 자리에 서보고 싶었습니다.”

싱그러운 여름밤의 바람이 문득 스산하게 느껴졌다. 세영은 스스로를 떠밀 듯 바람이 일어날 정도로 어깨를 돌렸다가 멈칫했다.

“착각일 거야, 윤 감독.”

현승은 불안하게 뇌까리는 세영을 물끄러미 바라보았다. 세영은 현승이 아니라 그 스스로에게 이르고 있는 것 같았다.

“티격태격하다가 오래되니 그걸 연정이라고 착각하고 있는 거야.”

“아닙니다.”

“나더러 어쩌란 거야? 이제 윤 감독의 착각놀음에까지 맞춰줘야 하나?”

겉도 속도 엉망으로 찌그러진 세영을 향한 현승의 눈동자에 처음으로 단호함이 스쳤다.

“난 한 번도 누군가를 착각놀음으로 사랑한 적 없습니다.”

“…….”

“예전에 그랬었죠. 구질구질했지만 치열했다고. 나는 그랬습니다. 나한테 뭐가 얼마나 남았든 난 내가 사랑할 수 있을 때 전력을 다해 사랑했습니다. 그래서 걷어차이고 거덜난 축구공 같아졌을 때도 있었지만, 그래서 뭐요? 난 좋습니다.”

“날 또 엿먹일 셈이군.”

현승은 바람이 빠지는 소리로 대꾸했다.

"날 바로 봐요."

"그래서 어쩌란 거야? 천일야화는 6개월 후에 끝날 거야! 막이 내려오는 것처럼 당신의 감정도 끝날 거고 그럼 엔딩이야! 어차피 끝날 여섯 달을 위해 날보고 모든 걸 다 감수하라고? 끝날 게 보이면서도 당신한테 좋다고 말해주라고? 왜? 뭣 때문에?"

"날 똑바로 보라고요!"

꽉 찬 목소리로 이르며 현승은 세영의 어깨를 꽉 잡았다. 손에 딱 들어오는 작고 가녀린 어깨였다. 많은 것을 짊어지기에는 너무 좁은.

"당신이 그런 사랑들만 했던 건 유감이라고 생각해요. 그런데 어째서 그놈들이 받아야 할 벌이 나한테 내려지는 겁니까? 왜 그 남자들한테 퍼붓지 못했던 것을 지금 나한테 퍼붓는 겁니까? 왜 내가 작가님의 이런 모습을 봐야 되냐고요!"

세영은 현승의 팔을 뿌리치고 손을 치켜들었다. 앞에 선 사람의 뺨을 후려치기에 완벽한 각도로 치솟았던 세영의 손은 그러나 차마 휘둘러지지 못하고 힘없이 떨어졌다. 무너진 세트에 깔렸을 때도 이만큼 약한 모습을 보이지 않았던 세영이었다.

"난…… 모르겠어, 윤 감독."

축 처진 하얀 손이 가늘게 떨렸다.

"확신이 없다고. 당신 마음이 애절하다고 쳐. 아니, 틀림없이 애절하겠지. ……하지만 난 더 이상 안 돼. 못하겠어. 한 번 더 얻어맞았다간 난…… 못 버틴다고. 그런데 사랑이란 건, 사랑이란 건 언제나 상처투성이가 되어서 끝이 나기 마련이잖나? 그러니까 난 못 버틸 거야."

앞으로 넘어가는 대신 자기가 보고 싶은 것만 보려 드는 세영이 안타깝고 측은했다. 난생처음 지켜주고 싶다는 생각마저 들었다.

"당신은 나한테 이런 사람이 아니었는데……."

현승의 목소리는 필요없는 모든 것을 걸러내고 오직 남겨야 할 것들만 남긴 최후의 결정(結晶) 같았다. 샤리야르. 현승은 머릿속에서 하나로 합쳐지는 세영과 샤리야르를 떠올리며 이런 순간에 고작 이런 생각밖에 떠올리지 못하는 자신이 우습게 여겨졌다. 하지만 현승의 눈에 지금 세영은 세영이 만들어낸 샤리야르와 하나도 다르지 않아 보였다. 과거로 말미암아 광포하고 거친 모습으로 어떤 이도 곁에 다가오는 것을 허락하지 않지만 사실은 누구보다 상처받기 쉽고 다시 사랑하게 되기를 열망하고 있는, 그래서 어찌 할 수 없이 여려 빠진 샤리야르와.

"옛날 얘기 하나 해드릴까요?"

현승의 입매에 부드러운 미소가 피어났다. 눈앞에 서 있는 여자가 한없이 애틋해서 가슴 한구석이 접히는 것 같았지만, 현승은 미소 짓지 않을 수 없었다.

"옛날에, 혼신을 다해 만들었던 내 데뷔작이 그해 처음 등장한 신인 극작가의 데뷔작에 밀려 박살이 났죠. 난 그날 이후로 지금까지 그 사람의 이름을 잊어본 적이 없습니다. 장세영 씨."

천일야화에겐 천 하룻밤이라는 시간이, 샤리야르에게는 세헤라자드가 있다면, 장세영에겐 윤현승이 있으면 된다.

"내가 순진하다고요? 강해요? 신념을 지켰다고요? 웃기지 말라고 해요."

벌거벗고 있어야만 상대에게 자신의 모든 것을 보여줄 수 있는 것은 아니다. 세영이 단단한 껍질 속에 숨겨두었던 진짜 모습을 보여줬던 것처럼, 이제 현승도 아무 꾸밈 없이 세영의 앞에 서 있었다.

"난 그날부터 이 자리에 오기까지 당신을 잊어본 적이 없습니다. 장세영이라는 사람은 내게 거대한 벽이었죠. 절대로 뛰어넘을 수 없는, 타의 추종을 불허하는 벽. 그래서 난 당신을 뛰어넘고 싶어서 이를 갈았죠. 천일야화의 신임 작가가 당신이라는 얘길 들었을 때 내가 얼마나 아득했는지 압니까?"

내가 그녀의 세헤라자드가 될 수 있다면.

"내 앞에서 언제나 엿먹은 기분이었다고요? 그럼 나는 어땠는지 압니까? ……당신 같은 재능을 가질 수만 있다면 악마에게 영혼이라도 팔고 싶었습니다. 언제나!"

차분하고 힘있는 현승의 목소리는 마디마디 세영에게 파고들었다. 어느새 뜨겁게 일어선 숨결을 가라앉히며 현승은 세영과 만나게 된 후 처음으로 허심탄회하게 웃었다.

"……우습지 않습니까? 우린 서로 만나기 훨씬 전부터 오랫동안 서로를 의식하고 있었던 겁니다. 한순간도 잊지 않으면서."

현승은 다시 한 번 손을 내밀었다. 이리저리 흔들리는 세영의 눈동자가 설치된 조명을 받아 하얗게 빛나는 손바닥 위에 머물렀다. 가늘지만 남자답고, 유약해 보이지만 힘있는 손이었다.

세영의 손이 힘겹게 쥐락펴락을 반복했다. 잊지 않고 있었다. 내가 그랬듯이 그 역시 나를. 아득했지만 쓰나미처럼 강력한 충격이 전신을 뒤흔들었다. 잡아도 될까. 그러자 공포에 버금가는 두려움이 엄습했다. 이번에도 다르지 않다면? 그러면 뭐가 남지? 지금 흔들린다고 덜컥 이 손을 잡아버린다면 그 뒷감당은 어떻게 하지? 누군가와 다시 마음을 나누는 사이가 될 수 있다니, 난 자신없어. 이제야 겨우 외로움도 그럭저럭 견딜 만해졌는데 그걸 처음부터 다시 하라고?

"아……."

그때 극장 쪽에서 터져 나온 아스라한 환호 소리에 세영과 현승의 고개가 동시에 쏠렸다. 앵콜이 끝나고 무대인사가 이어지고 있는 모양이었다. 앵콜마저 끝나자 아예 문이 열렸는지 희미한 음악 소리와 그 박자에 맞춰 열렬하게 환호하는 관객들의 박수 소리가 들려왔다. 그 소리에 화들짝 놀란 듯이 달팽이의 더듬이가 숨는 것처럼 막 움직이려던 세영의 손에서 힘이 빠졌다.

"……어쨌든 오늘 수고했어. 당신이 천일야화의 감독이 되어서 다행이야."

어느새 가라앉은 목소리였다. 항상 질책과 독선이 먼저였던 세영의 입술에서 처음으로 자신을 칭찬하는 찬사가 스며 나왔지만 현승은 그것에 감동조차 느끼지 못했다. 하필이면!

"작가님!"

현승은 하나둘 늘어나는 사람들을 아랑곳하지 않고 소리쳐 불렀다. 그러나 세영의 하얀 뒷모습은 돌아보는 법 없이 작게 멀어지고 있었다.

화요일 아침, 승태는 눈을 떴다. 휴대폰에 맞춰놓은 모닝콜이 울리기 직전 버튼을 눌러 끈 승태는 한동안 팔만 뻗은 채 누워 있다가 가까스로 눈을 뜨고 자리에서 일어섰다. 오늘은 프리뷰가 끝나고 첫 번째 공연, 즉 초연이 있는 날이었다.

금, 토, 일로 이어진 삼 일간의 프리뷰가 끝나고 월요일 하루 동안의 휴식에 이어 화요일, 드디어 천일야화의 초연인 것이다. 관객에게 첫 선을 보인다는 점에서 프리뷰가 가지는 의미도 있었지만 일종의 실전 리허설인만큼 프리뷰 공연은 진짜 공연과 티켓의 가격도 다르고 여러모로 어설픈 구석도 있었다. 적응 기간이라고 해야 할까. 그렇게 삼 일간의 경험으로 최종적으로 가장 완벽하게 다듬어 무대에 천일야화를 올리는 것이 바로 오늘부터였던 것이다.

완전히 일어난 승태는 욕실로 향하기 전에 쭉쭉 기지개를 켜며 스트레칭을 하기 시작했다. 뮤지컬 배우를 꿈꾸기 시작했을 때부터 어긴 적 없는 버릇이었다. 몸을 풀고 나서야 욕실로 들어선 승태는 씻고 나서 간편하게 옷을 차려입었다. 어차피 공연이 끝나고 나면 땀에 절 옷이고 리허설을 해야 하니 굳이 멋을 낼 필요가 없었다.

“찬성이냐? 웬일이냐? 가는 중이야?”

집을 나서는데 타이밍 좋게 울리는 휴대폰에 승태는 기껍게 입을 열었다. 천일야화에서 조연으로 캐스팅된 후배 찬성이었다.

“같이 가자고? 그래, 알았다.”

중간에 모여서 같이 가자는 찬성의 제안에 흔쾌히 응하며 승태는 성큼성큼 걸음을 떼었다. 극장으로 가려면 지나쳐야 하는 길이 찬성의 집을 지나치고 있었기 때문에 따로 기다릴 필요도 없이 만날 수 있었다.

“응? 같이 있었냐?”

어렵지 않게 찬성을 발견한 승태는 또 다른 조연인 민재와 함께 있는 찬성을 향해 어깨를 으쓱했다. 찬성이 피곤하지만 즐거운 눈으로 히죽 웃었다.

“새벽까지 연습실에 있다 우리 집에서 잤어요.”

“그래? 열심이네. 일단 차 타자.”

그렇게 초연을 몇 시간 앞둔 천일야화에 대한 이야기를 나누며 택시에 올라탄 배우 삼인방은 택시가 출발하고 나서도 말을 그칠 줄을 몰랐다. 대사를 읊어보거나, 앞자리에 탄 승태에게 어려운 것을 물어보거나, 조연이라 아쉽다는 즐거운 푸념을 늘 어놓기도 했다. 여자 셋이 모이면 접시가 깨진다고 했던가. 남자 셋이 모이니 대접이라도 부서질 판이었다.

"솔직히 까고 말하면요, 아직까지 믿어지지가 않아요."

찬성의 한마디에 승태가 덧붙였다.

"뭐가?"

"내 배역에 이름이 있는 거요."

"아, 그래. 넌 저번에도, 저저번에도 남자1이었지."

승태가 킬킬거리자 찬성은 미친 왕 역할은 부럽긴 하지만 그래도 많이 부럽진 않다며 응수했고 세 사람은 낄낄 웃었다.

"넌 뭐였냐?"

승태가 민재를 돌아보며 묻자 그는 쑥스럽게 웃으며 대답했다.

"군무(群舞)만 했는데요."

"불쌍하다, 불쌍해."

승태가 호쾌하게 웃으며 이런저런 농담을 건네자 후배들은 그것에 응수하느라 잠시 긴장을 잊었다. 나한테도 저랬을 때가 있었지. 그런 생각을 하며 승태는 차창으로 몸을 기댔다. 좁은 백미러에는 먼 뒤쪽으로 버스 한 대가 비치고 있었다. 괜히 신경 쓰여 눈길이 가는데 바뀐 신호에 따라 택시가 부드럽게 출발하며 거울에 비치고 있던 버스는 작게 멀어졌다.

'별게 다 신경 쓰이네.'

한가로운 오전인데도 제법 많은 차 사이를 무사히 빠져나온 택시는 곧 사거리에 멈춰 섰다. 제법 넓은 사거리에 서자 양옆과 정면에서 출발신호를 기다리고 있는 차들이 한눈에 들어왔다. 짧았지만 길게 느껴지는 지리한 몇 분이 흘러간 후, 앞에서 파랗게 바뀌는 신호등에 택시기사는 기어를 다시 넣었다. 그러는 사이 왼쪽 길에 놓인 신호등이 주홍색으로 점멸하기 시작하고, 곧이어 빨갛게 바뀌자 승태 일행이 탄 택시는 직진 신호를 받아 무리없이 출발했다.

무의식중에 고개를 오른쪽으로 돌린 승태의 눈에 직진을 시작한 택시를 미처 발견하지 못하고 점멸하는 신호등을 향해 맹렬하게 달려나오는 1톤 트럭 운전사의 얼굴이 덮치는 해일처럼 거대하게 확대되었다.

#어두운 무대, 샤리야르 독백

창백한 조명. 샤리야르는 고개를 떨군 채 서 있다.

샤리야르 : 만약 저 여인이 진실이라면, 늪처럼 나를 빨아들이는 이 절망의 구렁텅이가 내 마음의 다른 모습이라면, 하여 저 여인으로 말미암아 내 비뚤어진 마음을 올바르게 고칠 수만 있다면, 이 죄책감과 바스라지는 광기 속에서 언젠가 벗어날 희망이 보인다면, 유일하신 지배자 알라께 맹세코 나는 저 사랑스런 여인을 죽이지 않겠습니다.

서서히 잦아드는 조명 아래. 샤리야르는 어두운 배경 속으로 녹아들듯이 사라지는 것 같다. 이어 암전.

—천일야화 극본 中에서

손목시계를 확인하는 현승의 얼굴은 이상하게 구겨져 있었다. 승태를 비롯하여 3명의 배우가 아직 도착하지 않았던 것이다. 전에 없던 일이었다.

예감이 이상하긴 했지만 시간은 아직 여유로웠기에 현승은 그저 조금 늦나 보다 생각했다. 알 수 없는 불안감이 엄습했을 때는 그 후로 30분이 지나도록 세 명 모두가 도착도 하지 않고 연락도 되지 않았을 때였다.

"관우야, 연락 없냐?"

그러나 감독인 자신에게도 아무 소식이 없는데 관우에게 먼저 소식이 갔을 리 만무했다. 고개를 좌우로 흔드는 관우를 바라보며 현승은 가볍게 한숨을 내쉬었다. 어떻게 된 일인가. 불편하게 목뒤가 찔리는 기분에 괜히 한번 만지작거리는데 뭔가가 관자놀이를 쿵쿵 두드리는 것 같았다.

그동안 연출자랍시고 굴러먹는 동안 본능적으로 깨달은 것이 몇 가지 있다면 그중에 하나는 사건사고 없이 끝나는 공연은 없다는 것이었다. 그게 어떤 것이든, 크든 작든 지간에 수십 명의 사람들이 한데 모여 있는 것이었으니 문제가 안 생길 수가 없는 것이다. 그런데 뭔지 모를 '문제'가 생길 것이 바로 오늘이라는 직감이 들었다. 아니, 어쩌면 벌써 일어났는데 아직 소식이 전해지지 않아 모르고 있을 뿐인지도 몰랐다.

"……."

승태에게 전화를 걸어보았지만 마찬가지로 연결이 되지 않았다. 나머지 2명도 마찬가지였다. 순간 집이 서로 가까웠던 3명이 곧잘 같이 극장에 도착하곤 했던 사실이 떠올랐다. 오늘도 그랬던 건가?

10분 남짓한 시간이 또 흐른 후, 현승은 주머니에서 울리기 시작하는 휴대폰을 극적으로 집어 들었다. 승태였다.

"여보세요?"

—감독님…….

목소리가 이상했다. 게다가 수화기 너머로 들리는 소음은 분명 길거리는 아닌 것 같은데도 불구하고 어수선하고 복잡했다.

"어떻게 된 겁니까? 무슨 일 있어요?"

거푸 물었지만 승태는 쉽사리 대답하지 못했다. 더듬더듬 이어지는 목소리에는 불안과 격양된 속내가 그대로 묻어 나왔다.

—잠깐 일이…… 생겼습니다.

역시. 직감이, 그것도 안 좋은 직감이 들어맞는 충격은 몇 번이 거듭되든 익숙해지지 않는다. 일단 입을 다문 현승은 승태가 자초지종을 설명하는 것을 그저 듣고 있었다. 그리고 입술이 열렸을 때, 튀어나온 현승의 목소리는 자신이 예상했던 것보다 훨씬 컸다.

"뭐라고요?!"

세영은 아까부터 번쩍거리며 진동하는 휴대폰을 쳐다보기만 하고 있었다. '윤현승'이라는 세 글자가 반복적으로 떠오르다 사라지고, 떠오르다 사라지고를 반복하고 있었다. 그러나 이번에도 세영은 힘겹게 휴대폰을 외면하며 컴퓨터 모니터로 시선을 옮겨왔다. 켜놓은 지는 오래였지만, 제목 외에는 텅 빈 화면이 공허하게 시야를 메웠다.

〈푸른 마노.〉

보석 관련 책을 사들여 가며 공부하기 시작한 다음 작품의 제목이었다. 어떻게 알았는지 어떤 사람들은 벌써 자신이 신작에 들어가서 누구를 만났네 아니네 입방아를 찧는 모양이었지만, 사실 정해진 것은 저 네 글자 제목 외에 아무것도 없었다. 머릿속에는 이미 대략적인 줄거리부터 설정까지 잡혀 있건만 자판에 손만 얹으면 하얗게 지워져서 아무것도 써넣을 수가 없었다.

그사이 휴대폰은 몇 번 더 진동을 토하다 결국 멎었다. 부재 중 통화 8통. 액정에 차갑게 떠오른 글씨만 상황이 어떤지를 말해주고 있었다. 왜 저럴까. 그러다가 문득 오늘이 초연날이라는 사실이 뇌리를 스쳤다.

그래서 저렇게 전화를 했던 거군. 속으로는 아무렇지 않게 중얼거렸지만 세영은 순식간에 초조해진 얼굴로 벽시계를 향해 맹렬히 고개를 돌렸다. 시간대로라면 이제 막 리허설을 시작하고 있을 즈음이었다.

현승의 속마음을 듣고 경악했음에도 불구하고 프리뷰를 보러 달려갔던 것은 천일야화의 완성된 모습이 어떤지 보지 않고는 견딜 수가 없었기 때문이다. 하지만 프리뷰를 보고 한발 앞서 극장을 빠져나오며 세영은 깨달았다. 이제 더 이상 걱정할 필요가 없음을. 다른 때보다 일찍 찾아왔던 상실감은 그날 현실이 되었다. 이제 천일야화에서 자신이 맡은 부분은 온전히, 완벽하게 끝난 것이다.

"당신이 천일야화의 감독이 되어서 다행이야."

그 말은 진심이었다. 현승에 대한 모든 복잡하고 어려운 마음은 다 논외로 두고 그 고마움만은 진실이었다. 이제 돛을 펴고 천일야화를 끝어가는 것은 현승의 몫이었다.

"당신 같은 재능을 가질 수만 있다면 악마에게 영혼이라도 팔고 싶었습니다. 언제나!"

금요일 밤을 떠올리자 현승의 목소리가 다시 귓가에 살아나 정신을 혼란스럽게 했다. 그 사람이 내가 부러웠다고? 악마에게 영혼을 팔고 싶을 정도로? 거짓말! 그랬던 건 나였어!

쿵!

그때 갑자기 문을 두드리는 소리에 세영은 화들짝 놀랐다. 초인종 소리와 동시에 울린 그 거친 소리는 단번에 여태까지의 상념을 깨부수며 다급함을 호소하고 있었다. 짜증을 내는 것도 잊고 현관으로 다가간 세영은 현관문 렌즈에 눈을 갖다 대었다. 듬직한 남자의 어깨가 눈에 들어왔다.

"누구세요?"

"작가님, 저예요!"

심드렁하게 되묻자 벼락처럼 돌아오는 목소리는 세영에게도 귀에 익은 것이었다. 엉겁결에 문을 열자 만 원짜리보다도 파랗게 질린 얼굴의 관우가 숨을 몰아쉬며 서 있었다.

"무슨 일이야? 리허설 안 해?"

"할 수가 없어요! 왜 전화 안 받으셨어요?"

"뭐?"

거의 패닉상태인 관우의 모습에 심상치 않음을 느낀 세영의 목소리가 건조해졌다.

"무슨 소리야?"

"감독님이 보내서 온 거예요. 지금 당장 극장으로 가셔야 돼
요!"

"뭐야? 허둥대지 말고 좀 침착해져 봐!"

"사고요! 승태 형이랑 찬성이랑 민재, 셋이 교통사고났대요!"

더 생각하고 번뇌할 겨를도 없이 관우와 함께 돌아온 극장 분
위기는 어수선하기 짝이 없었다. 배우건 스태프건 할 것 없이
이미 사고 소식이 다 전해진 모양이었다. 하긴 잠시 후에 당장
무대에 올라야 할 배우들이 당도하지 못하고 있었으니 숨긴다
고 숨겨질 일도 아니었다.

"형!"

관우의 부름에 그 외중에도 일사불란하게 지시를 내리고 있
던 현승의 고개가 휙 돌아보았다. 몇 시간 만에 몇 살은 더 들어
버린 얼굴이었다.

"오셨습니까."

"어…… 어떻게 된 거야?"

그런 것도 모르고 현승의 전화를 받지 않은 자신이 바보 같고
한심스러워 세영은 자기도 모르게 더듬거렸다. 현승은 그런 세
영을 이미 파악한 듯 가볍게 고개를 끄덕이며 설명했다.

"관우에게 말씀 들으셨죠? 사고가 났습니다. 승태 씨와 찬성

씨, 그리고 민재까지, 합쳐서 모두 세 사람 지금 병원에 있습니다."

세영은 일순 아찔해지는 눈앞에 숨을 삼켰다. 사고라니. 그것도 초연을 하는 날! 갑작스럽게 세 사람이나 공석이 생겼으니 보통 일이 아니었다.

"많이 다쳤어?"

현승의 목소리는 모래를 씹는 것 같았다.

"아뇨. 심각하진 않지만 승태 씨는 부상 부위가 발목이에요. 운신엔 지장이 없지만 공연을 소화하는 건 불가능합니다. 다른 사람들도 지금 정밀검사 중이고요. 시간이 촉박해서 병원에 더 있을 수가 없었어요."

설명을 들으니 현승은 이미 병원에 달려갔다 온 모양이었다. 아무렇지 않게 일렀지만 세영은 공연장으로 가겠다고 길길이 날뛰었을 승태를 현승이 어떻게 진정시키고 돌아왔을지 알 수 있었다.

"일단 언더스터디(Understudy) 준비시켰습니다."

언더스터디란 배역을 맡은 배우에게 불의의 사고나 무대에 올라갈 수 없는 일이 벌어졌을 때 공연이 중단되는 사태가 일어나지 않도록 공석이 생긴 배우를 대신해 배역을 맡는 대역배우를 이르는 말이었다. 현승의 덧붙임에 세영은 다시금 분주한 분장실을 둘러보았다. 이제야 원래 의상의 주인인 승태 대신 샤리야르의 무대의상을 걸치고 있는 낯선 배우가 눈에 들어왔다. 치

수가 달라서 옷을 반쯤 걸친 채 스태프들이 달라붙어 옷감을 접어 핀으로 꽂고 날리는 손길로 바느질을 하고 있었다.

"30분 남았어요."

그때 관우가 거의 죽어가는 목소리로 끼어들었다. 현승의 눈꼬리가 가늘게 흔들렸다.

"언더스터디 때문에 공석 생긴 코러스는 어떻게 할 거야? 군무는?"

"스윙(Swing)은 폼으로 있습니까."

신경이 끊어질 것 같은 상황 속에서도 태연하게 반문하는 현승을 세영은 질린 얼굴로 바라보았다. 스윙이란 언더스터디가 대역을 위해 자리를 비우면 그 빈자리를 메우는 사람들을 지칭하는 말이었다. 하지만 그렇다고 해서 만사가 다 해결된 것은 아니었다. 빈자리는 어떻게 해서든 메울 수 있다. 문제는 세 사람만큼의 공석이 생겼다는 것이었고, 그 공석을 급하게 가려야 한다는 것이었다.

"초연에 주인공이 바뀌다니……."

관객들은 아직 이 사태에 대해 모르고 있었다. 티켓 예매는 이미 공연이 시작되기 훨씬 전부터 날짜별 캐스팅 리스트와 함께 박스 오픈이 되어 있었고 관객들은 보고 싶은 배우가 등장하는 날을 골라 표를 예매했을 것이다. 그건 프리뷰 때도 마찬가지였다. 그런데 공연 30분을 앞두고 캐스팅이 바뀐 것이다. 송곳으로 관자놀이가 짓눌리는 느낌에 세영은 격하게 눈살을 찌푸렸다.

"다른 배역은?"

공허하게 던져진 물음에 대답은 돌아오지 않았다. 세영의 눈에 찬성의 의상이 다른 사람에게 입혀지는 것이 눈에 들어왔다. 하지만 아직도 하나는 공석이었다.

"형…… 오늘 공연……."

관우가 금방이라도 주저앉을 기색으로 비틀비틀 다가왔다. 순간 현승의 눈이 섬뜩하리만치 강렬하게 빛났다.

"조감독."

지금까지 감독이라는 권위보다는 형 같은 편안함으로 모두를 대했던 현승의 입에서 그라고는 생각되지 않을 정도로 굳은 음성이 관우를 불렀다. 다가온 관우에게 현승은 메가폰이나 다름없는 자신의 무전기를 내밀었다.

"받아. 정신 똑바로 차려라."

얼이 빠진 관우에게서 시선을 돌린 현승은 곧 의상 담당 스태프에게 분부했다.

"마지막 의상 가져와요."

"형!"

"윤 감독!"

스태프가 차게 식어가는 얼굴로 의상을 챙기는데 관우와 세영이 동시에 불렀다. 현승은 확고한 음성으로 또박또박 일렀다.

"오늘은 천일야화의 초연이다. 대통령이 와도 공연 취소는 못

시켜.”

이어 독수리 같은 눈동자가 관우를 향했다.

“너도 무슨 일을 어떻게 해야 하는지는 알 거다. 그대로 진행해.”

그 말이 무슨 마법의 주문이나 된 것처럼, 한동안 굳어 있던 관우는 갑자기 백만대군이 닥쳐도 혼자서 너끈히 상대할 수 있을 만큼 맹렬한 얼굴이 되어 빠르게 분장실을 벗어났다. 잠시 후, 갑작스런 사고로 인해 캐스팅이 변경되었음을 알리며 관객 여러분께 사과를 표한다는 장내방송이 울려 퍼졌다.

“어, 어쩔 셈이야? 진짜 무대에 올라갈 참이야?”

“못할 건 뭡니까. 이래 봬도 소싯적엔 혼자서 연출에 미술에 세트에 엑스트라까지 했던 몸입니다.”

“그거랑 같아?”

경악한 세영을 향해 현승은 놀랍게도 히죽 웃어 보였다.

“배우들한테 연기 지도한 사람이 누구라고 생각하세요? 대본은 처음부터 외우고 있습니다.”

당연할 것이다. 현승은 연출가였으니까. 대본도 외우지 못하고 어떻게 연출을 맡을 수 있겠는가. 언제나 고요하고 빈틈없던 현승에게 이런 무모함이 숨어 있으리라고는 꿈에도 생각해 본 적이 없었다. 그러나 세영은 자신만만한 현승의 한구석에 여지없이 깃들어 있는 불안을 알아볼 수 있었다. 현승 역시 이 상황이 미칠 듯이 불안하고, 초조하고, 당혹스러운 것이다.

"이렇게 다 할 거였으면 난 뭐 하러 불렀어?"

"내가 불안해서요."

현승은 지체없이 들려줬다.

"작가님이 뒤에 있다고 생각하면 내가 좀 안심이 될 것 같아서요."

작지만 당당하게 할 말을 끝마친 현승의 손길이 세영의 어깨를 부드럽게 잡았다. 그리고 억지로 초조함을 몰아내듯 한쪽 눈을 찡긋해 보였다.

"그러니까 내게 힘이 되어주셔야죠."

다음 순간 현승은 지체없이 겉옷을 벗고 무대의상을 팔에 꿰었다. 옷을 갈아입고 자리에 앉자마자 엄청난 속도로 분장이 시작되었다. 분장사의 손길과 붓과 펜슬이 정신없이 얼굴을 두드리는 와중에도 현승은 어느새 가라앉은 얼굴로 대본을 훑어보기 시작했다. 그나마 승태를 제외한 나머지 두 배역의 비중이 그리 크지 않다는 것이 불행 중 다행이었다. 하지만 그 역시 주연에 비해 비중이 작은 것일 뿐 극의 흐름을 매끄럽게 하는 감초 역할을 하는 배역이었기에 똑같이 중요했다.

"스탠바이 10분 전입니다!"

관우의 고함 소리가 들려왔다. 갑자기 다급함이 밀려왔다.

"지금이라도 안 늦었어, 윤 감독. 지금이라도 관객들에게 설명하고……."

거의 울상이 되어 안절부절못하는 세영을 향해 현승은 부드럽게 미소 지었다.

"작가님이 쓰고, 내가 만들었습니다. 절대로 안 망칩니다."

몇 분 후 분장이 끝난 현승은 전혀 다른 사람 같았다. 배우들에 섞여 무대 뒤로 올라가며 현승은 다시 한 번 어찌할 바를 모르는 세영을 돌아보았다. 두꺼운 무대 커튼 너머로 관객들의 웅성거림이 바위 같은 압박감으로 다가왔다.

"윤……!"

애써 태연한 척 무대에 오를 준비를 하는 현승의 모습에 뭔가가 치받쳐 올라 입을 열었지만 때맞춰 불이 꺼지는 바람에 차마 입을 떼지 못했다.

육중한 기계음과 함께 막이 올랐다. 관객들의 첫 번째 박수 소리가 조명을 타고 파도처럼 밀려들었다.

승태는 말없이 병원 침대에 쭈그리고 누워 통곡하고 있는 민재의 어깨를 두드렸다. 그러나 자신 역시 울고 싶은 것은 매한가지였다. 하필이면 초연 날, 하필이면 발목을 다쳐 공연 펑크라니. 누가 이런 일이 일어날 줄 상상이나 했을까.

세 사람 모두 다행스럽게도 부상 정도가 그리 큰 것은 아니었다. 트럭이 들이박은 부분이 택시의 앞쪽 바퀴와 보닛 부분이었기 때문이다. 그러나 조금만 더 문 쪽으로 치우쳐 있었다면 아마 셋 다 무사하지 못했을 것이다. 그 바람에 승태는 좌석 밑으로 들어가 있던 발목을 다쳤고 뒷좌석의 두 사람은 차가 크게 회전하면서 하필이면 얼굴을 다쳤다. 부딪힌 충격으로 가벼운 상처와 함께 눈 주변과 뺨이 부어올라 도저히 무대에 설 수 없을 지경이 된 것이다. 며칠만 지나면 가라앉을 정도로 모두 가벼운 부상이었지만, 상황을 놓고 보면 치명적이었다. 승태는 당장 걸을 수 있다는 이유를 들어 기를 쓰고 극장으로 가려고 했지만 면도칼도 베기 어려울 정도로 단호한 현승의 일침에 눌려 결국 고집을 꺾어야 했다.

"오늘 2시간 때문에 앞으로 6개월을 망칠 참입니까? 세 사람 다 몸 추스를 생각부터 해요!"

평범하게 흘러가다가 사고나면서부터 갑자기 화살에 매어 쏜 것같이 흘러가는 시간 때문에 병원에 오래 있지 못하고 돌아가야 했지만, 현승은 일말의 망설임도 없이 그렇게 말했다. 감독으로서 배우에게 내린 첫 번째 '명령'이었던 셈이다. 승태는 씁쓸하게 웃었다.

"그만 울어, 인마. 삼 일만 지나면 싹 낫잖냐."

민재 녀석은 그동안 단역만 하다가 처음으로 비중있는 배역을 맡았는데 첫 단추부터 어긋났으니 눈물이 안 날 수 없을 것이다. 위로가 더 서러워졌는지 꺼이꺼이 우는 소리가 착잡했다.

"시끄러, 인마. 누가 죽었냐?"

자기에게 하는지 후배에게 하는지 모르게 중얼거리며 승태는

시간이 궁금해졌다. 공연이 무사히 시작되었다면 지금쯤 1막이
내려왔을 때였다.

"헉, 허억……."

땀이 줄줄 흐르는 현승의 이마를 분장사의 손이 부지런히 닦
아냈다. 땀 때문에 흐트러진 분장을 다시 고치고 복장을 가다듬
었다. 막과 막 사이에 잠시 쉬는 시간인 인터미션은 길어야 15분
남짓, 그사이에 스태프들과 배우들은 2막 준비를 다 끝내야 했
기 때문에 분장실과 무대 뒤편은 아비규환이었다.

"괜찮아?"

세영의 걱정에 현승은 숨을 몰아쉬면서도 씩 웃었다. 화장품
으로 가려진 볼은 새빨갛게 달아오르고 가발 속에 머리는 땀에
젖어 착 달라붙어 있었지만 등에는 날개가 달려 있는 듯한 표정
이었다.

"옛날에는…… 곧잘 했었는데 오랜만이라…… 쉽지 않네
요……."

정말이었다. 예전, 모든 것이 부족했던 시절에는 엑스트라나
단역은 직접 소화하기도 했었다. 그러나 지금 무엇보다 현승을
지치게 하는 것은 긴장과 중압감이었다. 갑자기 주연 캐스팅이
바뀌며 작은 소동이 있었지만 겨우 수습하여 제시간에 막을 올
릴 수 있었다.

"몇 분 남았죠?"

“5분.”

세영의 대답에 현승은 준비를 끝마쳤다. 2막은 시작부터 현승이 무대에 뛰어들어 너스레를 떨며 서두를 열어야 했기에 더욱 부담이 컸다.

“그래도 춤추는 장면이 적어 다행이죠?”

“말이라고 해?”

세영은 한 시간 만에 핼쑥해진 현승의 얼굴에서 눈을 떼지 못했다. 현승의 역살은 군무나 독무 같은 춤이 별로 들어가 있지 않은 대신 무대에 머무는 시간이 주연에 맞먹을 정도로 길었다. 그 역할이 옛날의 변사(辯士)와 비슷한 일종의 극중 해설자였던 탓이었다.

춤이 없으니 튈 걱정은 하지 않아도 되었으나 있는 듯 없는 듯 내내 무대를 지켜야 한다는 무게감은 대단했다. 여태까지 무슨 일이 닥쳐도 힘에 부친다는 생각을 해본 적이 없는 현승이었지만 지금 이 순간은 앞으로 뛰어나가야 할 핀 조명 아래가 곧 무너질 바위 밑처럼 보일 지경이었다.

객석을 밝히던 조명이 서서히 꺼지며 거대한 웅성거림이 차차 고요하게 바뀌었다. 객석의 조명이 꺼지자 무대 위에 핀 조명은 하늘에서 내려오는 하얀 탈출구 같았다. 세영은 새로 고친 분장 위로 맺히는 투명한 땀방울을 볼 수 있었다. 언제나 손등 절반까지 늘어져 있던 세영의 셔츠 소매가 살며시 그러쥐어졌다.

　현승은 조용하게 이마에 닿는 손길에 눈을 내리깔았다. 세영의 손은 분장이 지워지지 않도록 조심스럽게 움직이며 그 위로 맺힌 땀방울을 닦아냈다. 이미 그 손에 얽혀 있던 기브스는 예전에 부서지고 없었지만 현승은 이마에 닿는 촉감이 느껴지는 순간 석고 덩어리 밖으로 삐죽 튀어나와 있던 그 가느다란 손이 생각났다.

　"잘하고 와. 실수하면 죽일 거야."

　"알았습니다."

　툭 내뱉은 말을 따스하게 주워 담으며 현승은 흐리게 웃었다. 어느새 객석은 숨소리조차 크게 들릴 만큼 고요해져 있었다. 현승은 크게 숨을 들이켰다.

　"계속 거기 있을 거죠?"

　"……그래."

　그리고 객석을 향해 커다랗게 한 걸음을 떼었다.

　세영은 겨우 한 발자국 차이로 무대 밖에 속하는 곳에서 현승을 지켜볼 수 있었다. 조명 아래 움직이는 그는 두꺼운 무대의상을 입고서도 지금까지보다 훨씬 찬란하게 빛나고 있는 것 같았다. 그 자신이 지금까지 살아왔던 대로.

　현승은 정말로 자신과는 방식 자체가 달랐던 것이다. 한 시간 전 세영은 갖추지 못할 바에는 안 보여주는 것이 낫다는 이유로 초연을 취소하자고 말했다. 하지만 현승은 그 갖추지 못한 부분을 자신의 방식대로 채워서 관객에게 내보이고 있었다. 이렇게 되어서 미안하지만, 그래도 나는 당신들이 이 시간을 즐기며 즐거워하길 바란다는 마음을 담아. 그리고 실제로 관객들은 즐거워하고 있었다. 마치 그 마음을 알아주는 것처럼.

만약 공연을 취소했다면 차후에 더 완벽한 무대를 보여줄 수 있었을 것이다. 하지만 그랬다면 이미 천일야화를 기대하며 표를 사고 시간을 비워서 함께 하고픈 사람과 공연장을 찾아온 수많은 사람들에게 즐거움 대신 실망을 선사해야 했을 것이다. 오늘 예고 없이 주연 캐스팅이 바뀐 것에 화를 내며 항의하는 몇몇 관객들에게는 전액환불과 원하는 날짜로 다시 예매를 해주는 선에서 다행히 일단락이 되었지만, 세영은 얼굴도 알지 못하는 그 관객들에게 미안했다. 배우가 셋이나 사고를 당한 것은 분명 안타까운 일이었다. 하지만 오늘을 위해 다른 일을 할 수도 있었던 자신의 시간을 쪼개 찾아와 준 관객들에게 그것마저 이해해 달라고 조를 수는 없었다.

언젠가 자신이 현승에게 말했던 것처럼 관객은 그저 만족하기 위해 찾아온 사람, 용서가 없었기 때문이다.

"작가님이 쓰고, 내가 만들었습니다. 절대 안 망칩니다."

현승은 그 맹세를 지키기 위해 고군분투하고 있었다. 세영은 자기도 모르게 피식 웃었다.

이해하겠어. 이제 이해하겠다고.

마법의 시간들이 천천히, 그러나 어느 때보다 빠르게 흘러갔다. 무대 위의 현승은 언제나 중심을 잃지 않으며 깐깐한 듯 유유하게 사람들을 휘어잡던 연출가 윤현승과 전혀 다른 사람 같았다. 대본대로 뛰고 구르고 작은 실수가 일어나면 당황하며 감추려 들지 않고 오히려 익살스레 얼굴을 바꾸며 실수를 빌미로 애드리브를 집어넣었다. 그러면 관객들은 화답하듯 웃음을 터뜨렸다. 솔직하게, 아마 그렇게 할 수 있는 사람은 세상에서 현승뿐일 것이다.

"쟤가 수전증이라 그래."

흐르듯이 소품을 건네줘야 하는 장면에서 타이밍이 맞지 않아 소품이 바닥에 떨어지자 현승은 유쾌하게 중얼거렸다. 뒤에서 픽 웃는 관우의 웃음소리가 들렸다.

수십 명에 달하는 출연진이 전부 무대에 나와 노래를 부르는 마지막 피날레는 장엄하기까지 했다. 세영에게 그 순간은 마치 내내 혼미하다가 어느 순간 정신을 차리자 눈앞에 펼쳐진 무릉도원처럼 그렇게 다가왔다. 어느새 하늘에서는 황금색 조명이 찬란하게 쏟아지고 있었고, 배우들은 저마다의 자리를 지키며 무대를 꽉 메우고 있었다. 그들의 목소리가 뿜어내는 하모니는 놀랄 만큼의 조화를 이루며 폭발적으로 공기를 떨게 했다.

모두의 노래가 끝난 후에 무대는 다시 고요해졌다. 배우들은 태양 아래 작아지는 그림자처럼 퇴장하고 웅장했던 음악은 꿈결처럼 감미로워졌다. 그 감미로움의 끝에 안식의 신에게 이끌리듯 세헤라자드의 무릎을 베고 누우며 잠드는 샤리야르의 모습이 눈에 들어왔다. 사랑에 배신당하고, 사랑을 믿지 않았지만 간절하게 다시 사랑하게 되기를 원했던 불쌍하고 지친 영혼이 마침내 잃어버린 조각을 찾듯이 만나게 된 사람에게 기대서 평화롭게 쉬었다. 그동안 자신을 쥐어뜯던 괴로움과 고통은 잊어버린 채. 그리고 은백색으로 빛나는 조명 아래 편안해진 두 사람의 위로 평화롭게 잠들 수 있는 밤과 같은 어둠이 쏟아지듯 막이 내려왔다.

여운이 끝나고 다시 조명이 밝아지며 오케스트라가 천일야화의 모든 음악들을 유쾌한 메들리로 연주하기 시작했다. 어느새 그 박자에 맞춰 관객들은 박수를 치고 있었다. 수백 명의 사람들이 동시에 손바닥을 마주치는 그 소리는 마치 심장에 불을 붙이는 부싯돌 소리 같았다. 맨 먼저 군무나 합창을 담당했던 작은 배역의 배우들이 인사를 하고, 그 후로 피날레를 향해 다가가듯 배우들의 인사가 이어졌다. 주연이었던 샤리야르와 세헤라자드가 등장할 때 관객들의 박수 소리는 과장할 필요 없이 천장이 닿을 듯했다. 화려하고 고전적인 동작으로 인사를 끝내고 샤리야르는 정중하게 오늘의 특별 캐스팅을 손짓해 가리켰다. 현승이 환하게 밝아진 무대 앞으로 나아갔다. 환호 소리가 그를 향해 쏟아졌다.

배우들이 앞으로 나서자 자리에 앉아 있던 관객들은 자리에

서 일어나 자신들이 느꼈던 즐거움을 공유하기 위해 무대 앞으로 다가왔다. 오늘 처음 만났고, 앞으로 다시 만날 일은 없을 것이었지만 이 순간 극장 안에 있는 사람들은 배우와 관객이라는 자리를 떠나 모두가 가까워진 기분이었다. 정아는 손에 입을 맞춘 다음 관객을 향해 뻗었다. 유희는 수줍음과 벅차는 가슴을 안고 우아하게 무릎을 굽혀 인사했다. 한참 후 다시 막이 내려왔지만, 그치지 않는 박수 소리 때문에 오래지 않아 조명은 다시 밝혀져야 했다.

"앵콜! 앵콜! 앵콜!"

모두가 기꺼워하고 있었다. 사람들은 저마다 갖고 있는 물건들로 이 순간을 담아가기 시작했다. 카메라 플래시가 연이어 터지는 것은 눈앞에서 명멸하는 은하수를 보는 것 같았다.

바로 한 발자국 떨어진 무대 가장자리 커튼 뒤에서, 세영은 커튼 자락을 잡은 손이 하얗게 되도록 힘을 주었다. 바로 한 발자국이었다. 언제나 곁에서 바라봤지만 결코 들어갈 수는 없었던 빛 속의 세계. 한 공간이었지만 그 사이에 보이지 않는 차원의 막이 쳐져 있는 다른 세계처럼 보이는 광경. 세상을 덮을 듯하지만 달빛 아래에서는 한없이 초라해지는 어둠처럼 세영은 주춤거렸다.

문득 천일야화 속의 샤리야르가 생각났다. 자신이 쓴 뮤지컬 속의 그가 아니라 먼 옛날, 수백 년을 회자되었던 전설 속의 샤리야르였다. 처음 천일야화의 작가 자리를 제의받았을 때 그것이 설우의 것이었음을 알면서도 수락했던 것은, 우습고 한심하기 짝이 없었지만 샤리야르라는 캐릭터가 자신 같았기 때문이다. 이제까지 그 누구에게도, 심지어 현승에게도 털어놓지 못한 것이었지만 세영은 만신창이가 되어 스스로를 가둔 그가 자신의 다른 이름인 것 같았다. 할퀴어지고 덧난 피부를 그대로 끌어안고 웅크린 채 누구도 필요없다고 외치고 있었지만 사실은 자신에게 내밀어지는 손길을 사무치게 그리워하는 샤리야르가. 하지만 만약 누군가가 손을 내민다면 자신은 그걸 잡을 용기가 있을까. 그리고 너무나 오랫동안 피해왔던 빛 속으로 나아갈 수 있을까. 세영은 알 수 없었다.

유희와 정아의 듀엣이 시작되었다. 현승은 무사히, 그리고 훌륭하게 끝난 공연에 감사하며 진심으로 모든 사람들에게 보내는 찬사를 담아 박수를 쳤다. 노래가 끝난 후 관객들과 배우들은 서로 웃으며 눈빛을 마주쳤다. 커튼콜. 몇 번을 경험하든 완전히 익숙해질 수 없는 미칠 듯한 감동의 시간, 모두가 하나로 묶여 있는 단단한 동질감은 눈시울이 붉어지게 만들었다. 시큰한 콧날에 괜히 쑥스러워 고개를 돌리는데, 그 순간 세영의 모습이 스치듯 보였다.

"여러분, 재미있으세요?"

노래가 끝나자 현승은 한 발 앞으로 나서서 관객들을 향해 물었다.

"네!"

그러자 현승의 입가에 미소가 짙어졌다.

"입소문 좀 많이 내주세요. 인터넷에 평도 좋게 올려주시고
요."

와 하고 웃음이 터졌다. 현승은 세영이 서 있는 쪽을 바라보
았다가 다시 고개를 바로 했다.

"여러분들에게 소개시켜 드리고 싶은 분이 있습니다. 누군지
알고 싶으세요?"

"네!"

현승의 팔이 정확하게 세영을 향해 뻗어졌다.

"이 〈천일야화〉를 써주신 작가님입니다!"

지금까지 중에 가장 커다란 박수 소리가 터져 나왔다. 현승은
만면에 웃음을 띠고 세영을 돌아보았지만 두꺼운 커튼 뒤에 숨
은 세영은 섣불리 밖으로 나설 생각을 하지 못했다. 갑자기 발
끝이 바짝 얼어붙으면서 뒷머리가 곤두서는 기분이었다.

"아, 안 돼!"

그동안 무대와 떼려야 뗄 수 없는 위치에 있으면서도 저 찬란
한 빛 속으로 들어갔던 적은 한 번도 없었다. 내내 그리워하던
온기였지만 너무 갑작스러웠다. 자신은 얼음이었다. 차갑고 단
단하지만 빛 속에서는 녹아버릴 수밖에 없는 얼음. 나가면 쪼그
라들 것 같아 뻣뻣하게 버텼지만 박수와 환호는 그치지 않았다.
나보고 저 빛 속으로 나아가라고? 세영은 자기도 모르게 고개를
저었다. 관객의 반응을 놓쳐 본 적은 없었지만 관객, 자신의 이

야기를 소비하는 사람들 앞에 스스로를 드러내 본 적은 한 번도 없었다. 그럴 필요도 없었지만, 사실은 두려웠기 때문이다.

정말 내가 만든 이야기가 재미있다는 걸까. 성공한 것은 순전히 운이 아닌가 하는 막연한 불안감이 그동안 언제나 곁을 떠나지 않았었다. 예전, 화려한 시작 뒤에 혹독하게 쏟아졌던 질타를 잊어본 적이 없기 때문이었다. 이번엔 성공했지만 다음에는 또 실패하는 게 아닐까. 이번이 또 성공했지만 그다음에는? 알 수 없었다. 세영이 그동안 지나칠 정도로 일에 매달렸던 것은 달리 말하면 그만큼 자신에 대한 확신이 없었기 때문이다. 그러니 있는 힘을 다해 매달릴 수밖에 없었던 것이다. 이 정도로는 만족하지 못할지도 모르니 더 해야 해, 다음엔 실패할지도 모르니까 더 참신하고 더 새롭고 더 탄탄해야 한다고 끊임없이 되뇌면서.

결국 현승이 다가와 세영의 팔을 잡아끌었다. 버티려고 했지만 초현실적인 흥분과 감동에 빙의된 현승은 파도가 조약돌을 바다 속으로 끌고 가는 것처럼 세영을 무대 위로 데려왔다. 어어어 하는 사이, 세영은 어느새 자신의 이마 위로 눈부시게 쏟아지는 조명을 느꼈다. 온몸의 세포가 일순간 수축하는 것 같았다. 세영은 질끈 눈을 감았다.

"봐요."

함성과 박수, 산발적인 웅성거림 때문에 바로 옆에 선 현승의 속삭임이 잘 들리지가 않았다. 세영은 잔뜩 긴장한 채 꽉 감았던 눈꺼풀에서 천천히 힘을 뺐다. 나란히 붙은 자신의 발끝이 눈에 들어왔다. 어둠 속에서 같이 검었던 신발과 발등은 황금색 빛 속에서 원래의 색으로 물들어 있었다. 떨리는 눈이 천천히 손과 다리를 스쳤다. 녹아버릴 줄 알았는데, 틀림없이 흔적도 없이 사라질 줄 알았는데 자신은 어느새 다른 사람들과 같이 빛을 받으며 그 일부가 되어 서 있었다. 어느새 완연히 뜨여진 눈으로 생전 처음 보듯 객석을 바라보는데, 곁에 선 부드러운 목소리가 들려왔다.

"좋아하고 있잖아요."

현승의 그 한마디는 여태까지 세영을 놓지 않고 있던 초조와 불안을 전부 꿰뚫고 있는 것 같았다. 이제 그럴 필요 없어요. 당신에게 이렇게 열광하고 있는 사람들을 봐요.

셔츠 자락을 꽉 움켜쥔 세영의 손이 가늘게 떨렸다. 현승은 세영의 어깨를 잡고 있는 손을 통해 그녀의 전신이 떨고 있다는 것을 알 수 있었다. 하지만 이젠 안쓰러움 대신 미소가 지어졌다. 그래, 당신은 그런 사람이었어. 이제야 이해해, 이해한다고.

거대한 가시나무 성. 그 위용이 너무 대단하고 엄청났기에 사람들은 가시나무 성 자체가 하나의 거대하고 흉포한 생물체인 줄 알고 지레 겁을 먹었지만 사실은 그렇지 않았다. 겹겹이 둘러쳐 있던 가시 울타리는 사실 보호막이었던 것이다. 무엇도 뚫지 못할 만큼 견고한 성벽 속, 작은 잎사귀 하나에도 상처 입을 만큼 약하게 웅크리고 있는 자신을 지키기 위해.

세영은 어설프기 짝이 없게 주춤주춤 허리를 숙였다. 아무 말도, 아무 생각도 떠오르지 않았다.

이 사람들이 정말 기뻐하고 있는 것인가? 내가 만든, 내가 쓴 극본으로 탄생한 뮤지컬 한 편을 보고 이렇게? 정말로? 고작 두 시간 남짓한 뮤지컬 한 편으로…… 내가 쓴 뮤지컬로?

너무 환한 빛 속에 서 있느라 상대적으로 어두운 객석은 기이한 추상화처럼 눈에 들어왔다. 가슴을 타고 눈까지 전해지는 이상한 뻐근함은 눈가에 이르러 습기로 바뀌는 것 같았다. 똑같이 눈동자가 젖은 정아가 다가와 세영을 부드럽게 포옹했다.

“축하드려요…… 그리고 감사해요.”

“아, 그…….”

입을 열었는데 괜히 잠겨 버린 목 때문에 쑥스러웠다. 현승이 세영의 손을 잡았다. 찬사 속에 늘어선 배우들의 손이 하나로 이어졌다. 그리고 높이 치켜들었다가 동시에 내리며 인사를 했다.

감사합니다. 나도 당신들에게 이 순간을 선사할 수 있어서 뿌듯해요.

모두가 아는 사람이 된 것 같은 기묘한 순간, 커튼은 흐뭇하게 미소 짓는 것처럼 내려왔다.

두꺼운 천에 가로막혔지만 자신들에게 보내는 다른 이들의 찬사는 그 후로 오래도록 들려왔다. 술처럼 감미로운 그 소리에 취해 있던 배우들은 저마다 서로서로 인사와 수고를 건네고 갑자기 덮쳐 오는 피곤함을 나른하게 받아들이며 하나둘 분장실로 사라졌다. 세영은 조명이 스러져 어두컴컴한 속에서 바로 옆에 선 현승을 돌아보았다.

"처음부터 느꼈던 건데 말이야."

"뭔데요?"

세영은 자신을 향하는 현승의 얼굴을 향해 환하게 웃었다.

"난 윤 감독이 참 싫었어."

짙은 잿빛 어둠 속에서 현승의 입술이 뽀얗게 웃었다.

"다행이네요. 저도 그랬는데."

마주 본 두 사람은 처음으로 아무 가릴 것도 신경 쓸 것도 없이 눈빛을 하나로 엮으며 미소 지었다. 현승의 손바닥 안에 세영의 손이, 세영의 손바닥 안에 현승의 엄지손가락이 쥐어져 있었다. 하지만 아무렇지도 않았다. 다만 따스할 뿐.

"저 괜찮았죠?"

세영이 고개를 끄덕이자 현승은 손바닥에 쥔 세영의 손을 끌어당겼다.

"그럼 이 정도는 봐줘요."

땀 냄새, 터질 듯한 심장의 고동, 그리고 다른 모든 것들을 파도처럼 쏟아부으며, 현승은 세영을 끌어안았다.

"수고하셨습니다."

일주일 후, 밤 공연이 끝난 늦은 시각 현승은 분장실에 남아 발목에 압박붕대를 손보고 있는 승태에게 다가갔다.

"아직도 아픕니까?"

"아아, 아니오. 그냥 유비무환 삼아서요."

승태는 진짜로 아무렇지 않은지 구김살 없이 활짝 웃었다. 전매특허 함박웃음이 새삼스레 반가워 현승 역시 피식 웃으며 승태를 거들기 시작했다.

현승이 만류했지만, 승태는 사고가 있고 삼 일째부터 부득불 공연에 복귀했다. 후배 녀석들까지 모두 복귀를 했는데 자기만

편하게 있느니 스스로 목을 졸라 버릴 기세라 현승도 마지못해 허락할 수밖에 없었던 것이다. 세영은 우기고 우겨서 공연에 복귀한 승태를 향해 미련하다는 말로 포문을 연 후 불벼락을 쏟아 낸 다음 그를 위해 지문을 수정해 주었다. 현승 역시 발목 부상이 나아질 때까지 승태의 춤 부분을 대폭 축소하여 다른 것으로 대체했다.

"그날 얘긴 들었어요. ……대단하셨다던데요?"

"하하, 누가 그래요?"

"정아가요. 세영이도 그러고."

세영이라는 이름에 현승의 어깨가 멈칫하자 승태는 히죽 웃었다. 참 거짓말은 못하는 커플이야.

"사실 이제야 말이지만…… 전 그때 거의 포기하고 있었거든요. 감독님이 그렇게까지 하실 거라곤 감히 상상도 못했습니다."

공백이 생기자 배역을 맡아 직접 무대에서 뛰었던 현승을 두고 한 말이었다. 공연이 무사히 끝난 후에야 그 소식을 전해 들은 단장은 안도의 한숨을 쉬면서도 배를 잡고 웃었고 승태 역시 초연 펑크라는 전무후무한 사태가 일어나지 않은 것에 감사했다.

"단단하게 묶어요. 아프면 언제든지 말하고."

현승은 감독으로서 일렀다. 승태는 그 전매특허 웃음을 지으며 붕대를 촘촘하게 감았다.

"새삼 느낀 건데, 국립극장 징크스는 백발백중 같아요."

밑도 끝도 없이 던지는 말에 현승은 어리둥절했다가 곧 이해했다. 천일야화를 빼면 승태와 자신 사이에 남는 공통분모는 하나밖에 없다. 세영.

"징크스 때문이 아니었죠."

현승의 진지한 대답에 승태는 가볍게 웃음을 터뜨렸다. 이제 세영과 현승 사이에 난기류가 흐르고 있다는 것은 극단에서도 알 만한 사람은 다 안다. 오래된 국립극장의 징크스는 이번에도 어김이 없었던 것이다. 아직 초반이었지만 천일야화의 평론과 슬슬 불이 붙기 시작한 관객 반응들에 힘입어 그 징크스는 이제 징크스가 아니라 축복처럼 받아들여지고 있었다.

"세영이 눈빛이 달라졌더라고요. 다행이라고 생각하고 있습니다."

여전히 유들유들 변함없는 승태의 모습에 현승의 눈동자가 일렁이기 시작했다. 유쾌하고 털털한 사람인가 싶었더니 예기치 못하게 뒤통수를 치는 승태는 도대체 속을 알 수 없는 사람이었다. 그러나 그런 현승을 바라보고 있던 승태는 자꾸 웃음이 나왔다. 이제 슬슬 제대로 알려주지 않으면 나중에 정말 화내겠다.

"걱정 마세요. 전 앞으로도 세영이를 소중하게, 마음에서부터 아껴줄 테니까."

자신만만하게 이르는 승태에게 한마디 해주려고 현승이 입을 여는 순간 승태가 한발 먼저 질렀다.

"어쨌거나 난 하나뿐인 개 오빠니까요."

막 쏟아지려던 현승의 목소리는 목구멍이 콱 막힌다는 것을 지나치게 드러내며 막혀 버렸다. 순간 '오빠'라는 단어가 생전 처음 듣는 이상한 말처럼 느껴졌다.

"뭐, 뭐라고요?"

"오빠라고요. 세영이."

여전히 웃고 있는 승태를 경악한 채 주시하자 승태는 마치 무대에서처럼 과도하게 놀라는 제스처를 취해 보였다.

"세영이랑 저는 사촌지간이에요."

"하, 하지만 성이 다른데……."

승태는 웃음이 터지려는 것을 가까스로 참으며 일렀다. 처음 현승이 이 사실을 모른다는 것은 승태에게도 놀라운 것이었다. 천일야화를 같이 작업하며 세영과 만나는 때가 많았으니 당연히 알고 있겠거니 했던 것이다. 하지만 극장 후문에서 대화를 나누며 세영과 자신이 혈연임을 현승이 모르는 것을 감지하고는 일부러 알려주지 않았다. 그가 얼마만 한 사람인가 알고 싶었기 때문이다.

"외가 쪽이거든요. 세영이네 어머니가 제 작은 이모시죠."

사촌! 보통이라면 충격일 것까진 없을 일이었지만 현승은 식스센스를 능가하는 반전의 주인공이 된 기분이었다. 아니, 진짜 주인공이었다. 세영과 승태가 사촌 남매지간이었다니. 성도 달랐거니와 무엇보다 두 사람 중 누구도 그런 말을 한 적이 없었기에 놀라움은 더욱 컸다.

"세영이랑은 학교도 선후배 사이고 계통도 비슷하고 그래서 친구 같았죠. 진짜 거의 친남매라고 할 정도로. 걔가 겉으론 그래도…… 암만 친구 같았다지만 나는 세영이 오빠고, 세영이는 여동생이라는 것을 절감하게 되는 순간이 있었어요. 요새처럼. 오빠 맘도 모르는 철없는 여동생은 자기 혼자 태어난 것처럼 잘 났다고 살지만."

푸념이었지만 승태를 물들이는 기운은 온전한 포근함이었다. 승태는 정말로 세영을 아끼고 있었다. 같은 공연계 동료이기 이전에 피가 섞인 혈육으로서.

"아, 지금에야 말이지만 그때 감독님 좀 무서웠습니다. 한 대 맞나 했어요."

승태의 농담에 현승의 얼굴이 벌게졌다. 사촌이라는 단어를 앞뒤에 놓고 보면 그때 승태의 말들은 모두 당연한 것이었다.

"아이고……."

맥이 탁 풀려 무릎을 짚는 현승을 보며 승태는 하하 웃었다. 세영만큼, 승태는 눈앞에 있는 이 사람도 좋았다. 다르면서도 묘하게 비슷한 구석을 가진 이 커플은 틀림없이 잘 어울릴 것이다.

"……알고 있었죠?"

모든 걸 다 합쳐 묻는 현승에게 승태는 웃음으로 대답했다.

"새삼스럽지만, 이렇게 됐으니 잘 부탁드리겠습니다."

눈앞으로 내밀어지는 손에 현승은 툴툴 웃었다. 무릎을 잡고 있던 손이 그 손을 힘있게 마주 잡았다.

공연이 쉬는 월요일은 배우들을 비롯하여 다른 스태프들도 휴식을 취한다. 특성상 주말에 쉴 수 없기 때문에 평일의 첫날을 휴일로 정하긴 했지만 일주일에 하루를 쉰다는 것은 다른 직장인들과 마찬가지였기 때문이다. 하지만 원래대로라면 집에서 모자란 잠을 자고 있어야 할 현승은 지금 무대에서 이런저런 보고를 받고 있었다. 세트와 음향장비 점검을 해야 했기 때문이다.

"2층 세트 어떻습니까?"

"괜찮아. 이 정도면 걱정없겠어."

정광의 대답에 현승은 만족스럽게 웃었다. 편안했지만 눈매에는 쌓여 있는 피곤이 여지없이 드러나고 있었다. 이제 공연도 안정기에 접어들었고 배우들도 모두 복귀했으니 전처럼 눈코 뜰 새 없이 바쁘지는 않았지만 매일 생방송이나 다름없는 환경 때문에 시달린 신경이 눅진하게 아려왔다.

"대충 끝났는데 좀 쉬지?"

"그래야겠습니다."

담배 한 대를 피워 물며 밖으로 나섰다. 배는 고픈데 입은 깔깔해서 뭔가를 먹어야 하긴 했는데 먹고 싶지는 않은 이상한 상태가 되고 말았다. 극장 근처 식당 중에 괜찮은 곳이 있었나 머릿속으로 곱씹는데 주머니 속에서 휴대폰이 울었다.

"여보세요?"

—나야.

한가한 맘에 액정을 보지도 않고 받아 든 휴대폰 너머의 목소리에 반쯤 넘어가던 담배 연기가 코로 역류했다. 참으려고 애썼지만 격렬한 기침은 어쩔 수 없는 것이었다. 휴대폰에 대고 한참을 쿨럭거리다가 간신히 진정하고서 의연한 척 입을 떼었다.

"예."

—……괜찮아?

"네. 크흠! 그럼요."

—지금 산책로야. 점심 먹었나?

현승의 눈이 커졌다.

"아니오."

잠시 후, 5분 남짓한 시간을 오매불망 기다린 끝에 현승은 한 손에 뭔가를 들고 있는 세영과 만날 수 있었다.

"어쩐 일이세요?"

"아, 그냥. 점심 먹었다고 했으면 되돌아갈 뻔했어."

"예?"

"이거 가져왔거든."

현승의 눈앞으로 내밀어진 것은 일본식 무늬가 그려져 있는 커다란 2단짜리 도시락 통이었다. 어리둥절했던 현승은 곧 마음

속에서 온천이 터진 기분이 되었다.

"직접…… 만드신 거예요?"

"어, 응. 아니, 사실은 사온 거야."

세영의 얼굴이 상기되어 보이는 것은 후텁지근한 날씨 때문만은 아닐 것이다. 사실은 세영도 직접 만들고 싶었다. 하지만 요리를 손에서 놓은 지 오래라 맛을 장담할 수가 없었기에 사오는 것을 택했던 것이다. 안 그래도 피곤한 사람에게 정성은 듬뿍 들었지만 맛은 별로인 것을 먹으라고 하고 싶지는 않았다. 음식이야 다음에도 해줄 수 있는 거였으니까.

잠시 산책로를 걷던 두 사람은 극장 주변에 꾸며져 있는 공원에 이르러 나무그늘 아래 벤치에 자리를 잡았다.

비록 사온 것이었지만, 뚜껑이 열리자 드러난 유부초밥의 자태는 찬란할 정도였다. 현승은 자기도 모르게 활짝 웃었다.

"근데 유부초밥 좋아하나?"

"그럼요."

어디선가 새가 지저귀는 소리가 들려왔다. 현승은 좋은 것들로만 추려내어 만감이 교차하는 심정으로 유부초밥 하나를 집어들어 입으로 가져갔다. 식어 있었지만 초밥이란 것이 원래 차게 먹는 것이었으니 상관없었다. 짭짤하게 배어든 간에 고소한 김과 참기름 향기가 어우러져 깔깔하던 입에 놀랄 정도로 맛있게 감겼다.

"좋은데요."

"다행이군."

많은 말이 오가지 않아도 편안했다. 머리 위로는 새의 지저귐 소리, 눈앞에는 화사하게 타오르는 햇빛, 옆에는 사랑하는 사람, 그리고 입에는 그 사람이 나를 위해 마련해 온 맛있는 음식.

행복이 별거일까.

"쉬는 날 고생이네."

"그렇죠 뭐. 근데 이건 어디서 사온 거예요?"

"옛날에 갔던 일식집. 밑에 들은 건 과일이래."

"아, 과일까지요?"

평화로운 순간이었다. 세영은 현승의 옆얼굴을 슬쩍 바라보았다. 안색이 안 좋았다더니, 생각한 만큼은 아니라 다행이었다. 하지만 세영은 과일통 뚜껑을 열며 심심하게 일렀다.

"비타민 충전 좀 해."

"네."

이렇게 상큼한 오렌지는 처음 먹어보는 것 같았다.

"근데 오늘은 뭣 때문에 나와 있는 거야?"

"세트랑 음향 점검해야 해서요."

"고생하네."

간단했지만 특별한 식사를 마치고 나서 현승은 무슨 생각을 하는지 괜히 어깨를 들썩이고 작게 헛기침을 했다.

"다음주에는…… 아마 별일 없을 겁니다."

현승은 유난히 눈부시다고 생각하며 세영을 향해 고개를 돌렸다.

"그날은 어디라도 갈까요?"

오늘만큼 자신의 옷이 이렇게 변변치 않았다는 것에 절박한 적이 없었다. 필요한 자리가 아니면 굳이 갑갑하게 갖춰 입는 것이 싫어 그동안 되는대로 모양보다 편안함을 중시해 옷을 샀었는데 오늘따라 자신의 그런 취향이 후회막심이었다. 이럴 줄 알았으면 그동안 외출할 때 입을 그럴듯한 옷이라도 한 벌 사놓는 것을. 모두 비슷비슷한 티셔츠와 남방, 바지들을 이리저리 대보던 현승은 결국 개중에서 가장 깔끔해 보이는 남방에 재킷을 걸쳐 입는 것으로 마무리를 하고 후다닥 집을 나섰다. 더 꾸물거리다간 약속 시간에 늦을 참이었다.

제때 나왔으니 서두를 필요는 없었건만 현승은 헐레벌떡 약속 장소에 도착했다. 오늘 세영과 만나기로 한 장소는 신촌이었다. 일이나 다른 이유 때문이 아니라 순수하게 오직 서로를 만나는 것에 의미를 두었다는 것에서, 오늘은 두 사람의 첫 번째 데이트인 셈이었다.

월요일인데도 불구하고 신촌은 번화가답게 사람으로 붐비고 있었다. 찾기 쉽도록 지하철역 출구 앞에 서 있는 2층짜리 팬시점 앞을 약속 장소로 서 있는데 자신처럼 누군가를 기다리는 것이 분명한 사람들이 간간이 눈에 띄었다. 그러자 왠지 슬며시 미소가 지어졌다. 그러고 보니, 언젠가 아주 예전에도 이렇게 붐비는 가운데 이곳에 왔었던 기억이 있는 것 같았다.

'늦나?'

지나치게 빨리 왔나 싶어 시계를 확인하는데 약속 시간에서 5분 정도가 지나 있었다. 오고 있지 않을까 해서 휘휘 둘러보는데 저만치에서 다가오는 호젓한 실루엣이 눈에 들어왔다. 수많은 인파 사이를 물고기가 복잡한 바위틈을 헤치고 나아가는 것처럼 유연하게 비켜가며 다가오고 있는 그림자, 세영이었다.

"좀 늦었지?"

"5분인데요 뭘."

지난날에 보았던 하얀 원피스가 오늘따라 아름다웠다.

"그 옷 좋아해요?"

"응? 아니, 특별히 좋아하진 않지만 난 다리에 털……."

원래 그랬던 것처럼 '다리에 털이 안 나기 때문에 편해서'라고 말하려던 세영은 갑자기 그렇게 말하는 것이 겸연쩍어져서 얼른 말을 바꿨다.

"맞아. 이 옷 좋아해."

"잘 어울려요. 훨씬 좋아요."

"윤 감독도 평소보다 훨씬 상큼한데?"

미소와 함께 내밀어진 손 위에 작고 하얀 손이 겹쳐졌다. 어디로 갈까 잠시 의논하던 두 사람은 팬시점 맞은편에 보이는 커다란 커피숍을 첫 목적지로 정했다. 워낙 번화가인 탓에 손님이 많았지만, 운 좋게도 딱 하나 남아 있던 창가 테이블을 차지할 수 있었다.

"난 이거 마실란다. 새로 나온 거네."

"커피? 그냥 차 마시지 그래요?"

"난 새로운 게 좋아. 고르던 것만 고르면 뒤처지는 것 같단 말이야."

메뉴판을 보다가 주저없이 'NEW' 딱지가 붙어 있는 커피를 고르는 세영의 모습에 현승은 작게 웃었다. 문득 위천공에 걸렸던 것이 생각나 차를 권했지만, 세영은 자기 나름의 이유를 들어 기어코 커피를 고집했다. 잠시 후 나란히 도착한 음료수를 홀짝이며 두 사람은 하오의 여유를 만끽하기 시작했다. 길거리로 바쁘게 지나다니는 사람들과 자동차들, 맞은편에 팬시점까지 한눈에 들어오는 자리였다.

"이렇게 한가한 것도 오랜만이다. 언제가 마지막이었는지도 모르겠어."

"나도요."

잠시 후 음료수가 나오고 두 사람은 숨도 돌릴 겸 침묵한 채 목을 축였다. 잔잔한 침묵을 먼저 깬 것은 현승의 부드러운 목소리였다.

"무슨 생각 해요?"

"응? 아, 그냥. 여기도 참 많이 변했다는 생각."

"변해요?"

세영이 고개를 끄덕이며 맞은편에 있는 팬시점을 가리켰다.

"옛날에 햄버거 가게였거든."

현승이 작은 탄성과 함께 고개를 끄덕이는 사이 세영은 잠시 회상에 빠졌다. 옛날, 저 맞은편 가게가 패스트푸드점이었던 것을 기억하는 것은 그 앞에서 쓰린 기억이 있기 때문이었다. 하지만 지금 그 일을 생각하자 그저 피식 하고 웃음만 나왔다. 혼자였다면, 아마 또 한 번 찔끔하고는 이 근처로는 얼씬도 하지 않았을 것이다. 하지만 지금의 세영에게 그 옛 기억은 흑백사진처럼 그저 지나간 일일 뿐이었다. 신기할 정도로 아무렇지 않았다.

"뭘 혼자 웃어요?"

"응, 아무것도 아냐. 웃긴 장면이 생각나서. 나중에 코미디 쓸 때 써먹어볼까 하고."

"그래요?"

"그래. 완성되면 보여줄게. 언제 쓰게 될지는 몰라도."

"이런 순간에도 일 얘깁니까?"

싫지 않게 한마디 하는 현승을 향해 세영이 은근하게 미소지었다.

"왜? 둘만 있을 땐 일 얘기 하기 싫어? 역시 윤 감독은 로맨티스트구먼."

"놀리지 말아요."

"놀리는 거 아닌데."

잠시 눈치를 살피던 세영이 새침하게 일렀다.

"앞으로 바쁠지도 몰라."

"왜요?"

"난 있잖아, 좋아하는 사람 생기면 하고 싶은 게 엄청 많았다고."

"……뭔데요?"

"산책도 하고 놀이공원도 가고 피에로 가발 쓰고 사진도 찍고, 그래서 나중에 그걸로 드라마도 만들고…… 하여간 하고 싶은 게 엄청 많단 말이야."

"앞으로 하나씩 하면 되잖습니까."

그러자 세영은 왼손 새끼손가락을 펴서 현승을 향해 불쑥 내밀었다.

"진짜지? 약속해."

"좋아요. 약속."

"나랑 하고 싶은 거 다 하는 거야?"

"그렇다니까요."

현승이 세영의 새끼손가락에 자신의 새끼손가락을 걸고 엄지손가락으로 도장까지 찍으며 문득 덧붙였다.

"그 드라마 연출은 내가 할 겁니다. 그럼."

#아침 해가 떠오르는 궁정

마지막 합창곡 끝나고, 샤리야르와 세헤라자드만 남은 무대. 어두웠다가 점점 환하게 밝아지는 조명은 아침 해가 떠오르는 것처럼 찬란하다.

샤리야르 : (세헤라자드를 향해) 알라께서 그대를 나에게 보내 입술에 맺힌 꿀 같은 이슬을 나에게 머물게 하고, 장미색의 볼로 꺼진 내 영혼에 다시 불이 타오르게 하였구나. 나는 그대에게 손을 내밀고 싶다. 내 영혼을 잡아준 그대의 힘든 손목을 그렇게라도 도와주고 싶구나. 그리고 잠이 들고 싶다. 오랫동안 잠들 수 없었던 밤을 대신하여, 그대가 구제해 준 저 아침 햇살 아래서.

세헤라자드 : ……그럴 수 있을 거예요.

미소와 함께 세헤라자드 손을 내밀면, 사막을 떠돈 카라반이 고향으로 돌아온 것처럼 다가와 손을 잡는 샤리야르. 기꺼이 굴복하듯 꺾이는 무릎, 세헤라자드의 치마폭으로 쓰러진 샤리야르를 부드럽게 보듬는 세헤라자드. 잔잔하게 깔리는 음악. 점점 밝아지는 조명. 샤리야르 세헤라자드의 무릎을 베고 잠들며, 천천히 내려오는 막. 끝.

—천일야화 극본 中에서

“아직 다 안 나았어?”

세영이 휴지로 코를 훔치는 현승을 돌아보며 물었다. 늦가을로 접어들며 심해진 일교차 때문에 현승이 감기에 걸려 버린 것이다. 천일야화가 막이 오른 것이 여름이 절정이던 8월. 그런데 벌써 10월 하순이었다. 현승은 매일매일 버라이어티하게 펼쳐지는 천일야화와 함께 다른 사람들과 눈코 뜰 새 없는 나날을 보내고 있었다.

“많이 나아졌어요.”

하지만 그렇게 말하는 현승의 목소리는 아직도 묵직했다. 세영은 거실 탁자 앞에 놓아둔 노트북 위에서 손을 떼며 일렀다.

“아직도 목 아파?”

“조금.”

심하게 앓는 것은 아니었지만 어쨌든 안쓰러웠다. 연일 호평과 관객기록을 갱신하고 있는 천일야화가 기분 좋기도 했지만 뒤에서 이렇게 아픈 사람을 보자니 마냥 좋지만도 않았다.

“자꾸 밤새니까 그렇지.”

얌전한 타박에 현승은 툴툴 웃었다.

“자긴 안 그런 것처럼 그러기예요?”

걸걸한 목소리에 세영은 웃으려다가 인상을 쓰면서 이상한 얼굴이 되었다. 옛날 같으면 감독씩이나 되어서 몸 관리 하나 제대로 못한다고 열화를 토했을 테지만 지금은 그저 안타깝기만 했다.

“그렇게 앉아 있지 말고 좀 누워 있어봐.”

현승은 순순히 세영의 말에 따라 소파에 길게 드러누웠다. 팔걸이를 베개 삼아 머리를 기대자 세영은 이불을 가져다주었다.

“좀 자.”

생각 같아서는 이것저것 다 챙겨주고 싶었지만 무슨 말부터 해야 할지 몰라서 세영은 일단 그렇게 일렀다. 그동안 피곤하기도 했을 것이다. 매일 생방송이나 다름없는 무대를 꾸미고 감독해 왔으니 놓지 못한 긴장이 얼마나 무거웠을까. 긴장하고 있는 그 자체가 벌써 사람을 피곤하게 하지 않던가.

현승이 스르르 눈을 감자 세영은 얕은 한숨과 함께 하던 작업을 계속하기 시작했다. 서서히 잠들어가는 현승의 귓가로 타자 치는 소리가 자장가처럼 내리깔렸다. 세영이 쓰고 있는 것은 내년 초부터 촬영에 들어갈 드라마 대본이었다. 〈푸른 마노〉. 프리랜서 여류 보석감정사와 그녀의 충실하고 듬직한 남자 비서가 주인공인 이야기였다.

쌕쌕 가라앉은 숨소리가 듣기 좋았다. 세영은 어느새 손을 멈추고 현승의 숨소리에 귀를 기울이고 있다가 천천히 고개를 돌려 그를 바라보았다. 형용할 수 없이 친밀하면서도 이 순간 낯설게 보이는 남자가 피곤과 감기 기운에 절어 세상모르고 잠들어 있었다. 이불을 목까지 당겨 덮고 완전히 무방비가 된 얼굴이 마치 어린아이 같았다.

현승과 처음 만났을 때가 떠올랐다. 오랫동안 윤현승이라는 존재를 의식해 오긴 했지만 실제로 얼굴을 보는 것은 처음이었던 그때. 불과 몇 달 전이었지만 무척이나 오래된 일처럼 느껴졌다. 그렇게 느껴지는 이유는 아마 그 몇 달 사이에 자신이 변했기 때문일 것이다. 콤플렉스였던 사람이 이렇게 인생의 일부가 될 줄은 그땐 몰랐으니까.

—글쎄요……. 작가님이 좋아져서 그렇겠죠.

현승의 얼굴에 고정시킨 세영의 눈동자로 만감이 교차했다. 지금 생각해 보면 그건 참 현승다운 고백이었다. 아름답게 꾸미려고 애를 쓰는 미사여구도, 앞뒤로 잔뜩 붙인 화려한 말들도 없이, 그저 있는 그대로. 하긴, 타고난 천성이 그런 사람이었으니까.

그럼 나는 앞으로 얼마큼 변할 수 있을까.

그런 생각을 하며 세영은 잠시 입술을 씹었다. 냉정한 말이었지만, 자신이 얼마나 변할 수 있을지는 세영 자신도 알 수 없었다. 한때는 평생 네 번째는 없을 거라고 다짐하며 지내왔었는데, 윤현승이라는 사람을 만나서 이렇게나마 변한 것도 기적 같은 일이었다. 다시 따뜻함이 뭔지 알게 되고, 두근거리고, 시간이 빌 때면 자연스럽게 머릿속을 꽉 채우는 사람을 다시 가질 수 있게 되리라고는, 세영은 믿지 않았었다.

그런데 그런 사람을 다시 갖게 된 것이다. 현승은 채근하거나 재촉하지도 않았다. 성급하지도 않게 그저 어느새 옆을 돌아보면 가까이에 앉아 있는 사람처럼 그렇게 곁으로 다가왔다. 어른스럽고 다정하게. 그렇게 다시 느끼게 된 감정들이 너무나 크고 격렬해서 세영은 자신이 얼마만큼 달라질지 오히려 가늠할 수가 없었다. 현승이 등장한 자신의 나날들은 그 이전이 어땠는지 기억도 나지 않을 정도로 몹시 달랐던 것이다.

"응⋯⋯."

현승이 뒤척이자 세영은 자기도 모르게 손을 뻗어 그의 이마를 부드럽게 쓰다듬고는 그런 스스로에 놀라 피식 입술을 꼬았다.

한 번, 두 번, 그리고 계속해서 상처를 입으면서 세영은 어느 순간부터 선을 긋고 계산을 했었다. 상대가 행동을 하면 그걸 그대로 받아들이지 못했었다. 멋모르고 가만히 있었다가 다쳤으니까. 다시 다치지 않기 위해서 곱씹어보고 적당히 의심하고 짐작했다. 계속 상처를 입으면서 그런 반응은 더더욱 심해졌다. 나중에는 다치느니 차라리 아무것도 없는 게 낫겠다고 여겼을 정도로. 하지만 그건 잠든 현승의 얼굴 앞에서 공중누각처럼 흩어져 버렸다. 신기한 일이었다. 자신이 한때 그랬다는 것을 부정하고 싶은 것은 아니었지만, 그냥 이제는 상관없는 일이 되어버린 것 같았다. 그때는 그때고, 지금은 지금이었다. 그때와 지금을 굳이 연결시킬 필요는 없다고 여기게 된 것이다.

세영은 천천히 자리에서 일어났다. 빈속에 약을 먹으라고 할 수는 없었으니 현승이 깨어나면 죽이라도 먹게 해줄 참이었다. 그러려면 쌀을 씻어놓아야 했다.

부엌에 서서 세영은 평화롭게 잠든 현승을 다시금 응시했다. 속눈썹 긴 눈꺼풀이 조용히 내리깔렸다.

어디까지 변하나 한 번 알아보지 뭐. 세영은 속으로 짧게 중얼거렸다. 이 기적 같은 일이 자신을 얼마나 뒤흔들어 놓을지 알 수 없게 되어버렸으니, 과연 그 결과가 어떨지 알아보는 것도 좋을 것 같았다.

"휴대폰 좀 보여줘요."

크리스마스가 지나고 일주일 남짓 지난 어느 날, 세영이 쓴 대본을 읽어보고 있던 현승이 무심한 듯 진지하게 물었다.

"휴대폰? 갑자기 왜?"

"그냥. 어서?"

세영은 설날 연휴 동안 특집으로 방영될 4부작짜리 단막극을 맡아 지금 한창 후반 작업에 열중하고 있는 중이었다. 명절이었으니 온 가족이 볼 수 있도록 드라마의 내용은 밝고 코믹한 것이었다. 그중 현승이 읽고 있는 부분은 극의 초반부, 주인공 커플이 사랑싸움을 하고 있는 대목이었다.

"알았어."

대수롭지 않게 건네주는 세영에게서 휴대폰을 받아 든 현승은 버튼을 눌러 전화부 목록으로 들어갔다. 내심 기대감 어린 눈으로 목록을 훑어내리던 현승은 결국 가벼운 한숨과 함께 맥 빠지는 소리를 냈다.

"현실은 드라마랑 다르다더니, 정말이네……."

"무슨 소리야?"

알 수 없는 말에 세영이 몸을 돌려 바라보자 현승은 아무런 장식도, 애칭도 없이 그저 '윤현승'이라고만 저장되어 있는 액정화면을 세영의 눈앞으로 들이댔다.

"드라마는 달달하면서, 이 무미건조한 현실을 좀 보라고요."

"대체 뭔 못 알아들을 소리를 하는 거야?"

그러자 현승은 이번에는 읽고 있던 대본을 펼쳐 세영의 눈앞으로 내밀었다. 그제야 세영은 현승이 하는 말을 이해하고는 손을 탁 쳤다. 주인공들이 휴대폰에 이름 대신 애칭으로 서로를 저장해 놓으며 닭살행각을 벌이는 부분이었던 것이다.

"뭐야, 윤 감독. 나한테 '애기야' 나 '자기야' 나 '왕자님' 같은 소리를 듣고 싶은 거야?"

세영이 능글맞게 웃으며 놀리자 현승은 내심 쑥스러웠는지 제법 근엄하게 헛기침을 했다.

"아니, 뭐, 이상한 건 아니잖아요."

"그러는 윤 감독은 나 뭐라고 저장해 놨어?"

세영의 기습에 잠시 당황하던 현승은 곧 평정을 되찾았다.

"난 단축번호도 1번으로 설정해 놨다고!"

"딴 얘기 하지 말고 보여줘 봐!"

끝맺음과 동시에 잽싸게 달려들어 주머니 속에 휴대폰을 꺼내는 세영의 손목을 현승은 득달같이 잡았다. 그러나 얄미울 정도로 빠르게 손을 먼저 빼낸 세영은 요리조리 피하면서 버튼을 눌러댔다.

"이리 내요!"

"왜 그렇게 놀래? 욕 같은 걸로 저장해 놓은 거 아냐?"

"그런 건 아니지만 어쨌든!"

물론 현승이 이렇게 기를 쓰고 휴대폰을 뺏으려는 이유는 세영을 정말 욕으로 저장해 두었기 때문은 아니었다. 욕은 아니었지만 그렇다고 사랑이 넘치는 애칭이라고 할 수도 없는 것이었기에 보여주지 않으려는 것이었다. 세영과 첫 대면을 하고서 그녀의 연락처를 알게 되었을 때 안하무인에 독불장군이었던 세영의 첫인상에 질린 현승은 소심하게 복수하는 심정으로 세영의 이름을 '장 마녀' 라고 해두었었다. 당연히 세영을 사랑하게 된 다음에는 그 이름을 약간 고치긴 했지만.

"여기 있다!"

세영의 눈동자가 활짝 커졌다.

〈내 마녀♥〉

몇 초간의 정적이 흘렀다. 마녀라니. 하지만 어딘가 귀여운 구석이 있는 별명이었다. 게다가 끝에는 앙증맞은 하트 표시까지. 세영은 어떻게 해야 할지 모르는 심사를 숨기기 위해 머리를 긁적였고 현승은 손발이 오글거리는 기분에 귀뿌리까지 달아올랐다.

"아, 알았어. 나도 바꿔줄게. 근데 난 어떤 사람이든 이름 석 자로 저장해 놓는단 말이야. 아무렇지 않아서가 아니라고."

곧바로 자신의 휴대폰에서 현승의 이름을 찾아낸 세영은 문자판을 눌러 나름 생각한 이름을 써넣기 시작했다. 나름 기대가 되는지 안 보는 척하면서 슬쩍 훔쳐본 현승의 눈가에 어처구니가 사라지기 시작했다.

"……나 놀리면 재밌어요?"

세영은 '윤현승' 을 그저 '윤 감독' 이라고 고치고 있었던 것이다.

"왜? 윤 감독이 어때서? 난 좋기만 하구먼. 그 이름이 제일 편하단 말이야. 자기니 애기니 하는 그런 낯간지런 애칭을 어떻게 불러? 그럴 바에야 친숙한 게 낫잖아."

"그래도 그렇지."

"음, 그럼 감독이니까 '디렉터 윤' 이라고 해줄까?"

현승이 실망하는 눈치를 보이자 세영은 현승이 그랬던 것처럼 〈윤 감독〉의 앞뒤에 하트 표시를 넣었다. 현수막의 앞뒤에 붙어 있는 경―축이 생각나는 모양새였다.

그러나 성심성의껏 자신의 부탁을 들어주는 세영의 모습에 현승은 가슴 한구석이 흡족해졌다. 세영은 분명히 변하고 있었다. 그것도 좋은 쪽으로.

"만족해?"

"좋아요."

현승이 미소 짓자 덩달아 세영이 웃음 짓는데 문득 세영의 휴대폰이 울렸다.

"여보세요?"

잠시 후, 세영의 목소리가 자연스럽게 커졌다.

"송 선생님?"

현승이 세영과 함께 설우를 다시 만난 것은 입춘이 막 지난 바람 찬 봄날, 시내 모처의 결혼식장이었다. 작년, 작가와 연출가가 함께 공연을 하면 커플이 난다는 국립극장의 징크스를 파격적으로 입증하며 태어나서 처음으로 맡은 일을 놓아버렸던 설우는 이제 자신이 평생의 신조마저 거스르며 열렬하게 함께 하고 싶었던 사람과 남은 생애를 약속하려 하고 있었다. 그 자리에 자신이 놓아버렸던 일을 다시 완성하기 위해 만났던 사람들이 초대받는 것은 어찌 보면 당연한 일이었다.

"송 작가님."

결혼식장이었으니 수트를 멋지게 갖춰 입고 등장하는 현승을 향해 턱시도 차림의 설우는 가볍게 손을 흔들었다. 이어 현승의 뒤에 나타나는 아름다운 그림자에 설우는 잠시 할 말을 잃었다.

"축하드립니다."

현승이 힘있게 설우의 손을 잡았다. 긴 머리를 단정하게 핀으로 고정시키고 초콜릿색 원피스 위에 크림색 코트를 덧입은 세영은 한때 그 스승이었던 설우에게도 몹시 낯선 것이라, 그는 잠시 어색해졌다가 곧 가슴이 먹먹해졌다.

"너 많이 변했다."

"선생님만 하려고요?"

웃으며 머리를 쓰석이려다가 곱게 빗은 것을 깨닫고는 흠칫 손을 거두었다. 어느새 세영은 그만큼이나 달라진 것이다. 차마 여동생처럼 대하기도 어려워질 정도로 여자가 되어버린 모습이었다.

"어쨌거나 잘 왔다. 윤 감독하고는 어때? 이제 남 일도 아닐 텐데."

설우의 한마디에 두 사람의 얼굴이 똑같이 빨개졌다. 사실 천일야화의 연출과 작가였던 두 사람이 연인이 되었다는 소식은 업계에서 모르는 사람이 없을 정도로 유명한 일이 되어 있었다. 국립극장 기념 공연이 올라가면 커플이 난다는 속설이 이번에도 들어맞은 것이 된 셈이었기 때문이다. 처음 서로 삐걱거렸던 현승과 세영이 서로의 반쪽이 되었으니, 이제 그 속설은 단순한 징크스가 아니라 거의 전설이 되어가고 있었다.

"천일야화, 곧 끝나지?"

만감이 교차하는 물음에 현승이 부드럽게 대답했다.

"예. 다음 주 금요일이 막공입니다."

"시간 쏜살같네."

"쫑파티 오십시오. 권 감독님도 같이요."

현승이 부드럽게 웃으며 덧붙이자 설우는 히죽 웃었다. 권 감독이란 천일야화의 전임 연출가이자 오늘 설우의 영원한 반려가 되는 아름다운 신부를 이르는 말이었다. 오해도 했고, 그 덕에 치열하게 싸우기도 했고 또 그렇게 서로를 알게 되기도 했던 지난 시간이 오늘 되새겨 보자 무척 먼일처럼 느껴졌다.

잠시 추억에 빠져 고개를 주억거리던 설우는 곧 세영과 현승의 어깨를 두드리며 식장 안으로 밀어 넣었다.

"수고했어. 선배로서도 동료로서도 뿌듯해. 그러니 오늘은 놀다 가라고."

그렇게 식장 안으로 들어선 두 사람은 적당하게 자리를 잡고 앉으려다가 낯익은 사람들을 발견하고는 자연스럽게 인사를 했다. 설우 역시 공연계 사람이었으니 하객들 중에는 세영과 현승에게도 친숙한 사람들이 더러 있었기 때문이다.

그렇게 한동안 대화의 장에 빠져 있던 세영의 눈길에 막 식장으로 들어서는 사람이 눈에 띄었다.

"어!"

승태와 정아였다. 겨우 시간에 맞춰 부랴부랴 들어서던 두 사람도 곧 현승과 세영을 발견하고는 그 곁에 자리를 잡았다.

"어떻게 왔어?"

"운이 좋았지. 오늘 캐스팅이 아니었거든."

현승과 마찬가지로 수트를 챙겨 입은 승태의 모습은 훤칠했다. 하지만 세영은 그것이 현승만은 못하다고 생각했다. 정아가 환하게 웃었다.

"감독님이랑 같이 오신 거예요?"

"어? 그렇게 됐지."

정아의 눈길이 세영의 곁에 든든하게 앉아 있는 현승을 스쳤다가 다시 세영에게 향했다.

"극장 놀러 오세요. 다들 두 분 놀려주겠다고 벼르고 있는데."

장난기 가득한 농담에 승태는 맞장구치듯이 하하 웃었고 세영은 뜨악한 눈으로 현승을 바라보았다.

"진짜야?"

현승이 다소 난감하게 웃으며 고개를 끄덕이자 세영은 곧 식이 거행될 주례단으로 시선을 옮기며 중얼거렸다.

"어이쿠, 그럼 절대 안 가야지."

잠시 후, 하객들이 모두 자리를 잡고 앉자 분위기가 정숙해지며 결혼식이 거행되기 시작했다. 꽃길을 성큼성큼 걸어 세상 부러울 것 없는 얼굴로 식장을 가로지르는 설우의 모습은 세영이 처음 보는 그의 모습이었다. 그동안 실감나지 않았던 설우의 변화가 이 순간 확실하게 이해되었다. 송설우, 옛날 자신을 다시 재기할 수 있게 혹독하게 가르쳤던 그 사람이 정말 변한 것이다. 한 여자를 만나고, 그 여자의 반쪽이 되어가면서.

말없이 경건하게 진행되는 식을 지켜보고 있는 현승의 옆얼굴을 바라보았다. 언젠가 이 부드럽고 강인한 옆얼굴을 바라보며 괴롭고 복잡했었다. 하지만 지금은 전혀 그렇지 않았다. 자신도 변한 것이다. 미처 스스로가 인식하기도 전에. 그 순간 시선을 느꼈는지 현승의 얼굴이 천천히 세영을 향했다. 눈이 마주치는 순간, 현승의 눈빛이 한결 안온해지는 것이 느껴졌다. 마치 태양을 잔뜩 머금은 황금빛 모래처럼. 현승의 손이 다른 사람이 눈치 채지 못하도록 세영의 손등을 덮었다.

결혼식이 끝나고 이어진 사진촬영에서 현승과 세영, 정아와 승태는 나란히 섰다. 몇 번의 사진촬영 후에는 결혼식의 또 다른 하이라이트, 부케 받기가 이어졌다. 부케를 받을 신부의 친구만 빼고 다른 사람들은 모두 멀찍이 떨어져서 즐거운 광경을 구경하고 있는데, 이리저리 사람들이 몰려다니는 통에 어느 결에 세영과 떨어지게 된 현승은 둘레둘레 주변을 살폈다. 곧 저만치에 부케 받기를 구경하려 몰려 있는 사람들 속에 서 있는 세영을 발견한 현승은 지체없이 다리를 움직였다. 혹시나 방해되지 않도록 조심하면서. 그 순간 신부는 오늘의 주인공다운 미소와 함께 힘껏 부케를 허공으로 던져 올렸다.

와 하고 탄성을 지른 사람들의 시선이 예상과 전혀 다른 곳으로 떨어지는 부케의 행방에 의아해졌다. 일생 동안 단 한 번, 결실을 맺은 사랑에 들뜬 신부의 부케는 그 환희만큼이나 높이 떠올랐다. 모두의 눈에 느릿한 포물선을 그리던 세상 단 하나의 꽃다발은 전혀 엉뚱한 방향으로 떨어지기 시작했다. 애초에 부케를 받기로 약속한 친구가 서 있는 방향에서 한참 비껴난 곳이었다.

막 세영에게 팔을 뻗으려다가 가벼운 뭔가에 뒤통수를 얻어맞은 현승은 반사적으로 어깨를 돌렸다. 아프진 않았지만, 뭐가 날아와서 머리를 때렸는지는 전혀 감이 잡히지 않았다. 돌아본 발치에 웬 꽃다발이 떨어져 있는 것을 발견한 현승은 순간 별다른 생각 없이 무릎을 굽혀 그 꽃다발을 집어 들었다. 모두의 시선이 자기에게 쏠린 것을 알게 된 것은 세영을 향해 고개를 들었을 때였다.

"아……."

결혼식장에서 난데없이 날아와 머리를 때릴 수 있는 꽃다발은 부케뿐이라는 것을 깨닫고 우왕좌왕 당황한 현승의 모습에 사람들은 전혀 상상 밖의 결과로 끝난 부케 받기에 폭소를 터뜨렸다.

“향기 어때요?”

한바탕 놀림과 격려와 아낌없는 웃음의 중심이 되었다가, 부케 받고 몇 달 안에 결혼 못하면 3년 동안 재수없다는 승태와 설우의 경고를 받고 나서야 결혼식장을 나설 수 있었다. 집으로 돌아오는 길, 엉겁결에 부케를 받아버린 히로인이 된 현승은 그 아름다운 꽃다발을 세영에게 내밀었다.

“좋은데? 무슨 꽃일까.”

세영은 연한 보라색과 하얀색, 싱그러운 연녹색 잎사귀와 리본으로 장식된 꽃다발을 생경하게 바라보며 향기를 감상했다. 어디선가 맡아본 것 같으면서도 그 어디선가가 기억나지 않는 꽃향기였다. 그 모습을 바라보며 현승은 세영이 들고 있는 부케가 오늘따라 갖춰 입은 그녀의 크림색 코트와 참 잘 어울린다고 생각했다.

“다음 주에 정말 안 올 거예요?”

현승을 돌아본 세영은 그가 막공 얘기를 하고 있다는 것을 깨닫고는 히죽 웃었다.

“가야지. 어떻게 안 가겠어. 마지막인데.”

세영의 눈매에 아련함이 스쳤다. 하나를 끝내고 떠나보내는 것은 언제나 시원섭섭하고 애틋한 일이었다. 그중에서도 천일야화는 지금까지 했던 작품들 중에서 아마 가장 잊기 어려운 뮤지컬이 될 것 같았다.

"부케, 마음에 들어요?"

세영은 현승이 그저 단순하게 묻는다고 생각하며 마냥 순진하게 고개를 끄덕였다.

"응. 예쁘다."

혹시라도 상하지 않도록 조심하던 세영이 퍼뜩 물었다.

"근데 진짜 부케받고 6개월 안에 결혼 못하면 재수가 없나?"

"글쎄요. 거야 모르죠."

현승은 가볍게 어깨를 씰룩였다. 세영이 다시금 부케를 코에 대며 가볍게 중얼거렸다.

"진짜 재수없으면 어째?"

"에이, 그런 말을 믿어? 답지 않게."

현승이 짓궂게 말하며 소리 죽여 웃었다. 기온은 쌀쌀했지만 바람 없이 햇살만 내리쬐는 날씨라 그렇게 춥지는 않았다. 보조를 맞춰 나란히 걸음을 떼던 현승이 여전히 농담처럼 덧붙였다.

"그런 일 없게 하면 되지."

몇 걸음 더 앞으로 나아간 현승이 걸음을 멈추며 뒤를 돌아보았다. 유난히 시린 햇살 속에서 눈이 동그랗게 된 세영이 뒤처져 있었다.

"뭐야? 무슨 소리야?"

"못 들었으면 땡."

농담인지 진담인지 짓궂게 이른 현승이 다시 걸음을 떼기 시

작하자 잰걸음으로 따라잡은 세영은 현승의 팔을 팔짱끼듯 잡
았다.

"무슨 소리냐니까!"

"재방송 안 한다니까."

어린애 다루듯 유들유들하게 웃으며 현승은 바람을 머금어
차가워진 세영의 머리카락을 살짝 쓰다듬었다. 싸늘한 기온에
살짝 붉어진 뺨과 코끝이 퍽 귀여웠다. 세영이 팔을 잡은 손을
흔들자 현승은 유쾌하게 웃음을 터뜨렸다. 스러져 가는 겨울,
혹은 아직 차가운 봄날의 햇살은 차가운 듯 알고 보면 따사로운
그녀를 닮았다.

깨끗한 공기 속에 스며 있는 햇살이 가늘게 자른 나전 껍질처
럼 영롱하게 반짝이며 허공으로 흩어져 내렸다. 가로수 아래에
는 며칠 전 마지막으로 내린 눈의 흔적이 남아 있었다. 실랑이
를 하며 멀어지는 두 사람의 곁으로 그 마지막 눈에 부딪혀 반
짝이는, 그러나 그 얼음송이를 따뜻하게 녹여 버릴 시린 햇살이
조용히 뿌려지고 있었다.

The END